RUTH WARE

LA CLÉ DU SANG

Traduit de l'anglais (Royaume-Uni)
par Héloïse Esquié

fleuvenoir

Titre original :
The Turn of the Key

Première publication par Harvill Secker en 2019

ISBN : 978-2-265-15493-3
Dépôt légal : mai 2022

Pour Ian, avec plus d'amour que je n'ai de mots.

3 septembre 2017

Cher monsieur Wrexham,

Je sais que vous ne me connaissez pas, mais je vous en prie, je vous en prie, vous devez m'aider.

3 septembre 2017

Prison de Charnworth

Cher monsieur Wrexham,

Vous ne me connaissez pas, mais vous avez peut-être lu des articles sur mon affaire dans le journal. La raison pour laquelle je vous écris, c'est pour vous demander, de grâce

4 septembre 2017

Prison de Charnworth

Maître Wrexham,

J'espère que c'est bien ainsi qu'il convient de s'adresser à vous. Je n'ai jamais écrit à un avocat jusque-là.

Pour commencer, je suis consciente que ma démarche est inhabituelle, sachez-le. Je sais que j'aurais dû passer par mon conseiller juridique, mais il est

5 septembre 2017

Cher monsieur Wrexham,

Avez-vous des enfants ? Des neveux ou des nièces ? Si c'est le cas, permettez-moi de faire appel à

Cher monsieur Wrexham,

Je vous en prie, aidez-moi. Je n'ai tué *personne*.

7 septembre 2017

Prison de Charnworth

Cher monsieur Wrexham,

Vous ne pouvez imaginer le nombre de fois où j'ai commencé cette lettre et jeté le fatras qui en a résulté, mais j'ai enfin compris qu'il n'y avait pas de formule magique. Je n'ai aucun moyen de vous OBLIGER à écouter mon histoire. Je vais donc simplement devoir faire de mon mieux pour exposer les faits. Quel que soit le temps que ça prendra, aussi mal que je puisse écrire, je continuerai, et je dirai la vérité.

Je m'appelle...

(Et là, je m'arrête, prise de l'envie de déchirer une nouvelle fois la page.)

Car si je vous dis mon nom, vous saurez pourquoi je vous écris. Mon affaire a été commentée dans tous les journaux, mon nom a fait les gros titres, mon visage tourmenté est passé en une d'une quantité de magazines – et chaque article, jusqu'au dernier, insinuait ma culpabilité si lourdement qu'on frôlait l'atteinte à la présomption d'innocence. Si je vous révèle mon nom, j'ai le sentiment horrible que vous allez aussitôt me ranger parmi les causes perdues et jeter mon courrier. Je ne vous le reprocherais pas, au fond, mais je vous en prie – lisez ce que j'ai à dire avant.

Je suis une jeune femme de vingt-sept ans et, comme vous l'aurez constaté d'après l'adresse ci-dessus, je me trouve à la prison pour femmes de Charnworth, en Écosse. Je n'ai jamais reçu de lettres de prison, donc je ne sais pas quel traitement elles subissent avant de passer les portes de l'établissement, mais j'imagine que vous n'avez pas eu de mal à deviner mon lieu actuel de résidence avant même d'ouvrir l'enveloppe.

Ce que vous ne savez probablement pas, c'est que je suis en détention provisoire.

Et ce que vous ne pouvez pas savoir, c'est que je suis innocente.

Je sais, je sais. Ils disent tous ça. Chaque personne que j'ai rencontrée ici est innocente – selon elle, en tout cas. Mais dans mon cas, c'est vrai.

Vous aurez peut-être deviné ce qui va suivre. Je vous écris pour vous demander d'assurer ma défense.

Je me rends compte que ce n'est pas l'usage, que ce n'est pas ainsi que les accusés sont censés solliciter un défenseur (je vous appelais maître par erreur dans une version précédente de cette lettre – je ne connais rien au droit, et encore moins au système écossais. Tout ce que je sais, y compris votre nom, je l'ai appris par les femmes avec qui je suis en prison).

Je dispose déjà d'un conseiller juridique, M. Gates, et d'après ce que j'ai compris, ce serait théoriquement à lui de me désigner un avocat pour le procès à venir. Toutefois, c'est aussi à cause de lui que je me retrouve ici. Je ne l'ai pas choisi : la police me l'a attribué quand j'ai commencé à avoir peur et finalement eu la présence d'esprit de me taire et de refuser de répondre à leurs questions tant qu'ils ne m'auraient pas trouvé un avocat.

Je pensais qu'il arrangerait tout, qu'il m'aiderait à prouver mes dires. Mais lorsqu'il est arrivé... Je ne sais pas, je ne peux l'expliquer. Il a tout envenimé. Il ne m'a pas laissée *parler*. Chaque fois que j'essayais de dire quelque chose, il m'interrompait avec une phrase du genre « ma cliente n'a pas de commentaire pour l'instant », ce qui ne faisait que me donner l'air encore plus coupable. Je suis persuadée que, si seulement j'avais pu m'expliquer convenablement, on n'en serait jamais arrivé là. Mais je ne sais pas pourquoi, les faits n'ont cessé de se déformer dans ma bouche, et les policiers ont le chic pour tout interpréter d'une manière qui semble si affreuse, si accablante.

Ce n'est certes pas que M. Gates n'ait pas entendu ma version de l'histoire. Je la lui ai exposée, bien sûr, mais en un sens... Bon sang, c'est tellement difficile à expliquer par écrit. Il est venu me parler, mais il n'*écoute* pas. Ou s'il écoute, il ne me croit pas. Chaque fois que j'essaie de lui raconter ce qui s'est passé en commençant par le commencement, il m'interrompt avec des questions qui m'embrouillent, mon récit devient tout alambiqué, et j'ai envie de lui hurler : *Mais fermez-la, putain !*

Et il n'arrête pas de me ressortir mes propos issus des transcriptions de cette affreuse première nuit au poste de police, quand ils m'ont cuisinée et que j'ai dit – mon Dieu, je ne sais pas ce que j'ai dit. Je suis désolée, me voilà en larmes – je suis navrée pour les taches sur le papier. J'espère que vous parviendrez à déchiffrer mon écriture malgré les auréoles.

Ce que j'ai exprimé, ce que j'ai dit à ce moment-là, je ne peux pas faire comme si je ne l'avais pas dit. Je le sais. Tout est enregistré. Et ça se présente mal – ça se présente même très mal. Mais ce n'était pas ce que je voulais dire. Je suis persuadée que si seulement on me donnait une chance de m'expliquer convenablement, à quelqu'un qui écouterait... vous me comprenez ?

Oh zut, peut-être que vous ne me comprenez pas. Vous n'avez jamais été à ma place, après tout. Vous ne vous êtes jamais retrouvé devant un bureau, tellement exténué que vous avez envie de vous laisser tomber par terre, et tellement effrayé que vous avez envie de vomir ; avec la police qui vous pose les mêmes questions encore et encore jusqu'à ce que vous ne sachiez plus ce que vous racontez.

Je crois que ce qui s'est passé se résume à ça, dans le fond.

Je suis la nurse de l'affaire Elincourt, monsieur Wrexham.

Et je n'ai *pas* tué cette enfant.

J'ai commencé à vous écrire hier soir, monsieur Wrexham et, en me réveillant ce matin, quand j'ai vu ces pages chiffonnées, couvertes de mes griffonnages implorants, ma première impulsion a été de les déchirer et de recommencer comme je l'avais déjà fait plus de dix fois. J'avais l'intention de garder mon sang-froid, d'être calme et posée, d'exposer toute l'histoire très clairement et de bien vous *faire comprendre*. Et, en fin de compte, j'ai fini par pleurnicher sur les pages dans un fatras de récriminations.

Mais j'ai relu ce que j'avais écrit et je me suis dit : non. Je ne peux pas recommencer encore une fois. Je dois continuer, voilà tout.

Pendant tout ce temps, j'ai réalisé que si seulement quelqu'un me laissait m'éclaircir les idées et expliquer ma version, sans m'interrompre, c'en serait peut-être fini de cet affreux quiproquo.

Alors me voilà. C'est l'occasion ou jamais, non ?

En Écosse, on peut vous détenir 140 jours avant un procès. Même s'il y a ici une femme qui attend depuis près de dix mois. Dix mois ! Vous vous rendez compte, monsieur Wrexham ? Sans doute que oui, mais laissez-moi développer. Dans son cas, ça fait 297 jours. Elle a manqué Noël avec ses enfants. Elle a manqué tous leurs anniversaires. Elle a manqué la fête des Mères, Pâques et leurs premiers jours d'école.

297 jours. Et ils n'arrêtent pas de repousser la date de son procès.

D'après M. Gates, le mien ne prendra pas si longtemps à cause de tout le battage qu'il y a eu, mais je ne vois pas comment il peut en être si sûr.

Dans tous les cas, 140 jours, 297 jours… ça laisse beaucoup de temps pour écrire, monsieur Wrexham. Beaucoup de temps pour réfléchir, pour se souvenir, et pour tenter d'élucider ce qui s'est vraiment passé. Parce qu'il y a encore tant de choses que je ne comprends pas – mais il y a une chose que je sais. Je n'ai pas tué cette petite fille. Je ne l'ai *pas* tuée. La police aura beau faire tous les efforts du monde pour déformer les faits et me faire trébucher, elle ne pourra rien y changer.

Je ne l'ai pas tuée. Ce qui signifie que quelqu'un d'autre l'a fait. Quelqu'un qui se trouve en liberté.

Pendant que moi, je pourris là.

Je vais terminer ici, car je sais que ma lettre ne doit pas être trop longue – vous êtes un homme occupé, vous n'iriez pas jusqu'au bout.

Mais je vous en prie, vous devez me croire. Vous êtes la seule personne qui puisse m'aider.

Je vous en prie, venez me voir, monsieur Wrexham. Laissez-moi vous expliquer la situation, et comment je me suis retrouvée mêlée à ce cauchemar. Si quelqu'un peut faire comprendre la chose au jury, c'est vous.

J'ai mis votre nom sur ma liste de visiteurs, ou vous pouvez m'écrire ici si vous avez des questions. Je ne risque pas de bouger. Ha.

Désolée, je ne comptais pas terminer sur une plaisanterie. Il n'y a pas de quoi rire. Je sais que, si je suis condamnée, je risque…

Mais non. Je ne peux pas penser à ça. Pas pour l'instant. Ça n'arrivera pas. Je ne serai pas condamnée car je suis innocente. Je dois juste le faire comprendre à tout le monde. À commencer par vous.

Je vous en prie, monsieur Wrexham, je vous en prie, dites-moi que vous allez m'aider. Je vous en prie, répondez-moi. Je ne veux pas tomber dans le mélodrame, mais j'ai le sentiment que vous êtes mon seul espoir.

M. Gates ne me croit pas, je le vois dans ses yeux.

Mais vous, je pense que vous pourriez me croire.

12 septembre 2017

Prison de Charnworth

Cher monsieur Wrexham,

Ça fait trois jours que je vous ai écrit, et je ne mentirai pas, j'attends votre réponse avec le cœur sur les lèvres. Chaque jour, quand le courrier passe, je sens mon pouls s'accélérer avec une sorte d'espérance douloureuse, et chaque jour (jusque-là), vous m'avez déçue.

Pardonnez-moi. On dirait du chantage affectif. Ce n'est pas mon intention. Je comprends. Vous êtes un homme occupé, et ça ne fait que trois jours que j'ai envoyé ma lettre, mais… J'imagine que j'espérais à moitié qu'au moins, le battage engendré par l'affaire m'avait valu une espèce de célébrité perverse, qui vous aurait poussé à sélectionner ma lettre parmi toutes celles que vous recevez sans doute de vos clients, aspirants clients et autres cinglés.

Ne voulez-vous pas savoir ce qui s'est passé, monsieur Wrexham ? J'en aurais envie, à votre place.

En tout cas, ça fait maintenant trois jours (je l'ai déjà dit ?) et… eh bien, je commence à m'inquiéter. Il n'y a pas grand-chose à faire, ici, par contre on a tout le temps de réfléchir, de se tracasser et d'élaborer des catastrophes dans sa tête.

C'est à ça que j'ai passé mes derniers jours et nuits. À redouter que vous n'ayez pas reçu ma lettre. À redouter que les autorités de la prison ne l'aient pas transmise (peuvent-ils le faire sans m'en informer ? Je ne sais pas). À m'inquiéter de ne pas avoir *expliqué* les choses correctement.

C'est ce dernier point qui m'a empêchée de dormir. Parce que si c'est ça, c'est ma faute.

Je voulais rester brève et percutante, mais maintenant, je me dis que je n'aurais pas dû m'arrêter si vite. J'aurais dû inclure davantage de faits, et tenter de vous démontrer POURQUOI je suis innocente. Parce que vous ne pouvez pas me croire sur parole – je comprends ça.

Quand je suis arrivée ici, les autres femmes… Je peux être franche avec vous, monsieur Wrexham : j'avais l'impression qu'elles appartenaient à une autre espèce. Ce n'est pas que je me croie supérieure à elles. Mais elles semblaient toutes… elles semblaient toutes à leur place ici. Même celles qui sont terrifiées, celles qui se scarifient et celles qui se cognent la tête contre le mur de leur cellule en hurlant la nuit, même les filles qui sortent à peine du lycée. Elles avaient l'air… je ne sais pas. Elles avaient l'air dans leur milieu, avec leurs visages pâles, leurs traits tirés, leurs cheveux plaqués en arrière et leurs tatouages baveux. Elles avaient l'air… eh bien, elles avaient l'air *coupables*.

Mais j'étais différente.

Je suis anglaise, pour commencer, ce qui n'a pas aidé. Je n'arrivais pas à les comprendre quand elles piquaient des colères et se mettaient à me hurler au visage. Je ne pigeais pas du tout le sens de la moitié de leur argot. Et on voyait que j'étais de la classe moyenne : je ne saurais expliquer exactement comment, mais pour les autres femmes, on aurait dit que c'était écrit au marqueur rouge sur mon front.

Mais surtout, je n'étais jamais allée en prison. Je ne crois pas avoir jamais rencontré quelqu'un qui ait vécu ça avant d'arriver ici. Il y avait des codes secrets que j'étais incapable de déchiffrer, des courants que je ne pouvais absolument pas suivre. Je ne comprenais pas ce qui se passait quand une femme glissait quelque chose à une autre dans le couloir et que les gardes déboulaient subitement en hurlant. Je ne voyais pas venir les bagarres. Je ne savais pas lesquelles avaient arrêté leur traitement et celles qui étaient en descente et susceptibles d'être agressives. Je ne savais pas lesquelles éviter et lesquelles semblaient atteintes de SPM[1] permanent. Je ne savais pas comment m'habiller ni quoi faire, ce qui me valait de me faire cracher dessus ou frapper par les autres détenues, ce qui risquait de braquer violemment les gardiens contre moi.

Je ne parlais pas pareil. Je ne présentais pas pareil. Je ne me *sentais* pas pareil.

Et un jour, en allant aux toilettes, j'ai aperçu une femme qui se dirigeait vers moi depuis l'autre bout de la pièce. Elle avait les cheveux tirés en arrière, comme toutes les autres, les yeux comme des éclats de granit, et le visage impassible, dur et blanc. J'ai d'abord pensé, oh ! là là ! elle a l'air fumasse, je me demande pourquoi elle a été condamnée.

Ensuite je me suis dit, je ferais peut-être mieux d'aller dans les autres toilettes.

Puis j'ai compris.

C'était un miroir sur le mur du fond. Cette femme, c'était moi.

Ça aurait dû me faire un choc, de constater que finalement, je n'étais pas du tout différente, juste une femme de

1. Syndrome pré-menstruel. *(N.d.T.)*

plus avalée par ce système sans âme. Mais étrangement, ça m'a aidée.

Je ne suis toujours pas tout à fait intégrée, je suis toujours « l'Anglaise », et elles savent toutes pourquoi je suis là. En prison, les gens qui ont fait du mal à des enfants sont mal vus, vous devez le savoir. Je leur ai dit que ce n'était pas vrai, bien sûr – ce dont je suis accusée. Mais quand elles me regardent, je devine ce qu'elles pensent : *elles disent toutes ça*.

Et je sais, je sais que c'est aussi ce que vous allez penser. C'est ça que je voulais dire. Je comprendrais que vous soyez sceptique. Je n'ai pas réussi à convaincre les policiers, après tout. Je suis là. Avec refus de conditionnelle. Je dois être coupable.

Sauf que ce n'est pas le cas.

J'ai 140 jours pour vous convaincre. Tout ce que j'ai à faire, c'est dire la vérité, n'est-ce pas ? Commencer par le commencement, et exposer les faits clairement et posément jusqu'à la fin.

Tout a commencé par une petite annonce.

Grande famille recherche nurse expérimentée
pour vivre à son domicile.

NOUS : Nous sommes une famille active avec quatre enfants, habitant dans une maison splendide (mais isolée) dans les Highlands. Mère et père codirigent le cabinet d'architecture familial.

VOUS : Nous cherchons une nurse expérimentée, habituée à travailler avec des enfants de tous âges, de la prime enfance à l'adolescence. Vous devez être pragmatique, ne pas vous laisser démonter et savoir garder des enfants seule. D'excellentes références, un extrait de casier judiciaire, un brevet de secourisme et un permis de conduire vierge de toute infraction sont exigés.

SUR LE POSTE : La mère et le père travaillent surtout à la maison, et pendant ces périodes, vous aurez des horaires classiques de 8 heures à 17 heures, avec une soirée de baby-sitting par semaine et vos week-ends libres. Autant que possible, nous aménageons nos horaires de façon qu'un des parents soit toujours présent. Cependant, il pourra arriver que nous soyons tous deux en déplacement (jusqu'à deux semaines en de rares occasions), auquel cas vous tiendrez le rôle d'*in loco parentis*).

En contrepartie, nous vous offrons un total de 55 000 livres par an en salaire et avantages complémentaires (brut, primes comprises), une voiture de fonction, et huit semaines de vacances par an.

Merci d'envoyer vos candidatures à Sandra et Bill Elincourt, Heatherbrae House, Carn Bridge.

Je m'en souviens parfaitement, mot pour mot. Le plus comique, c'est que je ne cherchais même pas de travail quand l'annonce est apparue sur ma page de résultats Google. Je cherchais… bah, ça n'a pas tellement d'importance, ce que je cherchais. Mais un truc qui n'avait rien à voir. Et tout d'un coup, ça – on aurait dit un cadeau, jeté entre mes mains quand je m'y attendais si peu que j'ai failli le laisser glisser.

J'ai lu l'annonce en entier une fois, puis une autre, de plus en plus enthousiaste, parce que c'était *parfait*. Presque trop parfait.

Quand je l'ai lue une troisième fois, j'avais peur de vérifier la date limite de candidature, convaincue de l'avoir loupée.

Mais c'était le soir même.

C'était incroyable. Pas seulement le salaire, même si Dieu sait que c'était une somme assez stupéfiante. Pas seulement le poste. Mais la chance. L'ensemble, qui me tombait dessus juste au moment où je me trouvais en position idéale pour poser ma candidature.

Vous comprenez, ma colocataire était en voyage. On s'était rencontrées à la crèche Little Nippers, à Peckham, où on travaillait toutes les deux avec les tout-petits. On se moquait de notre affreuse patronne et des parents exigeants, obsédés par la tendance, avec leurs couches en tissu et leurs bavoirs artisanaux de…

Pardonnez-moi, je n'aurais pas dû employer de mot vulgaire. Je l'ai rayé, mais vous le voyez sans doute encore à travers le papier, et si ça se trouve, vous avez des enfants, et peut-être même que vous leur avez mis des couches Little Plushy Bottoms, ou la marque en vogue à l'époque…

Et je comprends ça, je vous le jure. Ce sont vos bébés. On n'en fait jamais trop pour eux. Bien sûr. Mais c'est juste que quand vous êtes la personne qui doit récolter toute une journée de bouts de tissus pleins de pisse et de merde afin de les redistribuer aux parents quand ils viennent chercher leur progéniture, les yeux brûlants à cause de l'ammoniac… ça ne me *dérange* pas vraiment, vous comprenez ? Ça fait partie du boulot. Je le sais bien. Mais on mérite tous de râler un petit coup, non ? On a tous besoin de relâcher un peu la pression, sinon on exploserait de frustration.

Désolée. Je raconte n'importe quoi. C'est peut-être pour ça que M. Gates essaie tout le temps de me couper la parole. Parce que je me creuse un trou avec mes mots, et au lieu de savoir quand m'arrêter, je continue de creuser. Vous êtes sûrement en train de tirer des conclusions, là. *Elle n'a pas l'air d'aimer tellement les enfants. Reconnaît aisément une certaine frustration engendrée par son rôle. Qu'a-t-il pu se passer une fois qu'elle s'est retrouvée coincée avec quatre enfants, sans adulte avec qui « relâcher la pression » ?*

C'est exactement ce qu'a fait la police. Toutes ces petites remarques en passant, tous ces faits anodins. Je voyais le triomphe sur leurs visages chaque fois que j'en lâchais un, et je les voyais les récupérer comme des miettes, à ajouter à la somme des arguments en ma défaveur.

Mais c'est justement là que ça ne vas pas, monsieur Wrexham. Je pourrais vous dresser un portrait bidon de moi en sainte, parfaite, aimante, mais ça serait exactement ça : bidon. Et je ne suis pas là pour vous baratiner. Je veux que vous me croyiez, je le veux plus que tout au monde.

Je vous dis la *vérité*. La vérité hideuse, sans filtre. Et elle est tout ça. Elle n'est pas retouchée, elle n'est pas flatteuse, et je ne prétends pas que j'ai agi comme un ange. Mais *je n'ai tué personne*. C'est comme ça, putain !

Je suis désolée. Je ne voulais pas écrire ce mot.

Purée, je fais vraiment n'importe quoi. Je dois garder les idées claires, éviter de m'embrouiller. M. Gates a raison sur ce point : je devrais m'en tenir aux faits.

OK. Les faits. Donc l'annonce. L'annonce, c'est un fait, n'est-ce pas ?

L'annonce… avec son salaire incroyable, étourdissant, fabuleux.

Ça aurait dû me mettre la puce à l'oreille, vous savez. Le salaire. Parce qu'il était *absurdement* généreux. Je veux dire, ça aurait été généreux même pour Londres, même pour une nurse qui n'habite pas sur place. Mais pour une nurse à domicile, logée, nourrie, toutes factures payées, avec une voiture de fonction par-dessus le marché, c'était ridicule.

C'était tellement ridicule, d'ailleurs, que je me suis à moitié demandé si ce n'était pas une faute de frappe. À moins qu'il n'y ait quelque chose qu'ils ne disaient pas – un enfant avec de graves troubles du comportement, peut-être ? Mais n'en auraient-ils pas parlé dans leur annonce ?

Six mois plus tôt, j'aurais sans doute bloqué une seconde, froncé un peu les sourcils, après quoi je serais passée à autre chose sans trop y repenser. Mais c'est que six mois plus tôt, je n'aurais pas regardé cette page web, pour commencer. Six mois plus tôt, j'avais une coloc, un boulot qui me plaisait, et même la perspective d'une promotion. Six mois plus tôt, je m'en sortais très bien. Mais là… eh bien, ce n'était plus tout à fait le cas.

Mon amie, la fille de Little Nippers dont j'ai parlé, était partie en voyage deux mois plus tôt. Je n'avais pas eu l'impression que c'était la fin du monde quand elle me l'avait annoncé ; pour être honnête, je la trouvais assez agaçante, avec son habitude de charger le lave-vaisselle sans jamais le mettre en marche, et ses tubes d'europop qui sifflaient en boucle à travers le mur de ma chambre quand j'essayais de dormir. Enfin, je savais qu'elle allait me manquer, mais je n'avais pas réalisé à quel point.

Elle avait laissé ses affaires dans sa chambre et nous étions convenues qu'elle paierait la moitié de son loyer et que je lui garderais la chambre. *A priori*, c'était un bon compromis – j'avais eu une série de colocs insupportables avant qu'on se trouve, et l'idée de me remettre à poster des annonces sur Facebook Local et d'essayer d'écarter les détraqués par texto et par mail ne m'emballait pas. Et quelque part, ça me faisait l'effet d'une ancre, une garantie qu'elle allait revenir.

Mais une fois que la bouffée initiale de liberté s'est atténuée et que la joie nouvelle d'avoir l'appart pour moi toute seule pour regarder ce que je voulais à la télé commune du salon ont commencé à perdre de leur saveur, je me suis aperçue que je me sentais seule. Je regrettais ses « C'est l'heure de l'apéro, ma chérie ? » quand on rentrait ensemble du travail. Ça me manquait, de me plaindre de Val, la patronne de Little Nippers, et d'échanger des anecdotes sur les parents les plus désagréables. Quand j'ai demandé une promotion qui m'a été refusée, je suis allée au pub toute seule pour noyer mon chagrin et j'ai fini par chialer dans ma bière, en pensant à comme ça aurait été différent si elle avait été là. On aurait pu en rire ensemble, elle aurait fait des doigts à Val dans son dos au boulot, et elle serait partie *in extremis* de son gros rire terrien quand Val se serait retournée, manquant la prendre sur le fait.

Je ne suis pas très douée pour l'échec, monsieur Wrexham, c'est ça, le truc. Examens. Mecs. Boulots. N'importe quel genre d'épreuve, en fait. Mon instinct me pousse toujours à viser bas pour m'épargner le maximum de douleur. Ou, dans le cas des mecs, à ne pas viser du tout plutôt que de risquer d'être rejetée. C'est pour ça que je ne suis pas allée à la fac, au final. J'avais d'assez bonnes notes, mais je ne pouvais pas supporter l'idée d'être recalée, la perspective qu'ils lisent ma candidature en ricanant. « Elle se prend pour qui ? »

Mieux vaut avoir une excellente note à un test facile qu'échouer à un test difficile, c'était ma devise. J'ai toujours su que j'étais comme ça. Mais ce que je ne savais pas, avant le départ de ma coloc, c'était que je ne suis pas non plus très douée pour rester seule. Et je pense que c'est ça, plus que tout le reste, qui m'a poussée à sortir de ma zone de confort, à lire cette annonce jusqu'au bout en retenant mon souffle, à me demander sérieusement ce qu'il y avait à l'autre bout.

Les policiers ont beaucoup insisté sur l'argent, la première fois qu'ils m'ont interrogée. Mais en vérité, ce n'est pas à cause de l'argent que j'ai posé ma candidature. Ce n'est même pas vraiment à cause de ma coloc, même si, je ne peux pas le nier, rien de tout cela ne serait arrivé si elle n'était pas partie. Non, la vraie raison… eh bien, vous la connaissez sans doute. Après tout, elle figurait dans tous les journaux.

Je me suis fait porter pâle à Little Nippers et j'ai passé toute la journée à refaire mon CV et à rassembler les documents dont je savais que j'aurais besoin pour convaincre les Elincourt que j'étais celle qu'ils cherchaient. Extrait de casier judiciaire – *check*. Brevet de secourisme – *check*. Excellentes lettres de recommandation – *check*, *check*, *et check*.

Le seul problème, c'était le permis de conduire. Pourtant, j'ai mis la question de côté en attendant. Je m'en occuperais le moment venu, si je parvenais jusque-là. Pour l'instant, je ne me projetais pas au-delà de l'entretien.

J'ai ajouté à ma lettre de motivation une note demandant aux Elincourt de ne pas contacter Little Nippers – je leur expliquais que je ne voulais pas que mes employeurs actuels sachent que je postulais à un autre poste, ce qui était vrai –, puis j'ai envoyé le tout à l'adresse mail fournie et j'ai attendu, fébrile.

J'avais mis toutes les chances de mon côté pour les rencontrer face à face. Je ne pouvais rien faire de plus.

Les quelques jours qui ont suivi ont été durs, monsieur Wrexham. Pas aussi durs que le temps que j'ai passé ici, mais quand même. Parce que bon sang, je le voulais *tellement*, cet entretien. Je commençais tout juste à me rendre compte à quel point. À chaque jour qui passait, mes espoirs refluaient encore davantage, et je devais lutter contre l'impulsion de les recontacter pour les supplier de me répondre. La seule chose qui m'a retenue, c'était que je savais que s'ils n'avaient pas encore pris leur décision, insister de la sorte n'allait pas jouer en ma faveur.

Mais six jours après, la réponse est arrivée avec un petit *ping* dans ma boîte de réception.

```
À : supernanny1990@gmail.com
De : sandra.elincourt@elincourtandelincourt.com
Objet : Poste de nurse
```

Elincourt. Ce nom, à lui tout seul, a suffi à faire gargouiller mon estomac comme une machine à laver. Mes doigts tremblaient presque trop pour que j'ouvre le mail, et mon pouls palpitait dangereusement dans ma gorge. On ne contacte pas un candidat rejeté, en principe, si ? Donc un mail doit vouloir dire que… ?

J'ai cliqué…

Bonjour, Rowan !

Un grand merci pour votre candidature, et mes excuses pour avoir mis si longtemps à vous recontacter. Je dois reconnaître que nous avons été un peu surpris par la quantité de courriers reçus suite à l'annonce. Votre CV nous a beaucoup impressionnés, et nous aimerions vous inviter à passer un entretien. Notre maison est loin de tout, donc nous nous ferions une joie de payer votre billet de train, et nous pouvons vous offrir une chambre dans notre maison pour la nuit, car vous n'aurez pas le temps de faire l'aller-retour depuis Londres dans la journée.

Toutefois, il y a une chose dont je dois d'ores et déjà vous informer, au cas où elle pourrait amoindrir votre enthousiasme pour le poste.

Depuis que nous avons acheté Heatherbrae, nous avons appris différentes superstitions portant sur l'histoire de la maison. C'est un bâtiment ancien, et il n'a pas dans son passé davantage de morts et de tragédies que n'importe quel autre vu son âge, mais, pour une raison ou pour une autre, ces vieilles histoires ont donné lieu à des rumeurs et les gens de la région déclarent la maison hantée, etc. Malheureusement, cette particularité a effrayé nos dernières nurses, à tel point que nous avons eu quatre démissions ces quatorze derniers mois.

Comme vous pouvez l'imaginer, c'est très perturbant pour les enfants, et très gênant pour moi et mon mari sur le plan professionnel.

Pour cette raison, nous tenions à annoncer la couleur en toute franchise, et nous proposons un salaire généreux dans l'espoir d'attirer quelqu'un qui puisse vraiment s'engager à rester avec notre famille sur le long terme – au moins un an.

Si vous pensez que ce n'est pas pour vous ou si l'histoire de la maison vous inquiète un tant soit peu, j'aimerais que vous me le disiez tout de suite, car nous cherchons vraiment à éviter autant que possible de perturber encore les enfants. Sachant cela, le salaire sera composé d'un fixe versé mensuellement, assorti d'une prime généreuse en fin d'année, le jour anniversaire de votre prise de fonction.

Si vous souhaitez toujours effectuer l'entretien, merci de me faire savoir vos disponibilités pour la semaine prochaine.

J'ai hâte de faire votre connaissance.

Bien cordialement,
Sandra Elincourt

J'ai refermé le mail et, pendant un instant, je suis restée à fixer l'écran, hébétée. Puis je me suis levée et j'ai poussé un petit cri silencieux, levant un poing serré dans ma jubilation.

J'avais réussi. J'avais *réussi.*

J'aurais dû me douter que c'était trop beau pour être vrai.

J'avais réussi, monsieur Wrexham. J'avais franchi le premier obstacle. Mais c'était *seulement* le premier. Je devais encore passer l'entretien, et sans me planter.

Presque exactement une semaine après avoir ouvert le mail de Sandra Elincourt, j'étais dans un train pour l'Écosse, dans ma meilleure imitation de « Rowan la Nounou Parfaite ». Mes cheveux, normalement en bataille, étaient impeccablement brossés et retenus en une queue-de-cheval nette et élégante, mes ongles étaient polis, mon maquillage discret et parfaitement au point, et je portais ma tenue qui évoquait le mieux une femme « accessible mais responsable, gaie mais travailleuse, professionnelle mais pas trop fière pour se mettre à genoux et nettoyer du vomi » : une jolie jupe en tweed et un chemisier en coton blanc ajusté avec un petit gilet en cashmere. Pas tout à fait le cliché des nounous Norland[1], mais quand même un effort marqué dans cette voie.

J'avais des papillons dans le ventre. Je n'avais jamais fait une chose pareille. Je ne veux pas dire le métier de nurse, évidemment. J'exerçais cette profession depuis près de dix ans, même si je travaillais plutôt dans des crèches que chez des particuliers.

1. Norland : école prestigieuse spécialisée dans la petite enfance, dont les diplômées sont très recherchées dans le monde entier comme nounous et employées de crèche. *(N.d.T.)*

Mais… *ça*. Me mettre en avant. Prendre le risque de me faire rejeter, comme ça.

Je voulais *tellement* que ça marche que j'avais presque peur de ce que j'allais trouver.

À ma grande exaspération, le train a été retardé, si bien que j'ai mis près de six heures à arriver à Édimbourg au lieu des quatre et demie prévues, et lorsque je suis descendue à Waverley, les jambes raides, je me suis aperçue qu'il était plus de 17 heures et que j'avais manqué ma correspondance d'une bonne heure. Par chance, un autre train était prévu ; en l'attendant, j'ai envoyé un message à Mme Elincourt pour me confondre en excuses et l'avertir que je serais en retard à Carn Bridge.

Enfin, le train est arrivé, beaucoup plus petit que l'Intercity, et plus ancien aussi. Je me suis installée à une place côté fenêtre et, tandis que nous roulions vers le nord, j'ai regardé la campagne passer de champs verdoyants et vallonnés aux bleu fumée et aux mauves des marais couverts de bruyère, avec les montagnes qui s'élevaient derrière, de plus en plus sombres et lugubres à chaque arrêt. C'était si beau que ça m'a fait oublier l'agacement causé par ce contretemps. La vue des collines immenses se dressant inexorablement autour de nous me faisait relativiser tout le reste, en un sens. La boule d'appréhension qui s'était logée dans mes tripes a commencé à s'atténuer. Et quelque chose en moi s'est mis à… Je ne sais pas, monsieur Wrexham. C'était comme si je commençais à *espérer*. À espérer que tout cela puisse vraiment se réaliser.

Curieusement, j'avais comme l'impression de rentrer chez moi.

Nous avons dépassé des gares aux noms vaguement familiers : Perth, Pitlochry, Aviemore, tandis que le ciel s'assombrissait de plus en plus. Enfin, j'ai entendu, « Carn Bridge, prochain arrêt Carn Bridge » ; le train s'est arrêté dans une petite gare victorienne, et je suis descendue. Sur le quai, j'ai hésité, les nerfs à vif, ne sachant trop quoi faire.

Quelqu'un viendra vous chercher, disait le mail de Mme Elincourt. Qu'est-ce que ça signifiait ? Un taxi ? Quelqu'un avec une pancarte à mon nom ?

J'ai suivi le petit groupe de voyageurs jusqu'à la sortie et je suis restée plantée là, mal à l'aise, tandis que les autres passagers se dispersaient vers leurs voitures ou vers les amis et parents qui les attendaient. J'ai posé ma valise à mes pieds avant de promener mes yeux de gauche à droite sur le quai. Les ombres s'allongeaient avec le soir, et l'optimisme éphémère que j'avais éprouvé dans le train commençait à se dissiper. Et si Mme Elincourt n'avait pas reçu mon message ? Elle n'avait pas répondu. Peut-être un taxi commandé en avance était-il venu et reparti des heures plus tôt, tandis qu'elle concluait que je lui avais posé un lapin.

Tout d'un coup, les papillons étaient de retour, et pas de façon agréable.

On était début juin, mais nous étions bien au nord et l'air de la soirée était étonnamment froid après la chaleur moite de l'été londonien. J'ai frissonné dans le vent frais qui descendait des hauteurs en resserrant mon manteau contre moi. Le quai s'était vidé, et j'étais seule.

J'ai éprouvé une violente envie de fumer, mais je savais par expérience que se présenter à un entretien en puant la clope n'assurait pas un très bon départ. Au lieu de ça, j'ai consulté mon téléphone. Le train était arrivé exactement à l'heure, du moins exactement à l'heure corrigée que j'avais annoncée à Mme Elincourt dans mon message. J'allais laisser passer cinq minutes, puis je l'appellerais.

Les cinq minutes se sont écoulées, mais je me suis dit que j'allais encore attendre cinq minutes. Je ne voulais pas partir du mauvais pied, les harceler s'ils étaient bloqués dans les embouteillages.

Encore cinq minutes plus tard, alors que j'étais en train de fouiller mon sac à la recherche de la sortie papier du mail de Mme Elincourt, j'ai vu un homme avancer le long du quai, les mains dans les poches.

Pendant un instant, quelque chose a semblé palpiter dans ma poitrine quand il s'est approché et a planté ses yeux dans les miens et j'ai compris que ça ne pouvait pas être *lui*. Il était beaucoup trop jeune. Trente, trente-cinq ans à tout casser. Il était aussi (malgré ma nervosité, je n'ai pas pu m'empêcher de le remarquer) extrêmement beau, dans le genre un peu bohème, mal rasé, avec des cheveux bruns emmêlés et une grande carcasse mince.

Il portait une salopette ; en arrivant à ma hauteur, il a sorti ses mains de ses poches, et j'ai vu que quelque chose y était incrusté, de la terre, ou de l'huile de moteur, même s'il avait tenté de les nettoyer. Pendant un instant, j'ai pensé que c'était peut-être un cheminot, mais une fois devant moi, il a parlé :

— Rowan Caine ?

J'ai acquiescé d'un hochement de tête.

— Je suis Jack Grant.

Il a fait un grand sourire et les coins de sa bouche se sont recourbés d'une façon désarmante, comme s'il savourait une *private joke*. Il avait l'accent écossais, mais plus léger et plus facile à comprendre que la fille de Glasgow avec qui j'avais travaillé après le lycée. Il terminait son nom de famille sur une note chantante, plus proche de *ant* que de *aunt*, plus long en anglais.

— Je travaille à Heatherbrae. Sandra m'a demandé de passer vous chercher. Désolé pour le retard.

— Bonjour, j'ai dit, soudain timide, même si je n'en voyais pas la raison.

J'ai toussoté, cherchant quelque chose à ajouter.

— Heu, c'est pas grave. Pas de problème.

— C'est pour ça que je suis dans cet état. (Il a regardé ses mains d'un air contrit.) Elle ne m'a prévenu qu'il y a une demi-heure, j'étais en train de réparer la tondeuse, mais j'avais peur de vous louper, alors je me suis mis en route avec ma crasse. Je peux prendre votre valise ?

— Franchement, ça va. (Je l'ai soulevée.) Elle n'est pas lourde. Merci d'être venu.

Il a haussé les épaules.

— Pas besoin de me remercier. C'est mon boulot.

— Vous travaillez pour les Elincourt ?

— Pour Bill et Sandra, *aye*... Bon, je ne sais pas quelle serait la description exacte de mon emploi. Je crois que Bill me salarie comme chauffeur de son entreprise, mais homme à tout faire, ça conviendrait mieux. Je fais le jardin, je répare les voitures, et je les emmène à Carn Bridge. Vous êtes la nouvelle nurse ?

— Pas encore, j'ai répondu nerveusement.

Mais il m'a fait un sourire en coin et je le lui ai rendu malgré moi. Il y avait quelque chose de contagieux dans son expression.

— Enfin, c'est le boulot auquel je postule, oui. Ils ont reçu beaucoup d'autres candidates ?

— Deux ou trois. Vous avez de meilleures chances que la première. Elle ne parlait pas trop anglais, je ne sais pas qui avait écrit sa lettre de motivation, mais d'après ce qu'a dit Sandra, c'était pas elle.

Je ne sais pas pourquoi, ses mots me rassuraient. J'avais imaginé un défilé de Mary Poppins au col amidonné, d'une compétence à toute épreuve. Je me suis redressée, lissant les plis de ma jupe en tweed.

— Bien. Enfin, pas pour elle, j'imagine. Mais pour moi, ça s'annonce mieux.

Nous étions sortis de la gare et marchions vers le petit parking presque vide, vers une longue voiture noire garée de l'autre côté de la route. Jack a appuyé sur quelque chose au bout d'une chaîne, dans sa poche, les phares ont clignoté et les portes se sont ouvertes, s'élevant comme des ailes de chauve-souris. Malgré moi, j'en suis restée bouche bée. J'ai pensé à la Volvo gris terne de mon beau-père, à sa fierté et sa joie, et j'ai laissé échapper un rire bref. Jack a souri de nouveau.

— C'est un peu voyant, hein ? C'est une Tesla. Électrique. Je ne sais pas si ça aurait été mon premier choix de véhicule, mais Bill… eh bien, vous verrez. C'est un fou de technologie.

— Ah bon ?

Ces mots ne signifiaient rien en soi, mais quelque part… le simple fait de savoir cette petite chose était une pépite, un lien avec cet homme sans visage.

Jack s'est reculé tandis que je casais ma valise dans le coffre.

— Vous voulez monter derrière ou devant ? a-t-il demandé.

Je me suis sentie rougir.

— Oh, devant, s'il vous plaît !

L'idée de m'asseoir royalement à l'arrière et de le traiter comme un chauffeur m'embarrassait.

— On a une meilleure vue, de toute façon, a-t-il seulement dit.

Il a appuyé sur un autre bouton et les ailes de chauve-souris à l'arrière se sont rabaissées, puis il m'a tenu la portière avant.

— Après vous, Rowan.

Je n'ai pas bougé tout de suite, oubliant presque à qui il s'adressait. Puis, avec un sursaut, je me suis reprise et suis montée.

Au fond, je le savais, bien sûr, que les Elincourt étaient riches. Après tout, ils avaient un chauffeur/homme à tout faire et ils proposaient 55 000 livres pour un poste de nurse : il fallait donc bien qu'ils aient un peu de cash à disposition. Mais ce n'est qu'en arrivant à Heatherbrae que j'ai commencé à prendre conscience de *l'étendue* de leur richesse.

Cette découverte m'a fait une impression curieuse.

Je m'en fiche, de l'argent, ai-je eu envie de dire à Jack lorsque nous nous sommes arrêtés devant un haut portail métallique qui s'est ouvert vers l'intérieur, répondant visiblement à un quelconque transmetteur dans la voiture. Mais ce n'était pas entièrement vrai.

Combien gagnent Sandra et Bill ? me suis-je surprise à me demander.

La Tesla a remonté la longue allée sinueuse dans un silence surréaliste. Le son des graviers sous les roues était beaucoup plus fort que celui, presque imperceptible, du moteur électrique.

— La vache, j'ai marmonné à part moi tandis que nous prenions encore un virage, toujours sans avoir vu la maison.

Jack m'a lancé un regard en coin.

— C'est grand, hein ?

— Si peu.

Le terrain devait coûter moins cher ici que dans le Sud,

bien sûr, mais ne pouvait quand même pas être si bon marché que ça. Nous avons franchi un pont au-dessus d'un torrent rapide aux eaux noires de tourbe, puis traversé un bosquet de pins. J'ai cru apercevoir une forme rouge vif dans les arbres et j'ai penché la tête pour mieux voir, mais il commençait à faire sombre et je ne savais pas trop si je n'avais pas imaginé ce mouvement.

Enfin, nous sommes sortis du bois pour arriver dans une clairière, et j'ai vu Heatherbrae pour la première fois.

Je m'attendais à une demeure ostentatoire, peut-être une maison de nouveaux riches à l'américaine, ou un ranch en rondins tout en longueur. Mais ce n'est pas du tout ce qui m'a accueillie. Devant moi se dressait un modeste pavillon victorien, carré, comme un dessin d'enfant, avec une porte noire vernie au milieu et des fenêtres de chaque côté. Il n'était pas grand, mais solidement bâti en blocs de granit, avec une vigne vierge abondante sur un des murs. Je n'aurais pas pu dire exactement pourquoi, mais il en émanait une impression de chaleur, de luxe et de *confort*.

C'était le crépuscule ; une fois que Jack a coupé le contact et les phares de la Tesla, le seul éclairage venait des étoiles et des lampes de l'intérieur de la maison, qui illuminaient le gravier. On aurait dit une illustration sentimentale, un de ces chromos nostalgiques qu'on trouvait sur les boîtes de puzzle que ma grand-mère aimait tant.

Pierre grise douce, usée et couverte de lichen, lampes dorées brillant à travers les vitres ondulées et propres, roses fanées qui éparpillaient leurs pétales dans le couchant – c'était presque trop parfait, d'une perfection insoutenable, bizarre.

En descendant de la voiture, quand l'air frais du soir m'a enveloppée, embaumé d'un parfum de conifères vif et propre comme de l'eau minérale, je me suis soudain sentie étranglée de désir pour cette vie et tout ce qu'elle représentait. Le contraste avec ma propre enfance, la banlieue sans joie, les bungalows des années 1950 tous identiques au nôtre, toutes les pièces d'une propreté irréprochable, à part ma chambre, mais dépourvues de caractère ou de confort… Ce contraste était presque trop amer pour moi, et c'est plus pour évacuer cette idée que parce que j'étais prête à rencontrer Sandra que je suis allée me mettre à l'abri sous le porche.

Instantanément, quelque chose m'a semblé clocher. Mais quoi ? La porte, devant moi, était assez traditionnelle, un panneau de bois peint d'un noir riche et brillant, mais il y avait un hic, comme s'il *manquait* quelque chose, même. Il m'a fallu une seconde pour remarquer quoi. Il n'y avait pas de serrure.

Quand je l'ai compris, ça m'a un peu déstabilisée. Cette absence n'était qu'un tout petit détail, mais elle me plongeait dans le désarroi : était-ce une fausse porte ? Devais-je faire le tour de la maison ?

Il n'y avait pas non plus de heurtoir, et j'ai regardé par-dessus mon épaule pour demander à Jack comment je devais m'annoncer. Mais il était encore dans la voiture, en train de vérifier quelque chose sur l'énorme écran tactile qui tenait lieu de tableau de bord.

Je me suis retournée vers la porte pour frapper des phalanges sur le bois, mais juste à ce moment-là, un truc incrusté dans le mur à gauche de la porte m'a attiré l'œil. Une icône spectrale et lumineuse en forme de sonnette était apparue comme par magie, brillant sur ce qui ressemblait à de la pierre solide, et j'ai compris que ce que j'avais pris pour une simple partie du mur était en fait un panneau ingénieusement encastré. J'allais cliquer sur le bouton, mais il devait y avoir un capteur de mouvement, car je ne l'avais pas touché qu'une sonnette a retenti à l'intérieur.

J'ai cligné les yeux, repensant tout à coup à la remarque de Jack dans la voiture. *Bill… eh bien, vous verrez. Il est fou de technologie.* Était-ce de ça qu'il parlait ?

— Rowan ? Bonjour !

La voix féminine semblait surgir de nulle part et j'ai sursauté, cherchant des yeux une caméra, un micro, une grille pour parler dedans. Il n'y en avait pas. Pas que je puisse voir, du moins.

— Heu… oui, j'ai fait, ne sachant où regarder, me faisant l'effet d'une imbécile complète. Bonjour. Vous… vous êtes Sandra ?

— Oui ! Je finis juste de me changer. Je descends dans dix secondes. Désolée de vous faire attendre.

Il n'y a pas eu de « clic » indiquant qu'un récepteur avait été reposé, ni aucun autre signe que la conversation était terminée, mais le panneau s'est éteint et je suis restée à attendre, me sentant curieusement à la fois observée et ignorée.

Finalement, après un moment qui m'a paru long mais a sans doute duré moins de trente secondes, il y a eu une soudaine cacophonie d'aboiements et la porte s'est ouverte. Deux labradors noirs sont sortis en trombe, suivis d'une femme blonde et mince de peut-être quarante ans, qui riait et tirait sans succès sur leurs colliers tandis qu'ils décrivaient des cercles autour d'elle en jappant joyeusement.

— Hero ! Claude ! Revenez là !

Mais les chiens ne l'écoutaient pas, et ils ont bondi vers moi. J'ai fait deux ou trois pas en arrière. L'un des deux a poussé son museau dans mon entrejambe, si fort qu'il m'a fait mal, et je me suis surprise à rire nerveusement en essayant de le repousser, pensant à mon unique collant de rechange dans mon sac et serrant les dents de peur que le chien ne déchire celui que je portais. Il m'a de nouveau sauté dessus et j'ai éternué, sentant une démangeaison commencer à l'arrière de mon crâne. Zut. Avais-je pris ma Ventoline ?

— Hero ! a de nouveau crié la femme. Hero, *ça suffit* !

Elle a quitté l'abri du porche pour me rejoindre, la main tendue.

— Bonjour Rowan. Calme-toi, Hero, franchement !

Elle a réussi à clipper une laisse au collier du chien et à le ramener à ses côtés.

— Désolée, elle est très sociable. Vous n'avez rien contre les chiens ?

— Pas du tout, j'ai dit.

Même si ce n'était que partiellement vrai. Je n'avais rien contre les chiens sur le principe, mais ils réveillaient mon asthme si je ne prenais pas mes antihistaminiques. Par ailleurs, asthme ou pas, je n'avais pas envie qu'ils me poussent leurs museaux entre les jambes dans l'exercice de mes fonctions. J'ai senti ma gorge se serrer, même si, en plein air, ça ne pouvait être que psychosomatique.

— Gentil, j'ai dit, avec tout l'enthousiasme que je suis parvenue à réunir, en lui caressant la tête.

— Genti*lle*, en fait. Hero est une chienne, le chien c'est Claude. Ils sont frère et sœur.

— Gentille, j'ai corrigé sans entrain.

Hero m'a léché la main avec ardeur et j'ai contenu le réflexe d'essuyer ma paume sur ma jupe. Derrière moi, j'ai entendu une portière claquer, puis les pas de Jack sur le gravier, et c'est avec un certain soulagement que j'ai vu les chiens tourner leur attention vers lui, aboyant gaiement tandis qu'il sortait ma valise du coffre.

— Voilà votre valise, Rowan. Ravi d'avoir fait votre connaissance, a-t-il dit en la posant à mes pieds.

Puis, se tournant vers Mme Elincourt :

— Je vais me remettre à réparer la tondeuse, si ça vous va, Sandra. Sauf si vous avez encore besoin de moi ?

— Quoi donc ? a fait distraitement Mme Elincourt.

Puis elle a hoché la tête :

— Ah, la tondeuse. Oui, allez-y, je vous en prie. Vous croyez que vous allez réussir à la faire remarcher ?

— Je l'espère. Sinon, j'appellerai Aleckie Brown dans la matinée.

— Merci, Jack, a fait Sandra.

Elle a secoué la tête tandis qu'il disparaissait au coin de la maison, sa haute silhouette aux épaules carrées se découpant sur le ciel du soir.

— Franchement, cet homme est un *vrai* bijou. Je ne sais pas ce qu'on ferait sans lui. Jean et lui ont été de véritables rocs. C'est ce qui rend toute cette histoire de nounous encore plus inexplicable.

Toute cette histoire de nounous. Et voilà. La première allusion au fait curieux qui m'avait trotté dans la tête pendant tout le voyage : quatre femmes avaient déjà démissionné de ce poste.

Dans mon élan initial, quand j'avais lu le message de Sandra, je ne m'étais pas tellement préoccupée de ce passage. À côté de la chance d'obtenir un entretien, ça ne m'avait pas paru essentiel, mais en relisant les mails et les indications pour le trajet jusqu'à Carn Bridge, j'étais retombée dessus, et cette fois cette remarque m'avait sauté aux yeux – son étrangeté, et son côté vaguement absurde. J'y avais longuement pensé pendant les assommantes heures de train, retournant ses mots dans mon esprit, déchirée entre l'envie de rire et une certaine perplexité plus inquiétante.

Je ne croyais *pas* au surnaturel – je dois le dire tout de suite, monsieur Wrexham. Les légendes sur la maison ne me tracassaient donc pas du tout, l'idée même que des nurses et des employées aient pu être chassées par des événements mystérieux et inquiétants me paraissait en fait ridicule, voire presque gothique.

Mais le fait était que quatre femmes avaient quitté le service des Elincourt au cours de l'année qui venait de s'écouler… Avoir la déveine de recruter une employée superstitieuse et aux nerfs fragiles, cela pouvait tout à fait arriver. Mais quatre de suite…

Il y avait une forte probabilité qu'il s'agisse d'autre chose, et toutes sortes de possibilités m'étaient venues à l'esprit pendant mon long trajet jusqu'en Écosse. Je m'étais vaguement attendue à découvrir que Heatherbrae était une ruine pleine de courants d'air, ou Mme Elincourt une patronne tyrannique. Jusque-là, au moins, rien de cela ne semblait vrai. Mais je réservais mon jugement.

À l'intérieur de Heatherbrae, les chiens étaient, si possible, encore plus dissipés et chahuteurs, excités de voir une étrangère admise dans la maison. Mme Elincourt a fini par abandonner l'idée de les calmer et les a traînés tous les deux par le collier jusqu'à une pièce dans le fond, où elle les a enfermés.

J'en ai profité pour sortir ma Ventoline et prendre une inhalation rapide avant d'attendre Sandra juste derrière la porte d'entrée, laissant l'atmosphère se dévoiler à moi.

Ce n'était pas une demeure majestueuse, juste une maison familiale. Et le mobilier n'était pas ostentatoire, juste incroyablement confortable et bien fait. Mais il s'en dégageait une impression de… *richesse*. Je ne peux pas dire ça autrement. La rampe en bois verni, le tapis d'une couleur tourbe intense qui suivait la courbe élégante de l'escalier, le fauteuil moelleux en velours bronze sous la volée de marches et le tapis persan élimé sur le dallage ancien dans le vestibule. Le tic-tac lent et sûr d'une belle horloge de parquet à côté de la haute fenêtre, la patine profonde de la table de réfectoire contre le mur – tout contribuait à créer un sentiment de luxe presque dérangeant. Ce n'était pas particulièrement bien rangé, il y avait des tas de journaux éparpillés à côté du canapé et une botte d'enfant en caoutchouc abandonnée à la porte, mais absolument aucun objet ne semblait déplacé.

Les coussins du canapé étaient gonflés de plumes, il n'y avait pas de boules de poils de chien dans les coins ni de traces de boue sur l'escalier. Même *l'odeur* était délicate, pas une trace de chien mouillé ni une odeur de cuisine, juste cire, feu de bois, et un soupçon de pétales de rose.

C'était... c'était *parfait*, monsieur Wrexham. C'était la maison que je me serais faite si j'avais eu l'argent, le goût et le temps de créer quelque chose d'aussi profondément, infiniment accueillant et chaleureux.

J'étais en train de me dire tout ça quand j'ai entendu une porte se refermer et vu Sandra qui revenait de l'autre bout du couloir, secouant ses cheveux couleur miel pour les écarter de son visage souriant.

— Oh ! là là ! désolée, on ne reçoit pas tellement d'inconnus, alors ils se mettent dans tous leurs états quand ils voient de nouveaux visages. Ils ne sont pas comme ça tout le temps, je vous assure. Recommençons. Bonjour, Rowan, moi c'est Sandra.

Elle m'a tendu la main une seconde fois, une main forte, mince et bronzée, ornée de trois ou quatre bagues visiblement coûteuses. Je l'ai serrée, sentant ses doigts presser les miens avec une fermeté inaccoutumée, et je lui ai rendu son sourire.

— Au fait, vous devez être affamée et fatiguée, après un si long voyage. Vous venez de Londres, c'est ça ?

J'ai hoché la tête.

— Laissez-moi vous montrer votre chambre ; quand vous vous serez changée et mise à l'aise, redescendez, on mangera un morceau. Je n'en reviens pas qu'il soit si tard. Plus de 21 heures, déjà. Le voyage a été pénible ?

— Pénible, non, juste long. Il y a eu une espèce de panne d'aiguillage à York alors j'ai manqué ma correspondance. Je suis vraiment navrée, je suis toujours très ponctuelle, normalement.

Ça, au moins, c'était vrai. Quels que soient mes autres défauts et manquements, je suis très rarement en retard.

— J'ai eu votre message. Désolée de n'avoir pas répondu, je ne l'ai pas vu tout de suite : j'étais accaparée par le bain des enfants quand il est arrivé et j'ai juste eu le temps de courir dire à Jack d'aller vous chercher. J'espère que vous n'avez pas attendu trop longtemps, à la gare.

Ce n'était pas vraiment une question, plutôt une remarque, mais j'ai répondu tout de même.

— Non, pas trop. Les enfants sont couchées, alors ?

— Les trois plus petites, oui. Maddie a huit ans, Ellie cinq, et le bébé, Petra, n'a que dix-huit mois, donc elles sont toutes au lit.

— Et votre autre enfant ? ai-je demandé en pensant à l'éclat rouge que j'avais aperçu entre les arbres en arrivant. Vous disiez dans l'annonce que vous en aviez quatre ?

— Rhiannon a quatorze ans, bientôt vingt-quatre, à l'en croire. Elle est interne ; ce n'est pas vraiment par choix, je préférerais l'avoir à la maison, mais il n'y a pas de collège suffisamment proche. Le premier est à plus d'une heure de route et ça ferait trop, tous les jours. Donc, elle est pensionnaire à côté d'Inverness et elle rentre presque tous les week-ends. Ça me brise un peu le cœur chaque fois qu'elle s'en va, mais elle a l'air de s'y plaire.

Si vous tenez tant à l'avoir à la maison, pourquoi vous ne déménagez pas ? me suis-je demandé.

— Donc, je ne vais pas la rencontrer ?

— Hélas non, mais pour être honnête, votre temps serait surtout consacré aux petites. Et comme ça, nous pouvons bavarder tranquillement maintenant, et vous ferez la connaissance des enfants demain. Ah, et j'ai peur que mon mari, Bill, ne puisse pas être là non plus.

— Ah bon ?

C'était une surprise, un choc, même. Je n'allais donc pas

le rencontrer. J'étais pourtant persuadée que n'importe quel homme voudrait rencontrer la personne qu'il envisageait d'embaucher pour s'occuper de ses enfants… mais je me suis efforcée de ne rien laisser paraître, de ne pas avoir l'air de juger.

— Ah, c'est dommage.

— Oui, il est en déplacement pour son travail. Je dois dire que ça a été affreusement compliqué, avec toutes les nounous qui sont parties cette année. Les enfants sont très déstabilisées, c'est compréhensible, et l'entreprise en a beaucoup souffert. Nous sommes tous les deux architectes dans un cabinet dont nous sommes codirecteurs. Enfin, directeur et directrice !

Elle a souri, montrant des dents très blanches et parfaitement régulières.

— Nous ne sommes que deux, et ça veut dire qu'en période de rush, quand on est sur plus d'un projet à la fois, on est vraiment limite. On s'efforce de jongler pour que l'un de nous soit toujours là, mais depuis le départ de Katya, notre dernière nurse, c'est le chaos total. Il a fallu que je prenne la relève ici, et Bill fait de son mieux pour tenir le cabinet. Pour être complètement franche, je dois vous dire que la personne qui reprendra le poste n'aura pas exactement une période de transition en douceur. En principe, je fais en sorte de travailler à la maison le premier mois pour m'assurer que tout roule, mais ça ne va pas être possible cette fois-ci. Bill ne peut pas être à deux endroits à la fois, et on a des projets qui nécessitent vraiment ma présence sur le terrain. Il nous faut quelqu'un qui a beaucoup d'expérience et ne s'affole pas à l'idée de rester seule avec les enfants dès le début, et aussi qui puisse commencer le plus vite possible.

Elle m'a jeté un regard un peu anxieux, un pli entre ses sourcils très marqués.

— Vous pensez que ça pourrait être vous ?

J'ai dégluti. C'était le moment de me défaire de mes doutes et de me glisser dans la peau de Rowan, la Nounou Parfaite.

— Absolument, ai-je répondu.

Ma propre assurance m'a presque convaincue.

— Vous avez bien vu mon CV ?

— Nous avons été très impressionnés par votre CV, a répondu Sandra.

J'ai accepté son compliment par un petit hochement de tête rougissant.

— Très franchement, c'est un des plus solides que nous avons reçus. Vous remplissez toutes les conditions, grâce à votre expérience avec les différentes classes d'âge. Mais quelle est la durée de votre préavis ? Enfin, bien sûr…

Elle parlait bas à présent, comme un peu mal à l'aise.

— … *Bien sûr*, le plus important, c'est de trouver la *bonne* personne, cela est évident. Mais on a aussi besoin de quelqu'un qui puisse commencer… eh bien, quasi immédiatement, pour être honnête. Je mentirais si je prétendais que ça n'entre pas en ligne de compte.

— Mon préavis est de quatre semaines.

Voyant une moue d'inquiétude déformer un peu la bouche de Sandra, je me suis empressée d'ajouter :

— Mais je pense que je pourrais négocier un départ anticipé. Il me reste pas mal de congés à prendre, donc, il faudrait que je fasse les comptes avec un calendrier sous les yeux, mais j'estime qu'en principe, je dois pouvoir le ramener à deux semaines. Peut-être moins.

Enfin, *si* Little Nippers étaient prêts à se montrer flexibles. Dieu sait qu'ils ne m'avaient pas donné énormément de motifs d'être loyale.

L'éclair d'espoir et de soulagement qui est passé sur le visage de Sandra ne m'a pas échappé. Puis elle a semblé se rappeler où nous étions.

— Mais qu'est-ce que je fabrique, à vous retenir dans le

couloir comme ça. Ce n'est vraiment pas fair-play de vous faire passer un entretien avant même de vous laisser retirer votre manteau ! Venez, je vais vous montrer votre chambre, ensuite on n'aura qu'à se retirer dans la cuisine, et on pourra discuter tranquillement pendant que vous mangerez un morceau !

Elle s'est mise à gravir le long escalier courbe, ses pieds silencieux sur le tapis moelleux comme du velours. Sur le palier, elle s'est arrêtée et a porté un doigt à ses lèvres. Je me suis immobilisée aussi, admirant le grand espace, le petit guéridon supportant un vase de pivoines rosées qui commençaient tout juste à perdre leurs pétales. Un couloir s'enfonçait dans la semi-obscurité, seulement éclairé par une veilleuse rose branchée dans le mur. Une demi-douzaine de portes donnaient dessus. Des lettres en bois étaient collées de travers sur celle du fond, et lorsque mes yeux se sont habitués à la pénombre, j'ai lu : *Princesse Ellie* et *Reine Maddie*. La porte la plus proche de l'escalier était entrouverte et une petite lampe illuminait faiblement les coins de la pièce. J'ai entendu les doux ronflements d'un bébé.

— Les enfants dorment, a chuchoté Sandra. En tout cas, je l'espère. J'ai entendu des petits bruits tout à l'heure, mais tout a l'air bien calme maintenant ! Maddie, en particulier, a le sommeil très léger, alors je dois marcher sur la pointe des pieds. Bill et moi dormons à cet étage, mais Rhi couche au-dessus. Par ici.

Au sommet du second escalier, le palier donnait sur trois autres portes. Celle du milieu était ouverte sur un petit placard où s'entassaient un fatras de serpillières et de balais, et un aspirateur en charge. Sandra l'a refermée en vitesse.

La porte de gauche était close, et dessus était écrit *BARREZ-VOUS, N'ENTREZ PAS OU VOUS ÊTES MORT*, au rouge à lèvres, apparemment.

— C'est la chambre de Rhiannon, a expliqué Sandra.

Elle a eu un petit haussement de sourcils qui pouvait signifier n'importe quoi, entre l'amusement et la résignation. Elle a mis la main sur la poignée de la troisième porte, à droite de l'escalier.

— Et celle-ci, c'est la vôtre. Enfin…

Elle s'est interrompue, l'air un peu gênée.

— Enfin, c'est toujours là qu'on installe la nurse, et c'est là que vous allez dormir ce soir. Je ne voulais pas être présomptueuse !

J'ai hasardé un rire un peu nerveux tandis qu'elle ouvrait la porte. À l'intérieur, il faisait sombre, mais au lieu de chercher l'interrupteur, Sandra a sorti son téléphone. Je m'attendais à ce qu'elle allume la torche, mais elle a cliqué sur l'écran et des lumières ont éclairé la pièce.

Ce n'était pas seulement le plafonnier – en fait, il était réglé très bas, ne dispensant qu'une faible lueur mordorée : la lampe de chevet s'est allumée aussi, ainsi qu'un lampadaire près de la fenêtre, à côté d'une petite table, et des guirlandes enroulées autour de la tête de lit.

Mon visage a dû trahir ma surprise, car Sandra a poussé un petit rire ravi.

— C'est cool, hein ? On a des interrupteurs, bien sûr, enfin, des panneaux, mais c'est une maison intelligente. On peut contrôler tous les radiateurs et toutes les lampes depuis nos téléphones.

Elle a fait glisser son pouce sur son écran et la lumière du plafonnier est soudain devenue beaucoup plus vive, puis de nouveau tamisée, et à l'autre bout de la pièce, une lumière a jailli dans la salle de bains avant de s'éteindre.

— Il n'y a pas que l'éclairage…, a expliqué Sandra.

Elle a fait apparaître un autre écran et tapoté sur une icône, et de la musique s'est échappée doucement d'un haut-parleur invisible. Miles Davis, il m'a semblé, même si je ne m'y connais pas trop en jazz.

— Il y a aussi une option « contrôle vocal » mais je trouve ça un peu flippant, alors je ne m'en sers pas souvent. Mais je peux vous montrer quand même.

Elle a toussé puis dit sur un ton un peu artificiel :

— Coupe la musique !

Il y a eu une pause, puis Miles Davis s'est éteint brusquement.

— Mais bien sûr, vous pouvez aussi contrôler les réglages à partir du panneau.

Elle a appuyé sur un truc au mur et un panneau blanc s'est illuminé brièvement tandis que les rideaux se fermaient prestement sur la fenêtre en face avant de se rouvrir.

— Waouh.

Je ne savais pas trop quoi dire. D'un côté, c'était impressionnant. De l'autre… je me suis surprise à reprendre le mot de Sandra. Flippant.

— Je sais, a fait Sandra avec un petit rire. C'est un peu ridicule, je m'en rends compte. Mais en tant qu'architectes, c'est une obligation professionnelle pour nous de tester tous les gadgets sympas. Bon…

Elle a de nouveau regardé son téléphone, cette fois pour consulter l'horloge.

— Je *dois* arrêter de parler et sortir le dîner du four, et vous pouvez retirer votre manteau et défaire votre valise. Je vous attends en bas dans… quinze minutes ?

— Parfait, ai-je répondu d'une voix un peu faible.

Elle m'a souri et s'est éclipsée en fermant la porte derrière elle.

Après son départ, j'ai posé ma valise et je me suis rendue à la fenêtre. Il faisait complètement nuit, mais en pressant mon visage contre la vitre et en plaçant mes mains en coupe autour de mes tempes, je devinais le ciel étoilé et les silhouettes sombres des montagnes à l'horizon.

J'ai brièvement frissonné en prenant conscience du

véritable degré d'isolement de cette maison, puis j'ai tourné le dos à la fenêtre afin d'examiner la chambre.

Ce qui m'a tout de suite frappée, c'était ce mélange insolite de tradition et de modernité. La fenêtre était du plus pur style victorien, avec son crochet en cuivre et ses vitres un peu ondulées. L'éclairage, en revanche, était on ne peut plus XXIe siècle : pas de banale ampoule au milieu du plafond, mais une pléthore de spots, de lampes et de suspensions, chacun dirigé vers une partie de la pièce et réglé sur une chaleur et une puissance spécifiques. Il n'y avait pas non plus de radiateur, d'ailleurs je ne voyais pas d'où venait le chauffage, mais il devait bien exister une source de chaleur – la nuit était assez fraîche pour que mon haleine ait laissé un halo de buée sur la vitre. Chauffage au sol ? Conduit dissimulé ?

Le mobilier, plus classique, n'aurait pas paru déplacé dans un coûteux hôtel de charme à la campagne. En face de moi, devant la fenêtre, un lit *king-size* garni de son inévitable assortiment de coussins de brocart ; sous la fenêtre, un petit canapé rembourré avec une table basse, l'espace idéal pour recevoir un ami ou prendre un verre. Il y avait aussi une commode, un bureau, deux chaises droites et un coffre à couvertures tapissé au pied du lit qui pouvait servir soit de rangement, soit de siège d'appoint. Une porte s'ouvrait de chaque côté, et en en ouvrant une au hasard, j'ai découvert un dressing plein d'étagères et de portemanteaux vides, éclairé par des spots qui se sont allumés automatiquement lorsque je suis entrée. La deuxième était verrouillée.

La troisième, au fond, était entrouverte : la salle de bains qu'avait allumée Sandra tout à l'heure. À l'intérieur, j'ai remarqué sur le mur un panneau semblable à celui qu'elle avait actionné dans la pièce principale. Je l'ai touché sans trop y croire, mais il s'est éclairé instantanément sur un ensemble étourdissant d'icônes et de boutons. J'ai cliqué sur l'un d'eux au hasard, sans trop savoir ce qui allait se passer, et l'éclairage s'est fait plus vif, révélant une salle de bains dernier cri, avec une énorme douche ciel de pluie et un meuble lavabo en béton aussi grand que le plan de travail de ma cuisine. Absolument rien de pseudo-victorien n'apparaissait dans cette pièce. C'était l'ère spatiale dans toute sa complexité, avec des lignes pures et modernes, et davantage de glamour dans un seul de ses carreaux que dans la plupart des salles de bains.

Je l'ai comparée mentalement avec celle de mon appart, cheveux dans la bonde rouillée, serviettes sales en tas dans un coin, taches de maquillage sur le miroir.

Bon sang, c'est ça que j'attendais.

Je ne sais pas ce que je souhaitais avant. J'avais tout misé sur l'entretien avec les Elincourt, focalisée que j'étais sur la perspective de voir ce que cachait cette annonce. Ça n'allait pas plus loin. En fait, je n'avais même pas envisagé de décrocher le boulot pour de vrai.

À présent… j'y tenais. Pas seulement les 55 000 livres par an, mais tout. Je voulais cette belle maison et cette chambre magnifique, jusqu'à sa douche somptueuse, carrelée de marbre, avec son verre sans calcaire et ses chromes lustrés.

Et plus encore, je voulais faire partie de cette famille.

Si j'avais eu le moindre doute sur le bien-fondé de ma présence ici, cette chambre l'avait fait voler en éclats.

Pendant un long moment, je suis restée devant le lavabo, les mains posées sur le meuble, à me contempler dans la glace. Le visage que me rendait mon regard était un peu déstabilisant. Pas exactement son expression, mais quelque chose dans mes yeux. Il y avait là… une sorte d'appétit. Il ne fallait pas que j'aie l'air trop empressée devant Sandra. Enthousiaste, oui. Mais cet empressement désespéré que je voyais dans ce reflet, c'était rédhibitoire.

Lentement, j'ai lissé mes cheveux, me suis léché un doigt

et repeigné un sourcil rebelle. Puis ma main s'est portée à mon collier.

Je l'exhibais tous les jours depuis que j'avais quitté le lycée et que les codes de l'uniforme ne m'en empêchaient plus. Même enfant, je le mettais le week-end et chaque fois que possible, ignorant les soupirs de ma mère et ses remarques sur la camelote qui vous verdit la peau. Je l'avais reçu en cadeau pour mon premier anniversaire, et à présent, après plus de vingt ans, j'avais l'impression qu'il faisait partie de moi et je ne le remarquais presque plus, même quand je jouais avec dans les moments de stress ou de désœuvrement.

Mais là, je l'ai remarqué.

Un R en argent au bout d'une chaîne. Ou plutôt, comme me le rappelait si souvent ma mère, pas en argent mais en plaqué argent, ce qui se voyait de plus en plus à mesure que le métal jaunâtre en dessous apparaissait aux endroits où j'avais distraitement frotté la chaîne.

Je n'avais pas de raison de le retirer. Il n'avait rien de choquant. La probabilité que quelqu'un le remarque était d'ailleurs minime. Et pourtant…

Lentement, j'ai cherché le fermoir sur ma nuque et l'ai défait.

Puis je me suis mis un peu de gloss, j'ai lissé ma jupe, resserré ma queue-de-cheval, et me suis préparée à descendre retrouver Sandra Elincourt pour l'entretien de ma vie.

Quand je suis arrivée en bas, je n'ai pas vu Sandra, mais j'ai senti une odeur délicieuse, appétissante, qui venait du bout du couloir. Me rappelant que c'était par là qu'elle était allée enfermer les chiens, je me suis avancée prudemment. Mais lorsque j'ai poussé la porte, j'ai compris que je venais de pénétrer dans un autre monde.

On aurait dit que le fond de la maison avait été retiré d'un coup de hache et qu'on avait greffé là une stupéfiante boîte moderniste, presque agressivement XXIe siècle. Des poutres de métal s'élevaient vers un toit de verre et, sous mes pieds, le carrelage encaustiqué s'était arrêté net, laissant la place à un sol en béton coulé, au ponçage un peu mat. On aurait dit un croisement entre une cathédrale brutaliste et une cuisine industrielle. Au centre se dressait un bar en métal luisant entouré de tabourets chromés, divisant la pièce entre le coin cuisine, lumineux, et, derrière, la salle à manger à l'éclairage tamisé, où une table au plateau de béton occupait toute la longueur de la pièce.

Au milieu, devant une monstrueuse cuisinière, la plus grande que j'aie jamais vue, Sandra versait des louches d'une espèce de ragoût dans deux bols. Elle a levé les yeux.

— Rowan ! Écoutez, je suis navrée, j'ai oublié de vous poser la question : vous n'êtes pas végétarienne, si ?

— Non. Je mange à peu près de tout.

— Ouf ! Je suis soulagée, parce qu'on n'a pas grand-chose, à part du ragoût de bœuf. J'étais juste en train de me demander si j'avais le temps de faire des pommes de terre au four. Ce qui me fait penser…

Elle s'est approchée de l'énorme frigo en acier, a enclenché un bouton invisible sur la poignée de la porte, et a dit, articulant avec soin :

— Happy, commande des pommes de terre.

— Ajouter des pommes de terre à votre liste de courses, a répondu une voix robotique.

Un écran s'est allumé, montrant ladite liste comme tapée à la machine : *Mangez Happy, Sandra !*

Le choc m'a donné envie de rire, mais j'ai étouffé l'impulsion et regardé Sandra disposer les bols sur la grande table, avec une miche de pain de campagne sur une planche et un petit pot de crème. Les bols étaient en porcelaine à la cendre d'os, sans doute victoriens, peints à la main de petites fleurs et ornés de détails à la feuille d'or. Quelque part, le contraste entre la sévérité mathématique des lignes modernistes de la pièce en verre et ces bols anciens et fragiles était presque absurde, et ça m'a un peu décontenancée. C'était comme le reste de la maison, à l'envers : la dignité un peu étouffante du mobilier victorien ponctuée de touches de modernité décoiffantes. Ici, le modernisme l'avait emporté, mais les bols et les lourdes volutes de fleurs sur les couverts en argent rappelaient ce qui se cachait derrière la porte fermée.

— Nous y voilà, a inutilement dit Sandra en s'asseyant et en me désignant le siège en face d'elle. Ragoût de bœuf. Servez-vous du pain pour absorber la sauce, et ça, c'est de la crème fraîche au raifort, ça va très bien avec.

J'ai dit, sincère :

— Ça sent incroyablement bon.

Sandra a secoué la tête pour ramener ses cheveux en

arrière avec un petit sourire qui se voulait modeste mais disait en fait : *je sais*.

— Oh, c'est la cuisinière, vous savez. Ragoût à *La Cornue*. C'est presque impossible à rater : vous jetez tous les ingrédients dans la marmite et vous l'oubliez sur le coin du feu ! Je regrette de temps en temps de n'avoir pas le gaz, mais on n'est pas dans le bon secteur, ici, alors c'est tout électrique. Les plaques sont à induction.

— Je n'ai jamais utilisé de plaque à induction.

J'ai regardé la cuisinière, un peu dubitative. Elle était énorme, deux mètres de boutons, tiroirs et poignées, et sur le dessus une surface de cuisson lisse qui semblait divisée en zones dont l'usage me semblait incompréhensible.

— Il faut le temps de s'y habituer, mais je vous promets, c'est très intuitif. La plaque, dessus, c'est un teppanyaki. J'étais un peu sceptique, vu le prix, mais Bill a insisté et je dois reconnaître que ça valait chaque centime, et même plus.

— Oh, je vois, ai-je dit même si je ne voyais rien.

Qu'est-ce que ça pouvait bien être, un teppanyaki ? J'ai pris une bouchée du ragoût qui était épais, riche et délicieux, le genre de repas que je n'avais jamais le temps ni l'esprit d'organisation de me préparer chez moi. J'ai laissé Sandra déposer une cuillerée de crème fraîche dans mon bol et me donner une tranche de pain croustillant. Il y avait une bouteille de vin rouge déjà ouverte sur la table, elle a rempli deux verres à pied victoriens magnifiquement gravés et en a poussé un vers moi.

— Alors, vous préférez manger d'abord et parler ensuite, ou vous voulez qu'on commence ?

— Je...

J'ai baissé les yeux sur mon bol et haussé les épaules intérieurement. Aucun intérêt à retarder. J'ai tiré sur ma jupe et je me suis assise un peu plus droite sur la chaise en métal.

— Commençons, si vous voulez. Qu'est-ce que vous voudriez savoir ?

— Eh bien, votre CV est très complet et *très* impressionnant. J'ai déjà contacté votre précédente employeuse, qui déjà ? Grace Devonshire ?

— Euh... oui, c'est ça.

— Et elle ne tarissait pas d'éloges sur vous. J'espère que ça ne vous gêne pas que j'aie vérifié vos références avant l'entretien, mais j'ai été échaudée quelquefois par des candidates qui ne convenaient pas, et je ne vois pas l'intérêt de vous faire perdre votre temps en vous traînant ici si c'est pour vous recaler devant la ligne d'arrivée. Mais Grace était carrément enthousiaste à votre sujet. Les Harcourt ont déménagé, apparemment, mais j'ai aussi parlé à Mme Grainger, et elle a été très élogieuse également.

— Vous n'avez pas contacté Little Nippers, n'est-ce pas ? j'ai demandé, un peu mal à l'aise.

Sandra a secoué la tête.

— Non, je comprends tout à fait, ce n'est pas toujours facile de chercher un emploi quand on occupe déjà un poste. Mais peut-être pouvez-vous me parler de votre travail là-bas ?

— Eh bien, c'est à peu près ce que j'ai expliqué dans le CV. J'y suis depuis deux ans, je suis responsable des tout-petits. J'avais envie de travailler dans une structure plus vaste qu'une famille, donc une crèche m'a paru tout indiquée. Ça m'a fait une très bonne expérience d'avoir un peu plus de responsabilités managériales, d'organiser les rotations de l'équipe et tout ça, mais très franchement, en fait, le côté familial du travail de nurse me manque. J'adore les enfants, et dans une crèche, on ne peut pas passer autant de temps en tête à tête avec eux que dans une maison. Ce qui m'a retenue jusque-là, c'était l'idée de faire un pas en arrière niveau salaire et responsabilités, mais j'ai le sentiment que votre poste représente le défi que je cherche.

J'avais répété ce speech dans ma tête pendant mon trajet en train, et à présent, les mots sortaient péniblement, avec une authenticité travaillée. J'avais passé assez d'entretiens dans ma vie pour savoir que c'était la clé : expliquer pourquoi vous vouliez quitter votre position actuelle sans débiner votre employeur, pour ne pas risquer de passer pour une employée déloyale. Mais ma version légèrement édulcorée des événements semblait fonctionner, car Mme Elincourt hochait la tête avec compréhension.

— J'imagine bien.

— Et puis, bien sûr, ai-je ajouté sur une inspiration subite, car je n'avais pas préparé cet argument-là, j'ai très envie de quitter Londres. Trop d'agitation, trop de pollution. Je crois qu'un changement de décor me ferait le plus grand bien.

— Alors ça, je comprends *tout à fait*, a approuvé Mme Elincourt avec un sourire. Bill et moi, on a eu le même cas de conscience il y a quelques années. Rhiannon avait huit ou neuf ans, donc on commençait à penser au collège. Maddie était toute petite, et je n'en pouvais plus de pousser son landau dans des parcs dégueulasses où je devais vérifier qu'il n'y avait pas d'aiguilles dans le bac à sable avant de la laisser jouer. On s'est dit que c'était vraiment l'occasion idéale de nous échapper pour de bon, construire une nouvelle vie, trouver une école indépendante vraiment super pour Rhi.

— Et vous êtes contente d'avoir pris cette décision ?

— Oh, tout à fait. Ça a été rude pour les enfants sur le moment, bien sûr, mais c'était sûrement le bon choix. Nous adorons l'Écosse, et nous ne voulions pas devenir comme ces familles qui achètent une résidence secondaire pour la mettre sur Airbnb neuf mois par an. Nous voulions absolument *vivre* ici, nous intégrer à la communauté, vous comprenez ?

J'ai hoché la tête, comme si le dilemme de la résidence secondaire faisait partie de mon quotidien.

— Heatherbrae était un vrai projet, a-t-elle continué. La maison avait été complètement négligée pendant des décennies : avant, elle était habitée par un vieil excentrique qui est parti en maison de retraite, et on l'a laissée se délabrer jusqu'à sa mort. De la pourriture sèche partout, des tuyaux éclatés, un système électrique douteux… Il a vraiment fallu l'éventrer complètement pour la rénover de A à Z, en ne gardant que la structure. Deux ans de boulot acharné, à reconfigurer les pièces et à tout refaire, les circuits, le tout-à-l'égout… Mais ça valait la peine, et bien sûr, cela nous faisait une étude de cas idéale pour notre cabinet. Nous avons un plein classeur de photos avant et après, et ça montre vraiment que l'architecture, quand elle est réussie, peut aussi bien consister à faire ressortir l'esprit d'une maison existante qu'à en créer une de bout en bout. Même si on en construit aussi, bien sûr. Notre spécialité, c'est l'architecture vernaculaire.

J'ai approuvé d'un air docte, comme si j'avais la moindre idée du sens de l'expression, et j'ai bu une gorgée de vin.

— Mais assez sur moi et la maison – et vous ? a dit Sandra en revenant à nos affaires. Racontez-moi un peu ce qui vous a attirée vers le métier de nurse.

Houlà. C'était vraiment une question vaste. Une dizaine d'images sont apparues dans mon esprit simultanément. Mes parents en train de me hurler dessus car j'avais incrusté de la pâte à modeler dans le carrelage de la cuisine quand j'avais six ans. Quand j'avais neuf ans, ma mère secouant la tête sans chercher à dissimuler sa déception en voyant mon bulletin. À douze ans, la pièce de théâtre de l'école, que personne n'avait pris la peine de venir voir. À seize ans, « Quel dommage que tu n'aies pas davantage révisé ton histoire » plutôt que de me féliciter pour mes A en maths, en anglais et en sciences. Dix-huit ans à n'être pas suffisamment bonne, à ne pas être la fille que j'étais censée être aux yeux de mes parents. Dix-huit ans à ne pas être à la hauteur.

— Eh bien…

Je me suis sentie perdre pied. Ça ne faisait pas partie du topo que j'avais préparé, et maintenant, je me maudissais. C'était une question prévisible, et j'aurais dû y penser.

— Eh bien, je suppose… enfin… j'adore les enfants, voilà tout.

C'était plat. Très plat. Et aussi pas entièrement vrai. Mais au moment où ces mots ont quitté ma bouche, j'ai remarqué autre chose : Sandra n'avait pas cessé de sourire, mais il y avait dans son expression une certaine neutralité qui ne s'y trouvait pas auparavant, et j'ai brusquement compris pourquoi. Une femme de presque trente ans qui s'extasie sur son amour des enfants… Je me suis dépêchée de réparer mon erreur :

— Mais je dois dire que je suis en admiration devant quiconque veut devenir parent. Je ne suis vraiment pas encore prête pour ça !

Bingo. Je n'ai pas loupé l'éclair de soulagement qui est passé sur le visage de Sandra, même si elle l'a vite dissimulé.

— Pas que ce soit une option pour l'instant, de toute façon, ai-je ajouté, me sentant assez sûre de moi pour m'autoriser une petite blague, puisque je suis résolument célibataire.

— Alors… pas d'attaches à Londres, dans ce cas ?

— Pas vraiment. J'ai des amis, bien sûr, mais mes parents sont partis à l'étranger pour leur retraite depuis quelques années. À vrai dire, une fois que j'aurai réglé ma situation avec Little Nippers, il n'y aura vraiment rien qui me retiendra à Londres. Je pourrai prendre un nouveau poste presque immédiatement.

J'ai soigneusement évité de dire *votre poste*, ne voulant pas paraître présomptueuse, mais Sandra hochait énergiquement la tête en souriant.

— Oui, comme vous le devinez sans doute suite à notre conversation de tout à l'heure, je mentirais si je disais que ce n'est pas un facteur qui entre en ligne de compte. Les vacances d'été approchent et il nous *faut* quelqu'un avant la fin des classes, sans quoi je vais me noyer. En plus, il y a un salon professionnel très, *très* important dans quelques semaines, et nous devons absolument y assister tous les deux.

— Quel est votre dernier délai ?

— Rhi finit les cours vers la fin juin, ça fait… trois ou quatre semaines ? Mais le salon commence le week-end précédent. À vrai dire, le plus tôt sera le mieux. Deux semaines, c'est faisable. Trois semaines, c'est… eh bien, c'est limite. Quatre semaines, ça commencerait à être la cata. Vous avez dit que votre préavis est de quatre semaines ?

— Oui, mais en défaisant ma valise, j'ai réfléchi que j'ai au moins huit jours de congé à prendre, donc je peux forcément réduire ce délai à deux semaines, ou à peine plus, si je fais jouer ça. Peut-être même moins. Je pense qu'ils seront d'accord pour négocier.

En réalité, je ne savais pas du tout s'ils seraient prêts à coopérer, et je soupçonnais plutôt l'inverse. Janine, ma patronne, qui dirigeait en ce moment la section des tout-petits, ne m'appréciait pas trop. À mon avis, elle ne serait pas malheureuse de me voir m'en aller, mais elle n'allait pas se mettre en quatre pour me faciliter la tâche. Pourtant, il y avait toujours des moyens – une employée de crèche n'avait pas le droit de se présenter à son poste pendant quarante-huit heures en cas de vomissements. J'étais prête à vomir tous les jours jusqu'à la mi-juin, si nécessaire. Je ne l'ai pas dit à Sandra, toutefois. Je ne sais pas pourquoi mais personne ne veut d'une nurse au code moral flexible, même si, de fait, elle s'en sert pour rendre service.

Pendant que nous mangions, Sandra m'a posé quelques autres questions classiques auxquelles je m'attendais – esquissez vos points forts et vos points faibles, donnez-moi un exemple de situation difficile et racontez-moi comment vous avez géré ça... les incontournables. J'avais répondu à ça dans une bonne dizaine d'autres entretiens, donc mes réponses étaient toutes prêtes, juste légèrement adaptées à ce que je pensais que Sandra, en particulier, aimerait entendre. Ma réponse standard à la question sur une situation difficile concernait un petit garçon qui était venu à sa journée d'essai à Little Nippers couvert de bleus, et comment j'avais négocié avec les parents afin d'assurer sa sécurité. Ça passait bien auprès des crèches, mais je ne pensais pas que Sandra aurait envie d'entendre que j'avais balancé les parents aux autorités. Alors j'ai raconté une autre histoire, sur une petite de quatre ans tyrannique, à un poste précédent, et comment j'avais réussi à faire le lien entre son comportement et sa peur de commencer l'école primaire.

Pendant que je parlais, elle consultait les papiers que j'avais apportés, l'extrait de casier judiciaire, le brevet de secourisme. Tout était en ordre, bien sûr, je le savais, mais j'ai tout de même eu un petit accès de nervosité tandis qu'elle les passait en revue. Ma poitrine s'est serrée, sans que je sache vraiment si ça venait de mon stress ou des chiens, et je me suis retenue de sortir ma Ventoline.

— Et le permis de conduire ? a-t-elle demandé tandis que je terminais mon anecdote sur la fillette.

J'ai posé ma fourchette sur le dessus de la table en béton lisse et j'ai respiré un grand coup.

— Ah oui, c'est vrai. J'ai peur que ce soit un problème. J'ai bien un permis de conduire du Royaume-Uni, avec tous mes points, mais le permis lui-même a été volé le mois dernier quand j'ai perdu mon sac à main. J'ai fait une demande de renouvellement, mais il fallait une photo récente et ça met une éternité à arriver. Mais je vous garantis que je sais conduire.

Cette dernière affirmation était vraie, après tout. J'ai croisé les doigts et, à mon grand soulagement, elle a hoché la tête avant d'enchaîner sur une question sur mes ambitions professionnelles. Souhaitais-je obtenir des diplômes supplémentaires ? Où me voyais-je d'ici un an ? C'était la seconde question qui comptait vraiment, je l'ai compris quand Sandra a reposé son verre de vin et m'a regardée dans les yeux en m'écoutant.

— Dans un an ? ai-je répété lentement, essayant désespérément de deviner ce qu'elle voulait m'entendre dire.

Voulait-elle de l'ambition ? De l'engagement ? Du développement personnel ? Un an, c'était une drôle de durée pour ce sujet, la plupart des employeurs potentiels disaient cinq ans, et la question m'avait décontenancée. Que testait-elle ?

Enfin, je me suis décidée.

— Eh bien… vous savez que je veux ce travail, Sandra, et pour être honnête, dans un an, j'espère être ici. Si vous voulez bien m'offrir le poste, je ne voudrais pas dire au revoir à Londres et à tous mes amis pour un emploi à court terme. Quand je travaille pour une famille, j'aime à penser que c'est une relation sur le long terme, à la fois pour moi et pour les enfants. J'ai envie de prendre le temps de faire vraiment leur connaissance, de les voir grandir un peu. Si vous m'aviez demandé où je me voyais dans cinq ans… eh bien, ça, c'est une autre question, et je vous donnerais sans doute une réponse différente. J'ai de l'ambition, j'aimerais faire un master en sciences de l'éducation ou en psychologie de l'enfant, plus tard. Mais un an… Quel que soit le poste que je prendrais maintenant, j'aimerais vraiment pouvoir me dire qu'il va durer plus d'un an, ce serait mieux pour nous tous.

Le visage de Sandra s'est fendu d'un grand sourire, et j'ai su, j'ai juste *su* que j'avais donné la bonne réponse, celle qu'elle espérait. Mais était-ce suffisant pour me faire décrocher le poste ? Franchement, je ne le savais pas.

Nous avons bavardé encore à peu près une heure, Sandra remplissant mon verre et le sien, même si après le deuxième ou le troisième plein, j'ai eu la présence d'esprit de placer ma main dessus et de secouer la tête.

— Vaut mieux pas. Je ne supporte vraiment pas très bien l'alcool, le vin me monte tout de suite à la tête.

Ce n'était pas entièrement vrai. Je tenais aussi bien le vin que la plupart de mes amis, mais je savais qu'avec un verre de plus, je risquais d'oublier toute prudence et qu'il serait plus difficile de continuer à donner des réponses diplomatiques et appropriées. Les anecdotes allaient s'emmêler, j'allais me tromper sur les noms et les dates, et je me réveillerais le lendemain la tête entre les mains en me demandant quelles vérités j'avais laissé échapper et quel affreux faux pas j'avais commis.

Du coup, Sandra a jeté un coup d'œil à la pendule en remplissant son propre verre et a dégluti bruyamment, choquée.

— Bon sang, onze heures et demie ! Je n'avais pas du tout vu qu'il était si tard. Vous devez être exténuée, Rowan.

— Un peu.

C'était sincère. La fatigue du voyage commençait à me rattraper.

— Bon, écoutez, je crois qu'on a passé en revue à peu près toutes les questions que je voulais aborder, mais j'espérais que vous pourriez rencontrer les petites demain, voir si ça colle, et ensuite Jack vous reconduira à Carn Bridge pour votre train, si ça vous va. Il part à quelle heure ?

— 11 h 25, donc ça me va très bien.

— Super.

Elle s'est levée et a fait une pile de toute la vaisselle, qu'elle a posée à côté de l'évier.

— Laissons ça à Jean et allons nous coucher.

J'ai hoché la tête, me demandant de nouveau qui était cette mystérieuse Jean mais sans trop oser demander.

— Je vais juste sortir les chiens. Bonne nuit, Rowan.

— Bonne nuit. Merci beaucoup pour le succulent dîner, Sandra.

— Avec plaisir. Dormez bien. Les filles sont debout à 6 heures, en général, mais vous n'avez pas besoin de vous lever si tôt que ça, sauf si vous en avez envie !

Elle a poussé un petit rire cristallin et je me suis promis de mettre mon réveil à 6 heures, même si mes paupières me brûlaient à cette seule idée.

Tandis que Sandra poussait les chiens dans le jardin, je suis retournée dans la partie ancienne de la maison, où j'ai été cueillie par la même impression de dissociation brutale qu'en arrivant. La verrière s'abîmait brusquement dans les moulures blanches du plafond ancien. L'écho de mes mini-talons sur le sol bétonné s'est adouci en un clic doux sur le parquet, puis s'est tu sur la moquette lorsque j'ai commencé à gravir l'escalier. Au premier palier, j'ai fait une pause. La porte la plus proche de moi, la chambre de la plus petite, était toujours entrouverte, et je n'ai pas pu résister : je l'ai poussée et suis entrée pour sentir la bonne odeur chaude de bébé propre et content.

Petra était couchée sur le dos, bras et jambes écartés, comme une grenouille. Elle avait repoussé sa couverture et, très délicatement, je l'ai remontée sous son menton, sentant sa respiration douce agiter les poils fins du dos de ma main.

Lorsque j'ai coincé le tissu sous son petit corps, elle a sursauté, jetant un bras en l'air, et une seconde, je me suis figée, pensant qu'elle était sur le point de se réveiller en pleurs. Mais elle a poussé un soupir et s'est rendormie, et je suis ressortie de la pièce sur la pointe des pieds pour monter vers la chambre luxueuse qui m'attendait.

J'ai continué à me déplacer à pas de loup jusqu'à ma toilette. Enfin, j'ai été prête à me coucher, réveil mis, tenue du lendemain proprement étalée sur le petit canapé rebondi.

Puis je me suis rendu compte que je n'avais pas fermé les rideaux.

M'enveloppant dans mon peignoir, j'ai traversé la pièce et tiré délicatement sur le tissu. Ils n'ont pas bougé.

Déconcertée, j'ai tiré plus fort, puis je me suis arrêtée et j'ai regardé derrière, au cas où il se serait agi de tentures purement ornementales cachant les persiennes que j'étais censée utiliser. Mais non, c'était bien des rideaux, avec de vraies glissières. Puis je me suis rappelé que Sandra avait appuyé sur un bouton dans le mur et que les rideaux s'étaient fermés puis rouverts. Ils étaient automatiques.

Merde. Je me suis rendue devant le panneau à côté de la porte et j'ai agité une main devant. Instantanément, il s'est éclairé, avec cette intimidante configuration de carrés et d'icônes. Aucun en forme de rideaux. Il y en avait un qui aurait pu correspondre à une fenêtre, mais quand j'ai appuyé prudemment dessus, un éclat de trompette jazz a fendu le silence, et je l'ai vivement coupé d'une pichenette.

Dieu merci, la musique a cessé immédiatement, et je suis restée immobile un instant, guettant un gémissement de Petra, ou Sandra qui monterait l'escalier quatre à quatre pour venir demander ce qui me prenait de réveiller les enfants, mais il ne s'est rien passé.

Je me suis remise à étudier le panneau, sans presser sur aucun bouton cette fois. J'ai essayé de me souvenir de ce qu'avait fait Sandra plus tôt dans la soirée. Le gros carré au centre correspondait à la lumière principale, j'en étais à peu près certaine. Et l'assortiment de carrés sur la droite contrôlait sans doute les autres éclairages de la pièce. Mais qu'en était-il de cette spirale, et du curseur sur la gauche ? Le volume sonore ? Le chauffage ?

Puis je me suis rappelé sa réflexion sur le contrôle vocal. J'ai dit à voix basse :

— Fermer rideaux.

Même si j'en ai été un peu choquée, les rideaux se sont tirés avec un chuintement presque inaudible.

Super. Il ne me restait qu'à comprendre le fonctionnement de l'éclairage.

La lampe de chevet possédait un interrupteur, donc je savais que je pourrais me débrouiller avec celle-là, et j'ai réussi à m'arranger des autres à force d'essais et d'erreurs, mais il restait à côté du fauteuil une lampe que je ne parvenais pas à éteindre.

— Éteindre lumière, ai-je essayé, mais il ne s'est rien passé. Éteindre lampe.

La lampe de chevet s'est éteinte.

— Éteindre lampe fauteuil.

Rien. Zut.

Finalement, j'ai suivi le fil jusqu'à une prise de courant de forme bizarre, rien à voir avec une prise normale, et j'ai débranché. La pièce a été immédiatement plongée dans une obscurité si dense que je pouvais presque la sentir.

Lentement, je suis retournée à tâtons au pied du lit et je m'y suis glissée. Je commençais à peine à me détendre quand je me suis rappelé avec un soupir que je n'avais pas mis mon téléphone à charger. *Merde.*

Je ne pouvais pas affronter encore une fois l'éclairage,

donc j'ai allumé la torche de mon téléphone, je suis sortie du lit, et me suis mise à fouiller dans mon sac.

Le chargeur ne s'y trouvait pas. L'avais-je déjà enlevé ? J'étais certaine de l'avoir pris avec moi.

J'ai renversé toutes mes affaires sur la moquette épaisse mais aucun fil électrique n'est apparu. *Merde. Merde.* Si je ne pouvais pas charger mon téléphone, j'allais me taper le voyage le plus ennuyeux du monde le lendemain. Je n'avais même pas apporté de livre, toutes mes lectures se trouvaient sur l'application Kindle. L'avais-je oublié ? Laissé dans le train ? En tout cas, il n'était visiblement pas dans ma valise. Je suis restée plantée là un moment à me mordre la lèvre, puis j'ai ouvert les tiroirs de la table de nuit, espérant contre toute attente qu'un précédent invité aurait oublié un chargeur.

Et... bingo. Pas de chargeur normal, mais une station de chargement. C'était exactement ce qu'il me fallait : il y avait un port USB intégré dans la prise.

Avec un soupir de soulagement, j'ai dégagé le chargeur des brochures et papiers dans le tiroir, je l'ai branché, et j'y ai connecté mon portable. Le voyant de chargement s'est allumé et je me suis recouchée, contente. J'allais éteindre la torche et tenter de m'endormir lorsque j'ai remarqué que quelque chose était tombé du tiroir sur mon oreiller. C'était un bout de papier, et j'allais le rouler en boule et le jeter par terre, mais j'y ai tout de même jeté un coup d'œil pour vérifier que ce n'était rien d'important.

Effectivement. Juste un dessin d'enfant. Du moins...

J'ai repris le téléphone et braqué le faisceau lumineux vers la page pour mieux voir l'image.

Ce n'était pas franchement une œuvre d'art, juste des bonshommes en bâtonnets et d'épaisses lignes au crayon de couleur. Ça représentait une maison, avec quatre fenêtres et une porte noire luisante, qui n'était pas sans évoquer Heatherbrae. Les fenêtres étaient toutes coloriées en noir, sauf une, qui montrait un minuscule visage pâle sortant des ténèbres.

L'image était assez troublante, mais il n'y avait pas de signature, et pas moyen de savoir pourquoi il se trouvait dans ce tiroir. Je l'ai retourné, en quête d'indices. Des mots étaient écrits de l'autre côté, pas par un enfant mais par un adulte, d'une écriture penchée, avec des boucles, une écriture qui ne paraissait pas anglaise, même si je n'aurais su dire pourquoi.

Pour la nouvelle nurse, disaient les italiques réguliers. *Je m'appelle Katya. Je vous écris ce mot, car je voulais vous demander, s'il vous plaît, d'être…*

Et ça s'arrêtait.

J'ai froncé les sourcils. Qui était Katya ? Le nom m'était vaguement familier, puis je me suis rappelé la voix de Sandra au dîner : *Mais depuis le départ de Katya, notre dernière nurse…*

Donc Katya avait habité ici. Dormi ici, même. Mais qu'avait-elle voulu dire à celle qui allait lui succéder ? Et avait-elle manqué de temps ou s'était-elle ravisée ?

Être… gentille avec les enfants ? Être… contente d'être ici ? Être… affectueuse avec les chiens, et bien le faire savoir à Sandra ?

Ça aurait pu être n'importe quoi. Donc pourquoi la phrase qui ne cessait de me revenir sur le bout de la langue était-elle… *d'être prudente* ?

L'ensemble des deux, le petit dessin inquiétant et le mot inachevé, m'a fait une drôle d'impression, indéfinissable. Une sorte de malaise, même si je n'aurais pas su dire pourquoi.

Bon, quoi qu'elle ait voulu dire, c'était trop tard à présent.

J'ai plié le dessin et je l'ai rangé dans le tiroir. Puis j'ai éteint mon portable, ramené les couvertures sous mon menton, et tenté d'oublier tout ce qui pesait dans la balance pour m'endormir.

Je me suis réveillée au cri strident de mon réveil, et pendant une seconde, je ne savais plus où je me trouvais ni pourquoi j'étais si fatiguée. Puis ça m'est revenu. J'étais en Écosse. Et le réveil marquait 6 heures. Une bonne heure et demie plus tôt que l'heure à laquelle je me levais d'habitude.

Je me suis redressée, j'ai lissé mes cheveux en bataille et je me suis frotté les yeux. À l'étage en dessous, j'entendais des bruits sourds et des petits cris aigus d'excitation. Apparemment, les enfants étaient déjà levées…

Les rideaux étaient occultants mais le soleil ruisselait déjà à leur jonction, et je me suis forcée à me lever pour tenter de les ouvrir, avant de me rappeler ce qui s'était passé la veille.

— Ouvrir rideaux, ai-je lancé en me sentant plus qu'un peu ridicule.

Ils se sont écartés comme par magie. Je ne sais pas à quoi je m'étais attendue, mais en tout cas, je n'étais pas prête à la réalité.

La beauté du paysage qui s'étalait sous mes yeux m'a coupé le souffle.

L'emplacement de la maison avait été choisi à la perfection par un architecte victorien pour donner sur une étendue illimitée de collines bleues, de vallées verdoyantes et de forêts de sapins d'un vert plus sombre. À perte de vue, les contreforts étaient ponctués de petits ruisseaux plus obscurs par endroits et de toits en tôle ondulée de fermettes lointaines, et à quelques kilomètres, un loch reflétait si vivement le soleil du matin qu'on aurait cru une tache de neige. Au loin, présidant sur tout cela, les Cairngorms – « montagnes bleues » en gaélique, à en croire Google.

Quand j'avais cherché l'origine de leur nom, la traduction m'avait semblé vaguement absurde. Les photos en ligne montraient toutes les couleurs prévisibles : herbe verte, fougères marron, terre rougeâtre avec un peu de bruyères mauves par endroits, et en hiver une couverture d'un blanc éclatant. L'idée qu'elles étaient bleues semblait extrêmement fantaisiste.

Mais vues d'ici, avec la rosée qui s'élevait de leurs pentes dans le soleil du matin et le rose de l'aube qui teintait encore le ciel derrière elles, elles *étaient* bleues. Pas le bas, couvert de fougères, mais les pentes de granit elles-mêmes, toutes de roche et de pics escarpés, bien au-dessus de la ligne de végétation. Le plus haut sommet semblait couvert de neige, même en juin.

J'ai senti mon cœur se gonfler d'allégresse, puis j'ai entendu un bruit dans le jardin en dessous et j'ai baissé les yeux.

C'était Jack Grant. Il arrivait d'un petit ensemble d'annexes qui s'élevait juste derrière le coin de la maison. Il avait les cheveux mouillés, comme s'il sortait de la douche, et tenait une trousse à outils. Je l'ai observé une minute, le regard porté sur le sommet de sa tête brune, jusqu'au moment où je me suis fait l'effet d'une voyeuse et me suis écartée de la fenêtre pour aller prendre ma douche à mon tour.

Dans la salle de bains, il faisait noir, et j'ai automatiquement cherché un interrupteur avant de me souvenir de ce fichu panneau. Il s'est animé *illico* sous mon toucher, me présentant une fois de plus cette mosaïque de carrés, de glissières et de points. J'ai opéré un peu au hasard, espérant que je n'allais pas encore réveiller Miles Davis. J'avais cru appuyer sur le même que la veille, mais manifestement, j'avais raté mon coup, car des lumières bleues tamisées se sont allumées tout autour du lavabo. Une espèce de réglage de nuit, dans le cas où on avait besoin d'aller aux cabinets sans réveiller votre partenaire ? Pas assez clair pour une douche, en tout cas.

Le bouton que j'ai essayé ensuite a fait disparaître les lumières bleues, et deux lampes dorées, tout aussi faibles, se sont illuminées au-dessus de la douche, enrobant ma peau d'une lueur chaude, flatteuse. C'était exactement ce que j'aurais voulu si j'avais compté me prélasser longuement dans un bain moussant, mais la cabine de douche était encore plongée dans la pénombre, et j'avais besoin de quelque chose de plus vivifiant et de plus… eh bien, de plus matinal.

J'ai trouvé au quatrième ou cinquième essai : un réglage lumineux mais pas agressif, et une bordure éclairante autour du miroir parfaite pour me maquiller. Avec un soupir de soulagement, j'ai ôté mon peignoir et suis entrée dans la douche, où m'attendait un nouveau défi : un assortiment étourdissant de jets, d'embouts et de pommeaux de douche. La question était : comment les actionner ? La réponse semblait résider dans un autre panneau, waterproof celui-là, incrusté parmi les carreaux. Quand je l'ai touché, des lettres sont apparues : *Bonjour Katya*.

Le nom m'a donné une drôle de petite décharge et j'ai repensé au mot inachevé sur le dessin d'enfant de la veille au soir. Il y avait un smiley, et un bouton donnant sur une liste déroulante. Bon, je n'étais pas Katya. J'ai appuyé, et les lettres ont changé. *Bonjour Jo*. J'ai recommencé. *Bonjour Lauren*. *Bonjour Holly*. *Bonjour invité*.

Il n'y avait pas d'autre option. Va pour *invité*, donc. J'ai insisté sur le smiley. Rien ne s'est passé. Au contraire, l'affichage est repassé à ses points, carrés et glissières cryptiques. J'ai remis ça au hasard et poussé un petit cri aigu quand environ vingt jets d'eau glacée ont aspergé mon ventre et mes cuisses. Je me suis dépêchée d'enfoncer le bouton *off* à la gauche du panneau et les jets ont stoppé, me laissant haletante, frissonnante et plus qu'un peu exaspérée.

OK. Très bien. Peut-être devrais-je essayer une option préréglée jusqu'à ce que j'aie compris comment ça marche. J'ai touché le panneau et *Bonjour Katya* est réapparu. Cette fois, avec un peu d'impatience, j'ai appuyé sur le smiley, et le message *Nous préparons votre douche favorite. Lavez-vous Happy !* s'est affiché. Tandis qu'il s'effaçait, à ma stupéfaction, l'un des pommeaux de douche est remonté en douceur à une hauteur préétablie, s'est incliné un peu, et un jet d'eau bien chaude en a jailli. J'ai observé un moment, sidérée, puis j'ai testé l'eau d'une main. En tout cas, cette Katya était très grande, et elle aimait ses douches un peu plus chaudes que moi. J'aurais pu supporter la chaleur, mais malheureusement, elle était si grande que le jet manquait complètement le dessus de ma tête et rebondissait sur l'écran de verre d'en face ; ça allait être très compliqué de me laver les cheveux.

J'ai rappuyé sur *off* et réessayé. Cette fois, j'ai choisi *Bonjour Holly* au hasard et attendu le résultat, dents serrées.

Bingo. Le réglage de Holly s'est révélé semblable à une pluie battante, chaude, venant de la grille au-dessus, ce qui était… eh bien, magnifique. Il n'y avait pas d'autre mot. L'eau jaillissait avec une abondance presque absurde, me baignant d'une douce chaleur. Je la sentais tambouriner sur le sommet de mon crâne, évacuant les restes de sommeil et du vin rouge de la veille. J'ignorais qui était Holly, mais c'était une femme de goût. Je me suis fait un shampooing, un après-shampooing, me suis rincée, puis je suis restée les yeux fermés, à savourer la sensation de l'eau sur ma peau.

La tentation de rester là, à goûter ce luxe, était très forte, mais il m'avait fallu dix minutes rien que pour comprendre le fonctionnement de la salle de bains. Si je perdais encore du temps, mon réveil précoce perdrait tout son sens. À quoi bon être tombée du lit au point de l'aube si je ne faisais pas une apparition pour confirmer mon enthousiasme à Sandra.

Résignée, j'ai appuyé sur le bouton *off*, pris la serviette blanche moelleuse sur le porte-serviettes chauffant, et me suis rappelé que si je réussissais mon coup, ce ne serait pas la dernière fois que je pourrais profiter de cette douche. Loin de là.

En bas, j'ai été accueillie par une odeur de pain grillé et des rires d'enfants. Quand j'ai quitté la cage d'escalier, j'ai trouvé une minuscule robe de chambre écossaise abandonnée sur la dernière marche et une unique pantoufle au milieu du couloir. Ramassant les deux, je me suis dirigée vers la cuisine. Sandra se tenait devant un énorme grille-pain chromé, agitant une tranche de pain bruni vers deux petites filles en pyjama rouge vif assises devant l'îlot métallique. Leurs chevelures bouclées, l'une brune, l'autre blond platine, étaient emmêlées par le sommeil, et elles gloussaient toutes les deux sans pouvoir s'arrêter.

— Ne l'encourage pas ! Elle va recommencer, sinon !

— Recommencer quoi ? ai-je demandé.

— Oh, Rowan ! Bon sang, vous vous levez tôt. J'espère que les filles ne vous ont pas réveillée. On essaie encore d'entraîner certains membres de cette famille à rester au lit après 6 heures.

Elle m'a indiqué d'un signe de tête insistant la plus jeune des deux enfants, la blonde.

— Pas de problème, j'ai dit sincèrement, ajoutant, avec un peu moins d'honnêteté : Naturellement, je me réveille tôt.

— Eh bien, c'est un talent qui peut se révéler utile, dans cette maison, a répondu Sandra avec un soupir.

Elle portait une robe de chambre et avait l'air épuisée.

— Petra a renversé son porridge, a dit la fillette avec un rire en cascade.

Elle m'a montré le bébé aux joues roses installé dans la chaise haute, dans le coin.

Elle disait vrai. Une cuillerée de bouillie grosse comme un œuf glissait le long de la cuisinière, prête à s'écraser sur le sol bétonné. Petra, croassant de ravissement, prélevait une autre cuillerée et s'apprêtait à faire un nouveau lancer.

— Peta vessé ! a-t-elle dit en visant.

— Oh-oh, j'ai fait avec un sourire en tendant la main pour attraper la cuillère. Petra, donne-moi ça, s'il te plaît !

Le bébé m'a jeté un regard hésitant, m'examinant, ses fins sourcils blonds froncés adorablement, puis son visage joufflu s'est fendu d'un grand sourire et elle a répété :

— Peta vessé !

Et elle a lancé le porridge vers moi.

Je me suis écartée, mais pas assez vite, et elle m'a atteinte en pleine poitrine.

Pendant une seconde, j'ai juste retenu un petit cri, puis une vague de fureur absolue est montée en moi quand j'ai compris ce qu'elle avait fait. Bêtement, je n'avais pas apporté d'autre tenue de rechange, et le top que je portais la veille était froissé, avec une tache de vin que je ne me rappelais pas avoir faite mais qui se voyait.

Il ne me restait pas de vêtements propres. J'allais passer la journée couverte de porridge. Petite *saleté* !

C'est la plus jeune des deux fillettes qui m'a sauvée. Elle a éclaté de rire puis a plaqué sa main sur sa bouche, comme horrifiée. Je me suis rappelé qui j'étais, où j'étais, pourquoi j'étais là.

Je me suis forcée à sourire.

— C'est pas grave, j'ai dit à la petite fille. Ellie, c'est ça ? Tu peux rire, c'est plutôt comique.

Elle a retiré ses mains et souri prudemment.

— Oh mon Dieu, a fait Sandra avec une espèce de résignation lasse. Rowan, je suis *navrée*. On parle toujours de la crise des deux ans, mais je vous le jure, Petra s'y prépare déjà depuis six mois. Ça va partir, sur votre top ?

— Ne vous inquiétez pas pour ça, Sandra.

Ça n'allait pas partir, en tout cas pas avant que je puisse le laver, et encore. C'était un chemisier en soie, nettoyage à sec uniquement, un choix stupide pour un entretien dans le secteur de la puériculture, mais je n'avais pas pensé que j'aurais affaire aux enfants. Peut-être pouvais-je tirer un petit avantage moral de la situation ?

— Franchement, ce sont des choses qui arrivent, quand on a des enfants, pas vrai ? C'est juste du porridge ! Cela dit…

Je me suis penchée, ai retiré son bol de porridge à Petra avant qu'elle ait le temps de voir ce qui se passait, et l'ai placé hors de sa portée.

— Je crois que tu en as eu assez, petite miss Petra, alors je vais m'en occuper. Où est votre serpillière, Sandra ? Je vais nettoyer ce marécage avant qu'une des filles ne se casse la figure dessus.

— Elle est dans la buanderie, la porte, là, a dit Sandra avec un sourire reconnaissant. Merci infiniment, Rowan. Je ne comptais vraiment pas sur vous pour commencer à travailler avant d'être payée. Ça, c'est le sens du devoir.

— Je suis contente de rendre service, ai-je répondu fermement.

J'ai ébouriffé les cheveux de Petra en passant avec une affection que je n'éprouvais pas entièrement, et j'ai fait un petit clin d'œil à Ellie. Maddie ne me regardait pas, les yeux fixés sur son assiette comme si toute l'affaire lui était passée au-dessus de la tête. Peut-être avait-elle honte du rôle qu'elle avait joué plus tôt en encourageant Petra.

La buanderie se trouvait dans la partie ancienne de la maison, sans doute l'arrière-cuisine d'origine, à en juger par l'évier victorien et le sol de pierres naturelles, mais je n'étais pas d'humeur à apprécier les détails architecturaux. Au lieu de ça, j'ai fermé la porte derrière moi et respiré profondément une ou deux fois, tentant de me débarrasser des reliefs de mon agacement, puis je me suis attelée à tenter de récupérer mon chemisier. Le plus gros est tombé dans l'évier, mais j'allais devoir frotter le reste. Après plusieurs tentatives qui n'ont abouti qu'à répandre de l'eau mêlée de porridge sur ma jupe, j'ai poussé une serpillière contre la porte et retiré mon haut.

Je me tenais là, en jupe et soutien-gorge, tamponnant la tache sous l'eau tout en m'efforçant de ne pas mouiller excessivement le reste du chemisier, lorsque j'ai entendu un bruit à l'autre bout de la buanderie. La porte donnant sur le jardin s'est ouverte et Jack Grant est entré, s'essuyant les mains sur les jambes de sa salopette.

— La tondeuse est repartie, San..., a-t-il lancé.

Puis il s'est interrompu, les yeux écarquillés par le choc. Une vive rougeur s'est répandue sur ses larges pommettes.

J'ai poussé un glapissement de surprise et pressé mon chemisier mouillé contre mes seins, tentant de mon mieux de protéger ma décence.

— Oh mon Dieu, je suis navré, a dit Jack.

Il se couvrait les yeux, regardait le plafond, le sol, partout sauf moi. Ses joues étaient écarlates.

— Je... je suis... vraiment navré.

Sur quoi il s'est enfui en claquant la porte du jardin derrière lui, me laissant pantelante, sans savoir si je devais rire ou pleurer.

Ni l'un ni l'autre ne rimait à grand-chose, donc je me suis dépêchée de sécher mon chemisier avec une serviette qui pendait au radiateur, j'ai rempli le seau de la serpillière, puis je suis retournée à la cuisine avec les joues presque aussi roses que celles de Jack.

— Vous avez réussi à enlever la tache ? a demandé Sandra par-dessus son épaule. Laissez-moi vous servir un café.

— D'accord.

Je ne savais pas si je devais lui parler de ce qui venait de se passer. Avait-elle entendu mon petit cri de surprise ? Jack dirait-il quelque chose ?

— Sandra, j'ai…

Mais mes nerfs m'ont trahie. Je ne trouvais pas de moyen de dire : *Sandra, je viens de montrer mes nichons à votre homme à tout faire* sans paraître manquer désespérément de professionnalisme. J'ai senti le rouge à mes joues s'intensifier rien qu'à cette idée. Je ne pouvais *pas* évoquer ça. Je n'avais qu'à espérer que Jack serait suffisamment gentleman pour ne pas mentionner l'incident non plus.

Sandra a demandé distraitement, sans se retourner :

— Lait ? Sucre ?

J'ai mis la discussion de côté.

— Du lait, merci.

J'ai posé le seau et je me suis employée à nettoyer le sol et la cuisinière des missiles de Petra, sentant mes joues se rafraîchir tandis que je travaillais.

Une fois que le café est arrivé et que je me suis retrouvée assise, en train de manger une tranche d'excellent pain grillé avec de la confiture, j'étais presque prête à faire comme si de rien n'était.

— Donc, a dit Sandra en s'essuyant les mains sur un torchon, les filles, je n'ai pas eu le temps de vous présenter Rowan. Elle est venue visiter la maison et vous rencontrer. Dites bonjour.

— Bonjour, a marmonné Maddie, plus à son assiette qu'à moi.

Elle ne faisait pas ses huit ans, avec ses cheveux bruns et son petit visage olivâtre. Sous le plan de travail, j'ai remarqué deux genoux maigrichons couverts de croûtes.

— Bonjour, Maddie, ai-je répondu avec ce que j'espérais être un sourire irrésistible.

Mais elle a gardé les yeux obstinément baissés. Ellie était plus facile, elle me regardait avec une franche curiosité par-dessous sa frange blond blanc.

— Bonjour, Ellie, quel âge as-tu ?

— J'ai cinq ans.

Ses yeux bleus étaient ronds comme des boutons.

— Tu vas être notre nouvelle nounou ?

— Je…

Je me suis interrompue, ne sachant que dire. Est-ce que *J'espère* semblerait trop ouvertement suppliant ?

— Peut-être, est intervenue Sandra d'une voix ferme. Rowan n'a pas encore décidé si elle voulait travailler ici, alors il faut qu'on soit bien sages pour l'impressionner !

Elle m'a fait un petit clin d'œil.

— Vous savez quoi ? Vous allez courir en haut vous habiller, puis on pourra faire faire la visite à Rowan.

— Et Petra ? a demandé Ellie.

— Je m'en occupe. Allez, on se dépêche.

Les deux filles se sont laissées glisser, sans discuter, de leurs hauts tabourets, et sont parties au trot dans le couloir puis l'escalier. Sandra les a regardées partir avec tendresse.

— Dites donc, elles sont très obéissantes ! me suis-je exclamée, sincèrement impressionnée.

Je m'étais occupée de suffisamment d'enfants pour savoir qu'une petite de cinq ans qui file s'habiller sur simple demande, ça ne va pas de soi. Même à huit ans, ils ont souvent besoin d'encadrement. Sandra a levé les yeux au ciel.

— Elles savent qu'elles ne doivent pas faire leur cinéma devant les visiteurs. Mais voyons si elles font vraiment ce que je leur ai dit…

Elle a cliqué sur un iPad posé sur le plan de travail et une image vacillante est apparue. C'était une chambre d'enfants, la caméra manifestement installée au niveau du plafond, pointée sur deux petits lits. Il n'y avait pas de son, mais le bruit d'une porte qui claquait nous est parvenu par l'escalier, et un ours en peluche qui gisait sur le manteau de la cheminée est tombé. Sous nos yeux, Maddie est entrée d'un pas furieux dans le bas du champ et s'est assise, l'air mécontent, sur le lit de gauche, les bras croisés. D'un autre clic, la caméra a zoomé sur son visage, ou plutôt sur le dessus de son crâne, car elle avait la tête baissée. Un léger grésillement s'élevait maintenant de l'iPad, comme si un micro s'était enclenché.

— Maddie, a dit Sandra, qu'est-ce que je t'ai dit sur le fait de claquer les portes ?

— C'est pas moi.

La voix sortait de l'iPad, faible et un peu métallique.

— Si, je t'ai vue. Tu aurais pu faire mal à Ellie. Maintenant habille-toi et tu pourras regarder un peu la télé. Tes habits sont prêts sur ton fauteuil, je les ai mis là ce matin.

Maddie n'a rien dit mais elle s'est levée et a retiré son dessus de pyjama. Sandra a coupé l'écran.

— Waouh, j'ai dit, un peu déconcertée. Impressionnant !

Le mot qui me venait était plutôt *intrusif*, même si j'avais vu des babyphones ou des caméras de sécurité avec micro dans plein d'endroits où j'avais travaillé. C'était peut-être parce que je ne l'apprenais que maintenant. Je n'avais pas remarqué de caméras la veille au soir, elles devaient donc être bien cachées. Sandra m'avait-elle regardée monter au lit la veille ? M'avait-elle vue entrer dans la chambre de Petra ? Cette perspective m'a mis le rouge aux joues.

— Toute la maison en est équipée, a dit Sandra d'un ton désinvolte en reposant l'iPad sur le plan de travail. C'est très pratique, surtout avec plusieurs étages. Ça m'évite de courir perpétuellement dans les escaliers pour surveiller les filles.

— Très pratique, ai-je répété, réfrénant mon malaise.

Toute la maison ? Ça signifiait quoi ? Les chambres des

enfants, de toute évidence. Mais aussi les salles de réception ? Toutes les pièces ? Les salles de bains ? Non, ce n'était pas possible. Ni légal, sans doute. J'ai reposé mon dernier petit morceau de pain grillé, l'appétit coupé.

— Terminé ? a demandé gaiement Sandra.

Quand j'ai hoché la tête, elle a vidé mon assiette dans un broyeur de déchets puis l'a placée avec les bols à porridge des filles près de l'évier. J'ai remarqué que la vaisselle de la veille au soir avait disparu. La mystérieuse Jean était-elle déjà venue et repartie ?

— Bon, si vous avez assez mangé, je vais vous faire visiter pendant que les filles s'habillent.

Elle a cueilli Petra dans sa chaise haute, essuyé son visage avec un tissu mouillé et l'a calée sur sa hanche. Ensemble, nous sommes retournées dans la partie ancienne de la maison et avons traversé le vestibule dallé jusqu'aux deux portes placées de chaque côté de celle de l'entrée.

— Alors, juste pour vous expliquer la disposition : le couloir est au centre de la maison. Au fond, il y a la cuisine, qui donne sur la buanderie que vous avez déjà vue, bien sûr. Tout cela faisait partie des quartiers des domestiques, dont c'est le seul vestige. On a dû abattre le reste. À l'avant de la maison, on a les pièces les plus somptueuses : ça, c'est l'ancienne salle à manger. (Sandra a montré d'un geste une ouverture à la droite de la porte d'entrée.) Mais on s'est aperçus qu'on mangeait tout le temps dans la cuisine, donc on l'a convertie en bureau-bibliothèque. Jetez un coup d'œil.

J'ai passé la tête dans l'embrasure et vu une salle pas très grande, avec des murs lambrissés peints d'un turquoise profond et riche. Alignées à un bout, des étagères allant du sol au plafond, recouvertes d'un assortiment de romans au format poche et de beaux livres sur l'architecture. On aurait pu se trouver dans la bibliothèque, petite mais parfaitement organisée, d'une propriété historique du National Trust, sauf qu'au milieu de la pièce était installé un énorme bureau de verre où trônait un gigantesque iMac à double écran, avec une espèce de fauteuil ergonomique aéronautique.

J'ai cligné des yeux. Il y avait quelque chose de déconcertant dans la manière dont l'ancien et le nouveau se mêlaient dans cette demeure. Ce n'était pas comme la plupart des maisons, où les composants modernes et les caractéristiques d'origine se combinent en un ensemble chaleureux et éclectique. Ici, il y avait une drôle d'impression d'huile et d'eau : tout était soit ostensiblement d'origine, soit d'une modernité aveuglante, mais rien n'était fait pour concilier les deux.

— Quelle belle pièce, ai-je dit enfin, comme Sandra semblait attendre une réaction. Les couleurs sont vraiment… elles sont fabuleuses.

Elle a souri, agitant Petra sur sa hanche avec satisfaction.

— Merci ! Bill prépare tous les plans, l'aspect technique, mais la décoration, c'est surtout moi. J'adore cette teinte de turquoise. Cette pièce-ci, c'est le domaine de Bill, en fait, donc je fais montre de retenue, mais vous verrez que je me suis lâchée dans le salon. J'ai décrété : c'est ma maison ! Je n'ai besoin de plaire à personne d'autre qu'à moi ! Venez jeter un œil.

Elle m'a emmenée au salon, un ensemble de canapés arrondis disposés en carré autour d'une magnifique cheminée carrelée. Le plafond et les boiseries étaient de la même teinte turquoise que les lambris du bureau mais les murs eux-mêmes étaient saisissants, couverts d'un papier peint riche, complexe, avec des motifs presque trop alambiqués pour qu'on les distingue, de bleu, émeraude et aigue-marine profonds. En m'approchant, j'ai vu qu'il s'agissait d'un mélange de ronces et de paons, stylisés et entremêlés au point d'être à peine reconnaissables. Les ronces étaient vert foncé et indigo presque noir, les paons bleu iridescent et améthyste, leurs queues recourbées s'étalant et se mêlant aux ronces en une sorte de labyrinthe cauchemardesque, mi-volière, mi-jungle.

Le motif reprenait celui des carrelages autour de la cheminée, où figuraient deux paons dressés de chaque côté de la grille du foyer, le corps sur les carreaux du bas, la queue partant vers le haut. Il n'y avait pas de feu mais la pièce n'était pas froide, loin de là. Des radiateurs victoriens en fer forgé le long des murs lui donnaient une chaleur douillette, et le soleil tombait à l'oblique sur un autre tapis persan artistement délavé. Là encore, des livres étaient disposés sur une table basse en cuivre, avec un autre vase de pivoines qui s'affaissaient par manque d'eau, mais Sandra les a ignorées et m'a conduite vers une porte à gauche de la cheminée, qui donnait en direction de la cuisine.

Derrière se trouvait une pièce lambrissée de chêne, beaucoup plus petite, avec un canapé en cuir élimé et une télé sur le mur d'en face. C'était facile de voir à quoi servait cette pièce : le sol était jonché de jouets abandonnés, Duplo éparpillés, Barbie décapitées, et une tente un peu effondrée dans un coin. Les murs plutôt sombres avaient été décorés d'autocollants et de dessins d'enfants, avec même quelques gribouillis sur le bois lui-même.

— C'était la salle réservée au petit déjeuner, dans le temps. Elle était un peu sinistre parce qu'elle est exposée au nord et que ce sapin bloque une grande partie de la lumière, alors on en a fait une salle télé, mais comme vous le voyez, les enfants ont complètement pris le pouvoir !

Elle a poussé un petit rire et ramassé une banane en peluche qu'elle a donnée à Petra.

— Et maintenant, pour terminer le circuit…

Elle m'a guidée vers une seconde porte dissimulée dans les lambris, et une fois de plus, j'ai eu l'impression de trébucher et de me retrouver dans une tout autre maison. Nous étions de retour sous la voûte de verre du fond de la maison, mais en arrivant par l'autre côté. Sans la grosse cuisinière, les placards et les équipements qui bloquaient la vue, il n'y avait littéralement que du verre devant nous et, au-delà, le paysage à perte de vue, parsemé de forêts et de l'éclat lointain des lochs et des ruisseaux. C'était comme s'il n'y avait rien entre nous et la nature. On aurait cru qu'un balbuzard pouvait descendre en piqué sur nous à tout moment.

Dans un coin, il y avait un parc à bébé avec des tapis en caoutchouc en forme de puzzle par terre, et Sandra y a déposé Petra avec sa banane avant de balayer les murs d'un geste.

— Ce côté-ci, c'était la salle commune des serviteurs, mais elle était rongée par la pourriture sèche, et la vue était bien trop belle pour être confinée par des petites fenêtres à guillotine, alors on a décidé de… (Elle a mimé le geste de se fendre la gorge puis a poussé un rire.) Je crois qu'il y a des gens que ça choque un peu, mais croyez-moi, si vous aviez vu comment c'était avant, vous comprendriez.

J'ai pensé à mon minuscule appartement londonien, qui aurait logé dans cette seule pièce.

Quelque chose en moi s'est comme tordu et brisé, juste un peu, et tout à coup, je me suis demandé si j'avais bien fait de venir, après tout. Mais j'étais sûre d'une chose. Je ne pouvais pas y retourner. Pas après ça.

Vous vous demandez sans doute pourquoi je vous raconte tout ça, monsieur Wrexham. Je sais bien que vous êtes occupé, et qu'en surface, du moins, on dirait que ça n'a rien à voir avec mon affaire. Et pourtant… ça a tout à voir. J'ai besoin que vous *voyiez* Heatherbrae, que vous sentiez la bonne chaleur qui monte par le sol, le soleil sur votre visage. J'ai besoin que vous perceviez la douceur rêche comme une langue de chat des canapés de velours, et les surfaces de béton poli lisses comme de la soie.

J'ai besoin que vous compreniez pourquoi j'ai fait ce que j'ai fait.

Le reste de la matinée est passé comme dans un brouillard. J'ai joué avec les filles, les ai aidées à façonner en pâte à modeler toute une série de silhouettes bancales, inégales, que Petra privait pour la plupart de leurs formes en les écrasant, sous les éclats de rire et les cris d'agacement d'Ellie. C'était Maddie qui me déconcertait le plus, raide et intraitable, comme déterminée à ne pas sourire pour moi. Mais je n'ai pas lâché, trouvant de petits prétextes pour la complimenter. À la fin, malgré elle, elle a semblé se détendre un peu, allant même jusqu'à rire, un peu à contrecœur, lorsque Petra a eu la mauvaise idée de se fourrer une poignée de pâte rose dans la bouche puis l'a recrachée, s'étranglant sur le goût salé, une expression de dégoût comique sur son petit visage joufflu.

Finalement, Sandra m'a tapoté l'épaule : Jack m'attendait pour m'emmener à la gare, si j'étais prête. Je me suis levée et lavé les mains, et j'ai caressé doucement le menton de Petra.

Mon sac était à côté de la porte. J'avais fait ma valise avant de descendre pour le petit déjeuner, sachant que je n'en aurais peut-être pas le temps ensuite, mais je ne savais pas du tout qui l'avait descendue de la chambre. Pas l'invisible Jean, ai-je espéré vivement, même si je ne savais pas pourquoi l'idée me mettait mal à l'aise.

Jack m'attendait dehors, moteur allumé, silencieux, les mains dans les poches, le soleil révélant des éclats auburn et roux dans ses cheveux bruns.

— Eh bien, c'était un *réel* plaisir de vous rencontrer, a dit Sandra.

Il y avait une chaleur sincère dans ses yeux lorsqu'elle m'a tendu la main.

— Il faudra que j'en discute avec Bill, mais je crois que je peux dire… eh bien, disons juste que nous vous contacterons très bientôt avec une décision définitive. *Très* bientôt. Merci, Rowan, vous avez été formidable.

— C'était charmant de vous rencontrer aussi, Sandra. Vos filles sont charmantes. (*Beurk, arrête de dire charmante.*) J'espère que j'aurai l'occasion de rencontrer Rhiannon un jour. (*J'espère que je vais avoir le poste*, ça voulait dire, encore.) Au revoir, Ellie.

J'ai tendu la main et elle l'a serrée gravement, comme une petite femme d'affaires.

— Au revoir, Maddie.

Mais Maddie, à mon grand désarroi, n'a pas pris ma main. Elle s'est détournée et a enfoui le visage dans la taille de sa mère, refusant de croiser mon regard. C'était un geste étrangement enfantin, qui la faisait paraître beaucoup plus jeune que son âge. Par-dessus sa tête, Sandra a haussé légèrement les épaules comme pour dire : « Qu'est-ce que vous voulez y faire ? »

J'ai haussé les épaules à mon tour, ébouriffé les cheveux de Maddie, et me suis tournée vers la voiture.

J'avais rangé ma valise sur le siège arrière et j'étais en train de la contourner pour monter à l'avant quand quelque chose m'a heurtée comme un petit ouragan noir. Des bras se sont serrés autour de ma taille, un petit crâne dur a fouillé dans mes côtes.

Gigotant dans cette étreinte furieuse, j'ai vu, à ma grande surprise, que c'était Maddie. Peut-être que je l'avais conquise, après tout ?

— Maddie ! me suis-je exclamée.

Mais elle n'a pas répondu. Je ne savais pas trop quoi faire, et j'ai fini par me pencher pour la prendre dans mes bras aussi.

— Merci de m'avoir montré ta belle maison. Au revoir.

J'espérais que ce dernier mot allait la faire lâcher, mais

elle n'a fait que resserrer son étreinte, me pressant si fort que c'en était désagréable, à m'en couper la respiration.

— Ne...

Je l'ai entendue gémir dans mon chemisier encore humide, même si je n'ai pas entendu la suite. *Ne t'en va pas ?*

— Je suis obligée, j'ai murmuré. Mais j'espère que je pourrai revenir très bientôt.

C'était la vérité, d'ailleurs. Bon Dieu, je l'espérais.

Mais Maddie secouait la tête, ses cheveux bruns bruissant contre son dos. J'ai senti la chaleur de son haleine à travers mon chemisier. Il y avait quelque chose d'étrangement intime et angoissant dans tout ça, sans que je sache trop pourquoi, et tout d'un coup, j'ai vraiment eu envie qu'elle me lâche mais, consciente de la présence de Sandra, je me suis retenue de défaire ses doigts. Au lieu de ça, j'ai souri et l'ai serrée dans mes bras, lui rendant brièvement son étreinte. Pendant ce temps, elle a fait un petit bruit, presque un gémissement.

— Maddie ? Quelque chose ne va pas ?

— Ne viens pas ici, a-t-elle murmuré, refusant toujours de me regarder. C'est dangereux.

— C'est dangereux ? (J'ai poussé un petit rire.) Maddie, qu'est-ce que tu veux dire ?

— C'est *dangereux*, a-t-elle répété avec un petit sanglot colérique, secouant la tête plus fort, si bien que ses mots m'ont presque échappé. Ils n'aimeraient pas ça.

— Qui n'aimerait pas ça ?

Mais là-dessus, elle s'est arrachée à moi et est partie en courant pieds nus dans l'herbe, criant quelque chose par-dessus son épaule.

— Maddie ! j'ai crié. Maddie, attends !

— Ne vous en faites pas, a dit Sandra avec un rire.

Elle est venue de mon côté de la voiture. De toute évidence, elle n'avait rien vu que l'étreinte soudaine et la fuite de Maddie.

— Maddie est comme ça, j'en ai peur. Laissez-la galoper, elle reviendra pour déjeuner. Mais vous avez dû lui plaire. Je ne suis pas sûre qu'elle ait déjà pris volontairement une inconnue dans ses bras avant !

— Merci, j'ai dit, assez déstabilisée.

J'ai laissé Sandra me pousser dans la voiture et refermer la portière derrière moi.

Ce n'est que lorsque nous avons commencé à sillonner lentement l'allée, à l'affût d'une enfant en fuite dans les arbres, que je me suis surprise à me repasser la dernière phrase de Maddie, me demandant si elle avait vraiment dit ce que je croyais avoir entendu.

Car ce qu'elle avait lancé par-dessus son épaule semblait trop absurde pour être vrai, et pourtant, plus j'y repensais, plus j'étais certaine de ce que j'avais entendu.

Les fantômes, avait-elle sangloté. *Les fantômes n'aimeraient pas ça.*

— Bon, voilà l'heure de se dire au revoir, a lancé Jack.

Il se tenait au portillon de la gare, mon sac dans une main, l'autre tendue. Je l'ai serrée. Il avait du cambouis profondément incrusté autour des ongles, reste de la veille, mais sa peau était claire et chaude, et l'intimité fugace de ce contact m'a donné un petit frisson que je n'ai pu m'expliquer.

— Contente d'avoir fait votre connaissance, ai-je dit, un peu gênée.

Puis, avec le sentiment que je ferais mieux de le dire, sans quoi j'allais le regretter, j'ai ajouté, un peu brusquement :

— Désolée de n'avoir pas pu rencontrer Bill. Ni... ni Jean.

— Jean ? a fait Jack, l'air un peu décontenancé. Elle n'est pas tellement là dans la journée. Elle retourne chez son père.

— Elle est... elle est jeune alors ?

— Non !

Il a encore eu ce sourire, les côtés de sa bouche se recourbant en une expression d'amusement si contagieux que j'ai senti ma propre bouche se recourber par sympathie, sans le vouloir, même si je ne comprenais pas vraiment la plaisanterie.

— Elle a cinquante ans au moins, peut-être plus, même si je n'ai jamais osé lui demander son âge. Non, c'est... comment on dit ? Une aidante. Son père habite au village, il a

Alzheimer, je crois. Il ne peut pas rester tout seul plus d'une heure ou deux. Elle vient le matin avant qu'il se réveille et elle repasse en tout début d'après-midi. Elle fait la vaisselle et tout ça.

— Oh !

Je me suis sentie rougir et j'ai souri, absurdement, puis laissé échapper un petit rire.

— Oh, je vois. J'avais cru… laissez tomber. Ça n'a pas d'importance.

Je n'avais pas le temps d'analyser le soulagement que j'éprouvais, mais il m'a donné l'impression étrange d'être déséquilibrée, frappée par quelque chose que je ne m'attendais pas à rencontrer.

— Bon, ravi de vous avoir connue, Rowan.

— Enchantée aussi, Jack.

J'ai lâché son nom avec un peu de gêne, et ai rougi de nouveau. Plus haut dans la vallée, j'entendais le bruit du train à l'approche.

— Au revoir.

— Au revoir.

Il m'a tendu la valise et je l'ai prise, lui rendant toujours son sourire en coin, séduisant, et me suis dirigée vers le quai en me donnant l'ordre ferme de ne *pas* regarder derrière moi. Quand enfin le train s'est arrêté, que je suis montée et me suis installée dans un wagon, j'ai risqué un coup d'œil par la vitre, vers l'endroit où il s'était tenu. Mais il était parti. Ainsi, quand le train a quitté la gare, ma dernière vue de Carn Bridge a été celle d'un quai vide, d'une propreté impeccable, baigné par le soleil, attendant mon retour.

Une fois rentrée à Londres, je me suis préparée à une interminable attente. *Très bientôt*, avait dit Sandra. Mais qu'est-ce que ça signifiait ? Elle m'avait bien aimée, c'était clair, à moins que je me raconte des histoires. Mais j'avais passé suffisamment d'entretiens pour être capable de deviner l'impression laissée en partant. Les derniers mois, j'avais connu aussi bien le triomphe de m'être rendu justice que la déconvenue terrible de m'être déçue moi-même. Et dans le train qui me ramenait à Londres, je me sentais beaucoup plus proche du premier de ces deux sentiments.

Avaient-ils d'autres personnes à voir ? Sandra semblait extrêmement pressée de faire commencer celle qu'elle engagerait, et elle devait savoir que chaque jour qui s'écoulait sans que je pose mon préavis était un jour où je ne pourrais pas travailler pour elle. Mais si une autre candidate était en mesure de commencer immédiatement ?

Étant donné l'insistance qu'avait mise Sandra sur son *très bientôt*, j'avais osé espérer un message sur mon téléphone le temps d'arriver à la maison, mais il n'y a rien eu ce soir-là, ni le lendemain quand je suis partie travailler. Chez Little Nippers, nous devions laisser nos téléphones éteints dans nos casiers, donc je me suis résignée à une longue matinée à écouter Janine parler non-stop de son assommant copain et jouer les petits chefs avec Hayley et moi, pendant que j'avais la tête ailleurs.

Ma pause déjeuner n'était pas avant 13 heures, mais dès que la pendule a sonné, j'ai fini de changer une couche à la va-vite et j'ai tendu le bébé à Hayley.

— Désolée, Hales, tu peux le prendre ? J'ai une urgence à régler.

J'ai retiré mon tablier jetable et pratiquement couru à la salle de repos. Là, j'ai pris mon sac dans mon casier, puis je me suis échappée par la porte du fond dans la petite cour de béton, à l'abri des regards des enfants et des parents, que nous utilisions pour fumer, téléphoner et autres activités que nous n'étions pas censées pratiquer pendant notre service. Il m'a semblé que le téléphone mettait une éternité à s'allumer et à passer l'interminable écran d'accueil. Enfin, j'ai entré mon mot de passe les doigts tremblants et actualisé ma boîte mail, cherchant machinalement mon collier, suivant les boucles et les creux du bout des doigts tandis que les messages se chargeaient.

Un… deux… trois sont apparus, rien que des spams ou des choses complètement sans importance, et je sentais mes forces m'abandonner quand j'ai remarqué la petite icône au coin de l'écran. J'avais un message vocal.

Mon estomac a fait un bond, et c'est avec fébrilité que je l'ai consulté. Si ça ne marchait pas… si ça ne marchait pas…

La vérité, c'était que je ne savais pas ce que j'allais faire si ça ne marchait pas. Et avant que je puisse finir d'y réfléchir, il y a eu un bip et j'ai entendu l'accent guindé et précis de Sandra, un peu métallique dans le petit haut-parleur.

« Oh, bonjour, Rowan. Désolée de ne pas vous avoir en personne, je suppose que vous êtes au travail. Eh bien, je suis ravie de vous annoncer que j'en ai parlé avec Bill, et nous serions heureux de vous donner le poste *si* vous pouviez commencer le 17 juin au plus tard, avant si possible. Je m'aperçois que nous n'avons pas discuté des termes exacts et de la prime dont j'ai parlé dans la lettre. L'idée serait de vous verser une somme de 1 000 livres par mois, et le reste du salaire à votre date anniversaire sous forme d'une prime complémentaire. J'espère que c'est acceptable ; je sais que c'est un peu atypique, mais puisque vous habiterez avec nous, vous n'aurez pas beaucoup de dépenses au quotidien. Si vous pouviez me dire aussi vite que possible si vous acceptez et, oh, oui, ravie de vous avoir rencontrée l'autre jour. J'ai été très impressionnée de voir comme les enfants se sont prises d'affection pour vous, en particulier Maddie. Ce n'est pas la plus facile des enfants, et… Bon, je divague, alors je ferais bien d'arrêter là, mais nous serions très contents de vous avoir avec nous. J'attends de vos nouvelles. »

Il y a eu un déclic, et le message s'est terminé.

Pendant une minute, je n'ai pas pu bouger. Je suis restée plantée là, le téléphone à la main, à fixer l'écran, bouche bée. Puis une bouffée d'allégresse phénoménale m'a inondée et je me suis surprise à danser, à sauter en rond, donnant des coups de poing en l'air et souriant comme une folle.

— Ben alors, qu'est-ce qui te prend ? a fait derrière moi une voix voilée par le tabac.

Je me suis retournée, toujours hilare. Janine était appuyée contre la porte, cigarette dans une main, briquet dans l'autre.

— Qu'est-ce qui me prend ? j'ai répondu, serrant mes bras autour de moi, pleine d'une euphorie que je ne pouvais même pas essayer de contenir. Je vais te dire ce qui me prend, Janine. J'ai trouvé un nouveau boulot.

— Eh bien…

L'expression de Janine lorsqu'elle a ouvert son Zippo était un peu amère.

— Tu n'es pas obligée d'en rajouter comme ça.

— Oh, ça va, tu en as aussi marre de Val que moi. Elle nous arnaque toutes, et tu le sais. Elle a augmenté le prix d'admission de dix pour cent l'an dernier, et nous, les assistantes, on touche à peine le minimum légal. Elle ne pourra pas éternellement mettre ça sur le compte de la récession.

— T'es juste fâchée que j'aie été nommée responsable de la salle des tout-petits, a répliqué Janine.

Elle a tiré sur sa cigarette et m'a tendu le paquet. J'essayais d'arrêter à cause de mon asthme (enfin, officiellement, *j'avais* arrêté), mais ses mots avaient touché juste, et j'en ai pris une que j'ai allumée lentement, plus pour me donner le temps de me composer une expression que parce que j'avais envie de fumer. C'était vrai, ça m'avait gonflée qu'elle soit promue alors que je pensais franchement avoir les chances de mon côté. J'avais posé ma candidature en me croyant favorite, et quand le poste avait été attribué à Janine, ça m'avait fait l'effet d'un coup de poing dans l'estomac. Mais comme l'avait dit Val à l'époque, il y avait deux candidates et un seul poste. Elle n'y pouvait rien. N'empêche que ça m'était resté en travers de la gorge, en particulier quand Janine avait commencé à exhiber son autorité et à distribuer des ordres avec son accent traînant et sa voix éraillée.

— Ça n'a plus d'importance, maintenant, de toute façon, ai-je dit, lui rendant le briquet avec un sourire aimable en recrachant la fumée. On tourne la page et on avance, hein ?

Le sourire un peu condescendant qu'elle m'a adressé m'a fait ajouter, non sans malice :

— Et pour avancer, j'avance, effectivement.

— Comment ça ? (Janine a plissé les yeux.) Plus de 30 000, tu veux dire ?

J'ai fait un mouvement vers le haut avec ma main, et cette fois, elle a écarquillé les yeux.

— 40 ? *50 000 ?*

— Nourrie logée, en plus, ai-je ajouté d'un air suffisant en regardant son visage se décomposer.

Elle a secoué la tête.

— Tu me fais marcher.

— Eh non.

Soudain, je n'ai plus eu besoin de la cigarette. J'ai tiré une dernière taffe puis l'ai laissée tomber parmi le fatras de mégots de la cour et l'ai écrasée du talon.

— Merci pour la clope. Et maintenant, si tu veux bien m'excuser, je dois passer un coup de téléphone pour accepter un emploi.

J'ai composé le numéro de Sandra et j'ai écouté les sonneries avant que la messagerie ne s'enclenche. Quelque part, ça m'a soulagée. Je ne voulais pas me faire cuisiner devant Janine sur la date où je pouvais commencer. Si elle savait que c'était une condition *sine qua non*, elle serait bien capable de le répéter à Val, qui pourrait délibérément me compliquer la vie.

« Oh, bonjour Sandra, ai-je dit après le bip. Merci infiniment pour votre message, je suis ravie, et je suis très contente d'accepter. J'ai besoin de régler deux ou trois choses de mon côté, mais je vous enverrai un mail pour la date de prise de poste. Je suis sûre que ça ne sera pas un problème. Et… eh bien, merci ! Je vous rappelle. Dites-moi si vous avez besoin que je vous envoie quelque chose pour établir notre accord. »

Puis j'ai raccroché.

J'ai donné mon préavis à Val le jour même. Elle a fait mine de se réjouir pour moi, mais en vérité, ça avait surtout l'air de l'embêter, en particulier quand je l'ai informée que, vu les jours à prendre que j'avais accumulés, j'allais terminer le 16 juin au lieu du 1er juillet comme elle l'avait cru. Elle a tenté de me convaincre que je devais travailler pendant tout mon préavis, et de prendre mes congés sous forme de salaire, mais quand je l'ai plus ou moins invitée à régler ça au tribunal, elle a cédé.

Les quelques jours suivants se sont écoulés dans un tourbillon d'activités et de démarches. Sandra versait ses salaires *via* une boîte située à Manchester, et elle voulait que je leur adresse directement mes papiers et mon RIB pour les paiements plutôt que de passer par l'Écosse. Je m'attendais à ce que le processus soit un obstacle majeur, qui m'obligerait peut-être même d'aller à Manchester en personne pour un entretien, mais en fin de compte, ça s'est révélé d'une simplicité presque déconcertante : je leur ai transféré le mail de Sandra avec un numéro de référence, et quand ils ont répondu, je leur ai envoyé un scan de mon passeport, des justificatifs de domicile et mon RIB, comme ils me le demandaient. C'est passé comme une lettre à la poste. Comme si c'était le destin.

Les fantômes n'aimeraient pas ça.

Cette phrase flottait dans ma cervelle, prononcée par la petite voix grêle de Maddie, son tremblement enfantin ajoutant aux mots une étrangeté dont, normalement, je n'aurais pas dû tenir compte.

Mais c'étaient des conneries. Des conneries pures et simples. Je n'avais pas vu un soupçon de surnaturel de tout le temps que j'avais passé à Carn Bridge. Le plus probable, c'était qu'il s'agissait d'une histoire inventée par les filles au pair, des jeunes filles à peine sorties de l'adolescence, qui parlaient mal anglais, incapables de supporter l'isolement de cette maison, loin de tout, pour cacher qu'elles avaient le mal du pays. J'en avais vu suffisamment, à Londres, pour connaître le scénario par cœur ; j'avais même parfois bouché les trous en urgence lorsqu'elles s'évadaient en pleine nuit avec leur billet retour, laissant aux parents le soin de gérer la situation. Ce n'était pas rare.

J'étais nettement plus vieille et plus sage que ça, et j'avais de très bonnes raisons de vouloir que ça marche. Ce n'étaient pas de prétendus « fantômes » qui allaient me faire renoncer à cette chance.

Avec le recul, j'aimerais pouvoir secouer cette jeune femme vaniteuse dans son appartement londonien, persuadée de tout savoir, d'avoir tout vu. Je voudrais lui donner une gifle et lui expliquer qu'elle ne savait pas de quoi elle parlait.

Parce que je me trompais, monsieur Wrexham. Je me trompais du tout au tout.

Moins de trois semaines plus tard, j'étais sur le quai de la gare de Carn Bridge, entourée par plus de valises et de cartons qu'il ne semblait possible à une seule personne d'en porter.

Lorsque Jack est arrivé de son pas nonchalant, clés de voiture tintant dans sa main, il a carrément éclaté de rire.

— Bon sang, comment vous avez réussi à traverser Londres avec tout ça ?

— Lentement, j'ai répondu, penaude. Et douloureusement. J'ai pris un taxi, mais c'était un fichu cauchemar.

— Ah, eh bien, vous êtes là, maintenant, a-t-il dit.

Il a saisi les deux plus grosses valises, me donnant un petit coup de coude amical quand j'ai tenté de récupérer la plus petite.

— Non, non, prenez les autres, vous.

— Faites attention, *je vous en prie*. Elles sont vraiment lourdes. Je ne voudrais pas que vous vous bloquiez le dos.

Il a fait un grand sourire, comme si cette éventualité était tellement improbable qu'elle en était risible.

— Venez, la voiture est par là.

C'était une journée magnifique, chaude et lumineuse, et même si le soleil commençait à sombrer à l'horizon et que les ombres s'allongeaient, on entendait encore les ajoncs éclater lorsque nous avons roulé en silence sur les chemins boisés et les routes de marais pour rejoindre Heatherbrae. La maison, lorsque nous avons remonté l'allée, était encore plus belle que dans mon souvenir, chauffée au soleil du soir, avec ses portes grandes ouvertes et les chiens qui couraient partout, aboyant à tue-tête. J'ai soudain pensé, avec un petit sursaut, que j'allais certainement être responsable des chiens, en plus des enfants, en l'absence de Sandra et Bill. À moins que ce ne soit le boulot de Jack ? J'allais bien voir. Deux enfants et un bébé, je pouvais maîtriser. Une ado aussi, ça devait pouvoir le faire. Du moins je l'espérais. Mais si on ajoutait deux chiens turbulents, ça commençait à faire beaucoup.

— Rowan !

Sandra a accouru dehors, les bras ouverts, et avant même que je sois vraiment descendue de voiture, elle m'avait enveloppée dans une étreinte maternelle. Puis elle s'est reculée un peu et a agité la main vers une silhouette qui se tenait dans l'ombre du porche, un homme de haute taille, avec un début de calvitie et des cheveux sombres presque rasés.

— Rowan, c'est mon mari, Bill. Bill, je te présente Rowan Caine.

C'était donc *lui*, Bill Elincourt. Pendant un instant, je n'ai pas trouvé quoi dire ; je suis juste restée plantée là, un peu gênée par le bras de Sandra autour de moi, ne sachant pas si je devais me dégager pour aller le saluer ou…

J'étais encore figée par l'indécision lorsqu'il s'est avancé à grands pas, main tendue, avec un sourire rapide et professionnel.

— Rowan. Ravi de vous rencontrer enfin. Sandra m'a beaucoup parlé de vous. Votre CV est très impressionnant.

Vous n'en savez pas la moitié, Bill, me suis-je dit tandis qu'il sortait une des valises du coffre et retournait vers la maison. J'ai respiré un grand coup et me suis apprêtée à le suivre, et pendant ce temps, ma main s'est portée nerveusement à mon collier. Mais cette fois, au lieu de tripoter ses rainures familières, j'ai rentré le pendentif dans mon col puis je me suis hâtée de les rejoindre.

Dans la cuisine, nous avons bu un café, et je suis restée assise, un peu gênée, au bord d'un des tabourets de métal autour du plan de travail tandis que Bill me posait des questions sur mes qualifications. J'étais nettement plus à cran que lorsque Sandra m'avait fait passer l'entretien. Je voulais… je ne sais pas, je voulais l'impressionner, j'imagine. Mais en même temps, pendant qu'il s'étendait sur son emploi du temps éprouvant, la difficulté de trouver du personnel dans les Highlands, et les insuffisances des précédentes nurses, j'avais de plus en plus envie de le secouer.

Je ne sais pas ce que j'avais imaginé. Quelqu'un qui a réussi, sans doute. Ça, je le savais à cause de l'annonce et de la maison. Quelqu'un qui a de la chance, avec ses beaux enfants, sa femme épanouie et son boulot intéressant. Tout ça, je le tenais pour acquis. Mais il était tellement… tellement *à l'aise*. Il était rembourré, sur chaque centimètre carré de sa personne. Je ne veux pas dire qu'il était gros, mais il était enrobé, physiquement, émotionnellement, financièrement, d'une manière qu'il n'avait tout bonnement pas l'air de comprendre, et c'était son ignorance totale de ce fait qui le rendait d'autant plus exaspérant.

Vous savez ce que c'est ? avais-je envie de lui crier, tandis qu'il se plaignait de leur jardinier qui était parti prendre un boulot d'enseignant à plein temps à Édimbourg, et de l'aide-ménagère qui avait cassé le broyeur à 800 livres dans l'évier puis s'était enfuie car elle n'avait pas osé l'avouer. *Vous comprenez comment c'est pour les gens qui n'ont pas votre fortune, votre protection et vos privilèges ?*

Tandis qu'il était assis là, déblatérant comme s'il n'y avait rien au monde de plus important que ses problèmes futiles, avec Sandra qui le regardait avec adoration comme si rien ne la rendait plus heureuse que de l'écouter blablater éternellement, une prise de conscience douloureuse m'est venue. Il était *égoïste*. Un homme égoïste, égocentrique, qui m'avait à peine posé la moindre question personnelle, pas même si j'avais fait bon voyage. Il s'en fichait complètement.

Je ne sais pas ce que je m'étais attendue à éprouver quand je le rencontrerais, cet homme qui n'avait pas pris la peine de rencontrer la femme à laquelle il comptait laisser ses enfants pour des périodes de plusieurs semaines d'affilée avant de l'engager, mais sûrement pas ce degré d'aversion. Je savais que je devais me reprendre, sans quoi ça allait se voir sur mon visage.

Peut-être Sandra a-t-elle deviné mon malaise, car elle a poussé un petit rire et l'a interrompu.

— Chéri, Rowan n'a pas besoin d'entendre nos soucis domestiques par le menu. Évitez juste de jeter les couverts dans le broyeur, Rowan ! De toute façon, plus sérieusement, toutes les instructions sont là. (Elle a tapoté un épais classeur rouge, posé à côté de son coude.) C'est un tirage papier du document que je vous ai envoyé par mail la semaine dernière, et si vous n'avez pas encore eu le temps de le lire, il y a tout dedans, du fonctionnement de la machine à laver à l'heure du coucher des enfants et à ce qu'elles aiment manger ou pas. Si vous avez la moindre question, vous trouverez les réponses ici, et bien sûr, vous pouvez aussi m'appeler. Vous avez téléchargé Happy ?

— Pardon ?

— Happy, l'application de gestion domestique. Je vous ai envoyé le code d'autorisation par mail.

— Oh, pardon, l'application, oui, je l'ai téléchargée.

Elle a eu l'air soulagée.

— Bon, c'est le principal. J'ai entré toutes les autorisations dont vous aurez besoin dans votre profil Happy, et bien sûr, ça sert aussi de babyphone, même si on en a aussi un vrai pour la chambre de Petra. On n'est jamais trop prudent, n'est-ce pas, mais l'application marche bien. Quoi d'autre… ? Oh, les repas ! Je vous ai préparé un planificateur de menus, là…

Elle a sorti une feuille volante d'un intercalaire en plastique à la première page du classeur.

— Il n'y a que des trucs qu'elles mangeront sans problème, et j'ai acheté tous les ingrédients, donc vous avez tout ce qu'il vous faut pour la première semaine. En plus, il y a tous les mots de passe pour faire les courses en ligne sur Waitrose et ainsi de suite, et voilà une carte de crédit pour toutes les dépenses que vous devrez faire pour la maison. Les relevés de compte arrivent directement à Bill et moi, mais bien sûr, gardez les tickets de caisse, une capture d'écran sur votre portable suffit, pas besoin de papier. Heu… quoi d'autre ? J'imagine que vous avez plein de questions ?

Elle a dit cette dernière phrase avec un peu d'espoir dans la voix, mais je ne savais pas trop si elle espérait que je la prenne au mot ou au contraire que je lui dise que non.

— J'ai bien lu votre mail.

En vérité, le document faisait plus de deux cents pages très denses, et je m'étais contentée de le survoler.

— Mais ce serait extrêmement utile d'avoir une copie papier, c'est toujours tellement plus facile à consulter. C'était très complet, ça m'a impressionnée. Je crois que j'ai bien tout mémorisé, la journée de Petra, les allergies d'Ellie, et pour Maddie…

Je me suis tue un instant, ne sachant comment exprimer ce que Sandra avait appelé la *personnalité explosive* de sa fille. Apparemment, Maddie avait le diable au corps, ou pouvait l'avoir.

Sandra a surpris mon regard et deviné ma gêne, et elle a esquissé un petit sourire triste qui voulait dire : *eh oui.*

— Eh oui, Maddie ! Rhiannon reste à son lycée ce week-end pour fêter la fin de l'année. Elle rentrera la semaine prochaine, et j'ai prévu quelqu'un pour aller la chercher et tout, donc vous n'avez pas à vous en inquiéter. Quoi d'autre… quoi d'autre… ?

— Je ne crois pas qu'on ait vraiment précisé quand vous partez, ai-je émis d'un ton hésitant. Je sais que vous disiez dans votre mail que votre salon se tenait la semaine prochaine. Ça commence quand exactement ? Samedi en huit ?

— Oh ! (Sandra a eu l'air un peu déconcertée.) Je ne vous l'ai pas dit ? Zut, c'est un peu négligent de ma part. C'est le… euh… eh bien, c'est le seul problème, en fait. C'est samedi, mais pas samedi prochain, ce samedi. Nous partons demain.

— Quoi ? (Pendant un instant, j'ai cru avoir mal entendu.) Vous dites que vous partez *demain* ?

— Ouiii…, a lâché Sandra, visiblement soudain troublée. On prend le train de 12 h 30, donc on s'en ira juste avant le déjeuner. Je… Est-ce que c'est un problème ? Si vous craignez de ne pas vous en sortir, je peux essayer de déplacer mes premiers rendez-vous…

Elle a laissé sa phrase en suspens, et j'ai dégluti.

— Ça ira, ai-je dit avec une assurance que je n'éprouvais pas complètement. De toute façon, il faudra bien que je me lance à un moment ou à un autre, donc je ne crois pas que ça change grand-chose que ce soit ce week-end ou le week-end prochain.

Tu es folle ? hurlait une voix dans ma tête. *Tu as perdu la boule ? Tu connais à peine ces enfants.*

Mais une autre partie de moi chuchotait un message très différent : *parfait*. Car en un sens, ça rendait les choses nettement plus faciles.

— On n'a qu'à improviser, a continué Sandra. Je vous appellerai régulièrement, et si les enfants sont trop déstabilisées, je peux revenir en milieu de semaine, peut-être ? Vous n'aurez que les petites les quelques premiers jours, donc j'espère que ça pourra faciliter un peu la transition…

Elle s'est interrompue de nouveau, un peu embarrassée cette fois. Je hochais franchement la tête, le visage raidi par l'effort fourni pour dissimuler mes sentiments.

— Bon, a enfin décrété Sandra en reposant son café. Petra est déjà au lit, mais les filles regardent *Peppa Pig* dans la salle télé. Je ne veux pas vous déléguer entièrement mon dernier soir, mais on peut les coucher ensemble, si vous voulez, pour que vous vous fassiez directement une idée de leur routine ?

J'ai acquiescé et je l'ai suivie à travers la cathédrale de verre plongée dans la pénombre vers la porte cachée qui ouvrait sur la salle télé.

À l'intérieur, les persiennes étaient baissées et le sol toujours jonché de Duplo et de poupées abîmées. Les deux petites filles se tenaient blotties l'une contre l'autre sur le canapé, vêtues de pyjamas de flanelle et agrippées à des ours en peluche usés, tout doux. Maddie suçait son pouce, même si quand sa mère est entrée, elle l'a vivement retiré de sa bouche, avec un petit sursaut de culpabilité. Je me suis promis de vérifier ce point dans le classeur.

Nous nous sommes assises sur les bras du canapé, Sandra passant tendrement les doigts dans les boucles soyeuses d'Ellie tandis que l'épisode touchait à sa fin, puis elle a pris la télécommande et coupé l'image.

— Oh, mamaaan !

Le chœur a été immédiat mais sans grand enthousiasme, comme si elles ne s'attendaient pas à voir Sandra céder.

— Encore un !

— Non, mes chéries, a répondu Sandra.

Elle a soulevé Ellie, qui a enroulé les jambes autour de sa taille et enfoui son visage dans l'épaule de sa mère.

— Il est super tard. Allez, on monte. Si vous avez *beaucoup* de chance, Rowan va vous lire une histoire ce soir !

— Je veux pas Rowan, a chuchoté Ellie dans le creux de l'épaule de sa mère. Je veux toi.

— Bon… on verra là-haut, a dit Sandra.

Elle a remonté Ellie dans une position plus confortable puis tendu la main à Maddie.

— Viens, chérie. On monte.

— Je veux *toi*, a répété Ellie avec obstination tandis que Sandra commençait à gravir l'escalier.

J'ai suivi. Sandra s'est retournée vers moi en levant les yeux au ciel avec un petit sourire.

— Tu sais quoi, a-t-elle chuchoté à Ellie, mais délibérément assez fort pour que j'entende aussi. Peut-être que je vais te lire une histoire *et* Rowan aussi. Qu'est-ce que tu en penses ?

Ellie n'a rien répliqué, se contentant d'enfouir son visage plus profondément dans l'épaule de Sandra.

Sur le palier, les rideaux étaient tirés et j'ai vu la pâle lumière rose de la veilleuse de Petra qui filtrait sur la moquette. Sandra a supervisé le brossage des dents et le passage aux toilettes pendant que je remontais le couloir à la moquette épaisse jusqu'à la porte de la chambre des filles.

Et voilà : deux petits lits, tous deux baignés dans la lumière douce d'une lampe de chevet, l'une rose, l'autre d'une espèce de couleur pêche fanée. Au-dessus de chaque lit, une série d'images encadrées, une forme de pied de bébé, un gribouillis dans lequel on reconnaissait tout juste un chat, un papillon fait de deux empreintes de mains potelées, et, enchevêtrées dans les cadres, des guirlandes qui dispensaient un éclairage tamisé.

C'était un tableau parfait, comme une illustration dans un catalogue de chambres pour enfants.

Je me suis assise avec précaution au pied de l'un des petits lits, et j'ai enfin entendu des pas et des voix geignardes, que Sandra s'est hâtée de calmer.

— Chut, Maddie, tu vas réveiller Petra. Allez, viens, maintenant, on enlève la robe de chambre, et au dodo.

Ellie a sauté dans le sien mais Maddie est restée pétrifiée un instant, en me fixant, et j'ai compris que c'était parce que j'étais assise sur sa couche.

— Tu veux que je me pousse ? ai-je demandé.

Mais elle n'a rien dit, croisant juste les bras d'un air rebelle, puis elle s'est couchée et tournée vers le mur, comme si je n'étais pas là.

— Je m'assois sur le fauteuil poire ? ai-je demandé à Sandra, qui a secoué la tête en riant.

— Non, vous êtes bien là. Ne bougez pas. Maddie met un peu de temps à accepter les gens, quelquefois, pas vrai, ma chérie ?

Maddie n'a rien dit, et je n'étais pas certaine de lui en vouloir. Ça devait être gênant d'entendre sa mère discuter de son cas avec une inconnue comme ça.

Sandra s'est mise à lire une aventure de Winnie l'Ourson, d'une voix basse et soporifique, et quand elle a terminé la dernière phrase, elle s'est penchée pour regarder Ellie. Ses yeux étaient fermés et elle ronflait doucement. Sandra lui a donné un baiser sur la joue, a éteint sa lampe, puis s'est levée et est venue près de moi.

— Maddie, a-t-elle demandé très doucement. Maddie, tu veux que Rowan te lise une histoire ?

Maddie n'a rien répondu et Sandra s'est penchée pour regarder son visage, toujours tourné vers le mur. Elle avait les paupières hermétiquement closes.

— Elle est tombée comme une masse ! a chuchoté Sandra, une touche de triomphe dans la voix. Bon, bon, votre performance va devoir attendre demain. Désolée de manquer ça.

Elle a embrassé Maddie sur la joue à son tour, remonté un peu ses couvertures et glissé une espèce de jouet en peluche sous son menton – je n'ai pas bien vu quoi –, puis elle a éteint sa lampe aussi, ne laissant que la veilleuse. Enfin, elle a jeté un dernier coup d'œil à ses filles endormies et s'est dirigée vers la porte ; je lui ai emboîté le pas.

— Vous pouvez fermer derrière vous ? a-t-elle demandé.

Je m'apprêtais à le faire tout en lançant un regard aux petits lits blancs et à leurs occupantes, toutes deux plongées dans la pénombre à présent.

La veilleuse était très douce, et trop près du sol pour laisser voir grand-chose à part les ombres autour des lits des filles, mais pendant une seconde, dans l'obscurité, j'ai cru remarquer l'éclat de deux petits yeux qui me jetaient un regard noir.

Puis ils se sont refermés vivement, et j'ai tiré la porte derrière moi.

J'ai très mal dormi cette nuit-là. Ce n'était pas le lit, qui était d'un confort aussi somptueux que la dernière fois. Ce n'était pas la chaleur qui régnait dans la chambre quand j'y étais entrée, car j'avais réussi à persuader le système de passer en mode clim, et à présent, il faisait une température idéale. Ce n'était même pas mon inquiétude à l'idée de rester seule avec les enfants le lendemain. Au fond, j'étais plutôt soulagée à l'idée d'être débarrassée de Bill et Sandra. Enfin… pas de Sandra… Surtout de Bill, pour être honnête.

L'embarrassante fin de la soirée m'est repassée encore une fois dans la tête. Nous bavardions dans la cuisine quand, finalement, Sandra s'était étirée avec un bâillement et avait annoncé son intention de se coucher tôt.

Elle avait embrassé Bill et s'était dirigée vers l'escalier, et juste au moment où je pensais la suivre, Bill avait rempli nos deux verres sans me demander mon avis.

— Oh…, ai-je dit sans conviction. J'étais… je veux dire, je ne devrais pas…

— Allez. (Il a poussé le verre dans ma direction.) Juste un. C'est ma dernière occasion de faire votre connaissance avant de vous confier mes enfants, après tout ! Vous pourriez être n'importe qui, pour ce que j'en sais !

Son sourire a fait apparaître les rides de ses joues bronzées, et je me suis interrogée sur son âge. Il faisait aussi bien quarante que soixante ans, c'était difficile à dire. Il portait des lunettes sans monture et avait un de ces visages hâlés, un peu burinés, qui, avec ses cheveux ras, lui donnait un côté presque sans âge, un peu à la Bruce Willis.

J'étais très fatiguée ; le long voyage et le stress du déménagement m'avaient finalement rattrapée, et l'épuisement m'était tombé dessus d'un coup. Mais il y avait assez de vérité dans sa remarque pour que je soupire intérieurement et accepte le verre. Après tout, il avait raison. C'était notre seule chance de faire connaissance avant son départ. Ça aurait paru un peu bizarre et cavalier de la lui refuser.

Il a posé son menton sur une de ses mains et m'a observée tandis que je levais mon verre. La tête un peu inclinée, il a suivi des yeux le mouvement du vin jusqu'à mes lèvres, et a laissé son regard posé sur ma bouche.

— Alors, qui êtes-vous, Rowan Caine ? a-t-il demandé.

Sa voix était un peu pâteuse, et je me suis demandé s'il avait beaucoup bu. Quelque chose dans son ton, dans le côté direct de sa question, dans l'intimité dérangeante de son regard, m'a un peu noué l'estomac.

— Que voulez-vous savoir ? ai-je demandé, tentant de répondre avec légèreté.

— Vous me rappelez quelqu'un… mais je n'arrive pas à savoir qui. Une star de cinéma, peut-être. Vous n'avez pas des parents célèbres, si ? Une sœur à Hollywood ?

J'ai souri à cette tirade un peu éculée.

— Non, absolument pas. Je suis fille unique, et par ailleurs, ma famille est on ne peut plus ordinaire.

— Peut-être au travail… Quelqu'un de votre famille bosse dans l'architecture ?

J'ai pensé à la compagnie d'assurances de mon beau-père et je me suis retenue *in extremis* de lever les yeux au ciel. J'ai secoué fermement la tête, et il a continué de me regarder par-dessus son verre de vin, fronçant si fort les sourcils qu'une ride profonde est apparue à l'arête de son nez.

— Peut-être que c'est… comment elle s'appelle, la femme dans *Le diable s'habille en Prada* ?

— Qui, Meryl Streep ? j'ai dit, suffisamment surprise pour pousser un petit rire malgré ma nervosité.

Il a secoué la tête impatiemment.

— Non, l'autre. La jeune. Anne Hathaway, c'est ça. Vous lui ressemblez un peu.

— Anne Hathaway ?

J'ai tenté de ne pas montrer l'ampleur de mon scepticisme. Anne Hathaway, peut-être, si elle prenait vingt ou vingt-cinq kilos, avait des cicatrices d'acné et une coupe de cheveux faite par une apprentie.

— Franchement Bill, vous êtes très gentil, mais c'est la première fois que j'entends cette comparaison.

— Mais ce n'est pas ça, en même temps.

Il s'est levé, est venu de mon côté de l'îlot central et a pris le tabouret chromé en face de moi, les jambes si écartées que je ne pouvais guère remuer sans toucher sa cuisse.

— Non, ce n'est pas ça. J'ai vraiment l'impression qu'on s'est déjà rencontrés. Vous avez dit que vous travailliez pour qui, avant ?

J'ai énuméré mes anciens employeurs une nouvelle fois, et il a secoué la tête, insatisfait.

— Je ne connais aucun d'eux. C'est peut-être mon imagination. Je crois que je me souviendrais d'un visage… eh bien, d'un visage comme le vôtre.

Quelque chose s'est contracté dans le creux de mon ventre. Je m'étais retrouvée trop souvent dans cette situation pour ne pas reconnaître le tour qu'elle était en train de prendre. Mon premier boulot après le lycée, celui de jeune serveuse, avec un patron qui me faisait miroiter une augmentation en me complimentant sur mon soutien-gorge fuchsia. D'innombrables tordus, lors d'innombrables sorties, qui se mettaient entre moi et la porte. Les pères en rut à la crèche, qui tentaient d'attirer la sympathie en se plaignant de leurs femmes en dépression *post-partum*, qui ne les comprenaient pas…

Bill était l'un d'entre *eux*.

Il était mon employeur. Il était le mari de ma patronne. Et pire que tout, il était…

Doux Jésus. Je ne peux pas me résoudre à l'écrire.

Mes mains avaient commencé à trembler, et j'ai serré mes doigts plus fort autour du pied de mon verre pour tenter de le dissimuler.

Je me suis raclé la gorge et j'ai tenté de reculer mon tabouret, mais il était coincé contre le rebord de l'îlot. Les cuisses charnues de Bill me bloquaient le passage, m'empêchant efficacement d'en descendre.

— Bon, je ferais bien de monter me coucher. (Ma voix était un peu flûtée par la nervosité.) Je commence tôt demain, n'est-ce pas ?

— Il n'y a pas d'urgence, a-t-il dit.

Il m'a pris le verre d'autorité, l'a rempli, puis a avancé les mains vers mon visage.

— Vous avez juste… vous avez un peu de…

Son pouce lisse, légèrement moite, a caressé le coin de ma lèvre inférieure, et j'ai senti un genou s'insinuer, très doucement, entre les miens.

Pendant une seconde, je me suis figée, et une palpitante nausée de panique est montée dans ma gorge, m'étranglant. Puis quelque chose en moi s'est rompu et je suis brusquement descendue du tabouret, le dépassant si vite que le verre s'est penché et le vin s'est renversé sur le béton.

— Désolée, j'ai bégayé. Vraiment navrée, laissez-moi… je vais chercher un chiffon…

— C'est pas grave, a-t-il dit.

Il n'était pas gêné le moins du monde, seulement amusé

par ma réaction. Il est resté à sa place, à demi assis, appuyé confortablement sur le tabouret, tandis que je prenais un torchon et que j'essuyais le sol entre ses jambes.

Pendant une seconde, j'ai levé les yeux vers lui et il a baissé les siens vers moi, et la boutade que j'avais entendue un millier de fois, toujours accompagnée d'un rire paillard, m'est passée par la tête. *Pendant que t'es en bas, mon cœur…*

Je me suis relevée, le visage en feu, et j'ai lâché le torchon plein de vin dans l'évier.

— Bonne nuit, Bill, ai-je dit brusquement en tournant les talons.

— Bonne nuit, Rowan.

Et j'ai monté les deux étages sans me retourner.

Lorsque j'ai refermé la porte de ma nouvelle chambre, derrière moi, j'ai éprouvé un soulagement énorme. J'avais déjà défait mes valises, et même si la pièce ne me faisait pas encore l'effet d'un chez-soi, elle me donnait quand même l'impression qu'il y avait dans cette maison un petit coin qui était mon territoire, où je pouvais m'étaler, arrêter de jouer un rôle, arrêter d'être Rowan la Nounou Parfaite pour être seulement… moi.

J'ai retiré l'élastique de ma queue-de-cheval serrée, haute, et j'ai senti mes cheveux épais et raides se lâcher en couronne autour de ma tête. Le sourire poli et affable que j'avais collé sur mon visage à mon arrivée s'est défait en une neutralité lasse. En retirant mon cardigan, mon chemisier et ma jupe en tweed, j'ai eu l'impression d'ôter des couches de faux-semblants pour redevenir la fille que j'étais derrière cette façade, celle qui restait en pyjama toute la journée pendant le week-end, qui passait des heures affalée sur le canapé, non pas à lire des livres pour se cultiver mais à s'enfiler des épisodes de *Judge Judy*. Celle qui aurait traité Bill de sale porc au lieu de rester plantée là, paralysée par la politesse, avant de proposer de nettoyer sa maladresse.

Les complexités du panneau de contrôle m'ont fourni une distraction bienvenue, m'évitant de repenser à cette partie de la soirée, et le temps que je parvienne à régler la température sur une chaleur plus acceptable et me rappelle le fonctionnement de la douche, mon pouls s'était calmé et je me convainquais d'accepter la situation.

OK, bon, Bill était un dégueulasse. Ce n'était pas le premier que j'avais rencontré. Pourquoi étais-je si déçue de le trouver ici ?

Je connaissais la réponse, bien sûr. Mais ce n'était pas seulement qui il était. C'était tout ce qu'il représentait, les efforts considérables et la planification minutieuse qui m'avaient amenée ici, les espoirs et les rêves liés à ma décision de poser ma candidature. Ce sentiment que, pour une fois dans ma vie, quelque chose allait *bien*, que tout se mettait en place. La situation m'avait semblé parfaite, trop parfaite, peut-être. Il fallait bien qu'il y ait une mouche dans le potage, et il se pouvait que cette mouche, ce soit Bill.

Soudainement, les histoires surnaturelles ne m'ont plus semblé si mystérieuses, après tout. Pas de *poltergeist*. Juste un quinquagénaire moyen, incapable de contenir ses pulsions. Toujours la même histoire, assommante.

Cependant, ça me faisait quand même l'effet d'un coup de pied dans le ventre.

Ce n'est qu'une fois douchée, les dents brossées, quand je me suis allongée, que j'ai regardé le plafond. Les éclairages encastrés, le petit détecteur de fumée qui clignotait près de la porte, et… autre chose, dans le coin, là ? Qu'est-ce que c'était que ça ? Un détecteur de présence, contre les cambrioleurs ? Un autre détecteur de fumée ?

Ou était-ce…

J'ai repensé à la petite phrase de Sandra pendant mon entretien… *Toute la maison en est équipée…*

Ça ne *pouvait pas* être une caméra… si ?

Mais non. Ça, ça serait plus que tordu. Ça serait de la surveillance illégale. J'étais une employée et j'avais un droit raisonnable à l'intimité, quel que soit le terme approprié.

Néanmoins, je me suis levée, enveloppée dans ma robe de chambre, et j'ai tiré une chaise sous l'engin en forme d'œuf dans le coin. L'une de mes chaussettes traînait par terre, là où je l'avais laissée tomber en allant prendre ma douche. Je l'ai ramassée, je suis montée sur la chaise, et, sur la pointe des pieds, je l'ai glissée sur le capteur. Je l'atteignais *tout juste.* Elle s'adaptait parfaitement, et le bout vide de la chaussette pendouillait en dessous, flasque et un peu chagrin.

Là seulement, rassurée, même si je me sentais un peu ridicule, je suis retournée me coucher et j'ai pu m'autoriser à m'endormir.

Je me suis réveillée en sursaut dans la nuit, avec l'impression vague que quelque chose n'allait pas sans pouvoir mettre le doigt dessus. Je suis restée allongée, le cœur battant, à me demander ce qui m'avait réveillée. Je n'avais pas le souvenir d'avoir rêvé, seulement de ce petit choc qui m'avait ramenée brusquement à la conscience.

Ça a pris une minute, puis c'est revenu. Un bruit. Des pas. *Crac… crac… crac…* lents et mesurés, comme si quelqu'un faisait les cent pas sur un plancher, ce qui n'avait aucun sens puisqu'il y avait de la moquette épaisse à tous les étages.

Crac… crac… craaaac… une démarche lente, comme celle d'un homme, pas un trottinement d'enfant. On aurait dit que ça venait du dessus, ce qui était ridicule puisque j'étais au dernier étage.

Lentement, je me suis redressée et j'ai cherché la lumière, mais quand j'ai tourné l'interrupteur, il ne s'est rien passé. J'ai recommencé, puis j'ai compris avec un juron que j'avais dû couper la lampe depuis le panneau principal. Je ne me voyais pas l'affronter au beau milieu de la nuit, risquant de déclencher la sono ou autre chose, donc j'ai pris mon téléphone, qui était en charge, et j'ai allumé la torche.

J'avais la poitrine oppressée. En sortant ma Ventoline, je me suis tout d'un coup aperçue qu'il faisait extrêmement froid dans la chambre. De toute évidence, quand j'avais modifié les réglages, j'étais allée trop loin. À présent, hors du cocon tiède des couvertures, le froid était désagréable. Mais ma robe de chambre était au pied du lit, donc je l'ai enfilée et je suis restée debout là, tentant de me retenir de claquer des dents, le faisceau de ma torche éclairant une fine tranche de moquette couleur blé, et c'est à peu près tout.

Les pas avaient cessé et j'ai hésité un instant, retenant ma respiration, aux aguets, me demandant s'ils allaient reprendre. Rien. J'ai fait une autre inhalation de Ventoline, en attente. Toujours rien.

Le lit était chaud, et il était tentant de me glisser de nouveau sous la couette et de faire comme si je n'avais rien entendu, mais je savais que je ne dormirais pas bien si je n'*essayais* pas, au moins, de déterminer la source du bruit. J'ai resserré la ceinture de mon peignoir et j'ai entrouvert la porte de ma chambre.

Il n'y avait personne dehors, mais je suis tout de même allée jeter un coup d'œil dans le placard à balais. Il était vide, bien sûr, à part les articles de ménage, et le voyant clignotant de l'aspirateur en charge. Rien de plus gros qu'une souris ne pouvait s'y cacher.

J'ai refermé le placard puis, me sentant un peu comme une intruse, j'ai tenté la porte de Rhiannon, ignorant résolument son *N'ENTREZ PAS OU VOUS ÊTES MORT*. Je pensais qu'elle serait peut-être verrouillée, mais la poignée a tourné sans résistance et la lourde porte s'est ouverte en grand, avec un bruit étouffé sur la moquette épaisse.

À l'intérieur, il régnait un noir d'encre, les rideaux occultants étaient tirés hermétiquement, mais ça faisait bien l'effet d'une pièce vide. J'ai tout de même promené la torche de mon téléphone le long des murs. Il n'y avait personne.

C'était tout. Il n'y avait pas d'autre pièce à cet étage. Et le plafond au-dessus était lisse, sans trace ne serait-ce que d'une trappe donnant sur un grenier. Car si mon souvenir du bruit s'effaçait vite, j'avais bien eu l'impression qu'il venait d'au-dessus. Quelque chose sur le toit, peut-être ? Un oiseau ? Ce n'était pas un rôdeur, en tout cas, c'était évident.

De nouveau frissonnante, je suis retournée dans ma chambre où je suis restée plantée un moment, indécise, au milieu de la moquette, tendant l'oreille au cas où le son se reproduirait. Ça n'a pas été le cas.

J'ai éteint la torche, je me suis remise au lit et j'ai tiré les couvertures sous mon menton. Mais il s'est écoulé un long moment avant que je ne me rendorme.

— Maman !

La Tesla remontait l'allée vers la route principale et Ellie courait derrière sur ses petites jambes, les larmes dégoulinant sur son visage alors que Jack, au volant, s'éloignait inexorablement.

— Au revoir, mes chéries !

Sandra a passé la tête par la vitre arrière, ses cheveux couleur miel s'agitant dans le vent tandis que la voiture prenait de la vitesse. Elle arborait un sourire gai, mais la détresse de son visage ne m'a pas échappé, et je savais qu'elle maintenait une façade joyeuse pour les enfants. Bill ne s'est pas retourné. Il était penché sur son téléphone à côté d'elle, sur la banquette arrière.

— Maman ! a hurlé Ellie, la voix pleine de désespoir. Maman, t'en va pas, s'il te plaît !

— Au revoir, mes amours ! Vous allez bien vous amuser avec Rowan et je reviendrai très bientôt. Au revoir ! Je vous aime !

Puis la voiture a pris le virage de l'allée et disparu parmi les arbres.

Ellie a ralenti sa course et s'est arrêtée en trébuchant presque, laissant échapper un gémissement de chagrin avant de se jeter par terre dans un geste théâtral.

— Oh, Ellie !

J'ai remonté Petra sur ma hanche et couru jusqu'à la fillette étalée à plat ventre sur les graviers.

— Ellie, mon chou, viens, on va manger une glace.

D'après les instructions de Sandra, c'était une vraie gâterie, qui n'était pas autorisée tous les jours parce que le sucre excitait les filles à l'excès, mais Ellie a secoué la tête et gémi de plus belle.

— Allez, viens, ma chérie.

Je me suis penchée, non sans difficulté car je portais toujours Petra, et j'ai pris son poignet pour tenter de la relever, mais elle a poussé un hurlement et a dégagé vivement son bras, cognant son petit poing sur le sol.

— Aïe ! a-t-elle hurlé, redoublant de sanglots.

Elle a levé vers moi des yeux rouges, furieux, pleins de larmes.

— Tu m'as fait *mal* !

— J'essayais juste…

— *Va-t'en !* Tu m'as fait *mal* ! Je le dirai à ma maman !

Je me suis redressée, hésitant au-dessus de la petite silhouette indignée étalée par terre.

— *Va-t'en !* a-t-elle crié de nouveau.

Finalement, j'ai poussé un soupir et je suis repartie vers la maison. Ça ne me paraissait pas très avisé de la laisser là, au milieu de ce qui était tout de même une route, mais le portail au bout de l'allée était fermé et Jack n'allait pas revenir avant au moins une demi-heure. Avec un peu de chance, elle se serait calmée d'ici là, et je parviendrais à l'amadouer suffisamment pour la faire rentrer.

Sur ma hanche, Petra avait commencé à chouiner, et je me suis retenue de soupirer de nouveau. De grâce, pas elle aussi. Et où diable était Maddie ? Elle avait disparu avant le départ de ses parents, s'échappant dans les bois à l'est de la maison, refusant de dire au revoir.

— Oh, laisse-la, avait fait Bill tandis que Sandra s'agitait en tous sens pour essayer de la trouver afin de lui dire au revoir. Tu sais comment elle est, elle préfère lécher ses plaies dans son coin.

Lécher ses plaies. Juste un cliché éculé, pas vrai ? Sur le moment, je n'en avais pas fait grand cas, mais à présent, je me posais la question : Maddie était-elle blessée ? Si oui, comment ?

Une fois rentrée, j'ai installé Petra dans sa chaise haute, je l'ai attachée, et j'ai consulté le classeur rouge au cas où il contiendrait des instructions sur la marche à suivre si les filles disparaissaient purement et simplement. Le dossier devait faire au moins dix centimètres d'épaisseur, et un coup d'œil rapide après le petit déjeuner m'avait prouvé qu'il contenait des informations sur tout, de la quantité de sirop de Doliprane à administrer et dans quelles circonstances, aux rituels du coucher, livres préférés, protocole à appliquer s'il survenait des rougeurs, horaires des devoirs, et capsules de lessive à employer pour les tenues de danse des deux grandes. Pratiquement chaque instant de la journée était mentionné, avec des notes sur les en-cas à distribuer, les programmes télé à choisir, le temps qu'elles avaient le droit de passer devant.

La seule chose qui n'était pas traitée dans ce manuel, c'était la disparition totale – du moins n'ai-je pas réussi à trouver la page. En revanche, en feuilletant le chapitre intitulé « Jour de week-end typique », j'ai remarqué que j'étais très en retard pour le déjeuner de Petra, ce qui expliquait peut-être son irritabilité. Je ne voulais pas trop me mettre à préparer à manger tant que je n'aurais pas localisé Maddie et Ellie, mais au moins, je pouvais lui donner un petit quelque chose à grignoter pour la caler et l'empêcher de râler.

6 heures, commençait le chapitre. *Toutes les petites (mais en particulier Ellie) ont tendance à se réveiller tôt. Nous avons donc installé une pendule « Happy Bunny » dans la chambre des filles pour les habituer à dormir. C'est une pendule numérique avec l'image d'un lapin endormi qui passe sans bruit à l'image d'un lapin joyeux et bien réveillé à 6 heures du matin. Si Ellie se réveille plus tôt, merci de l'encourager doucement (!) à consulter cette pendule et à se recoucher si le lapin dort encore. Bien sûr, usez de votre bon sens en cas de cauchemars et d'accidents nocturnes.*

Bon sang ! N'y avait-il rien dans cette maison qui ne soit pas contrôlé par cette foutue application Happy ? J'ai parcouru la page des yeux, sautant les passages sur les tenues suggérées, les habits de pluie et les menus acceptables au petit déjeuner, pour passer au milieu de la matinée.

10 h 30-11 h 15 : En-cas – par ex. des fruits (bananes, myrtilles, raisins COUPÉS EN QUATRE *pour Petra, s'il vous plaît), raisins secs (avec modération – les dents !), gressins, gâteaux de riz ou bâtonnets de concombre. Pas de fraises (Ellie est allergique), pas de fruits à coque (le beurre de noix ne pose pas de problème à condition qu'il soit sans sucre et sans sel), et enfin Petra n'a pas droit aux aliments contenant du sucre raffiné ou un excès de sel (les grandes ont droit au sucre, avec modération). Ça peut être difficile à contrôler en cas de sortie, donc dans ce cas, je vous conseille d'emporter un panier.*

Bon, au moins l'application ne préparait pas les en-cas. Cependant, je n'avais jamais vu un truc si détaillé dans un autre poste. À Little Nippers, le manuel du personnel était une mince brochure qui expliquait surtout comment déclarer un congé maladie. Les règles, oui. Le temps d'écran autorisé, les punitions, les interdits, les allergies, tout cela était normal. Mais ça… s'imaginait-elle que j'avais passé dix ans dans la puériculture sans savoir qu'il fallait couper les grains de raisin pour les bébés ?

En repoussant le classeur rouge loin de moi, je me suis posé des questions. Était-ce le déstabilisant défilé de nurses qui avait rendu Sandra si maniaque ? Ou s'efforçait-elle désespérément d'être là pour sa famille même quand elle ne pouvait pas être physiquement présente ? Bill, c'était clair, n'éprouvait aucun état d'âme à laisser ses enfants seules avec une quasi-inconnue, aussi qualifiée soit-elle. Mais le classeur de Sandra évoquait une tout autre conception du rôle de parent : elle paraissait écartelée par sa situation. Ce qui entraînait automatiquement une autre question : pourquoi, dans ce cas, était-elle si déterminée à accompagner Bill plutôt que de rester à la maison ? Était-ce vraiment juste par fierté professionnelle ? Ou cela cachait-il autre chose ?

Une énorme corbeille à fruits en marbre, fraîchement garnie d'oranges, de pommes, de mandarines et de bananes, trônait au centre de la table en béton. Avec un soupir, j'ai détaché une banane de sa grappe, l'ai pelée, et en ai placé quelques petits morceaux sur le plateau de Petra. Puis je suis allée dans la salle de jeux pour voir si Maddie était revenue. Elle n'était pas là, ni dans le salon, ni nulle part dans la maison, d'après ce que j'ai vu. En désespoir de cause, je me suis rendue à la porte de la buanderie, par où elle était sortie, et j'ai crié en direction des bois :

— Maddie ! Ellie ! Petra et moi, on mange de la glace !

Je me suis tue, dans l'espoir d'entendre un bruit de course, des branches qui craquent. Rien.

— Avec des vermicelles en chocolat.

Je ne savais pas du tout s'il y avait des vermicelles en chocolat, mais au point où j'en étais, ce pieux mensonge était le cadet de mes soucis. Tout ce que je voulais, c'était savoir où elles étaient, toutes les deux.

Le silence s'est prolongé, seulement troublé par le chant des oiseaux. Le soleil s'était caché, laissant place à une surprenante fraîcheur, et j'ai frissonné, sentant la chair de poule monter sur mes bras nus. Soudain, un chocolat chaud m'a paru plus indiqué qu'une glace, bien qu'on soit en juin.

— OK ! j'ai crié, plus fort cette fois. Ça fera plus de vermicelles en chocolat pour moi !

Et je suis rentrée dans la maison, laissant la porte entrouverte.

Dans la cuisine, je me suis figée, sous le choc.

Petra était debout dans sa chaise haute, à l'autre bout de l'îlot central, agitant triomphalement un morceau de banane vers moi.

— Merde !

Pendant un instant, toute sensation m'a quittée et je suis restée paralysée, regardant sa position précaire, le béton impitoyable en dessous, ses petits pieds flageolant sur le bois glissant.

Puis, reprenant mes esprits, j'ai couru, trébuchant sur un ours en peluche, et me suis précipitée de l'autre côté de l'îlot pour la récupérer dans mes bras. J'étais au bord de m'évanouir.

— Oh ! mon Dieu, Petra, vilaine petite. Tu ne *dois pas* faire ça. Mon Dieu. Oh, mon Dieu !

Elle aurait pu mourir, c'était le fin mot de l'histoire. Si elle était tombée et s'était cogné la tête sur le sol de béton, elle se serait fracassé le crâne avant que je ne puisse l'atteindre.

Comment avais-je pu être si stupide ?

J'avais gardé des tout-petits des millions de fois. J'avais tout fait correctement, écarté sa chaise de l'îlot pour qu'elle ne puisse pas se pousser en arrière avec les pieds, et j'étais sûre, *certaine* en fait, d'avoir attaché les clips. Ils étaient bien trop durs pour des petits doigts de bébé.

Alors comment s'était-elle libérée ?

Avait-elle réussi à se sortir de là en gigotant ?

J'ai examiné les clips. D'un côté, il était encore attaché, de l'autre, non. *Merde !* Je n'avais pas dû l'enfoncer suffisamment, et Petra l'avait desserré puis était parvenue à se dégager.

Donc, c'était bien ma faute. L'idée m'a glacé les mains

de terreur et mes joues m'ont brûlée de honte. *Dieu merci*, ce n'était pas arrivé en présence de Sandra. Ce genre de précaution, c'était le b.a.-ba du boulot de nurse. Elle aurait eu tous les droits de me virer sur-le-champ.

Mais bien sûr… elle le pouvait encore, si elle me surveillait *via* les caméras. Malgré moi, mes yeux ont dérivé vers le plafond, et, sans surprise, j'ai vu un de ces petits dômes blancs en forme d'œuf dans le coin opposé de la pièce. J'ai senti mes joues rougir et j'ai détourné le regard à la hâte, imaginant Sandra en train d'observer ma réaction coupable.

Merde. Merde.

Je ne pouvais rien y faire, sinon espérer que Sandra et Bill avaient mieux à faire que visionner les images de la caméra à chaque heure de la journée et de la nuit. J'étais à peu près certaine que Bill n'avait même pas jeté un coup d'œil à l'application depuis leur départ, mais Sandra… Quelque part, ce classeur révélait une intensité à laquelle je ne m'étais pas attendue tout à fait, à en juger par ses manières détendues et gaies lors de mon entretien.

Mais avec un peu de chance, ils n'avaient pas de réseau, ou étaient même déjà dans l'avion. La caméra enregistrait-elle ? Combien de temps les images étaient-elles stockées ? Je ne le savais pas et, curieusement, je doutais fort que cette info se trouve dans le classeur.

Cette prise de conscience était déstabilisante. Il se pouvait que je sois observée, en cet instant même.

C'est avec l'impression bizarre de jouer la comédie que j'ai serré Petra contre ma poitrine et déposé un baiser tremblant sur le sommet de sa tête. Sous mes lèvres, j'ai senti la zone tendre de sa fontanelle, la fragilité de son crâne de bébé, presque refermé mais pas tout à fait.

— Ne refais jamais ça, lui ai-je dit fermement, toujours parcourue par l'adrénaline.

Dans une tentative de rétablir la normalité, je l'ai soulevée et l'ai amenée à l'évier, où je lui ai nettoyé le visage. Puis j'ai regardé ma montre, tentant de respirer lentement et normalement, et de me rappeler ce que j'étais en train de fabriquer avant que Petra ne me fasse la peur de ma vie.

Il était seulement une heure passée. Le classeur disait que Petra déjeunait à « 12 h 30-13 heures » puis faisait une sieste à 14 heures. Pourtant, elle ronchonnait et se frottait les yeux d'un air mécontent, et je me suis surprise à évaluer les horaires mentalement pour essayer de voir comment gérer ça. À la crèche, ils s'endormaient en général juste après le déjeuner, vers 13 heures.

Je ne voulais pas bouleverser sa routine si tôt dans la journée, mais d'un autre côté, forcer un bébé fatigué et de mauvaise humeur à rester debout jusqu'à une heure précise n'était pas non plus une idée formidable, et risquait d'aboutir à une mauvaise nuit si elle était le genre d'enfant que l'épuisement énervait encore plus. J'ai jeté un regard dubitatif sur le sommet de sa tête, tentant de me décider. Soudain, l'idée d'une petite heure de tranquillité pour retrouver Maddie et Ellie m'a paru très enviable. Ce serait forcément plus facile sans avoir à trimballer un bébé en pleurs.

Finalement, Petra s'est frotté les yeux de son poing et a laissé échapper un sanglot las, et j'ai tranché.

— Viens, toi, j'ai dit tout fort, et je l'ai montée dans sa chambre.

Les rideaux occultants étaient déjà tirés. J'ai allumé le mobile lumineux selon les instructions du classeur et je l'ai posée doucement sur le dos. Elle a roulé sur le ventre, le visage contre le matelas, mais je suis restée assise en silence à côté d'elle, une main sur son dos qui gigotait, tandis que les lumières mouvantes jouaient sur le plafond et les murs.

Petra grognait pour elle-même mais ses cris s'espaçaient, et je voyais qu'elle était sur le point de s'endormir.

Quand, enfin, elle a eu l'air complètement assoupie, je me suis levée avec précaution et j'ai posé son lapin doudou délicatement sur l'une de ses mains, pour qu'elle puisse le trouver tout de suite en cas de réveil. Pendant un instant, elle a remué et je me suis figée, mais ses doigts se sont refermés sur le tissu et elle a laissé échapper un petit ronflement. Avec un soupir de soulagement, j'ai pris le babyphone accroché au bout du lit, je l'ai fourré dans ma ceinture, et suis sortie de la chambre à pas de loup.

Lorsque j'ai atteint le palier, espérant entendre des bousculades ou des rires d'enfants, la maison était complètement silencieuse.

Où étaient-elles, bon Dieu ?

Je n'étais pas encore entrée dans la chambre de Sandra et Bill, mais je savais d'après le plan de la maison que leur fenêtre devait donner sur l'allée. Retenant un peu ma respiration, j'ai tourné la poignée et ouvert la porte.

La vue m'a coupé le souffle. La pièce était immense. Ils avaient dû réunir au moins deux chambres pour la construire, peut-être même trois. Il y avait un énorme lit surmonté d'une haute pile de coussins rebondis et de draps de lin blanc, et en face, une gigantesque cheminée en pierre taillée. Trois grandes fenêtres horizontales donnaient sur le devant de la maison. L'une d'entre elles était ouverte de quelques centimètres et les rideaux de mousseline flottaient doucement dans le courant d'air.

Il y avait des tiroirs entrouverts et un placard entrebâillé, et en traversant la moquette gris argenté pour me rendre à la fenêtre centrale, j'ai éprouvé un pincement violent de curiosité, mais je l'ai contenu. Sandra et Bill étaient peut-être en train de me surveiller et, si j'avais un alibi pour regarder l'allée depuis leur fenêtre, je n'avais certainement aucune excuse pour fouiller dans leurs affaires.

Quand je suis arrivée à la fenêtre, Ellie n'était nulle part en vue ; le virage de l'allée où je l'avais laissée étalée était vide. Je ne savais pas si c'était un soulagement. Au moins, Jack n'allait pas l'écraser quand il ramènerait la Tesla. Mais où était-elle passée, bordel ? Sandra avait paru étonnamment détendue vis-à-vis des escapades des filles dans les bois, mais chaque fibre de mon corps hurlait le malaise dans lequel me plongeait la situation. À la crèche, nous devions systématiquement faire des évaluations des risques, que ce soit pour une sortie au parc ou une bataille de flocons d'avoine, or là, il y avait un milliard de périls que je n'avais aucun moyen d'anticiper. Et s'il y avait un plan d'eau sur le terrain ? Ou un à-pic ? Et si elles grimpaient à un arbre et ne pouvaient pas descendre ? Et si la clôture n'était pas assez hermétique et qu'elles s'aventuraient sur la route ? Et si un chien…

J'ai coupé court à ma litanie interne de scénarios catastrophe.

Les chiens. J'avais oublié de demander à Sandra si c'était aussi à moi de m'en charger, mais de toute façon, une promenade supplémentaire ne pouvait pas leur faire de mal, et ils trouveraient certainement les filles, non ? À défaut d'autre chose, leur présence me donnerait une excuse pour aller à leur recherche dans les bois sans que les petites aient l'impression de pouvoir me faire tourner en bourrique. Je devais leur prouver d'emblée que j'avais les choses en main, sans quoi mon autorité allait être flinguée d'office et je ne m'en relèverais jamais.

J'ai écarté la pensée déstabilisante de ce qui allait se passer lorsque Rhiannon serait de retour et qu'une ado viendrait s'ajouter au mélange. Avec un peu de chance, Sandra serait revenue entre-temps pour me seconder.

En bas, les chiens étaient couchés dans leurs paniers dans la cuisine, mais ils ont tous deux levé les yeux avec espoir lorsque je suis entrée avec leurs laisses.

— Promenade ! j'ai lancé gaiement, et ils ont bondi vers moi. Bon chien… euh… Claude, même si en vérité, je ne savais pas trop si je tenais le mâle ou la femelle.

J'ai peiné à trouver l'attache sur son collier. Claude a fait des bonds enthousiastes autour de moi tandis que je bataillais avec Hero, mais en fin de compte j'ai réussi à les sangler tous les deux, fourré une poignée de biscuits pour chiens dans ma poche en cas de problème, et je suis sortie par la porte de la buanderie. J'ai traversé la cour gravillonnée, dépassé l'étable, et me suis enfoncée dans les bois.

C'était une belle journée. En dépit de mon angoisse croissante pour les filles, je n'ai pu m'empêcher de m'en faire la remarque tout en suivant un chemin en zigzag, tout juste esquissé entre les arbres, avec les chiens qui tiraient sur leurs laisses. Le soleil filtrait à travers la canopée et nous faisions voltiger des grains de poussière dorés qui s'échappaient du riche terreau sous nos pieds et pattes, la lumière se reflétant sur les minuscules particules de pollen et d'arbre à neige qui flottaient dans l'air immobile entre les troncs.

Les chiens semblaient avoir une idée arrêtée de leur destination et je les ai laissés me guider, consciente du fait qu'ils devaient être surpris d'être attachés dans leur propre jardin. Ils allaient devoir s'y faire. Je ne savais pas du tout s'ils répondraient à mes appels, et je ne pouvais pas prendre le risque de les perdre eux aussi.

Nous descendions la pente vers le bout de l'allée, même si je ne distinguais rien à travers la végétation. Derrière moi, j'ai entendu une brindille craquer et je me suis retournée vivement, mais il n'y avait personne. Sans doute un animal, peut-être un renard.

Enfin, nous sommes sortis du bois pour arriver dans une petite clairière, et j'ai eu un petit haut-le-cœur en voyant la chose que je redoutais depuis que les filles avaient disparu : un étang. Pas très profond, mais largement assez pour qu'un petit enfant s'y noie. L'eau était couleur tourbe, saumâtre, et une mousse huileuse flottait à la surface, ainsi que des aiguilles de pin décomposées. J'y ai enfoncé un bâton au hasard et des bulles d'air stagnant sont apparues paresseusement à la surface, mais à mon soulagement, le reste de l'étang semblait tranquille, à part les volutes de boue qu'avait soulevées mon bout de bois. Ou… presque tranquille. En faisant le tour du plan d'eau, j'ai remarqué des petites marques de chaussures sur la berge, des traces de glissades, comme si deux petites filles s'étaient amusées au bord de l'eau. Impossible de savoir de quand elles dataient, mais elles semblaient assez fraîches. Les empreintes descendaient jusqu'en bas de la rive, devenant de plus en plus profondes à mesure que la boue se liquéfiait, puis retournaient vers la forêt. Je les ai suivies sur quelques mètres jusqu'à ce qu'elles s'estompent sur le sol devenu trop dur ; mais il y avait deux séries de pas, et au moins, je savais qu'elles étaient sûrement ensemble, et presque certainement en sécurité.

Les chiens gémissaient et tiraient sur leurs laisses, mourant d'envie de sauter dans l'étang pour batifoler, mais il n'en était pas question. Je n'allais pas nettoyer deux chiens dégueulasses pour mon premier jour, en plus de tout le reste.

Il n'y avait pas de chemin pour retourner dans les bois dans la direction indiquée par les empreintes, mais j'ai suivi ce qui y ressemblait le plus quand, soudain, un hurlement a fendu l'air. Je me suis arrêtée net, paniquée. Les chiens se sont mis à aboyer frénétiquement et à bondir au bout de leurs attaches.

Pendant une seconde, je n'ai pas su quoi faire et suis restée plantée là, à jeter des coups d'œil éperdus tout autour.

Le hurlement m'avait paru tout proche, mais je ne voyais personne, et je ne pouvais entendre s'il y avait des bruits de pas avec le boucan que faisaient les chiens. Puis il a recommencé, long et presque insupportablement aigu, puis, avec une nausée violente, j'ai compris.

J'ai sorti le babyphone de ma poche : les voyants clignotaient au rythme des hurlements de terreur pure.

Un bref instant, je suis demeurée paralysée, l'appareil dans les mains, les laisses des chiens enroulées autour du poignet. Devais-je tenter d'accéder à la caméra ?

Les mains tremblantes, j'ai sorti mon téléphone et appuyé sur l'icône de gestion domestique.

Bienvenue dans Happy, Rowan, a affiché l'écran avec une insupportable lenteur. *À la maison, on est Happy !* Puis, à mon désespoir, *Mise à jour de l'autorisation utilisateur. Merci de patienter. À la maison, on est Happy !*

J'ai juré, fourré téléphone et babyphone dans ma poche et me suis mise à courir.

J'étais loin, en bas d'une côte, et mes poumons me brûlaient lorsque je suis sortie des sous-bois et ai vu la maison. Les chiens s'étaient échappés depuis un moment, arrachant leurs laisses à mes doigts gourds à force de tirer, et ils bondissaient et gambadaient tout autour de moi, aboyant joyeusement, convaincus que tout ça n'était qu'une sorte de jeu.

Lorsque je suis parvenue à la porte, elle était entrouverte, et pourtant je savais qu'elle était fermée quand j'étais sortie : j'étais passée par celle de la buanderie, gardée ouverte pour Maddie et Ellie au cas où elles reviendraient. Pendant une seconde, j'ai cru que j'allais vomir. Qu'avais-je fait ? Qu'était-il arrivé à cette pauvre petite Petra ?

J'avais presque trop peur pour gravir les dernières marches jusqu'à la chambre mais je m'y suis forcée, laissant les chiens dans le vestibule, emmêlés dans leurs laisses, et je me suis enfin retrouvée devant la porte de Petra, terrorisée à l'idée de ce que je risquais de trouver.

Celle-ci était fermée, comme je l'avais laissée, et j'ai ravalé un sanglot en tournant la poignée. Mais en ouvrant, je me suis arrêtée net sur le seuil, clignant des yeux, incrédule, et luttant pour calmer ma respiration suffocante.

Petra dormait dans son petit lit, les bras écartés, ses cils charbonneux caressant ses joues roses. Elle serrait son lapin dans sa main gauche et n'avait visiblement pas bougé depuis que je l'avais couchée.

Ça n'avait pas de sens.

J'ai retrouvé juste assez de self-control pour sortir de la chambre et refermer en silence derrière moi. Puis je me suis laissée tomber sur le sol dans le couloir, me heurtant le dos à la rampe noueuse, la tête entre les mains, tentant de ne pas sangloter sous le choc et le soulagement combinés. Ma respiration s'est mise à siffler dans ma poitrine, mes poumons peinaient à aspirer assez d'oxygène pour stabiliser mon pouls emballé.

Les mains tremblantes, j'ai sorti ma Ventoline et en ai pris une bouffée, puis j'ai tenté de réfléchir. Que s'était-il passé ?

Le son n'était-il *pas* venu du babyphone ? Mais c'était impossible, il était équipé de voyants clignotants pour indiquer si le bébé pleurait au cas où le volume était réglé trop bas. J'avais *vu* les voyants. Et le bruit venait du haut-parleur, j'en étais sûre.

Petra avait-elle fait un cauchemar qui l'avait poussée à hurler ? Mais ça n'avait pas de sens non plus. Ce n'était pas un cri de bébé. C'était ça aussi qui m'avait fait si peur. Le son entendu n'avait rien à voir avec les gémissements expressifs que je connaissais si bien de la crèche. Il s'était agi d'un hurlement de terreur, long, lancinant, émis par un enfant beaucoup plus grand, voire un adulte.

— Y a quelqu'un ?

La voix venue d'en bas m'a fait sursauter de nouveau, convulsivement cette fois, et je me suis levée, pantelante, et penchée par-dessus la rampe.

— Qui est-ce ?

Ma voix n'était pas ferme et autoritaire comme je l'espérais, mais tremblante et chevrotante de peur.

— Qui est là ?

C'était une voix d'adulte, une femme, et j'ai entendu des pas dans le vestibule et vu un visage qui me regardait d'en bas.

— Vous devez être la nouvelle nurse, je suppose ?

C'était une femme de peut-être cinquante ou soixante ans, le visage rubicond et le corps tassé par mon angle d'observation. Elle avait l'air replète et maternelle, mais il y avait quelque chose d'indéfinissable dans sa voix et dans son ton. Pas quelque chose d'accueillant, c'était certain. Une espèce de… réprobation pincée ?

J'avais des feuilles mortes dans les cheveux, et en redescendant vers le rez-de-chaussée, j'ai constaté que j'avais laissé une traînée de boue sur la moquette épaisse dans mon empressement à voler au secours de Petra.

Deux boutons de mon chemisier s'étaient défaits ; je les ai rattachés et j'ai toussoté, sentant mon visage encore rouge de fatigue et d'effroi.

— Euh, bonjour. Oui. Oui, je m'appelle Rowan. Et vous devez être…

— Je suis Jean. Jean McKenzie.

Elle m'a regardée de la tête aux pieds sans chercher à cacher sa réprobation, puis elle a secoué la tête.

— Vous faites ce que vous voulez, miss, mais je n'approuve pas de laisser les enfants dehors, et j'ose dire que Mme Elincourt n'aimerait pas ça non plus.

Je suis restée sidérée un instant.

— Qu'est-ce que vous voulez dire ?

— J'ai trouvé ces pauvres filles frissonnant devant la porte dans leurs robes d'été quand je suis arrivée pour faire le ménage.

— Mais attendez… (J'ai levé une main.) Attendez une seconde. Je n'ai mis personne dehors. C'est *elles* qui se sont enfuies. Je les cherchais partout. Je leur avais laissé la porte de derrière ouverte.

— Elle était fermée à clé quand je suis arrivée, a répliqué sèchement Jean.

J'ai secoué la tête.

— Le vent a dû la faire claquer, mais je ne l'ai pas fermée à clé. Je n'aurais jamais fait ça.

— Elle *était* fermée à clé quand je suis arrivée, a-t-elle simplement répété avec une touche d'entêtement.

La colère est montée en moi, remplaçant la peur que j'avais éprouvée pour Petra. M'accusait-elle de mentir ?

— Eh bien… peut-être que le loquet s'est coincé, ou quelque chose comme ça, ai-je dit enfin. Les filles vont bien ?

— Oui, elles mangent un bout dans la cuisine avec moi.

— Étiez-vous…

Je me suis interrompue, tentant de trouver un moyen de m'exprimer sans baisser encore dans son estime. De toute évidence, pour une raison quelconque, cette femme ne m'aimait pas, et je ne devais pas lui donner des munitions dont elle pourrait se servir contre moi auprès de Sandra.

— Je suis revenue parce que j'ai entendu Petra dans le babyphone. Vous l'avez entendue aussi ?

— Elle a pas moufté, a dit Jean. Je les ai surveillées toutes les trois (« contrairement à vous », sous-entendait-elle). Et je l'aurais remarqué, si elle avait braillé.

— Braillé ?

— Pleuré, a précisé Jean avec impatience.

— Maddie, alors ? Ou Ellie ?

— Elles sont restées dans la cuisine avec moi, miss, a fait Jean, de plus en plus agacée. Maintenant si vous voulez bien m'excuser, je dois y retourner. Elles sont trop p'tiotes pour être seules à côté de la cuisinière.

— Bien sûr.

J'ai senti mes joues rougir sous la critique implicite.

— Mais je vous en prie, c'est mon travail. Je vais les faire déjeuner.

— Je l'ai déjà fait. Ces pauv' chtiotes, z'étaient affamées, elles avaient besoin de casser une graine.

Avec mon humeur déjà mise à mal par le stress de la matinée, j'ai senti que j'étais prête à imploser.

— Écoutez, madame… (J'ai cherché son nom un instant.)… McKenzie, je vous l'ai déjà expliqué, les filles se sont enfuies. Peut-être que si elles ont eu un peu froid et peur en attendant que quelqu'un les fasse rentrer, ça leur apprendra à ne plus détaler comme ça la prochaine fois. Maintenant si vous voulez bien m'excuser, j'ai du travail.

Je l'ai dépassée et me suis dirigée vers la cuisine d'un pas décidé, sentant ses yeux me transpercer le dos.

Dans la cuisine, Maddie et Ellie étaient en train de manger des cookies aux pépites de chocolat en buvant du jus d'orange, attablées devant l'îlot central, et j'ai remarqué les restes d'une pizza dans une assiette près de l'évier. J'ai senti ma mâchoire se contracter. Tous ces aliments étaient strictement sur la liste « Grandes occasions » de Sandra. J'avais prévu de les installer devant un film avec des cookies dans la salle télé l'après-midi même. Maintenant, c'était exclu. Mme McKenzie était dans leurs petits papiers et je serais la salope de nounou qui les avait laissées dehors et les forçait à manger des légumes pour le dîner.

J'ai ravalé mon énervement et me suis forcée à faire un sourire agréable.

— Coucou, les filles, vous avez joué à cache-cache ?

— Oui, a dit Ellie avec un petit gloussement, puis elle

s'est rappelé notre dispute et a froncé les sourcils. Tu m'as fait mal au poignet.

Elle a tendu le bras et, à ma grande consternation, j'ai vu un anneau de chair bleuie sur la peau pâle de son poignet fin comme une brindille.

J'ai pensé me justifier, mais je ne voulais pas aborder la question devant Mme McKenzie, et il me semblait en avoir assez fait pour les braquer toutes les deux contre moi ce jour-là. Mieux valait ravaler ma fierté.

— Je suis vraiment désolée, Ellie.

Je me suis penchée à côté d'elle devant l'îlot central de façon que nos têtes soient au même niveau, et j'ai parlé très doucement pour que Mme McKenzie n'entende pas.

— Je n'en avais vraiment pas l'intention. J'avais juste peur que tu te fasses mal dans l'allée, mais je te présente toutes mes excuses si j'ai serré ton bras trop fort. C'était un accident, je te le promets, et je le regrette affreusement. On peut être amies ?

Pendant une seconde, j'ai cru voir Ellie hésiter, puis elle a eu un sursaut et lâché un petit gémissement.

Sous l'îlot, j'ai vu la main de Maddie revenir en vitesse sur ses genoux.

— Maddie, j'ai dit à voix basse. Qu'est-ce qui vient de se passer ?

— Rien, a-t-elle marmonné, presque inaudible, parlant plus à son assiette qu'à moi.

— Ellie ?

— R-rien, a dit Ellie, mais elle se frottait le bras, et il y avait des larmes dans ses yeux bleu clair.

— Je ne te crois pas. Montre-moi ton bras.

— Rien ! a répété Ellie plus farouchement.

Elle a tiré sur son gilet et m'a jeté un regard de trahison colérique.

— J'ai dit rien, va-t'en !

— OK.

Je me suis redressée. Si j'avais eu une chance avec Ellie, je venais de la fiche en l'air pour le moment. Ou plutôt, Maddie s'en était chargée.

Mme McKenzie nous observait, adossée au plan de travail, les bras croisés. Elle a plié le torchon et l'a suspendu au porte-serviettes au-dessus de la cuisinière.

— Bon, je vais y aller, maintenant, les filles, a-t-elle annoncé.

Sa voix, quand elle leur parlait, était plus douce et nettement plus sympathique que le ton sévère, cassant, qu'elle avait employé avec moi. Elle a déposé un baiser sur le sommet de leurs têtes, d'abord les boucles blondes d'Ellie, puis les mèches brunes et fines de Maddie.

— Oubliez pas d'embrasser votre petite sœur pour moi.

— Oui, madame M., a dit Ellie d'un ton obéissant.

Maddie n'a rien répondu, mais elle a serré la taille de Mme McKenzie d'un bras et j'ai cru repérer un regard triste dans ses yeux lorsque la femme a rejoint la porte.

— Au revoir, les filles, a lancé Mme McKenzie.

Puis elle a disparu. Dehors, j'ai entendu une voiture démarrer et s'éloigner dans les cahots de l'allée.

Seule dans la cuisine avec les deux fillettes, soudain épuisée, je me suis effondrée dans le fauteuil du coin de la pièce avec une seule envie, enfouir mon visage entre mes mains et chialer. Dans quoi m'étais-je fourrée avec ces deux petites créatures hostiles ? Pourtant, je ne pouvais pas leur en vouloir. Je ne pouvais qu'imaginer ma réaction à leur place, si j'avais été laissée pendant une semaine à une inconnue totale.

L'idée de les perdre une nouvelle fois sur la propriété me paraissait insupportable. Pendant qu'elles terminaient leurs cookies, je me suis rendue dans le vestibule et j'ai examiné l'intérieur de la lourde porte d'entrée. Il n'y avait pas de clé, pas même de serrure, ainsi que je l'avais remarqué lors de ma première visite. Le panneau blanc que j'avais repéré contenait un dispositif de reconnaissance tactile. Sandra avait programmé l'empreinte digitale de mon pouce dans son application le matin même avant de partir, et m'avait montré comment m'en servir.

Il y avait un panneau identique à l'intérieur et je l'ai touché avec précaution, déclenchant l'apparition d'une série d'icônes lumineuses. L'une d'elles représentait une grosse clé ; me rappelant les instructions de Sandra, j'ai appuyé doucement dessus. J'ai entendu un grincement et un déclic tandis que les verrous se mettaient en place. Il y avait quelque chose d'impressionnant, voire de vaguement sinistre, dans ce bruit, un peu comme celui d'une grille de prison qui se referme. Mais au moins, la porte ne représentait plus un risque. Ni Maddie ni Ellie ne pourraient atteindre le panneau sans marchepied, et encore moins activer le verrou, car je doutais fort que Sandra ait entré leurs empreintes dans le système.

Puis je me suis rendue dans la buanderie. Ici, la porte était commandée par une serrure et une clé ordinaires, comme si Sandra et Bill s'étaient retrouvés à sec, ou se moquaient de l'entrée de service. Ou bien il y avait une raison pratique de garder une porte traditionnelle. En cas de coupure de courant, peut-être, ou bien c'était une règle de construction. En tout cas, j'ai été soulagée de me trouver face à une technologie qui ne demandait pas de qualification particulière, et c'est avec satisfaction que j'ai tourné la clé dans la serrure puis l'ai posée sur le chambranle, comme c'était indiqué dans le classeur. *Nous rangeons toutes les clés des portes actionnées par des serrures traditionnelles sur le chambranle de ladite porte, de façon qu'elles soient faciles à atteindre en cas d'urgence, mais inaccessibles pour les enfants.*

Il y avait quelque chose de rassurant à la voir en haut, loin de leurs petits doigts.

Ma mission accomplie, je suis retournée dans la cuisine, mon sourire le plus rayonnant plaqué sur le visage.

— Bon, les filles, et si on allait dans la salle télé pour regarder un film ? *La Reine des neiges* ? *Vaiana* ?

— Oui, *La Reine des neiges* ! a fait Ellie, mais Maddie l'a coupée.

— On déteste *La Reine des neiges* !

— Vraiment ? (J'ai pris un ton sceptique.) *Vraiment ?* Parce que tu sais quoi, j'adore *La Reine des neiges.* Et je connais même une version karaoké où ils montrent les paroles à l'écran, et je chante super bien toutes les chansons.

Derrière Maddie, je voyais Ellie appâtée, mais elle avait trop peur pour contredire sa sœur.

— On déteste *La Reine des neiges*, a répété Maddie avec entêtement. Viens, Ellie, on va jouer dans notre chambre.

Je l'ai regardée se laisser glisser de son tabouret et s'éloigner d'un pas furieux vers le couloir, sous les yeux perplexes des chiens. À la porte, elle a fait une pause et adressé un signe de tête décidé à sa sœur. La lèvre inférieure d'Ellie tremblait.

— On peut le regarder quand même, si tu veux, Ellie, ai-je dit, gardant une voix aussi légère que possible. On peut le regarder ensemble, juste toi et moi. Je pourrais faire du pop-corn ?

Pendant une seconde, j'ai cru voir Ellie hésiter. Mais quelque chose dans son visage s'est durci imperceptiblement et elle a secoué la tête, est descendue de son siège et a suivi sa sœur.

Tandis que le bruit de leurs pas s'éteignait dans l'escalier, j'ai poussé un soupir et je suis allée me faire un thé. Au moins, j'avais une demi-heure à moi pour réfléchir à la situation.

Mais avant même que j'aie fini de remplir la bouilloire, le babyphone dans ma poche a crépité et des pleurs d'irritation se sont fait entendre, m'indiquant que Petra était réveillée. Le devoir m'appelait.

Pas de repos pour les braves.

Dans quoi m'étais-je fourrée ?

Je sais que mon récit s'éternise. Et je me rends bien compte que vous devez vous demander quand je vais en venir au fait, la raison pour laquelle je suis là, dans cette prison, et celle pourquoi je ne devrais pas y être.

Et je vous le promets, ça vient. Mais je ne peux pas… Il me semble impossible d'exposer la situation brièvement. C'était le problème avec M. Gates. Il ne me laissait jamais m'expliquer correctement, en montrant comment tout s'était accumulé, toutes les petites choses, les nuits d'insomnie, la solitude, l'isolement, la folie de la maison et des caméras, et le reste. Pour tout expliquer comme il convient, je dois vous dire comment ça s'est passé. Jour après jour. Nuit après nuit. Épisode par épisode.

Sauf qu'on croirait que je construis quelque chose, une maison, peut-être. Ou que je reconstruis une image en assemblant un puzzle. Une pièce après l'autre. Or, c'est le contraire qui s'est produit. Une pièce après l'autre, j'ai été démolie.

Et la première pièce, ça a été cette nuit-là.

Ce premier soir… eh bien, ça n'a pas été le pire mais ça n'a pas été le meilleur non plus, loin de là.

Petra s'est réveillée de sa sieste de mauvaise humeur, geignarde, et Maddie et Ellie ont refusé de sortir de leur chambre tout l'après-midi, même pour le dîner, quelles que soient mes supplications, quels que soient mes ultimatums. *Je compte à l'envers en partant de 5. Pas de flan si vous n'êtes pas descendues quand j'arrive à 0... 5... 4... 3...* pas de bruits de pas dans le couloir... *2... 1,5...*

C'est quand j'ai dit « un et demi » que j'ai su que j'avais perdu.

Pendant un instant, j'ai envisagé de les sortir de force. Ellie était assez petite pour que je l'attrape par la taille et la porte en bas bon gré mal gré, mais il me restait juste assez de bon sens pour savoir que si je commençais comme ça, je ne serais plus jamais en mesure de revenir en arrière. De toute façon, le problème, ce n'était pas Ellie, mais Maddie. Or, elle avait huit ans, elle était bien bâtie, et je ne pouvais en aucun cas trimbaler dans cet escalier une enfant de son gabarit en train de donner des coups de pied, de hurler et de se débattre, encore moins la forcer à s'asseoir et à manger une fois dans la cuisine.

En définitive, j'ai capitulé et, après avoir consulté les suggestions de menu dans le classeur de Sandra, j'ai apporté des pâtes au pesto à leur chambre. Le souvenir de leurs petites têtes dociles penchées sur les cookies au chocolat de Jean McKenzie me restait en travers de la gorge lorsque j'ai frappé à leur porte et entendu Maddie crier sèchement : *Va-t'en !*

— C'est moi, j'ai dit d'une voix résignée. Je vous apporte des pâtes. Je les laisse devant la porte. Mais Petra et moi, on va manger de la glace en bas, si vous voulez du pudding.

Puis je suis partie. C'était tout ce que je pouvais faire.

En bas, dans la cuisine, j'ai essayé d'empêcher Petra de jeter ses pâtes par terre tout en surveillant Maddie et Ellie sur l'iPad. Mon identifiant me donnait accès aux caméras de la chambre des enfants, de la salle de jeux, de la cuisine et du jardin, et au contrôle de l'éclairage et de la musique dans plusieurs autres pièces, mais il y avait tout un menu grisé qui m'était interdit. Il m'aurait fallu l'identifiant de Sandra pour contrôler ces fonctions-là.

Même si je trouvais encore que c'était un peu malsain d'espionner les enfants de loin comme ça, je commençais à en saisir l'utilité. De mon siège devant l'îlot central, j'ai pu voir Maddie se diriger vers la porte de la chambre puis revenir dans le champ de la caméra en traînant le plateau de nourriture sur la moquette.

Il y avait une petite table au milieu de la pièce, et je l'ai regardée indiquer un siège à sa sœur, disposer leurs bols et leurs couverts, puis prendre place en face d'elle. Je n'avais pas mis le son, mais il était visible à ses gestes qu'elle donnait des ordres à sa sœur et lui disait de tout manger, la forçant à goûter les petits pois que j'avais mélangés au pesto, à en juger par les protestations d'Ellie. Mon cœur s'est un peu serré, une espèce de pitié rageuse mêlée d'affection. Oh, Maddie, j'avais envie de dire. Ça ne devrait pas être comme ça. On n'est pas obligées d'être ennemies.

Mais, pour le moment du moins, c'était le cas.

Après le dîner, j'ai donné son bain à Petra en écoutant d'une oreille les sons d'un audiobook quelconque qui s'échappaient de la chambre des grandes, puis je l'ai couchée, du moins j'ai essayé.

J'ai fait exactement ce que disait le classeur, suivant les instructions à la lettre comme je l'avais fait après le déjeuner, sauf que cette fois, ça n'a pas marché. Petra râlait et s'agitait tant qu'elle a arraché sa couche. Quand je l'ai fermement remise dedans et ai fermé les boutons-pressions dans le dos de son pyjama pour qu'elle ne puisse pas recommencer, elle s'est mise à pousser des gémissements puissants et continus.

Pendant plus d'une heure, j'ai obéi aux instructions du classeur et suis restée assise là, ma main patiente sur son dos, à écouter le tintement répétitif du mobile en regardant les lumières s'entrecroiser au plafond, mais ça ne servait à rien. Petra s'énervait de plus en plus et ses cris se faisaient de plus en plus perçants, comme si son agacement s'était mué en une fureur presque incontrôlable.

Tout en m'efforçant de ne pas laisser la tension qui s'accumulait dans mon poignet et ma main se communiquer à Petra, je jetais des coups d'œil nerveux à la caméra dans le coin de la pièce. J'imaginais bien Sandra à une soirée professionnelle, sirotant nerveusement du champagne en suivant les écrans de surveillance sur son téléphone. Étais-je sur le point de recevoir un appel me demandant ce que je fabriquais ?

Le classeur recommandait d'éviter de sortir Petra de son petit lit une fois les lumières éteintes, mais la laisser comme ça ne semblait pas fonctionner non plus. En définitive, je l'ai prise et l'ai placée sur mon épaule pour faire les cent pas dans la chambre. Mais elle a continué à pousser ses gémissements furieux dans mes bras, s'arc-boutant comme si elle voulait m'échapper. Alors je l'ai remise au lit, et elle s'est hissée sur ses pieds en sanglotant désespérément, son petit visage cramoisi pressé contre les barreaux.

À ce qu'il semblait, je ne pouvais rien faire de plus, et ma présence ne faisait que l'irriter davantage.

Par dépit, après un dernier coup d'œil honteux à la caméra, j'ai laissé tomber.

— Bonne nuit, Petra, ai-je dit tout haut.

J'ai quitté la chambre et fermé la porte résolument derrière moi ; ses cris ont diminué quand je me suis éloignée.

Il était 21 heures passées et j'étais lessivée, exténuée par l'effort de batailler avec les enfants toute la soirée. J'ai pensé descendre directement me servir un verre de vin, mais je *devais* passer voir Maddie et Ellie.

Je n'entendais rien à travers la porte de leur chambre, et lorsque j'ai jeté un coup d'œil par le trou de la serrure, tout était noir. Avaient-elles éteint ? J'ai failli frapper, mais j'ai rejeté l'idée, car si elles étaient en train de s'endormir, ça risquait de tout ruiner.

Au lieu de ça, j'ai tourné la poignée très silencieusement et poussé. La porte s'est entrouverte mais a rencontré un obstacle.

Surprise, j'ai poussé plus fort et il y a eu un fracas, dû à une dégringolade : un tas d'objets poussés contre l'intérieur de la porte sont tombés avec un bruit métallique. J'ai retenu mon souffle, m'attendant à des gémissements et des larmes, mais rien n'est venu. Apparemment, le bruit n'avait pas réveillé les filles.

Avec précaution, je me suis glissée par l'entrebâillement et j'ai allumé la torche de mon téléphone pour évaluer les dégâts. Je ne savais pas si je devais rire ou pleurer. Elles avaient plaqué contre la porte tout le mobilier qu'elles pouvaient porter, coussins, ours en peluche, livres, chaises, petite table, pour se barricader. C'était comique et, en même temps, plus qu'un peu pathétique. De quoi essayaient-elles de se protéger ? De moi ?

J'ai promené la torche dans la chambre et remarqué l'une des lampes de chevet, qu'elles avaient débranchée et ajoutée au tas d'affaires. Elle était tombée par terre quand j'avais renversé la pile, et l'abat-jour était bancal, mais heureusement, l'ampoule n'était pas cassée. Délicatement, j'ai remis l'abat-jour en place, ai rebranché la lampe, et l'ai posée sur la table de chevet d'Ellie. Lorsque la douce lueur rose s'est répandue dans la pièce, j'ai vu les filles blotties l'une contre l'autre dans le lit de Maddie. On aurait dit deux chérubins. Maddie étreignait fermement sa sœur, presque trop, et j'ai envisagé d'essayer de lui faire relâcher sa prise, mais j'y ai renoncé. J'avais déjà échappé au pire avec ce fracas violent, inutile de tenter de nouveau le diable.

En fin de compte, j'ai juste écarté assez d'affaires pour qu'il soit possible d'entrer et de partir discrètement sans provoquer une avalanche, puis je suis sortie, non sans déclencher le micro de Happy sur mon téléphone afin de les entendre si elles se réveillaient.

Petra sanglotait encore lorsque je suis passée devant sa chambre à pas de loup, mais le volume avait baissé ; je me suis durcie intérieurement et n'ai pas regardé dans la pièce. Je me suis dit qu'elle se calmerait plus vite si je la laissais tranquille. De plus, je n'avais rien mangé ni bu depuis midi, trop occupée à tenter de nourrir ou de donner leur bain aux filles pour me préparer à dîner. J'étais soudain affamée, au point d'avoir des vertiges.

Dans la cuisine, je me suis approchée du frigo.

— Vous allez manquer de lait, a annoncé la voix robotique lorsque j'ai touché la porte.

J'ai sursauté violemment.

— Je l'ajoute à la liste de courses ?

— Heu, oui, ai-je réussi à articuler.

Est-ce que je devenais folle, à parler à un appareil ménager ?

— Lait ajouté à la liste de courses, a fait gaiement la voix.

Et une fois de plus, l'écran sur la porte s'est illuminé, affichant la liste en question : *Mangez Happy, Rowan !*

J'ai essayé de ne pas me demander comment la voix savait qui se tenait là. Reconnaissance faciale ? Proximité de mon téléphone ? Dans tous les cas, c'était très déstabilisant.

À première vue, le contenu du frigo paraissait affreusement sain – un énorme tiroir plein de légumes verts, des barquettes de pâtes fraîches, différents pots de kimchi ou de sauces style harissa, et une grosse carafe de ce qui ressemblait à de l'eau de l'étang, mais devait être du kombucha. Cependant, tout au fond, derrière quelques yaourts bio, j'ai repéré un carton de pizza, que j'ai extirpé non sans difficulté et ouvert. J'étais juste en train de glisser la grille dans le four lorsque j'ai entendu un coup sec sur la paroi de verre, de l'autre côté de la table de la cuisine.

Je me suis retournée brusquement et j'ai promené mon regard autour de moi. Il commençait à faire nuit, la pluie tambourinait sur la vitre, et bien que l'autre bout de la pièce soit plongé dans la pénombre, je ne voyais pratiquement rien de l'extérieur à part les gouttelettes luisantes qui dégoulinaient sur la baie immense. Je commençais juste à me dire que j'avais dû rêver, ou que peut-être un oiseau avait heurté la verrière, lorsqu'une silhouette sombre s'est découpée, noire sur fond gris, dans le crépuscule. Quelque chose – *quelqu'un* – était dehors.

— Qui est-ce ? ai-je lancé d'une voix un peu plus tendue que je ne l'aurais souhaité.

Il n'y a pas eu de réponse. J'ai dépassé l'îlot central, contourné la table, et me suis approchée de la paroi de verre enveloppée de ténèbres.

Il n'y avait pas de panneau à cet endroit, du moins dans mon souvenir, mais je me suis rappelé les commandes vocales.

— Allumer lumières, ai-je fait d'une voix distincte.

Presque à ma surprise, ça a marché : l'énorme lustre brutaliste au-dessus de ma tête s'est illuminé subitement dans un embrasement d'ampoules LED. Le flamboiement soudain m'a éblouie et un peu étourdie. Mais dès que mes yeux se sont habitués à l'éclairage, j'ai pris conscience de mon erreur. Avec les lumières, je ne voyais absolument rien dehors désormais, à part mon propre reflet dans la vitre. Tandis que la personne de l'autre côté pouvait maintenant parfaitement me voir.

— Éteindre lumières.

Toutes les ampoules de la pièce se sont éteintes immédiatement, plongeant la cuisine dans le noir complet.

— *Merde…*

J'ai commencé à retraverser la cuisine à tâtons pour

rejoindre le panneau à côté de la porte, afin de tenter de rétablir un juste milieu entre la clarté éblouissante et l'obscurité totale. L'éclairage soudain me faisait encore mal aux yeux, mais lorsque mes doigts se sont enfin affairés sur le panneau, j'ai jeté un regard vers la vitre, derrière moi et, sans en être sûre, j'ai cru voir une forme disparaître furtivement sur le côté de la maison.

J'ai passé le reste du temps de cuisson de la pizza à jeter des coups d'œil nerveux derrière moi, vers les ombres sinistres de l'autre côté de la pièce, en me rongeant les ongles. J'avais coupé le babyphone pour mieux entendre les sons susceptibles de venir de l'extérieur, mais les sanglots de Petra filtraient tout de même, atténués, par l'escalier, ce qui ne faisait rien pour abaisser mon niveau de stress.

J'étais tentée de mettre de la musique, mais l'idée de noyer les sons produits par un intrus potentiel n'était pas franchement rassurante. En l'état, je n'avais pas vu ni entendu quoi que ce soit de suffisamment probant pour appeler la police. Une forme dans le noir et un coup à la fenêtre, ça pouvait être n'importe quoi, un gland, un oiseau… Ce n'était pas tout à fait *Vendredi 13*, quand même.

C'est peut-être dix ou quinze minutes plus tard, même si j'ai eu la sensation qu'il s'était écoulé bien plus de temps, que j'ai entendu un autre bruit, cette fois venant du côté de la maison, un coup qui a fait aboyer les chiens dans leurs paniers, dans la buanderie.

Le son m'a fait sursauter, mais il avait quelque chose de plus familier, de plus ordinaire que le choc creux entendu plus tôt, et quand je me suis dirigée vers la buanderie, j'ai repéré une silhouette noire qui se détachait de l'autre côté des vitres constellées de pluie de la porte. Et la silhouette a parlé, la voix presque noyée par le sifflement de l'averse.

— C'est moi, Jack !

Le soulagement m'a inondée.

— Jack !

J'ai tiré la porte, et il était là, debout sur le seuil, courbé dans son imperméable, les mains dans les poches. L'eau ruisselait de sa frange et de son nez.

— Jack, c'était vous, tout à l'heure ?

— Quand, tout à l'heure ? a-t-il demandé, l'air perplexe.

J'ai ouvert la bouche pour m'expliquer, puis me suis ravisée.

— Oh, rien, ça n'a pas d'importance. Que puis-je faire pour vous ?

— Je ne vais pas vous retenir longtemps, dit-il. Je voulais juste voir si tout allait bien, comme c'est votre premier jour et tout.

— Merci, ai-je dit.

J'étais un peu gênée en repensant à l'abominable après-midi et au fait que Petra sanglotait sans doute encore dans le babyphone. Puis, sur un coup de tête, j'ai ajouté :

— Vous voulez… heu, vous voulez entrer ? Les enfants sont couchées. J'étais juste en train de me faire à dîner.

— Vous êtes sûre ? (Il a regardé sa montre.) Il est un peu tard.

— Mais oui, je suis sûre, ai-je insisté.

J'ai reculé pour le laisser entrer dans la buanderie. Il est resté sur le paillasson, dégoulinant, puis a retiré précautionneusement ses bottes.

— Je suis désolé de passer si tard, a-t-il dit en me suivant dans la cuisine. Je comptais venir plus tôt, mais j'ai dû apporter cette fichue tondeuse à Inverness pour la faire réviser.

— Vous n'avez pas réussi à la réparer ?

— Oh, si, je l'ai fait repartir. Mais elle a calé de nouveau hier. Je ne sais pas quel est le problème, visiblement, ça me dépasse. Mais ça n'a pas d'importance. Je ne suis pas venu pour me plaindre. Comment ça s'est passé avec les enfants ?

— Heu…

Je me suis interrompue, sentant avec horreur ma lèvre inférieure se mettre à trembler. Je voulais faire bonne figure : et s'il allait faire son rapport à Sandra et Bill ? Mais j'en étais purement et simplement incapable. Et de toute façon, s'ils jetaient un œil aux images de la caméra de surveillance, ils seraient vite fixés. Comme pour sceller l'affaire, Petra a lâché un long gémissement inconsolable en haut, assez fort pour faire tourner la tête à Jack.

— Oh, bon sang, je ne vais pas me voiler la face, ai-je dit d'une voix misérable. Ça a été affreux. Les filles se sont échappées après le départ de Bill et Sandra, je suis partie les chercher dans les bois, et cette femme, comment elle s'appelle ? Mme McKinty ?

— Jean McKenzie, a corrigé Jack.

Il a retiré son imperméable et s'est assis à la longue table, et je me suis laissée tomber sur une chaise en face de lui. J'avais envie de me prendre le visage entre les mains et de fondre en larmes, mais je me suis forcée à pousser un rire nerveux.

— Eh bien, elle est arrivée pour faire le ménage et a trouvé les filles à la porte, qui prétendaient que je les avais laissées dehors, ce qui n'est *absolument* pas vrai, j'avais justement maintenu la porte ouverte pour elles. Elles me détestent, Jack, et Petra hurle depuis au moins une heure, et…

La plainte a repris et j'ai senti mon niveau de stress augmenter en même temps que sa voix montait.

— Restez là, a dit Jack comme je faisais mine de me lever.

Il m'a repoussée sur ma chaise.

— Je vais voir si j'arrive à la calmer. C'est juste qu'elle n'est pas habituée à votre visage, sans doute, ça ira mieux demain.

C'était contre toutes les règles de sécurité qu'on m'avait enseignées au cours de ma carrière, mais j'étais trop épuisée et à bout pour m'en soucier, et de toute façon, me suis-je dit, Sandra et Bill ne l'auraient jamais gardé sur leur domaine s'ils estimaient qu'il représentait un danger pour leurs enfants.

Tandis que le bruit de ses pas s'éloignait dans l'escalier, j'ai allumé le babyphone pour écouter la porte de Petra s'ouvrir doucement et ses cris frénétiques se calmer quand il l'a sortie de son berceau.

— Là, là, ma petite chérie, ai-je entendu.

Sa voix mélodieuse, intime, grave, m'a fait rougir comme si j'écoutais aux portes, même si Jack savait sans doute que le babyphone était allumé.

— Là, là, ma pauv' 'tite mignonne. (En haut, loin de moi, son accent était plus fort.) Chut... chut, Petra... là, là... en voilà du bruit pour rien.

Les cris de Petra étaient plus bas, à présent, plutôt des hoquets et des grognements qu'un vrai chagrin, et j'ai entendu les pas feutrés de Jack qui arpentait la chambre en la portant dans ses bras, apaisant la petite hors d'elle avec un savoir-faire étonnant.

Enfin, elle s'est tue, j'ai perçu les pas s'arrêter et le tremblement léger des barreaux du lit lorsqu'il l'a reposée délicatement sur son matelas.

Il y a eu une longue pause, puis le glissement de la porte sur la moquette, et de nouveau les pas de Jack dans l'escalier.

— Gagné ? ai-je demandé, osant à peine y croire, lorsqu'il est entré dans la cuisine avec un petit sourire satisfait.

— Oui, je crois qu'elle était crevée, la pauvre petite, elle cherchait juste une excuse pour se calmer enfin. Elle s'est endormie presque dès que je l'ai prise dans mes bras.

— Mon Dieu, Jack, vous devez penser que je suis vraiment... (Je me suis arrêtée, ne sachant trop que dire.) C'est vrai, c'est moi la nurse, je suis censée savoir faire ce genre de trucs.

— Soyez pas bête. (Il s'est rassis en face de moi.) Il faut

juste qu'elles apprennent à vous connaître, et tout ira bien. Vous êtes une inconnue pour elles, c'est tout. Donc, elles vous testent. Elles ont vu un tel défilé de nounous, l'année dernière, qu'il leur est un peu difficile de faire confiance quand il y en a une nouvelle qui arrive. Vous savez comment sont les enfants. Une fois qu'elles auront pigé que vous êtes venue pour rester et que vous n'allez pas les abandonner du jour au lendemain comme les autres, ça s'arrangera.

— Jack…

C'était l'ouverture que j'avais attendue, et cependant, maintenant qu'elle se présentait, je ne savais pas comment formuler ma question.

— Jack, il s'est passé quoi, en fait, avec toutes ces filles ? Sandra m'a expliqué qu'elles étaient parties parce qu'elles croyaient que la maison était hantée, mais je n'arrive pas à croire… Je ne sais pas, ça me paraît un peu absurde. Vous avez déjà vu des choses ?

En disant ces mots, je pensais à l'ombre aperçue dehors, mais j'ai repoussé l'image. C'était sans doute juste un renard, ou un arbre oscillant dans le vent.

— Eh bien…, a dit Jack assez lentement.

Il a tendu une de ses grosses mains durcies par le travail, les ongles encore un peu gris à cause du cambouis, bien qu'il les ait sans doute frottés plusieurs fois, a ramassé le babyphone que j'avais posé sur la table et l'a tourné d'un air pensif.

— Eh bien… je ne dirais pas que…

Mais quoi qu'il s'apprêtât à dire, une voix forte, un peu péremptoire, l'a coupé :

— Rowan ?

Jack s'est tu, mais j'ai sursauté si violemment que je me suis mordu la langue en pivotant sur moi-même pour chercher l'origine de la voix. C'était celle d'une femme adulte, pas l'une des filles, et elle était tout à fait humaine, rien à voir avec le ronron robotique de l'application Happy. Y avait-il quelqu'un *dans la maison* ?

— Rowan, a répété la voix, vous êtes là ?

— Ou-oui ?

— Ah, salut, Rowan ! C'est Sandra.

Avec un mélange de soulagement et de colère, j'ai compris : la voix venait des haut-parleurs. Sandra s'était connectée à distance et nous parlait *via* l'application. L'impression d'intrusion était indescriptible. Ne pouvait-elle pas téléphoner, tout simplement ?

— Sandra.

J'ai ravalé ma fureur, tentant de retrouver le ton gai, énergique que j'avais réussi à garder pendant notre entretien.

— Bonsoir. Mince alors, comment allez-vous ?

— Bien !

Sa voix résonnait dans la cuisine, amplifiée par le système surround, et se répercutait sur le haut plafond de verre.

— Fatiguée ! Mais vous, vous allez comment ? Comment ça se passe à la maison ?

J'ai senti mes yeux dériver vers Jack, assis à table, me rappelant que c'était lui qui avait couché Petra. Sandra l'avait-elle vu ? Devais-je dire quelque chose ? J'ai prié pour qu'il ne dise rien, et il s'est tu.

— Eh bien… pour l'instant, c'est calme, ai-je dit enfin. Elles dorment toutes à poings fermés. Même si je dois avouer que ça a été un peu compliqué avec Petra. Elle s'est endormie comme un agneau après le déjeuner, mais peut-être que je l'ai laissée dormir trop longtemps, je ne sais pas. Ça a été vraiment dur de la mettre au lit, ce soir.

— Mais elle dort maintenant ? Bien joué.

— Oui, elle dort. Et les deux autres sont tombées comme des masses.

Des masses apeurées, en colère, sur la défensive – mais elles n'avaient pas fait de bruit, au moins. Et elles dormaient.

— Je les ai laissées dîner dans leur chambre parce qu'elles avaient l'air vraiment fatiguées. J'espère que ce n'est pas grave ?

— Non, non, a fait Sandra, comme si la question n'avait pas la moindre importance. Et elles ont été sages le reste de la journée ?

— Elles...

J'ai plissé les lèvres, hésitant sur ce que je pouvais dire ou pas.

— Elles étaient un peu contrariées après votre départ, pour être honnête, surtout Ellie. Mais elles se sont calmées dans l'après-midi. Je leur ai proposé de regarder *La Reine des neiges*, mais elles n'ont pas voulu. Elles ont joué dans leur chambre, en définitive.

Bon, cette partie n'était pas très éloignée de la vérité. Le problème étant qu'elles n'étaient pas *sorties* de leur chambre.

— Dites, Sandra, est-ce qu'il y a des règles par rapport au terrain ?

— Comment ça ?

— Je veux dire, est-ce qu'elles ont vraiment le droit de traîner dehors à leur guise, ou est-ce que je dois les garder à l'intérieur ? Je sais que vous et Bill prenez ça avec décontraction, mais il y a cet étang, et c'est juste... ça me stresse un peu.

— Ah, ça.

Sandra a ri, et le son s'est répercuté si fort dans la pièce que j'ai regretté de ne pas savoir contrôler le volume.

— Il fait à peine vingt centimètres de profondeur. Franchement, c'est pour ça que Bill et moi, on a acheté une maison avec un grand terrain, pour offrir aux filles la liberté de s'ébattre dans la nature. Vous n'avez pas besoin d'être sur leur dos constamment. Elles savent qu'elles n'ont pas le droit de faire n'importe quoi.

— Je... je suis...

Je me suis interrompue, ne sachant comment exprimer mes inquiétudes sans lui donner l'impression que je critiquais ses méthodes d'éducation. J'étais affreusement consciente de la présence de Jack de l'autre côté de la table, les yeux poliment détournés, tentant de faire semblant de ne pas entendre.

— Écoutez, vous les connaissez mieux que moi, bien entendu, Sandra, et si vous pensez que ce n'est pas un problème, je vous crois sur parole, c'est juste que… Je suis habituée à une surveillance plus étroite, si vous voyez ce que je veux dire. Surtout quand il y a un plan d'eau. Je sais qu'il n'est pas profond, mais la boue…

— Soyez rassurée, a dit Sandra.

Elle semblait un peu sur la défensive, et je me suis maudite. J'avais fait tellement attention à éviter la critique.

— Mais, usez de votre bon sens, évidemment. Si vous les voyez faire des bêtises, vous intervenez. C'est votre travail de les surveiller, ça va sans dire. Mais je ne vois pas l'intérêt de coller les enfants devant la télé tout l'après-midi quand il y a un grand et beau jardin ensoleillé dehors.

J'ai été déconcertée. Était-ce une pique en réaction à ma tentative de les amadouer avec un film ?

Il y a eu une longue pause gênante pendant que je cherchais mes mots. J'avais envie d'énoncer brutalement la vérité : il était impossible à une personne seule de contrôler efficacement une enfant de cinq ans, une enfant de huit ans et un bébé qui tenait à peine debout si les trois étaient éparpillées sur un terrain boisé de plusieurs hectares. Mais j'avais l'intuition que si je disais cela, j'allais recevoir mon congé. De toute évidence, Sandra n'avait pas envie de parler des risques qu'il y avait à laisser les filles vagabonder à leur guise.

— Bon, ai-je enfin dit. Je suis complètement d'accord sur ce point, Sandra, et bien sûr, je me fais une joie de profiter du magnifique terrain moi aussi. Je… (Je me suis interrompue, peinant à trouver le mot juste.) Je ferai usage de mon bon sens, comme vous dites. Dans l'ensemble, on a passé une bonne journée, vu les circonstances, et les filles ont l'air de s'être calmées. Vous voulez que je vous rappelle demain ?

— Je serai en réunion toute la journée, mais je téléphonerai avant l'heure du coucher, a dit Sandra, radoucie. Je suis désolée de n'avoir pas réussi à parler aux filles avant qu'elles aillent au lit, mais on a dîné avec un client. Et puis ça les aurait sans doute déstabilisées. Autant faire loin des yeux, loin du cœur, dans un premier temps.

— Oui, bien sûr. Je comprends.

— Bon, alors bonne nuit, Rowan. Dormez bien, vous devez en avoir besoin, et vous reprenez tôt demain matin, j'en ai peur !

Elle a de nouveau poussé un petit rire. Je me suis forcée à l'imiter, même si en vérité, la situation ne m'amusait vraiment pas. L'idée de recommencer ce cirque à 6 heures du matin me donnait la nausée. *Comment* avais-je pu croire que j'allais y arriver ?

Rappelle-toi la raison de ta présence ici, ai-je pensé, lugubre. J'ai tenté d'insuffler un sourire dans ma voix.

— Oui, je suis sûre que je vais m'endormir sans problème. Bonne nuit, Sandra.

J'ai attendu, mais il n'y a pas eu de déclic, ni aucun signe indiquant qu'elle avait raccroché ou fermé l'application.

— S-Sandra ? ai-je fait d'une voix hésitante.

Manifestement, la communication était coupée. Je me suis laissée retomber sur ma chaise et passé la main sur le visage. J'étais exténuée.

— Je ferais mieux d'y aller, a fait Jack, gêné, prenant apparemment mon geste pour un signal.

Il s'est redressé et a repoussé sa chaise.

— Il est tard et j'imagine que vous attaquez tôt, demain, avec les filles.

— Non, restez.

J'ai levé les yeux vers lui, soudain paniquée à l'idée d'être laissée seule dans cette maison pleine d'yeux, d'oreilles et de haut-parleurs cachés. La compagnie d'un être humain, un être humain en chair et en os, pas une voix désincarnée, présentait un attrait irrésistible.

— Je vous en prie. Je n'ai pas envie de manger seule.

Une odeur de brûlé s'est élevée du four et je me suis soudain rappelé la pizza.

— Vous avez dîné ?

— Non, mais je ne voudrais pas vous priver.

— Mais non, voyons. J'ai mis une pizza au four juste avant votre arrivée. Elle est peut-être un peu cramée, mais elle est énorme. Je ne la finirai jamais toute seule. S'il vous plaît, donnez-moi un coup de main, franchement, ça me ferait plaisir.

— Bon…

Il a jeté un regard à la porte de la buanderie, vers le garage et, j'imagine, son petit appartement au-dessus, avec les fenêtres plongées dans le noir.

— Eh bien… si vous insistez.

— J'insiste.

J'ai pris des maniques et ouvert la porte du four brûlant. La pizza était cuite. Trop cuite, même : le fromage commençait à roussir sur les bords, mais j'avais trop faim pour que ça me dérange.

— Désolée, elle est un peu noircie. J'avais complètement zappé. Ça vous gêne ?

— Pas du tout. J'ai assez faim pour avaler un canasson, alors une pizza un peu brûlée…

Il a fait un grand sourire qui a plissé ses joues bronzées.

— Et je ne sais pas vous, ai-je suggéré, mais j'ai bien besoin d'un verre de vin.

— Je ne dis pas non.

Il m'a regardée découper la pizza et sortir deux verres du placard.

— Ça vous va si on la mange directement dans le carton ? ai-je demandé, et il a de nouveau souri.

— Carrément. Vous prenez le risque que j'engloutisse votre dîner, si vous ne le délimitez pas clairement. Mais si ça vous va, c'est votre affaire.

— Ça me va carrément aussi, j'ai affirmé.

À ma grande surprise, je lui ai répondu par un sourire un peu timide, mais authentique, pas le sourire forcé, peu convaincant du début de soirée.

Il y a eu un silence de quelques minutes tandis que nous dévorions chacun une part de pizza grasse, délicieuse, puis une autre. Enfin, Jack en a pris une troisième et s'est remis à parler tout en la tenant en équilibre sur le bout de ses doigts, de sorte que la graisse coule sur le carton.

— Au fait... à propos de la question que vous m'avez posée tout à l'heure.

— Le... le surnaturel ?

— Oui. Eh bien, la vérité, c'est que je n'ai rien vu pour ma part, mais Jean, elle... eh bien, elle n'est pas exactement superstitieuse. Mais elle aime bien les légendes. Elle passe son temps à farcir la tête des enfants de contes populaires, vous voyez le genre, des histoires de *skelpies* et de *kelpies*, ces trucs-là. Et cette maison est très ancienne, du moins certaines parties. Alors, forcément, il y a eu des morts et de la violence, comme n'importe où.

— Donc... Vous pensez que Jean raconte des trucs aux filles et qu'elles les répètent aux nurses ?

— C'est possible. Je ne peux rien affirmer. Mais aussi, ces nurses, elles étaient très jeunes, la plupart d'entre elles en tout cas. Tout le monde n'est pas fait pour vivre dans un endroit comme celui-ci, à des kilomètres de la première ville ou du premier pub ou bar. Les filles au pair, elles n'ont pas envie de s'enterrer ici, elles préfèrent travailler à Édimbourg ou à Glasgow, là où il y a des boîtes de nuit et des gens qui parlent leur langue maternelle, vous comprenez ?

— Oui.

J'ai regardé par la fenêtre. Il faisait trop sombre pour distinguer quoi que ce soit, mais j'ai vu la route qui filait sur des kilomètres et des kilomètres entre les collines ondoyantes, avec les montagnes au loin. À part le bruit de la pluie, le silence régnait. Pas une voiture, pas un passant, rien.

— Oui, c'est assez logique.

Nous sommes restés assis un moment sans rien dire. Je ne sais pas à quoi pensait Jack, mais j'étais pleine d'un mélange d'émotions étranges : le stress, la fatigue, l'appréhension à la perspective des journées qui m'attendaient… Et autre chose, un sentiment encore plus troublant qui avait plus à voir avec Jack, sa présence, les taches de rousseur qui constellaient ses larges pommettes, et la manière dont ses muscles remuaient sous la peau de son avant-bras tandis qu'il pliait proprement en deux sa dernière part de pizza avant de la finir en deux bouchées rapides.

— Bon, je ferais mieux d'aller me coucher.

Il s'est levé et étiré, faisant craquer ses jointures.

— Merci pour le repas, c'était chouette d'avoir quelqu'un à qui parler.

— Pareil.

Je me suis levée, prise d'un accès de timidité, comme s'il avait lu dans mes pensées.

— Ça va aller, vous ? a-t-il demandé.

J'ai fait oui de la tête.

— Bon, je suis juste au-dessus du garage, dans l'ancienne écurie, si vous avez besoin de quelque chose. C'est la première porte sur le côté, elle est peinte en vert, avec un moineau sur la plaque. S'il se passe quoi que ce soit pendant la nuit…

— Qu'est-ce qui pourrait se passer ? ai-je coupé, surprise.

Il a ri.

— Non, je me suis mal exprimé. Je voulais juste dire, si vous avez besoin de moi pour une raison ou pour une autre, vous savez où me trouver. Sandra vous a donné mon numéro de portable ?

— Non.

Il a pris un prospectus sur le frigo et gribouillé son numéro dans un coin, puis me l'a donné.

— Et voilà. Juste au cas où.

Au cas où quoi ? ai-je encore eu envie de demander, mais je savais qu'il se contenterait de dédramatiser. Par ce geste, il avait voulu se montrer rassurant, j'en étais certaine. Mais curieusement, il avait produit l'effet inverse.

— Bon, merci, Jack, ai-je dit, un peu gênée.

Il a souri de nouveau, renfilé son imper mouillé, ouvert la porte de la buanderie, et est ressorti sous la pluie.

Après son départ, je me suis rendue à mon tour dans la buanderie pour fermer à clé. La maison me semblait très calme et silencieuse sans sa présence, et j'ai poussé un soupir en levant le bras pour prendre la clé sur le chambranle. Sauf qu'elle ne s'y trouvait plus.

J'ai tâtonné partout sur la surface plane, passant les doigts sur la poussière et les petits cadavres d'insectes, mais il n'y avait rien.

Elle n'était pas non plus par terre.

Se pouvait-il que Jean l'ait déplacée ? Ou fait tomber en enlevant la poussière ?

Mais je me souvenais parfaitement d'avoir rangé la clé là après son départ, suivant les instructions de Sandra, afin qu'elle soit à la fois facile à attraper en cas d'urgence et hors de portée des enfants. Avait-elle pu tomber ? Mais dans ce cas, qu'était-elle devenue ? C'était une grosse clé en cuivre jaune. Trop grosse pour passer inaperçue sur le sol ou pour loger dans le tuyau d'un aspirateur. À moins qu'un coup de pied involontaire l'ait fait valser sous un meuble ?

À quatre pattes, j'ai promené la torche de mon portable sous la machine à laver et le sèche-linge, sans rien voir que des carreaux blancs et quelques moutons de poussière qui ont frémi quand je les ai écartés. Elle ne se trouvait pas non plus sous le seau de la serpillière. Puis, malgré mes doutes, je me suis rendue au placard où était rangé l'aspirateur, mais le compartiment à poussière avait été vidé. Il n'y avait rien dedans. C'était un modèle sans sac, avec un cylindre de plastique transparent permettant de voir la poussière circuler à l'intérieur. Même en omettant la question de savoir si la clé pouvait y loger, personne n'aurait pu l'aspirer sans s'en rendre compte.

Après ça, j'ai ratissé la cuisine et même regardé dans la poubelle, sans succès.

Enfin, j'ai ouvert la porte de la buanderie et dirigé mon regard vers l'écurie, à travers la pluie. Une lumière s'était allumée à l'étage. Devais-je appeler Jack ? Aurait-il un double de la clé ? Mais si c'était le cas, pouvais-je vraiment supporter l'idée qu'il me croie assez désorganisée et inefficace pour l'appeler à l'aide dix minutes seulement après qu'il me l'avait proposé ?

Pendant que j'hésitais, la lumière s'est éteinte à sa fenêtre, et j'ai compris qu'il était sans doute allé se coucher.

Trop tard. Je n'allais pas le traîner dehors en pyjama.

Après un dernier coup d'œil devant le seuil, au cas où la clé aurait glissé dehors par accident, j'ai fermé la porte.

Je demanderais à Jack dans la matinée.

Entre-temps, mon Dieu, qu'allais-je faire ? Je… J'allais devoir barricader la buanderie avec quelque chose. C'était absurde, nous étions à des kilomètres de tout, derrière un portail fermé à clé, mais je savais que je ne dormirais pas bien si j'avais le sentiment que la maison n'était pas sûre à cent pour cent.

La poignée étant ronde, il ne suffisait donc pas de mettre une chaise dessous pour l'empêcher de tourner, et il n'y avait pas de verrou. Enfin, après avoir cherché longtemps, j'ai trouvé une cale en forme de coin dans le placard et l'ai enfoncée fermement dans l'interstice sous la porte. Puis j'ai tourné la poignée pour tester.

J'en ai été un peu surprise moi-même, mais ça tenait. Ça n'arrêterait pas un cambrioleur vraiment déterminé, mais peu de choses y parviendraient. Si un individu était vraiment résolu à entrer, il n'avait qu'à briser une fenêtre. Mais à tout le moins, ça donnait l'impression que c'était fermé à clé, et je savais que ça m'aiderait à dormir.

Quand je suis retournée dans la cuisine pour débarrasser le carton de pizza et nos verres, la pendule au-dessus de la cuisinière indiquait 23 h 36, et je n'ai pu contenir un léger grognement. Les filles seraient debout à 6 heures. J'aurais dû être au lit depuis des heures.

Il était trop tard pour y remédier. J'allais juste devoir sauter ma douche et me coucher aussi vite que possible. J'étais vraiment crevée et à peu près certaine que ça n'allait pas poser de problème, de toute façon.

— Éteindre lumières, ai-je dit tout haut.

La pièce fut immédiatement plongée dans le noir complet, à l'exception de la faible lueur du couloir qui éclairait une portion du sol de béton. Réfrénant un bâillement, je suis montée me coucher et me suis endormie presque avant d'avoir fini de me déshabiller.

Je me suis réveillée en sursaut, dans le noir complet, totalement désorientée. Où étais-je ? Qu'est-ce qui se passait ?

Il m'a fallu une minute pour retrouver la mémoire. Heatherbrae. Les Elincourt. Les enfants. Jack.

Mon téléphone sur la table de chevet indiquait 3 h 16. J'ai poussé un gémissement et l'ai laissé retomber sur le bois avec un bruit mat. Rien d'étonnant à ce qu'il fasse encore noir, c'était le milieu de la nuit, putain.

Saleté de cerveau.

Mais qu'est-ce qui avait bien pu me réveiller ? Petra ? Une des grandes qui avait crié dans son sommeil ?

J'ai tendu l'oreille un moment. Je n'entendais rien, mais j'étais un étage plus haut et il y avait deux portes fermées entre moi et les filles.

Finalement, réfrénant un soupir, je me suis levée, drapée dans ma robe de chambre, et suis sortie sur le palier.

La maison était silencieuse mais quelque chose semblait… clocher, même si je n'arrivais pas à mettre le doigt dessus. La pluie avait cessé et je ne percevais rien du tout, pas même le bruit lointain d'une voiture ou le murmure du vent dans les arbres.

Lorsque j'ai compris ce qui se passait, ma prise de conscience s'est faite en deux temps : d'abord, j'ai vu l'ombre sur le mur en face de moi, celle projetée par les pivoines fanées sur la table à l'étage en dessous.

Quelqu'un avait allumé les lumières du couloir au premier. Des lumières que j'avais éteintes en allant me coucher !

Ensuite, j'ai commencé à descendre l'escalier sur la pointe des pieds, et quand j'ai compris, j'ai ressenti un coup au cœur, avant qu'il ne se mette à battre la chamade.

C'était un bruit de pas sur un plancher. Un bruit lent, continu, exactement comme l'autre nuit.

Crac. Crac. Crac.

J'ai eu la sensation qu'un cercle d'acier m'entravait la poitrine. Je me suis figée, deux marches plus bas, j'ai regardé la lumière sur le palier du dessous puis vers le haut, là d'où semblait venir le bruit. Nom de Dieu ! Y avait-il quelqu'un dans la maison ?

La lumière, j'aurais pu comprendre. Peut-être que Maddie ou Ellie s'était levée pour aller aux toilettes et avait oublié d'éteindre ; des petites veilleuses étaient branchées dans le couloir à intervalles réguliers, mais il n'y aurait rien eu d'étonnant à ce qu'elles allument tout de même la lumière principale.

Mais les pas… ?

J'ai pensé à la voix de Sandra surgissant sans prévenir des haut-parleurs de la cuisine. Est-ce que *ça* pourrait être l'explication ? Cette foutue application Happy ? Mais comment ? Et surtout, *pourquoi ?* Ça n'avait pas de sens. Les seules personnes à avoir accès à l'application étaient Sandra et Bill, et ils n'avaient pas de raison plausible de m'effrayer de la sorte. Bien au contraire. Ils venaient de se donner beaucoup de mal et de dépenser une somme considérable pour m'engager.

D'ailleurs, le son ne semblait pas provenir des haut-parleurs. Ce n'était pas un bruit désincarné, comme la voix de Sandra dans la cuisine. Je n'avais pas eu l'impression que quelqu'un se tenait derrière moi pour me parler. Le son faisait exactement l'effet de ce qu'il était : une voix diffusée par un haut-parleur. Là, en revanche, c'était différent. Les pas commençaient d'un côté du plafond, se déplaçant lentement et implacablement vers l'autre bout, sur quoi ils marquaient une pause puis repartaient dans l'autre sens. On aurait dit… eh bien… que quelqu'un faisait les cent pas au-dessus de ma tête. Mais ça n'avait pas de sens non plus. Car il n'y avait pas de pièce là-haut, et même pas de trappe.

Une image est subitement apparue dans ma tête, un détail auquel je n'avais pas pensé depuis mon arrivée. La porte verrouillée dans ma chambre. Où menait-elle ? Y avait-il, en fait, un grenier ? Il semblait peu probable que quelqu'un ait pu y entrer depuis ma chambre, mais *j'entendais* bien les pas au-dessus.

Frissonnante, je suis retournée jusqu'à mon lit à pas de loup et j'ai actionné l'interrupteur de ma lampe de chevet. Elle ne s'est pas allumée.

J'ai juré, monsieur Wrexham, je n'ai pas honte de l'avouer. J'ai juré longtemps, et fort. J'avais éteint cette lampe avec cet interrupteur, alors pourquoi ne voulait-elle pas se rallumer de la même manière ? Et à quoi rimait ce putain de système d'éclairage, d'ailleurs ?

Furieuse, me fichant de la musique, du chauffage et du reste, j'ai écrasé ma main sur le panneau lisse, au mur, et j'ai cogné au hasard sur les carrés et les boutons qui s'éclairaient sous ma paume. Des lumières se sont allumées puis éteintes dans les placards, le ventilateur de la salle de bains s'est mis en marche, quelques notes de musique classique se sont élevées dans la chambre puis se sont tues lorsque j'ai de nouveau tapoté le panneau, et une invisible bouche d'aération au plafond s'est soudain mise à cracher de l'air froid. Puis, enfin, la lumière principale s'est allumée.

J'ai laissé mon bras retomber le long de mon corps, hors

d'haleine, mais triomphante. Puis j'ai entrepris de tenter d'ouvrir la porte.

D'abord j'ai essayé la clé de ma chambre, que Sandra m'avait montrée, rangée sur le chambranle comme les autres. Elle n'entrait pas.

Puis j'ai tenté la clé du dressing, de l'autre côté. En vain.

Il n'y avait rien au-dessus de la porte verrouillée, à part un peu de poussière.

Finalement, j'en ai été réduite à m'agenouiller pour regarder par le trou de la serrure, si angoissée que j'ai cru me trouver mal.

Je n'ai rien vu du tout – le noir complet, sans fin. Mais j'ai *senti* quelque chose. Une brise fraîche qui m'a fait cligner des yeux et m'écarter du trou de serrure, larmoyante.

Cet espace n'était pas un simple placard. Il y avait *autre chose.* Un grenier, peut-être. À tout le moins, suffisamment d'espace pour faire un courant d'air et une source d'aération.

Les pas avaient cessé mais je savais que je n'allais pas me rendormir, et finalement, je me suis enroulée dans ma couette et suis restée assise, téléphone à la main, plafonnier allumé, à surveiller la porte fermée.

Je ne sais pas à quoi je m'attendais. À voir la poignée tourner ? À voir en surgir quelqu'un, *quelque chose* ?

Quoi qu'il en soit, ça ne s'est pas produit. Je suis juste restée assise là tandis que le ciel par ma fenêtre commençait à s'éclaircir, et qu'avec l'aube, un mince rai de clarté jaune citron venait se mêler, sur la moquette, à la lumière artificielle.

J'avais la nausée, entre la peur, la fatigue, et l'angoisse du jour à venir.

Quand j'ai enfin entendu un petit gémissement grognon s'élever de l'étage du dessous, j'ai desserré ma prise sur mon téléphone, étiré mes doigts raides, et vu qu'il était 5 h 57.

C'était le matin. Les enfants se réveillaient.

En m'extrayant de mon lit, j'ai porté la main machinalement

à mon collier mais mes doigts n'ont rencontré que ma clavicule, et je me suis rappelé que je l'avais retiré la première nuit et roulé sur la table de chevet, comme le jour de l'entretien.

J'ai voulu le récupérer, mais il n'était pas là. J'ai froncé les sourcils et regardé derrière la petite table. Rien. Jean McKenzie l'avait-elle rangé quelque part ?

Le gémissement a recommencé, plus fort cette fois, et j'ai poussé un soupir et abandonné mes recherches. Je m'en occuperais plus tard.

D'abord, je devais survivre à une nouvelle journée.

Cafetière – préremplie de grains et connectée à l'eau courante. Fonctionne via *l'application, sélectionner « Appareils » dans le menu, puis « Barista », et choisir parmi les sélections préprogrammées ou entrer vos préférences. Si le logo « Grains » apparaît, il faut remplir le récipient. En cas de message d'erreur, il y a un problème soit avec le Wi-Fi, soit avec la pression de l'eau. Vous pouvez la programmer pour se mettre en marche à une heure précise chaque jour, ce qui est pratique le matin, mais bien sûr il ne faut pas oublier de placer une tasse dessous la veille au soir ! Les sélections préprogrammées sont les suivantes…*

Punaise. Je m'en étais tenue au thé depuis mon arrivée, surtout parce que la cafetière était extrêmement intimidante, un monstre chromé couvert de boutons, de curseurs et de commandes diverses. Sandra m'avait expliqué qu'elle était connectée au Wi-Fi et commandée par l'appli, mais Happy se révélait le système le moins intuitif que j'aie jamais vu. Cependant, après ma nuit d'insomnie, j'avais décidé qu'une tasse de café était la seule chose qui me permettrait de me sentir à moitié normale, et pendant que Petra mâchonnait une assiette de galettes de riz miniature, j'ai résolu d'essayer de comprendre le fonctionnement du mastodonte.

Je ne l'avais même pas encore allumé qu'une voix derrière moi a dit :

— Toc, toc…

Je me suis retournée dans un sursaut, les nerfs encore à fleur de peau après la terreur rance de la nuit.

Jack se tenait dans l'entrée de la buanderie, en blouson, les laisses des chiens à la main. Je ne l'avais pas entendu entrer, et mon choc et mon ambivalence ont dû se voir sur mon visage.

— Désolé, je ne voulais pas vous faire peur. J'ai frappé mais vous n'avez pas répondu. Je suis venu chercher les chiens pour leur promenade.

— Pas de problème, ai-je dit en me retournant pour retirer ses galettes de riz à Petra.

Elle avait arrêté de manger et était en train de s'en écraser une dans l'oreille. L'arrivée inattendue de Jack répondait au moins à la question de la responsabilité des chiens, une chose que je pouvais rayer de ma liste. Claude et Hero sautaient partout, tout excités, et Jack les a rabroués d'une voix sèche. Ils se sont tus aussitôt, lui obéissant nettement plus vite qu'à Sandra, et il a pris le collier du plus gros pour y fixer la laisse.

— Bien dormi ? a-t-il demandé sans façon en ajustant l'attache.

Je me suis tournée, la main figée dans le geste d'essuyer le visage de Petra. *Bien dormi ?* Qu'est-ce que ça signifiait ? Est-ce que… est-ce qu'il savait ?

Pendant une minute je suis restée à le regarder bouche bée, et Petra a profité de ma distraction momentanée pour écraser dans ma manche une galette de riz particulièrement détrempée.

Je me suis secouée. Il posait juste la question par politesse, comme n'importe qui l'aurait fait.

— Pas terrible, à vrai dire, ai-je dit d'un ton un peu cassant.

J'ai essuyé ma manche sur le torchon et ai retiré la galette à Petra.

— Je n'ai pas réussi à trouver la clé de la porte de derrière, hier soir, alors je n'ai pas pu la fermer correctement. Vous savez où elle est passée ?

— Cette porte-là ?

Il a désigné d'un signe de tête la buanderie, un sourcil dressé, et j'ai acquiescé.

— Il n'y a même pas de verrou, alors j'ai fini par la coincer avec une cale en bois.

Un vrai succès, manifestement. Jack avait dû pousser le morceau de bois sans même s'en rendre compte quand il avait ouvert la porte.

— Je sais qu'on est au milieu de nulle part, mais ça ne m'a pas aidée à passer une bonne nuit.

Et les bruits de pas non plus, me suis-je dit, mais je n'ai pu me résoudre à lui en parler. À la froide lumière du jour, ça paraissait fou, et il y avait trop d'explications contradictoires. Les tuyaux du chauffage central qui gonflaient. Les solives qui se contractaient quand le toit se rafraîchissait après la chaleur du jour. Les vieilles maisons évoluent toujours. Au fond de moi, je savais que rien de tout cela n'expliquait pleinement les bruits que j'avais entendus. Mais je ne savais pas comment en convaincre Jack. La clé, en revanche, c'était autre chose. Du tangible… du concret.

Il a froncé les sourcils.

— Sandra la range sur le chambranle, en général. Elle n'aime pas la laisser dans la serrure de peur que les enfants n'y touchent.

— Je sais bien.

Il y avait une pointe d'impatience dans ma voix, que je me suis efforcée de calmer. Cette disparition n'était pas la faute de Jack.

— Enfin, elle me l'a dit. C'était dans le classeur. Et je l'ai rangée là hier, mais elle n'y est plus. Vous pensez que Jean a pu la prendre ?

— Jean ?

Il a eu l'air surpris, puis a poussé un petit rire et secoué la tête.

— Non, je ne crois pas. Franchement, ça l'avancerait à quoi ? Elle a son propre jeu.

— Quelqu'un d'autre, alors ?

Mais il secouait la tête.

— Personne ne vient ici sans que je le sache. Déjà, il faudrait passer le portail.

Je ne lui ai pas rappelé que Jean avait trouvé la porte fermée à clé quand j'étais en train de chercher Maddie et Ellie. Je ne l'avais pas verrouillée. Alors qui ?

— Peut-être qu'elle est tombée quelque part, a-t-il dit.

Et il est retourné dans la buanderie pour inspecter, les chiens telles des ombres fidèles sur ses talons, reniflant tandis qu'il poussait le sèche-linge et regardait sous la machine à laver.

— J'ai déjà regardé, ai-je protesté, tentant de contenir mon agacement.

Puis, comme il ne se relevait pas et ne déviait pas de sa quête, j'ai ajouté :

— Jack ? Vous m'avez entendue ? J'ai fouillé partout, même dans la poubelle.

Mais il poussait maintenant la machine à laver, grognant un peu sous l'effort, les roulettes grinçant sur le carrelage.

— Jack ? Vous m'entendez ? J'ai dit que j'avais *déjà*…

Il m'a ignorée, penché par-dessus la machine, un long bras tendu derrière.

— *Jack*…

Je ne cachais plus mon agacement, mais il m'a coupée.

— Je l'ai.

Il s'est relevé, triomphant, une clé en cuivre couverte de poussière à la main. J'ai refermé la bouche d'un coup.

J'avais regardé. *J'avais regardé*. J'avais le souvenir très net d'avoir inspecté sous la machine et de n'avoir vu que de la poussière.

— Mais…

Il s'est approché et l'a déposée dans ma paume.

— Mais… j'avais regardé pourtant.

— Elle était coincée sous la roue ; ça ne m'étonne pas que vous ne l'ayez pas vue. Elle a dû tomber quand la porte a claqué et glisser là-dessous. Tout est bien qui finit bien, c'est pas ce qu'on dit ?

J'ai refermé la main sur la clé, senti les arêtes de cuivre me mordre la chair. J'avais regardé. J'avais regardé *attentivement*. Roue ou pas, comment aurais-je pu manquer une clé de cuivre de dix centimètres quand c'était exactement ce que je cherchais ?

Je n'aurais jamais pu louper cette clé si elle s'était trouvée là. Ce qui signifiait peut-être que… qu'elle ne s'y trouvait *pas*. Jusqu'à ce que quelqu'un la laisse tomber à cet endroit.

J'ai levé le regard et croisé les yeux noisette candides de Jack, qui me souriait. Mais ce n'était pas possible. Il était si *gentil*.

Peut-être… un peu trop gentil ?

Vous êtes allé directement à la machine à laver, ai-je eu envie de souligner. *Comment le saviez-vous ?*

Je n'ai pu me résoudre à exprimer mes soupçons tout haut. En fait, j'ai dit :

— Merci.

Mais ma voix m'a semblé éteinte.

Jack n'a pas répondu. Il était déjà en train de s'épousseter les mains et de se diriger vers la sortie, les chiens tournant autour de lui en jappant.

— À plus tard ? Je reviens dans une heure environ, a-t-il lancé.

Mais cette fois, quand il a souri, mon cœur n'a pas fait de petit bond. J'ai juste remarqué les tendons sur le dos de ses mains, la manière dont il tenait la laisse des chiens très courte de façon à les garder à ses pieds, à les dominer.

— OK, j'ai dit doucement.

— Oh, j'ai failli oublier : c'est le jour de congé de Jean. Elle ne passera pas aujourd'hui, donc inutile de lui laisser la vaisselle.

— Pas de problème.

Tandis qu'il s'éloignait dans la cour, toujours sans donner de mou aux chiens, je l'ai regardé partir en retournant dans ma tête l'enchaînement des événements pour tenter de comprendre le déroulement des faits.

Même si j'avais parlé de Jean à Jack, je ne pensais pas sérieusement qu'elle soit responsable. Je me rappelais avoir placé la clé sur le chambranle après son départ. Alors à moins qu'elle ne soit revenue, ce qui ne semblait guère plausible, ça ne pouvait pas être elle.

Que s'était-il passé ensuite… Jack était entré par cette porte, ça, je m'en souvenais, mais l'avais-je déverrouillée ? Non… J'étais à peu près sûre que je l'avais simplement ouverte ; Jack avait dû utiliser son propre jeu de clés. Ou était-ce moi ? Difficile à dire.

Quoi qu'il en soit, il était techniquement possible qu'il ait empoché la clé à un moment donné pendant sa visite et l'ai planquée à l'instant derrière la machine. Mais pourquoi ? Pour me faire flipper ? Ça semblait peu probable aussi. Quel intérêt pouvait-il avoir à provoquer le départ d'une énième nurse ?

Jean, j'aurais pu le croire plus facilement. Je ne lui avais pas plu, c'était clair. Mais même dans ce cas, et en mettant de côté la vraisemblance d'un retour en douce après son départ, idée qui me paraissait de plus en plus farfelue, elle semblait éprouver une affection sincère pour les enfants, et je n'arrivais pas à croire qu'elle aurait délibérément compromis la sécurité de la maison pendant leur sommeil.

Parce que c'était l'ultime possibilité, la plus dérangeante. Que quelqu'un l'avait prise afin d'avoir accès à la maison durant la nuit. Ni Jean ni Jack, qui possédaient leurs propres clés, mais… quelqu'un d'autre.

Mais non, c'était insensé. J'étais en train de me monter la tête. Peut-être qu'elle *était* là depuis le début. Coincée derrière la roue, avait dit Jack. Se pouvait-il que j'aie tout simplement mal regardé ?

J'étais encore en train de formuler un tas d'hypothèses dans ma tête lorsque j'ai entendu un bruit impatient dans la cuisine. Je me suis retournée et j'ai vu Petra donner des coups de pied exaspérés contre sa chaise haute. J'ai accouru, défait ses sangles et je l'ai installée dans le parc à bébé, dans le coin. Puis j'ai resserré ma queue-de-cheval, plaqué mon meilleur sourire sur mes lèvres, et je suis partie à la recherche de Maddie et Ellie.

Elles étaient dans la salle de jeu, blotties dans un coin, en train de chuchoter, mais elles ont tourné la tête quand j'ai frappé dans mes mains.

— Bon ! Venez, les filles, on va aller pique-niquer ! On pourra manger des sandwiches, des chips, des galettes de riz…

J'étais presque sûre qu'elles allaient refuser, mais à ma grande surprise, Maddie s'est levée et a épousseté son legging.

— On va où ?

— Juste sur le terrain. Vous voulez bien me faire visiter ? Jack m'a raconté que vous aviez un abri secret.

C'était complètement faux, il n'avait rien dit de tel, mais je n'avais jamais rencontré d'enfant qui n'ait pas de cachette.

— Tu peux pas voir notre abri, a répondu Ellie du tac au tac. Il est secret…

Elle a été coupée par un regard furieux, assassin de Maddie.

— Enfin, on n'en a pas.

— Oh, quel dommage, ai-je lancé d'un ton badin. Eh bien, tant pis. Je suis sûre qu'il y a plein d'autres coins intéressants. Mettez vos bottes en caoutchouc. Je vais installer Petra dans sa poussette pour qu'elle ne parte pas dans tous les sens, et on y va. Vous pourrez me montrer les meilleurs coins à pique-nique.

— OK, a répondu Maddie.

Sa voix était calme et posée, même un peu triomphante, si bien que je me suis surprise à la regarder d'un air soupçonneux.

Même avec la coopération de Maddie, il m'a fallu étonnamment longtemps pour préparer le pique-nique et faire sortir tout le monde, mais on a fini par y arriver. On a contourné la maison pour s'engager dans un sentier caillouteux et bosselé qui montait sur une petite colline et redescendait de l'autre côté. La vue de cette partie du terrain était tout aussi spectaculaire, mais, s'il était possible, encore plus austère. Au lieu des petites fermettes et villages éparpillés entre nous et les montagnes, il n'y avait ici qu'une forêt vallonnée. Dans le lointain, un rapace quelconque décrivait des cercles paresseux au-dessus des arbres, cherchant sa proie.

Nous avons traversé un potager quelque peu envahi par les mauvaises herbes, où Maddie m'a gentiment montré les tiges de framboisiers et les parterres d'herbes aromatiques, et sommes passées devant une fontaine pleine d'écume un peu saumâtre. Elle ne fonctionnait pas, la statue au sommet était fêlée et couverte de lichens, et j'ai réalisé le contraste bizarre que faisait la maison avec ce jardin un peu sauvage, mal entretenu. Je me serais attendue à des coins pour s'asseoir, des terrasses en bois, des plantations méticuleusement disposées, pas à cet abandon un peu triste, décrépit. Peut-être que Sandra n'était pas une femme d'extérieur ? Ou qu'ils avaient passé tant de temps à rénover la maison qu'ils n'avaient pas encore trouvé l'occasion de s'occuper du jardin ?

Des balançoires étaient cachées derrière une serre délabrée, et Ellie et Maddie ont sauté dessus et se sont mises à jouer à qui irait le plus haut. Un instant, je suis restée à les regarder, puis j'ai entendu un petit tintement et une vibration qui venaient de ma poche, et je me suis aperçue que mon téléphone sonnait.

J'ai eu un petit choc en voyant le nom qui s'affichait. C'était la dernière personne dont j'attendais un appel, et j'ai dû respirer un grand coup avant de balayer l'écran pour décrocher.

— Allô ?

— Saluuut ! a-t-elle glapi, sa voix familière si forte que j'ai dû éloigner le téléphone de mon oreille. C'est moi, Rowan ! Comment vas-tu ? Oh ! là là ! ça fait une éternité !

— Ça va bien ! Tu es où ? L'appel doit te coûter une fortune.

— Eh oui. Je suis dans une communauté en Inde. Ma vieille, c'est génial, ici ! Et la vie est vraiment pas chère ! Tu devrais démissionner et me rejoindre !

— Je… j'ai déjà démissionné, ai-je répliqué avec un rire un peu gêné. Je t'ai pas dit ?

— QUOI ?

J'ai de nouveau écarté le téléphone de mon oreille. Ça faisait tellement longtemps qu'on n'avait pas discuté au téléphone que j'avais oublié à quel point elle parlait fort, parfois.

— Ouaip, ai-je dit, tenant l'écouteur à quelques centimètres de ma tête. J'ai donné mon congé à Little Nippers. Je suis partie il y a quelques jours. La tête qu'a faite Janine quand je lui ai dit qu'elle pouvait se le garder, son boulot de merde, ça valait presque toutes les heures que j'ai tirées là-bas.

— J'imagine. Bon Dieu, elle était tellement conne. J'en

reviens toujours pas que Val ne t'ait pas filé le poste quand je suis partie.

— Moi non plus. Dis, j'avais l'intention de t'appeler. Je voulais te dire, j'ai quitté l'appartement.

— Quoi ?

La ligne grésillait, sa voix s'apparentait à un écho lointain à travers les kilomètres entre moi et l'Inde.

— Je ne t'ai pas entendue. J'ai cru que tu disais que t'avais quitté l'appartement.

— C'est bien ça. J'ai pris un poste à domicile. Mais écoute, ne t'en fais pas, je paie toujours le loyer, j'ai vraiment un bon salaire ici. Donc tes affaires sont toujours là-bas, et tu auras un point de chute quand tu rentreras.

— Tu peux te le permettre ? (Elle paraissait impressionnée.) La vache ! Ça doit vraiment payer super bien. Comment t'as décroché ça ?

J'ai esquivé la question.

— Ils avaient vraiment besoin de quelqu'un, ai-je juste répondu.

C'était la vérité, au moins.

— Mais et toi, comment vas-tu ? Tu comptes revenir un jour ?

J'ai tenté de garder une voix enjouée, de ne pas révéler à quel point sa réponse était importante pour moi.

— Oui, bien sûr. (Son rire a retenti.) Mais pas tout de suite. Mon billet de retour est encore valable sept mois. Mais oh, ma vieille, c'est vraiment chouette d'entendre ta voix. Tu me manques !

— Tu me manques aussi.

Ellie et Maddie étaient descendues de la balançoire et s'éloignaient par un sentier de brique en lacet qui passait entre des bruyères gigantesques. J'ai coincé le téléphone sous mon oreille et fait avancer la poussette sur le terrain accidenté, à leur suite.

— Écoute, je suis au boulot, là, en fait, donc… je devrais sans doute…

— Oui, bien sûr. Et je ferais mieux de raccrocher aussi avant de me mettre sur la paille. Mais toi ça va, oui ?

— Oui, ça va.

Un silence gêné s'est installé.

— Bon, salut, Rowan.

— Salut, Rach.

Puis elle a raccroché.

— C'était qui ? a demandé une petite voix au niveau de mon coude, et j'ai sursauté.

Maddie me regardait d'un air renfrogné.

— Oh… juste une amie avec qui je travaillais avant. On était colocataires, à Londres, mais elle est partie en voyage.

— Tu l'aimais bien ?

C'était une question si étrange que j'ai ri.

— Quoi ? Oui, oui, bien sûr que je l'aimais bien.

— On aurait dit que t'avais pas envie de lui parler.

— Je ne sais pas où tu es allée chercher cette idée.

Nous avons progressé un peu plus loin et la poussette a heurté une brique descellée sur le chemin tandis que je réfléchissais à sa remarque. Y avait-il un soupçon de vérité dans ses mots ?

— Elle appelait de l'étranger, j'ai ajouté enfin. Ça coûte très cher, je ne voulais juste pas qu'elle dépense trop pour moi.

Maddie m'a fixée un moment, et j'ai eu l'impression curieuse que ses yeux noirs et ronds perçaient les miens. Puis elle s'est détournée et a couru après Ellie en criant :

— Suis-moi ! Suis-moi !

Le chemin n'en finissait pas de descendre, nous éloignant de la maison, plus irrégulier à chaque seconde. Il était fait autrefois de briques à chevrons, mais le gel les avait fissurées et descellées, et certaines manquaient complètement. Au loin, j'ai vu un mur d'environ deux mètres de haut, avec un portail en fer forgé qui semblait être la destination des filles.

— C'est la limite de la propriété ? S'il vous plaît, je ne veux pas que vous sortiez dans la lande.

Elles se sont arrêtées pour m'attendre. Ellie haletait, les mains sur les hanches, les joues rouges.

— C'est un jardin, a-t-elle expliqué. Il y a un mur autour, comme une pièce, mais sans toit.

— C'est excitant, dis-moi. Comme dans *Le Jardin secret*. Tu l'as déjà lu ?

— Bien sûr que non, a fait sévèrement Maddie. Elle n'est pas assez grande pour lire des livres avec des chapitres. Mais on l'a regardé à la télé.

Nous étions arrivées au niveau du mur et je voyais ce qu'avait voulu dire Ellie. C'était une enceinte en brique rouge éboulée, un peu plus haute que moi, qui semblait protéger un coin de la propriété, formant une section rectangulaire complètement séparée du reste du terrain. C'était le genre de structure qui aurait pu abriter un jardin potager, protégeant les herbes délicates et les arbres fruitiers du gel, mais les arbres et les plantes grimpantes que je voyais dépasser du mur ne semblaient pas comestibles.

J'ai tenté la poignée du portail.

— C'est fermé à clé.

À travers le fer forgé, je distinguais une masse de buissons et de plantes poussant en liberté et une espèce de statue presque cachée par la végétation.

— Dommage, ça a l'air super, à l'intérieur.

— Ça a *l'air* fermé, a dit Ellie impatiemment, mais Maddie et moi, on connaît un moyen secret d'entrer.

— Je ne sais pas si…, ai-je commencé.

Mais avant que j'aie fini ma phrase, elle a passé sa petite main à travers le grillage sophistiqué, par un trou bien trop étroit pour une main d'adulte, même délicate, et a effectué quelque chose que je n'ai pas vu de l'autre côté de la serrure. Le portail s'est ouvert d'un coup.

— Bravo ! j'ai lancé, sincèrement impressionnée. Comment t'as fait ça ?

— Ce n'est pas très dur. (Ellie était rouge de fierté.) Il y a un loquet à l'intérieur.

Doucement, j'ai poussé le portail, écoutant les gonds grincer, puis j'ai fait passer la poussette de Petra, écartant les frondes d'une plante grimpante qui pendait au-dessus de nous. Les feuilles m'ont fouetté le visage et m'ont picotée presque comme des orties. Maddie s'est baissée, tentant d'éviter de les toucher, et Ellie a suivi. Il y avait quelque chose de malicieux dans son expression, et je me suis demandé pourquoi Bill et Sandra fermaient cet espace à clé.

À l'intérieur, les murs protégeaient les plantes de l'exposition directe au soleil, contrairement au reste du terrain ; le contraste avec les bruyères et arbres pâles à l'extérieur, et, au-delà, avec la lande austère, était saisissant. Ici, on trouvait des buissons à feuilles persistantes en pleine santé, avec toutes sortes de baies, des lierres emmêlés, et quelques fleurs qui peinaient à survivre dans ce trop-plein. J'en ai reconnu quelques-unes, des hellébores et des symphorines qui jaillissaient de lauriers aux feuilles foncées et, un peu plus loin, ce qui m'a semblé être un cytise. En prenant un virage, nous sommes passées sous un if qui avait l'air très ancien, si vieux qu'il formait comme un arc au-dessus du chemin, ses fruits étranges, tubulaires, craquant sous nos pieds. Ses feuilles avaient empoisonné le sol, et rien ne poussait sous ses branches. D'autres serres subsistaient dans cet enclos et, même si elles étaient plus petites, leurs cadres brisés soutenaient encore assez de verre pour avoir accumulé une quantité impressionnante de condensation. L'intérieur était boursouflé de lichen vert et de moisissures si épaisses qu'on voyait à peine les plantes restantes à l'intérieur, sauf certaines qui parvenaient à jaillir de leur toit brisé.

Quatre sentiers de brique divisaient le jardin et se retrouvaient en un petit cercle au centre, où s'élevait la statue. Elle était tellement couverte de lierre et d'autres plantes grimpantes qu'elle était difficile à identifier, alors je me suis approchée et, en écartant un peu le feuillage, j'ai vu que c'était une femme, maigre, émaciée et brisée, vêtue de haillons. Elle avait un visage de squelette, et ses yeux vides fixaient les miens d'un air accusateur. Ses joues étaient entaillées de ce qui ressemblait à des griffures, et en y regardant de plus près, j'ai remarqué que les ongles de ses mains squelettiques étaient longs et pointus.

— Mon Dieu, me suis-je exclamée, déroutée. Quelle statue affreuse ! Qui a bien pu mettre un truc pareil ici ?

Mais il n'y a pas eu de réponse. Les deux petites filles avaient disparu dans les fourrés. Je me suis penchée et j'ai aperçu un nom sur le socle où la sculpture était accroupie. *Achlys*. Était-ce un genre de mémorial ?

Tout d'un coup, j'ai éprouvé un désir violent de sortir de cette jungle étouffante et cauchemardesque, de retrouver le grand air de la montagne et de la propriété.

— Maddie ! Ellie ! Vous êtes où ?

Aucune réponse n'est venue, et j'ai contenu un malaise passager.

— Maddie ! On va déjeuner, maintenant. Venez, on va chercher un coin.

Les deux fillettes ont attendu juste assez longtemps pour que je panique vraiment, puis il y a eu un éclat de rire et elles ont quitté leur cachette en courant sur le chemin devant moi, en direction de la porte et de l'air frais, à l'extérieur.

— Viens, a crié Maddie par-dessus son épaule. On va te montrer le ruisseau.

Le reste de la matinée s'est déroulé sans incident. Le déjeuner, sur la rive du ruisseau plein de tourbe qui traversait un coin de la propriété, a été tranquille, et même plaisant. Après manger, les filles ont retiré leurs chaussures et leurs chaussettes pour patauger dans les eaux couleur thé, glapissant à cause du froid. Elles nous ont éclaboussées de gouttelettes glacées qui m'ont fait pousser un cri aigu. Petra, ravie, s'est mise à babiller joyeusement. Seules deux choses ont gâché la satisfaction générale. D'abord, une des chaussures d'Ellie est tombée dans le ruisseau. J'ai réussi à la repêcher, mais la petite avait les larmes aux yeux et s'est mise à sangloter quand on est reparties et qu'elle a dû remettre sa chaussure trempée.

L'autre, c'était que mon front me brûlait à l'endroit où j'avais frôlé cette plante. Au départ, je ressentais un simple picotement, mais c'est ensuite devenu une franche démangeaison, comme une piqûre d'ortie mais plus douloureuse. Je me suis aspergée d'eau froide du ruisseau, mais l'irritation a continué, difficile à ignorer. Était-ce une réaction allergique ? Je n'avais jamais eu d'intolérance aux végétaux, mais peut-être que c'était un type de plante qu'on ne trouvait qu'en Écosse et que je ne pouvais donc pas avoir rencontré avant ? Quoi qu'il en soit, l'idée que la réaction puisse empirer pendant que j'étais seule avec les enfants n'était pas rassurante, ni la prise de conscience que j'avais laissé ma Ventoline à la maison.

L'un dans l'autre, je n'ai pas été mécontente quand le ciel s'est couvert et que j'ai pu suggérer de rassembler les affaires et de rentrer. Petra s'est endormie sur le chemin, et j'ai rangé sa poussette dans la buanderie. À ma grande surprise, Maddie et Ellie ont accepté mon idée de regarder un film, et nous étions blotties dans la salle télé, mon sentiment de supériorité allant croissant, lorsqu'il y a eu un crépitement. La voix de Sandra a retenti dans les haut-parleurs.

— Rowan ? Vous pouvez parler, là ?

— Oh ! bonjour, Sandra.

C'était moins angoissant la deuxième fois, mais toujours déstabilisant. Je me suis surprise à lever les yeux vers les caméras, me demandant comment elle savait dans quelle pièce je me trouvais. Les filles, absorbées par le film, ne semblaient pas avoir remarqué la voix de leur mère dans les haut-parleurs.

— Attendez, je vais dans la cuisine, qu'on puisse discuter sans déranger les enfants.

— Vous pouvez basculer l'appel sur votre portable, si c'est plus simple.

La voix désincarnée de Sandra m'a suivie quand je me suis dégagée en douceur de sous Ellie pour me rendre dans la cuisine.

— Vous n'avez qu'à ouvrir l'appli Happy et cliquer sur l'icône téléphone, puis sur la flèche pour basculer l'appel.

J'ai fait comme elle a dit, ignorant le foutu *La maison, c'est là qu'on est Happy*, appuyé sur les icônes qu'elle m'avait indiquées, et j'ai approché le téléphone de mon oreille. À mon grand soulagement, sa voix était toujours là, cette fois dans l'écouteur de mon téléphone.

— Ça y est ?

— Oui. Je suis sur mon portable, là. Merci de m'avoir indiqué comment faire.

Si seulement elle avait pu m'en parler la veille, ça m'aurait évité d'avoir cette discussion gênante devant Jack… tant pis. Mon front s'est mis à me démanger mais j'ai résisté à l'envie de me gratter.

— Pas de problème, a dit Sandra d'un ton brusque. Happy, c'est génial une fois qu'on est habitué, mais je dois reconnaître qu'il faut un petit moment pour en maîtriser toutes les subtilités. Mais bref, comment ça se passe, aujourd'hui ?

— Oh, très bien.

Je me suis perchée sur le rebord d'un tabouret, repoussant un désir de regarder la caméra dans le coin.

— Ça se passe super bien, merci. On a passé une très bonne matinée à explorer la propriété. Petra dort et les filles sont…

J'ai hésité, pensant à sa remarque de la veille, mais j'ai continué. Pas la peine de douter de moi-même en permanence, et de toute façon, elle savait sans doute ce que faisaient les filles, si elle avait regardé les images avant d'appeler.

— Les filles regardent un film. J'ai pensé que ça ne vous dérangerait pas, puisqu'elles ont pris un bol d'air ce matin. Je me suis dit qu'elles avaient besoin d'un moment de détente.

— Si ça me dérange ? (Sandra a poussé un petit rire.) Jamais de la vie. Je ne suis pas une mère comme ça, toujours sur le dos des enfants.

— Vous voulez leur parler ?

— Absolument. C'est pour ça que j'ai appelé, en fait. Enfin, pour voir si vous vous en sortiez aussi, bien sûr. Vous voulez bien me passer d'abord Ellie ?

Je suis retournée à la salle télé et j'ai tendu le portable à Ellie.

— C'est maman.

Elle était un peu hésitante en prenant le téléphone, mais son visage s'est fendu d'un grand sourire quand elle a entendu la voix de sa mère, et je suis retournée dans la cuisine, ne voulant pas avoir l'air de les espionner mais écoutant d'une oreille ce que disait Ellie. À un moment, Sandra a dû lui demander de lui passer sa sœur car Ellie a protesté d'une voix plaintive puis Maddie s'est mise à parler, et la petite est venue vers moi à pas feutrés.

— Maman me manque.

Sa lèvre inférieure tremblait.

— Bien sûr qu'elle te manque.

Je me suis accroupie, ne voulant pas risquer de la prendre dans mes bras pour éviter un rejet mais tentant de lui montrer que j'étais disponible si elle avait besoin d'un câlin.

— Et tu lui manques aussi. Mais on va s'am…

Ma réponse a été coupée par Maddie, qui arrivait en tendant le téléphone, une expression étrange dans ses yeux noirs. Je n'étais pas sûre de savoir l'interpréter, on aurait dit un mélange de jubilation et d'impatience.

— Maman veut te parler, a-t-elle dit.

J'ai pris le portable.

— Rowan… (Sandra parlait d'un ton sec et courroucé.) Qu'est-ce que c'est que cette histoire, vous les avez emmenées dans le jardin fermé ?

— Je… eh bien…

J'étais déconcertée. *Merde, alors.* Sandra n'avait jamais dit que le jardin était interdit.

— C'est vrai, je les y ai emmenées, mais…

— Comment osez-vous forcer la porte d'une zone que nous tenons expressément fermée pour la sécurité des enfants ? Je n'en reviens pas d'un degré pareil d'irresponsabilité…

— Attendez une minute. Je suis vraiment navrée si j'ai fait une erreur, Sandra, mais je ne savais pas du tout que le jardin clos était interdit. Et je n'ai pas forcé la porte. Ellie et Maddie…

Ellie et Maddie savaient ouvrir le portail, c'était ce que je m'apprêtais à dire, mais Sandra ne m'a pas laissée terminer. Elle m'a interrompue avec un soupir furieux d'exaspération et je me suis tue, de peur d'accroître encore son agacement en continuant à parler en même temps qu'elle.

— Je vous ai dit d'utiliser votre bon sens, Rowan. Si votre idée du bon sens, c'est de forcer la porte d'un jardin vénéneux...

— *Quoi ?* l'ai-je coupée, ne me souciant plus d'être impolie. Qu'est-ce que vous dites ?

— C'est un jardin *vénéneux*, a craché Sandra. Comme vous le sauriez si vous aviez pris la peine de lire le classeur que je vous ai fourni. Ce que vous n'avez manifestement pas fait.

— Vénén...

J'ai attrapé le classeur et je me suis mise à tourner les pages frénétiquement. L'injustice était dure à encaisser. J'*avais* lu cette saloperie, mais elle faisait 250 pages. S'il y avait une information critique, elle aurait dû la mettre au début plutôt que de l'enfouir entre des pages et des pages sur les types de chips acceptables et le genre de chaussures à porter pour les cours de sport.

— Mais... mais qu'est-ce que c'est que ça, déjà ?

— L'ancien propriétaire de Heatherbrae était un chimiste analytique spécialisé dans les toxines biologiques, et c'était son projet pers...

Elle s'est arrêtée, clairement trop énervée par la situation pour trouver les mots.

— Son terrain d'expériences, disons. Absolument chaque plante de ce jardin est toxique à un degré ou à un autre, certaines sont même *extrêmement* toxiques. Et il y en a plein qu'on n'a pas besoin d'ingurgiter, les effleurer ou toucher les feuilles suffit.

Oh ! Ma main s'est portée à l'irritation cuisante sur mon front qui, tout à coup, s'expliquait.

— On est en train de chercher le meilleur moyen de s'en débarrasser, mais cette saloperie fait partie du patrimoine ou je sais pas quoi. En attendant, on le laisse scrupuleusement sous clé, et je dois dire que je n'aurais jamais cru que vous puissiez emmener les enfants se promener…

C'était mon tour de l'interrompre.

— Sandra…

Je me suis forcée à prendre une voix égale, calme, et plus raisonnable que ce que je ressentais.

— Je vous présente mes plus plates excuses de ne pas avoir prêté suffisamment attention à cette page dans le classeur. C'est cent pour cent ma faute, et je vais y remédier immédiatement. Mais il faut que vous sachiez une chose : ce n'est pas moi qui ai eu l'idée d'aller là-bas. Maddie et Ellie l'ont suggéré, et elles savent ouvrir le loquet sans clé. Il y a une espèce de barre qui dépasse à l'intérieur et Ellie peut l'atteindre. Il est évident qu'elles y étaient déjà allées.

Cette fois, Sandra s'est tue. Il y a eu un silence au bout du fil tandis que j'attendais sa réaction. Je l'entendais respirer, et je me suis demandé un bref instant si j'avais commis une grave erreur stratégique en soulevant le fait qu'elle ne savait clairement pas du tout où ses filles allaient traîner. Puis elle a toussé.

— Bon. N'en parlons plus pour le moment. Vous pouvez me repasser Maddie, s'il vous plaît ?

Et ça s'est arrêté là. Pas de « Merci de m'en avoir informée ». Pas d'aveu qu'elle n'était pas vraiment une mère parfaite elle-même. Mais peut-être que ça aurait été trop en demander.

J'ai repassé le téléphone à Maddie, qui m'a fait un petit sourire en le prenant, ses yeux noirs pleins de malice.

Elle est retournée dans la salle télé, Ellie à sa suite, dans l'espoir d'avoir droit à un second tour, et la voix de Maddie est devenue indistincte. J'ai pris la tablette sur le plan de travail et j'ai lancé Google, puis j'ai tapé « Achlys ».

Une série d'images effroyables est apparue en haut de l'écran, un assortiment de visages de femmes squelettiques, blêmes, à différents stades de décomposition, certains pâles et beaux, les joues ravagées, d'autres en putréfaction, un parfum fétide de mort émanant de leurs bouches figées.

En dessous, une série de liens. J'ai cliqué au hasard.

Achlys [se prononce ACK-liss] – déesse grecque de la mort, du malheur et du poison.

J'ai éteint l'écran. Eh bien, classeur ou pas, je ne pouvais pas dire que je n'avais pas été prévenue. C'était juste là, sur le socle de la statue au milieu du jardin. Sauf que je n'avais pas compris le message.

— J'ai fini.

La voix de Maddie m'arrivait de la salle télé. Ravalant mon énervement, je suis retournée voir les filles qui, blotties sur le canapé, m'attendaient visiblement avec impatience. Je n'ai rien dit quand Maddie m'a rendu mon téléphone, j'ai juste relancé le film et me suis assise à l'autre bout du canapé pour continuer à regarder, même si leurs yeux ne cessaient de se tourner vers moi, des émotions très différentes sur leurs deux visages. Ellie était angoissée, elle attendait de se faire engueuler. Elle savait qu'elles n'étaient pas censées entrer dans ce jardin et elle s'était laissée tenter, pour faire sa maligne en ouvrant le portail. L'expression de Maddie était tout autre, et plus difficile à déchiffrer, mais j'ai cependant cru voir de quoi il s'agissait. Du triomphe.

Elle avait voulu m'attirer des ennuis, et ça avait marché.

C'est beaucoup plus tard, devant le dîner, pendant que j'essuyais la joue de Petra couverte de sauce tomate, que j'ai dit, l'air de rien, après avoir avalé ma propre bouchée de pâtes alphabet :

— Les filles, vous saviez que les plantes de ce jardin étaient dangereuses ?

Les yeux d'Ellie ont dérivé vers Maddie, qui paraissait hésiter.

— Quel jardin, a-t-elle fait enfin, même si son ton n'avait rien d'interrogatif.

Elle gagnait du temps, me suis-je dit. Je lui ai adressé mon plus joli sourire et lui ai jeté un regard qui voulait dire : *Te fous pas de ma gueule, chérie.*

— Le jardin vénéneux. Celui avec la statue. Votre maman a dit qu'on ne devait pas y entrer. Vous le saviez ?

— On n'a pas le droit d'y entrer sans un adulte, a répliqué Maddie évasivement.

— Ellie, tu savais ?

Je me suis tournée vers elle, mais elle a évité mon regard, et je l'ai prise par le menton pour la forcer à se tourner vers moi.

— Aïe !

— Ellie, regarde-moi. Tu savais que ces plantes étaient dangereuses ?

Elle n'a rien dit, juste tenté de se dégager.

— *Tu le savais ?*

— Oui, a-t-elle murmuré enfin. Une autre petite fille est morte.

Ce n'était pas la réponse à laquelle je m'attendais et je me suis arrêtée net, lâchant son menton dans ma surprise.

— Qu'est-ce que tu as dit ?

— Il y avait une autre petite fille, a répété Ellie, toujours sans me regarder dans les yeux. Elle est morte. C'est Jean qui nous l'a dit.

— *Merde !*

Le mot m'a échappé et j'ai vu au petit sourire de Maddie

que ça aussi, ce serait gardé en réserve pour être répété à Sandra à son prochain appel.

— Qu'est-ce qui s'est passé ? Quand ?

— Il y a longtemps, a fait Maddie.

De toute évidence, contrairement à Ellie, aborder le sujet ne la gênait pas. En fait, il y avait même une certaine jubilation dans sa voix.

— Avant qu'on soit nées. C'était la fille de l'homme qui habitait ici avant nous. C'est pour ça qu'il est devenu taqué.

Tout d'abord, je n'ai pas saisi le dernier mot, puis j'ai fini par comprendre. Elle disait « toqué » mais avec l'accent écossais, répétant les paroles de Jean McKenzie.

— Il est devenu toqué ? Il a perdu la tête, tu veux dire ?

— Oui, on a dû l'enfermer. Pas juste après, mais au bout d'un certain temps. À vivre ici avec son fantôme, a dit Maddie d'un ton détaché. Elle le réveillait au milieu de la nuit en pleurant. Après être partie. Jean nous a raconté. Alors au bout d'un moment, il a arrêté de dormir. Il faisait les cent pas toute la nuit. Puis il est devenu fou. Les gens deviennent fous, tu sais, si on les empêche de dormir pendant suffisamment longtemps. Ils deviennent fous, et ensuite ils *meurent*.

Les cent pas. L'expression m'a fait sursauter et, pendant quelques secondes je n'ai su que répondre. Puis je me suis souvenue d'autre chose.

— Maddie…

J'ai dégluti, cherchant la meilleure manière de formuler ma question.

— Maddie… c'est… c'est ça que tu voulais me faire comprendre ? L'autre jour ? Quand tu as dit que les fantômes n'aimeraient pas ça ?

— Je vois pas de quoi tu parles.

Son visage était fermé, sans expression, et elle avait repoussé son assiette.

— Quand tu m'as serrée dans tes bras, la première fois

que je suis venue. Tu as murmuré : *Les fantômes n'aimeraient pas ça.*

— Non, j'ai pas fait ça, a-t-elle rétorqué d'un ton glacial. Je t'ai pas serrée dans mes bras. Je serre jamais personne dans mes bras.

Mais elle était allée trop loin avec cette dernière remarque. J'aurais pu croire qu'elle n'avait pas prononcé les mots que j'avais cru entendre, mais je ne pouvais absolument pas oublier cette étreinte désespérée, insistante. Elle *m'avait serrée* contre elle. Et cette certitude m'a soudain convaincue aussi de ce que j'avais entendu. J'ai secoué la tête.

— Tu sais que ça n'existe pas, les fantômes, n'est-ce pas ? Peu importe ce que vous a raconté Jean. C'est juste des histoires, Maddie, c'est juste que les gens sont tristes parce que d'autres sont morts et qu'ils voudraient les revoir, alors ils inventent des histoires et ils imaginent qu'ils les voient. Mais c'est absurde.

— Je sais pas de quoi tu parles, a insisté Maddie.

Elle a secoué la tête, si bien que ses cheveux bruns et raides sont venus fouetter ses joues.

— Il n'y a *pas* de fantômes, Maddie. Je te le promets. C'est juste de l'imagination. Ils ne peuvent pas te faire de mal, ni à moi, ni à personne.

— Je peux quitter la table, maintenant ? a-t-elle demandé sans commentaire.

J'ai poussé un soupir.

— Tu ne veux pas de pudding ?

— J'ai plus faim.

— Bon, vas-y, alors.

Elle s'est laissée glisser de son tabouret et Ellie l'a suivie, petite ombre docile.

J'ai placé un yaourt devant Petra et fait le tour de l'îlot pour débarrasser les assiettes des filles. Sur celle d'Ellie, il y avait le mélange habituel de miettes et de sauce spaghetti, et autant de petits pois que possible cachés sous sa cuillère. Mais sur celle de Maddie... Je m'apprêtais à faire tomber les restes dans le compost lorsque je me suis arrêtée net.

Elle avait presque fini ses pâtes, mais il restait une douzaine de lettres de l'alphabet et je me suis aperçue qu'elles semblaient disposées pour former des mots. La phrase était en train de glisser en diagonale sur l'assiette que j'avais inclinée au-dessus du bac, mais elle était encore tout juste lisible.

O N T
E H
AIT

On te hait.

Quelque part, voir ces mots dans l'innocence des pâtes alphabet était plus perturbant que presque tout le reste. J'ai gratté l'assiette avec une violence qui a fait ricocher les pâtes contre l'intérieur du couvercle du bac, et je l'ai jetée dans l'évier, où elle a heurté un verre. Les deux se sont cassés, projetant des éclats et des gouttes de sauce tomate dans tous les sens.

Merde.

Merde merde merde merde merde.

« Je vous hais aussi ! » avais-je envie de crier en direction des deux petites silhouettes qui se dirigeaient en silence vers la salle télé pour lancer Netflix. « Je vous déteste aussi, petites saletés ! »

Mais ce n'était pas vrai. Pas entièrement.

Je les détestais en cet instant. Mais je me reconnaissais, aussi. Une fillette susceptible, pleine d'émotions trop grandes pour sa petite carcasse, des émotions qu'elle ne pouvait ni comprendre ni contenir.

« *Je te hais.* » Je me souvenais d'avoir sangloté ça dans mon oreiller quand ma mère avait jeté à la poubelle mon ours préféré, trop vieux, trop abîmé, trop bébé pour une grande fille comme moi, à l'en croire. « *Je te hais tellement !* »

Mais ce n'était pas vrai à l'époque non plus. J'aimais ma mère. Je l'aimais tant que ça l'étouffait, ou c'était l'impression qu'elle donnait. Toutes ces années à défaire mes petites mains de ses manches, de ses jupes, à les retirer de son cou. *Ça suffit, maintenant, tu vas me décoiffer. Oh bon sang, tu as les mains dégoûtantes. Arrête de te comporter comme un bébé, maintenant, une grande fille comme toi.* Toutes ces années à être trop demandeuse, trop tactile, trop sale, à essayer de m'améliorer, d'être plus propre, et tout simplement plus aimable.

Elle ne voulait pas de moi. Ou c'était mon sentiment, par moments.

Mais elle était tout ce que j'avais.

Maddie avait tellement plus que moi, un père, trois sœurs, une belle maison, deux chiens, mais je reconnaissais sa tristesse, sa colère et sa frustration. Un petit mouton noir, en colère, parmi ses sœurs si blondes.

On se ressemblait même physiquement.

Quand elle m'avait fixée avec cet éclair de triomphe dans ses yeux foncés ronds comme des billes, j'avais également reconnu autre chose, et désormais, je comprenais quoi. C'était un aperçu de moi-même dans son regard. Un reflet furtif de mes propres yeux marron foncé et de ma propre détermination. Maddie avait une idée derrière la tête, tout comme moi. La question, c'était : laquelle ?

J'étais tellement épuisée après ma nuit presque sans sommeil que j'ai couché les filles ridiculement tôt. Contre toute attente, elles n'ont pas râlé, et je me suis demandé si elles n'étaient pas aussi fatiguées que moi.

Petra s'est endormie sans guère plus qu'une protestation pour la forme, et quand je suis passée voir Maddie et Ellie, elles étaient toutes deux en pyjama, ou presque, dans le cas d'Ellie. Je l'ai aidée à mettre son haut dans le bon sens puis je les ai pilotées jusqu'à la salle de bains où elles se sont brossé les dents docilement.

— Vous voulez une histoire ? ai-je demandé en les bordant.

J'ai vu les yeux d'Ellie se poser sur Maddie en quête d'une permission. Mais Maddie a secoué la tête.

— Non. On est trop grandes pour les histoires.

— Je sais que ce n'est pas vrai, ai-je répliqué avec un petit rire. Tout le monde aime les histoires.

N'importe quel autre soir, j'aurais peut-être ouvert un livre et commencé à lire quand même, en dépit de son refus. Mais j'étais crevée. J'étais *tellement* crevée. Passer la journée avec les filles à partir du lever du soleil était exténuant. Rien de comparable avec la crèche, et je ne l'avais pas pleinement anticipé ou compris jusqu'à cet instant. J'ai songé à toutes les mères qui déposaient leurs enfants en se plaignant de leur épuisement, et au léger mépris que j'éprouvais pour elles en pensant qu'elles n'avaient à s'occuper que d'un, ou au maximum deux enfants. Désormais, je comprenais de quoi elles parlaient. Ce n'était pas aussi physique que le travail à la crèche, pas aussi intense, mais c'était la façon dont ça traînait en longueur, le besoin qui ne s'arrêtait jamais, et l'impossibilité de les refiler à ses collègues pour une brève pause cigarette, le temps de se retrouver.

Ici, je n'avais pas de moments de liberté. Du moins pas dans un avenir proche.

— Vous savez quoi ? ai-je dit enfin en voyant le menton d'Ellie trembloter. Et si je vous mettais un livre audio ?

Sortant mon téléphone, j'ai réussi à trouver la bibliothèque média de Happy puis la liste des fichiers audio, et j'ai parcouru les titres. La disposition était déroutante : il n'y avait aucune distinction entre les différents types de dossiers, Mozart était pêle-mêle avec *Vaiana*, Thelonious Monk et L. M. Montgomery, mais tandis que je faisais défiler les titres, j'ai senti une petite main chaude se glisser sous mon bras, et Ellie m'a pris le portable.

— Je vais te montrer, a-t-elle dit.

Elle a appuyé sur une icône de panda stylisé et sur une autre qui ressemblait à un V aplati et devait représenter un livre ouvert, je l'ai compris au même moment.

Une liste de livres audio pour enfants est apparue.

— Tu sais lequel tu veux ? j'ai demandé.

Elle a secoué la tête et j'en ai choisi un au hasard, *Babe, le cochon devenu berger*, de Dick King-Smith, qui me semblait parfait. Long, apaisant, gentil et sain. J'ai appuyé sur « Lecture », sélectionné « Chambre des filles » dans la liste des haut-parleurs, et attendu les premières notes du générique. Puis j'ai remonté la couverture d'Ellie.

— Tu veux un bisou ?

Elle n'a pas répondu, mais il m'a semblé deviner un petit

hochement de tête, et je me suis penchée et lui ai donné un baiser tout léger sur la joue avant qu'elle change d'avis.

Puis je suis allée voir Maddie. Elle avait les yeux hermétiquement clos, mais je remarquais ses pupilles remuer sous ses paupières fines comme du papier, et j'ai bien compris à sa respiration qu'elle ne dormait pas le moins du monde.

— Tu veux un bisou, Maddie ? ai-je demandé, connaissant la réponse d'avance mais voulant me montrer équitable.

Elle n'a rien répondu. Je suis restée un moment à l'écouter respirer, puis j'ai dit :

— Bonne nuit, les filles. Faites de beaux rêves et dormez bien, car il y a école demain.

Puis je suis sortie en fermant la porte derrière moi.

Dans le couloir, j'ai laissé échapper un soupir de soulagement tremblant, presque incrédule.

Se pouvait-il que ce soit vrai ? Étaient-elles vraiment en sécurité, au lit, baignées, dents brossées, sans cri ? Ça me paraissait presque trop facile, par rapport à la veille.

Mais peut-être... peut-être que j'avais passé un cap avec elles. Peut-être que la colère initiale provenait juste du choc d'être séparées de leur mère et laissées sous la garde d'une presque inconnue. Peut-être qu'une belle journée ensemble et un coup de téléphone de Sandra avaient suffi.

J'ai éprouvé un élan de tendresse tandis que je vérifiais que la buanderie était fermée à clé, bataillais avec le panneau de la porte d'entrée et les lumières du vestibule, puis montais l'escalier jusqu'à ma propre chambre avec une lassitude que j'avais de plus en plus de mal à vaincre.

Je passais devant la chambre de Bill et Sandra quand j'ai entendu quelque chose. Ou vu, peut-être – c'était difficile à dire. Un petit éclat de mouvement dans la fente obscure entre la porte et son cadre. Était-ce mon imagination qui me jouait des tours ? Avec la fatigue, ce n'était pas impossible.

Très, très silencieusement, j'ai poussé la porte du plat de

la main, et elle s'est ouverte avec un chuintement sur l'épais tapis argenté.

La chambre était complètement vide et immobile. Les rideaux étaient ouverts, et si, à Londres, il aurait fait presque nuit à cette heure, ici, nous étions tellement au nord que le soleil commençait à peine à sombrer derrière les montagnes. Des carrés pâles de lueurs rougeâtres se posaient en biais sur le sol, transformant la moquette en une espèce d'échiquier de feu, même si les coins de la pièce étaient plongés dans une ombre impénétrable. Devant leur lit, j'ai laissé glisser ma main sur le coton épais, fraîchement repassé de leur housse de couette, jetant des coups d'œil dans l'ombre, sentant mon pouls s'accélérer de l'audace de cette intrusion. Si Sandra était en train de regarder son écran en ce moment, que verrait-elle ? Quelqu'un qui rôdait dans sa chambre, tripotant son linge de lit. *J'ai cru entendre un bruit*… Je me suis répété cette excuse dans ma tête, mais je savais que ce n'était plus vrai. Je cherchais un prétexte.

Il y avait des boucles d'oreilles sur la table de nuit la plus proche de la porte. Le côté de Sandra, sans doute. Ce qui signifiait que Bill dormait…

J'ai fait le tour du lit à pas de loup, restant dans l'ombre autant que possible. Je savais pour avoir surveillé la chambre de Maddie et Ellie sur le moniteur que la résolution des images dans la pénombre n'était pas bonne. Il était très difficile de distinguer quoi que ce soit en dehors de la petite flaque de lumière douce de la veilleuse, et ici, le contraste entre les carrés de crépuscule et l'ombre dense du reste de la pièce était encore plus important.

Très, très doucement, j'ai ouvert le tiroir de la table de nuit de Bill, et regardé le fatras d'affaires personnelles à l'intérieur. Une montre au bracelet cassé. Un petit tas de pièces de monnaie. Quelques reçus, un spray contre le rhume des foins, un peigne. Je ne sais pas ce que j'avais espéré, mais si c'était un aperçu de la personne qui vivait là, dormait là, posait la tête sur cet oreiller blanc bien repassé, j'étais déçue. C'était particulièrement impersonnel.

J'ai pensé à ce moment dans la cuisine, sa jambe se glissant entre mes cuisses avec une assurance qui était le fruit d'une longue pratique, et j'ai eu la nausée. *Qui êtes-vous ?*

Tout d'un coup, il a fallu que je sorte, et je me suis précipitée vers la porte sans plus me soucier de rester dans l'ombre, d'être vue par Sandra ou Bill. Qu'ils me voient. Tous les deux.

Une fois dans ma chambre, j'ai fermé la porte avec le sentiment de me barricader du reste de la maison. Lorsque les rideaux se sont tirés robotiquement sur les vitres, la dernière chose que j'aie aperçue du monde extérieur, c'étaient les traînées sanglantes du crépuscule qui disparaissaient derrière les cimes lointaines des Cairngorms et une lumière à la fenêtre de Jack qui brillait, régulière, sur la cour plongée dans l'obscurité.

J'ai pensé à lui en laissant ma tête s'enfoncer dans la douceur des plumes d'oie de l'oreiller. J'ai pensé à ses mains, le matin, à la facilité avec laquelle il avait retenu les deux chiens surexcités, à sa façon de les dominer, de les mettre au pas. Et j'ai pensé à la clé, à la manière dont il était allé directement à l'endroit où elle était cachée, un endroit où j'avais déjà cherché.

Mais ensuite, je me suis rappelé d'autres détails. Sa gentillesse le premier soir, quand il était venu voir si je m'en sortais. Sa voix dans le babyphone quand il avait endormi Petra, roucoulant pour elle avec une douceur qui me serrait l'estomac sans que je sache vraiment ce que ça signifiait. Il n'y avait pas de stratagème, là. Pas de faux-semblant. Cette douceur était authentique. J'en étais certaine.

Et je me suis demandé : si ça avait été lui dans la cuisine cette nuit-là, au lieu de Bill, me serais-je enfuie, nauséeuse, avec un dégoût teinté de panique ? Ou aurais-je réagi tout à fait différemment ? Ouvert mes jambes aux siennes, peut-être. Avancé vers lui. Rougi.

Mais alors même que cette idée me venait, faisant rougir mes joues dans le noir, je me suis une fois de plus revue à genoux dans la buanderie, promenant la torche de mon téléphone sous la machine à laver. La clé n'y était *pas*. Les heures qui s'étaient écoulées entre-temps ne m'avaient pas fait douter davantage de ce fait, bien au contraire, j'en étais tout à fait sûre, à présent.

Ce qui signifiait…

J'ai passé mes mains sur mon visage, résistant à l'envie de gratter la démangeaison qui me restait de la plante vénéneuse. C'était absurde. Il n'existait pas une seule bonne raison pour lui de voler cette clé dans le simple but de me troubler. Il possédait son propre jeu, après tout, et l'empreinte de son pouce était enregistrée dans le système d'ouverture de la porte principale. (Même si… il restait sans doute une trace chaque fois que quelqu'un s'en servait, m'a soufflé mon subconscient. Ce qui ne serait pas le cas pour une serrure et une clé à l'ancienne.)

Mais non. *Non !* Ça n'avait pas de sens. Pourquoi s'embêter à faire disparaître une clé pendant quelques heures ? Qu'aurait-il eu à y gagner ? Rien, à part me mettre sur mes gardes. Et il y avait aussi mon collier, que je n'avais toujours pas retrouvé même si je n'avais pas eu le temps de chercher sérieusement. Sur ce coup-là, ça ne pouvait pas être Jack. C'était de la paranoïa, tout ça. Les clés, ça tombe. Les colliers s'égarent dans des poches et des tiroirs et ressurgissent des jours après. Il devait y avoir une explication parfaitement raisonnable, sans aller imaginer une machination.

J'ai repoussé cette idée en roulant sur moi-même et laissé le sommeil m'envelopper telle une lourde couverture.

Ma dernière pensée, avant de sombrer totalement, n'a été ni pour Jack, ni pour la clé, ni même pour Bill. Mais pour les pas dans le grenier.

Et le vieil homme qui avait perdu sa fille à cause de son jardin toxique.

Il y avait une autre petite fille.

Ma main s'est portée vainement à mon cou, cherchant un collier qui ne s'y trouvait pas. Puis, enfin, je me suis endormie.

Je me suis réveillée au son de hurlements et d'un vacarme si bruyant que mon premier instinct a été de plaquer mes mains sur mes oreilles en me redressant d'un coup sur mon lit, grelottante, jetant autour de moi des regards paniqués.

Les lumières étaient allumées, toutes, au maximum de leur intensité, aveuglantes. Et il régnait un froid glacial. Mais le bruit... mon Dieu, le *bruit* !

C'était de la musique, du moins j'en ai eu l'impression. Mais si forte et distordue que toute mélodie était méconnaissable et que les hurlements et glapissements qui sortaient des haut-parleurs se muaient en une véritable cacophonie.

Pendant une minute je n'ai pas du tout su que faire. Puis j'ai couru au panneau sur le mur et commencé à appuyer sur des boutons, mon pouls cognant contre mes tempes, la musique déformée, stridente, tel un cri dans ma tête. Rien ne s'est produit, sauf que les lumières du placard se sont allumées à leur tour.

— Éteindre musique ! j'ai hurlé. Éteindre sono ! Baisser volume !

Rien, rien.

J'entendais des aboiements furieux monter du rez-de-chaussée et des vagissements plaintifs de train à vapeur s'élever de la chambre de Petra. Finalement, abandonnant mes tentatives avec le panneau, j'ai empoigné ma robe de chambre et fui.

La musique était tout aussi forte devant les chambres des enfants, plus même, car les murs étroits du couloir semblaient l'amplifier. Et les lumières étaient allumées ici aussi, révélant Petra par sa porte entrebâillée, debout dans son petit lit, les cheveux ébouriffés, hurlant de terreur.

Je l'ai cueillie dans mes bras au passage et j'ai couru à la chambre des filles au bout du couloir. J'ai trouvé Maddie en position fœtale sur son lit, les mains sur les oreilles, mais Ellie était introuvable.

— Où est Ellie ? ai-je beuglé par-dessus le bruit de la musique et des gémissements de sirène de Petra.

Maddie a levé les yeux, le visage interdit par l'effroi, les mains toujours plaquées sur les oreilles, et je l'ai prise par les poignets et fait se lever.

— *Où est Ellie ?* ai-je crié juste sous son nez.

Elle s'est dégagée et a dévalé les marches, moi à sa suite.

Dans le vestibule, le bruit était tout aussi atroce, et là, au pied de l'escalier, au milieu du tapis persan, Ellie était recroquevillée en une petite boule, les bras autour de la tête. Les chiens terrifiés, libérés de leurs paniers dans la buanderie, bondissaient autour d'elle, ajoutant leurs aboiements frénétiques au vacarme.

— Ellie, j'ai crié. Qu'est-ce qui s'est passé ? Tu as appuyé sur quelque chose ?

Elle a levé les yeux vers moi, le visage sans expression, l'air perdu. J'ai secoué la tête et couru à la tablette posée sur l'îlot central métallique. J'ai lancé l'application, mais quand j'ai entré mon code d'accès, il ne s'est rien passé. M'étais-je trompée dans les chiffres ? Je l'ai tapé de nouveau, les beuglements des chiens tels des marteaux-piqueurs contre mon crâne. Toujours rien. *Vous êtes bloquée*, ai-je eu le temps de lire avant que l'écran s'illumine momentanément puis s'éteigne. Un voyant rouge signalant que la batterie était à plat a clignoté et tout est devenu noir. *Merde !*

J'ai cogné sur le panneau mural et les lumières au-dessus de la cuisinière se sont allumées, puis un écran sur le frigo s'est mis sur YouTube, à fond, mais le volume de la musique n'a pas diminué. J'étais de plus en plus paniquée à mesure que je réalisais que je n'avais aucun moyen d'éteindre ce truc. Quelle idée débile – une maison *intelligente* ? C'était la chose la moins intelligente que j'aie vue de ma vie, oui.

Les petites frissonnaient, à présent, Petra lançait toujours des cris de détresse à me faire exploser les tympans, et les chiens tournaient en rond. En désespoir de cause, j'ai tenté le bouton marche/arrêt de la tablette, sans y croire, et ça n'a pas fonctionné. L'écran ne réagissait plus du tout. Mon téléphone était en haut, mais pouvais-je laisser ici les enfants terrifiées le temps d'aller le chercher ?

Je regardais autour de moi, me demandant ce que j'allais bien pouvoir faire, quand j'ai senti une main sur mon épaule. J'ai sursauté si violemment que j'ai manqué laisser échapper Petra. Je me suis retournée, sur la défensive, pour trouver Jack Grant, si près derrière moi que mon épaule a touché son torse nu. Nous avons tous deux fait involontairement un pas en arrière, et j'ai failli perdre l'équilibre en heurtant un tabouret.

Il était en bas de pyjama. Visiblement, il avait été tiré du sommeil, à en juger par ses cheveux ébouriffés. Il a crié quelque chose en montrant la porte, mais j'ai secoué la tête et il s'est approché, plaçant sa main en coupe autour mon oreille.

— Qu'est-ce qui se passe ? J'ai entendu le boucan depuis mon écurie.

— Je sais pas du tout ! Je dormais, peut-être qu'une des filles a touché à quelque chose, je n'arrive pas à éteindre.

— Je peux essayer ? a-t-il crié.

J'ai eu envie de lui rire au nez. S'il pouvait ? J'allais l'embrasser s'il y arrivait. J'ai poussé la tablette vers lui, presque agressivement.

— Je vous en prie !

Il a tenté de l'allumer et s'est aperçu, comme moi, qu'il n'y avait plus de batterie. Puis il s'est rendu dans la buanderie et a ouvert un placard, celui où le routeur du Wi-Fi était rangé, avec le compteur électrique. Je ne sais pas exactement ce qu'il a fabriqué là-dedans, car j'étais trop occupée à apaiser Petra de plus en plus bouleversée, mais tout à coup, nous avons été plongés dans un noir complet et le son s'est arrêté avec une brusquerie déconcertante. Je me suis aperçue que j'avais les oreilles qui sifflaient.

Dans le silence, j'ai entendu les sanglots paniqués d'Ellie et vu Maddie qui se balançait d'avant en arrière. Petra, dans mes bras, a arrêté de pleurer, et j'ai senti son petit corps se raidir de surprise. Puis elle a laissé échapper un gazouillis joyeux.

— Bônuit ! a-t-elle dit.

Il y a eu un déclic et les lumières sont revenues, moins aveuglantes et moins nombreuses.

— Là, a dit Jack.

Il est réapparu en s'essuyant le front, les chiens sur ses talons, soudain calmes à nouveau.

— C'est rétabli sur le réglage par défaut. Nom de Dieu ! Ouf !

Il suait en dépit du froid, et lorsqu'il s'est assis devant l'îlot de la cuisine, la tablette entre les mains, j'ai remarqué qu'il tremblait.

Mes mains, lorsque j'ai posé Petra à côté de Maddie, tremblaient aussi.

Jack a branché la tablette et l'a reposée le temps qu'elle soit suffisamment chargée pour s'allumer.

— M… merci, j'ai balbutié.

Ellie sanglotait toujours dans le couloir.

— Ellie, c'est pas la peine de pleurer, ma chérie. Tout est arrangé, maintenant. Regarde… euh…

J'ai traversé la cuisine et me suis mise à fouiller dans les placards.

— Regarde… voilà, tiens, prends un biscuit à la confiture. Toi aussi, Maddie.

— On s'est brossé les dents, a répondu Maddie d'une voix blanche.

J'ai réprimé un rire nerveux. *On s'en fout, des dents*, avais-je envie de répliquer, mais je me suis retenue.

— Je pense que pour cette fois, ça n'est pas grave. On a tous eu un choc. Le sucre, c'est bon pour les chocs.

— Oui, c'est vrai, a confirmé Jack d'une voix très solennelle. Dans le temps, on nous faisait boire du thé sucré, mais comme je n'aime pas trop le sucre dans mon thé, je vais piquer un biscuit avec, merci, Rowan.

— Tu vois ?

J'en ai tendu un à Jack et j'en ai pris un aussi.

— C'est pas grave, ai-je ajouté, la bouche pleine. Tiens, Maddie.

Elle l'a accepté, prudemment, puis l'a fourré dans sa bouche comme si j'allais le lui retirer.

Ellie a mangé le sien plus lentement.

— À moi ! a crié Petra, tendant les bras.

J'ai haussé les épaules intérieurement. Je n'allais pas me faire décerner un prix de nutrition infantile, certes, mais à ce stade, je m'en fichais. J'ai cassé un biscuit en deux et lui en ai donné la moitié, puis j'en ai distribué un bout à chacun des chiens pour faire bonne mesure.

— OK, c'est reparti, a fait Jack.

Petra se fourrait joyeusement le demi-gâteau dans la bouche et je n'ai pas compris tout de suite ce qu'il entendait par là, puis j'ai vu que l'écran de la tablette projetait une lueur sur son visage.

— J'ai ouvert l'appli. Essayez d'entrer votre code PIN d'abord.

Je lui ai pris l'appareil, ai sélectionné mon nom d'utilisatrice dans le menu déroulant, et entré le numéro que Sandra m'avait attribué.

VOUS ÊTES BLOQUÉ est apparu sur l'écran, puis, quand j'ai cliqué sur le petit bouton « i » à côté du message : *Désolé, vous avez entré votre numéro Happy incorrectement de trop nombreuses fois et vous êtes maintenant bloqué. Merci d'entrer un mot de passe administrateur pour résoudre le problème, ou d'attendre quatre heures.*

— Ah, a fait Jack d'un ton chagrin. Une erreur compréhensible dans ces circonstances.

— Mais attendez deux secondes, ai-je répliqué avec agacement. Ça n'a pas de sens, je n'ai entré mon mot de passe qu'une seule fois. Comment peut-il me bloquer pour si peu ?

— Ça ne se passe pas comme ça. Vous avez trois essais, et il y a un avertissement. Mais je suppose qu'avec le boucan…

— Je ne l'ai entré qu'une fois, ai-je répété.

Comme il ne répondait rien, je l'ai redit, plus fort :

— Une seule fois !

— OK, OK, a dit Jack d'un ton conciliant.

Il m'a jeté un coup d'œil en coin par-dessous sa frange, un peu dubitatif.

— Laissez-moi essayer.

Je lui ai rendu la tablette, très énervée. Il ne me croyait pas, ça crevait les yeux. Alors qu'était-il arrivé ? Quelqu'un avait-il tenté de se connecter avec mon nom d'utilisatrice ?

Sous mes yeux, Jack a changé d'utilisateur et entré son propre code PIN. L'écran s'est illuminé brièvement et l'application s'est ouverte.

Son écran n'était pas disposé comme le mien. Il avait des autorisations que je n'avais pas, l'accès aux caméras dans le garage et dehors, mais pas à celles des chambres des enfants et de la salle de jeux, contrairement à moi. Les icônes de ces pièces étaient grisées et indisponibles. Mais lorsqu'il a cliqué sur la cuisine, il a réussi à baisser l'éclairage en actionnant plusieurs commandes.

J'ai eu un petit choc en le réalisant.

— Attendez… (Les mots sont sortis avant que j'aie réfléchi.) Vous pouvez contrôler les lumières de la cuisine à partir de l'appli ?

— Seulement si j'y suis, a-t-il expliqué en cliquant pour faire apparaître un autre écran. Si vous êtes administrateur, c'est-à-dire Sandra et Bill, en fait, vous pouvez tout contrôler à distance. Mais nous autres, nous ne pouvons maîtriser que la pièce dans laquelle nous nous trouvons. Ça marche avec la géolocalisation. Si vous vous trouvez suffisamment près du panneau, dans la pièce, vous avez accès au système.

Ça paraissait logique, j'imagine. Si vous étiez assez proche pour actionner un interrupteur, pourquoi ne pas vous laisser l'accès aux autres commandes dans une pièce ? Mais d'un autre côté… proche, ça voulait dire quoi ? Nous étions juste en dessous de la chambre de Maddie et Ellie. Pouvait-il contrôler la lumière là-haut à partir de son téléphone dans la cuisine ? Et depuis dehors, dans le jardin ?

Mais je me suis reprise. C'était vain. Il n'avait pas besoin d'accéder aux commandes depuis le jardin. Il avait un jeu de clés.

Sauf que… quel meilleur moyen de faire croire à quelqu'un que vous n'y étiez pour rien… quand en fait, si ?

J'ai secoué la tête. Il fallait que j'arrête. Ça pouvait être Ellie qui avait trafiqué involontairement l'iPad en pleine nuit. Peut-être était-elle descendue pour jouer à Candy Crush ou regarder un film, et avait-elle accidentellement cliqué sur quelque chose. Ça pouvait être un réglage préprogrammé que j'avais enclenché sans m'en rendre compte, l'équivalent d'un appel de poche sur cette appli. Ça pouvait même être Bill et Sandra, en définitive. Si je devais être parano, autant y aller à fond. Pourquoi m'arrêter arbitrairement à l'homme à tout faire ? Pourquoi ne pas élargir mes soupçons à tout le monde ? Le fait qu'ils venaient de me recruter et étaient ceux qui avaient le moins de raisons de me faire fuir n'entrait pas en ligne de compte. Et d'ailleurs, il y avait d'autres utilisateurs. Qui sait quelles autorisations avait Rhiannon ?

Je me suis soudain aperçue que Jack m'observait, les bras croisés sur sa poitrine nue. J'ai surpris mon reflet dans le mur vitré de la cuisine, sans soutien-gorge dans ma robe de chambre décolletée, le visage encore chiffonné par l'oreiller et les cheveux tout emmêlés, si loin de l'image nette, corsetée, professionnelle que je m'efforçais de projeter dans la journée que le contraste était risible. J'ai senti mes joues s'empourprer.

— Mon Dieu, je suis vraiment navrée, Jack. Vous n'aviez pas à…

Je me suis interrompue.

Il a baissé les yeux sur son torse, semblant réaliser à son tour sa propre tenue légère. Il a poussé un petit rire gêné, et ses pommettes ont rougi.

— J'aurais dû mettre un tee-shirt. Je croyais qu'on était en train de vous assassiner dans vos lits, alors je n'ai pas vraiment pris le temps de m'habiller… Écoutez, vous n'avez qu'à aller rendormir les filles, je vais mettre une chemise, coucher les chiens, et je passerai un antivirus sur l'appli.

— Vous n'avez pas besoin de faire ça cette nuit.

Mais il a secoué la tête.

— Si, j'y tiens. Je ne comprends pas du tout pourquoi elle déconne comme ça, et je ne veux pas risquer que vous soyez réveillées une deuxième fois la même nuit. Vous n'êtes pas obligée de m'attendre, je peux fermer derrière moi. Ou je peux dormir là, si vous êtes inquiète. (Il a désigné le canapé.) Je peux aller chercher une couverture.

— Non !

J'ai dit ça plus sèchement et plus vivement que je n'en

avais eu l'intention, et j'ai fait de mon mieux pour rattraper ma réaction excessive.

— Non, je veux dire… ce n'est pas la peine. Franchement. Je…

Tais-toi, idiote.

J'ai dégluti.

— Je vais coucher les filles et je redescends. Je n'en ai pas pour longtemps.

Du moins, je l'espérais. Petra avait l'air un peu trop réveillée à mon goût.

C'est peut-être une heure plus tard, après que j'ai bordé les filles pour la seconde fois cette nuit-là et apaisé Petra, pas tout à fait jusqu'à ce qu'elle s'endorme mais pas loin, que je suis redescendue à la cuisine. Je m'attendais à moitié à ce que Jack soit reparti, mais il était là, en chemise à carreaux cette fois, une tasse de thé à la main.

— Vous en voulez ?

Pendant une seconde, je n'ai pas compris ce qu'il me demandait, mais il a levé sa tasse et j'ai secoué la tête.

— Non, merci, je ne vais pas dormir, avec la théine.

— Pas faux. Ça va ?

Je ne sais pas pourquoi cette simple question a eu un tel effet. Peut-être était-ce l'inquiétude sincère dans sa voix, ou l'énorme soulagement d'être en compagnie d'un adulte après tant d'heures passées seule avec les enfants. Peut-être était-ce juste le contrecoup. Toujours est-il que j'ai fondu en larmes.

— Hé !

Il s'est levé, a fourré ses mains dans ses poches et les en a ressorties aussitôt, puis, comme s'il se décidait, il a traversé la cuisine à pas vifs et passé un bras autour de mes épaules. Je me suis tournée, sans pouvoir m'en empêcher, et j'ai enfoui mon visage dans le creux de son épaule, le corps entier secoué de sanglots.

— Hé, là, là…, a-t-il répété.

Mais cette fois, sa voix m'est arrivée à travers son thorax, plus profonde, plus douce, et aussi plus lente. Sa main s'est attardée au-dessus de mon épaule et s'est posée, très délicatement, sur mes cheveux.

— Rowan, ça va aller.

C'est ce mot, *Rowan*, qui m'a fait reprendre mes esprits, m'a rappelé qui j'étais, qui *il* était, et ce que je faisais là. J'ai dégluti violemment et reculé d'un pas, m'essuyant les yeux sur ma manche.

— Oh ! là là ! Jack, je suis… n-navrée.

Ma voix était encore tremblante, et rauque à cause de mes larmes. Il a avancé la main. Pendant un instant, j'ai cru qu'il voulait me toucher la joue, et je ne savais pas si j'avais envie de m'écarter ou d'accueillir sa caresse. Mais je me suis rendu compte qu'il me tendait un mouchoir. Je l'ai pris et me suis mouchée.

— Bordel, ai-je enfin réussi à dire.

Puis je suis allée m'asseoir sur le canapé de la cuisine, sentant mes jambes sur le point de céder sous moi.

— Jack, vous devez me prendre pour une imbécile.

— Je pense que vous êtes une femme qui vient d'avoir une sale frayeur et qui a fait bonne figure pour les petites. Et je pense aussi…

Il s'est mordu la lèvre. J'ai froncé les sourcils.

— Quoi ?

— Non, ça n'a pas d'importance.

— Si.

Soudain, j'ai eu une envie pressante qu'il dise ce qu'il avait été sur le point de dire, même si j'avais peur de ce que ça pouvait être.

— Allez-y.

— Je ne devrais pas. Je n'aime pas dire du mal de mes employeurs.

Oh ! Pas ce que je craignais à moitié, alors. Il ne me restait que de la pure curiosité.

— Mais ?

— Mais…

Il a laissé sa phrase en suspens, se mâchouillant la lèvre, et s'est enfin décidé.

— Et puis merde. J'en ai déjà trop dit. Je crois que Sandra et Bill n'auraient jamais dû vous confier ce poste. Ce n'est pas juste pour vous et ce n'est pas juste pour les enfants, en définitive.

Oh !

Maintenant, c'était mon tour d'être gênée. Que pouvais-je répondre à ça ?

— Je savais à quoi je m'engageais.

— Ah oui, vous croyez ?

Il s'est assis à côté de moi, faisant crisser les coussins.

— Je parie qu'ils n'ont pas été cent pour cent honnêtes sur celle-là, hein ?

— Sur qui, Maddie ?

Il a hoché la tête, et j'ai poussé un soupir.

— OK, non, vous avez raison, ils ne m'ont pas tout dit. Ou pas tout à fait. Mais je suis une professionnelle de la petite enfance, Jack. J'en ai vu d'autres.

— Vraiment ?

— OK, je n'ai peut-être jamais rencontré une enfant tout à fait comme Maddie, mais c'est juste une petite fille, Jack. On apprend à se connaître, c'est tout. On a passé une bonne journée, aujourd'hui.

Mais ce n'était pas tout à fait vrai, si ? Elle avait tenté de me faire virer, d'abord en m'attirant dans ce fichu jardin vénéneux, puis en rapportant tout à sa mère d'une manière étudiée pour me nuire au maximum.

— Jack, est-il possible que… (je me suis arrêtée et j'ai corrigé ce que je m'apprêtais à dire) l'une des filles ait déclenché ce boucan, tout à l'heure ? Elles jouaient avec la tablette dans la soirée, est-il possible qu'elles aient… je ne sais pas… programmé ça par accident ?

Ou délibérément, ai-je pensé, mais sans le dire.

Mais il a secoué la tête.

— Je ne crois pas. Il y aurait une trace de connexion. Et de toute façon, d'après ce que vous avez dit, ça a atteint tous les haut-parleurs et tous les éclairages de la maison. Aucun des utilisateurs de cette tablette ne possède un accès suffisant pour faire ça. Il faudrait un mot de passe administrateur.

— Donc… il faudrait être Bill ou Sandra ? C'est ça que vous me dites ?

L'idée était très curieuse, et mes doutes ont dû se lire sur mon visage.

— Est-ce qu'il serait possible que les enfants aient trouvé leur code PIN ?

— Peut-être, mais elles ne sont même pas répertoriées comme utilisatrices sur cette tablette.

Il a cliqué sur le menu déroulant de l'appli et listé les utilisateurs possibles de la tablette : moi, lui, Jean, et un dernier marqué « Invité ». C'était tout.

— Donc, ce que vous dites, c'est… (Je parlais lentement, tentant de bien réfléchir à mes mots.)… que pour avoir un accès administrateur, il ne suffirait pas d'avoir le mot de passe de Sandra, il faudrait son téléphone ?

— À peu près, oui.

Il a sorti son portable et m'a montré sa page d'accès.

— Vous voyez ? Je suis le seul utilisateur listé sur mon téléphone. C'est comme ça que c'est configuré.

— Et pour entrer de nouveaux utilisateurs sur un appareil…

— Il faut un code spécial. Sandra a dû vous en donner un quand vous êtes arrivée, non ?

J'ai acquiescé.

— Et laissez-moi deviner, le code ne peut être généré que par…

— Par un administrateur, ouaip. Ça revient à peu près à ça.

Ça n'avait pas de sens. Sandra ou Bill avaient-ils provoqué ça, d'une manière ou d'une autre ? C'était du domaine du possible. Je m'étais renseignée sur l'appli la première fois que Sandra m'en avait parlé, et d'après ce que j'avais compris, tout l'intérêt en était que vous pouviez la contrôler de n'importe où, à la seule condition d'être connecté à Internet : accéder aux caméras de surveillance quand vous étiez en vacances à Verbier, allumer les lumières quand vous étiez à l'étage et vouliez descendre, baisser le chauffage quand vous étiez coincé dans les embouteillages à Inverness. Mais pourquoi auraient-ils fait ça ?

Je me suis rappelé ce qu'avait dit Jack quand j'étais montée coucher les filles, et même si je savais que je me raccrochais à un mince espoir, il fallait que je pose la question :

— Et les antivirus ?

Il a secoué la tête.

— Rien sur la tablette, en tout cas. Elle est propre comme un sou neuf.

— Merde.

J'ai passé mes doigts dans mes cheveux et il a posé une main sur mon épaule. À ce nouveau contact, bien que léger, j'ai senti une espèce d'électricité statique entre nous qui a fait se hérisser les poils sur mes bras, et j'ai frissonné un peu.

Jack a eu l'air malheureux, se méprenant sur ma réaction.

— Regardez-moi qui déblatère. Vous devez avoir froid et être crevée. Je vais vous laisser retourner au lit.

Ce n'était pas vrai. Plus vrai. Je n'avais pas froid, et tout à coup, j'étais aussi très loin d'être fatiguée. Ce que je voulais, c'était un verre avec lui, et si possible un verre bien tassé. Je ne buvais pas d'alcool fort en général, mais j'ai failli mentionner la bouteille de scotch dans le placard de la cuisine. Pourtant, je savais que si je le faisais, j'allais mettre en branle quelque chose de très stupide, quelque chose que je risquais de ne plus pouvoir stopper.

— OK. Vous avez sans doute raison. Merci, Jack.

Je me suis levée et il m'a imitée, posant sa tasse et s'étirant jusqu'à ce que j'entende ses jointures craquer. Une partie de peau de son ventre plat a surgi entre le bas de sa chemise et son pantalon.

Et là, j'ai osé une chose qui m'a surprise moi-même. Et que je n'avais pas eu l'intention de faire jusqu'au moment où je me suis retrouvée en pleine action.

Je me suis dressée sur la pointe des pieds et, tirant ses épaules vers moi, j'ai embrassé sa joue. J'ai senti la finesse de sa peau, la rugosité de sa barbe de la veille sous mes lèvres, et sa chaleur. Et j'ai senti quelque chose en moi se contracter de désir.

Quand je me suis reculée, il avait une expression de surprise absolue et, pendant un instant, j'ai pensé que j'avais commis une erreur affreuse. Les papillons dans mon ventre se sont intensifiés au point de me donner la nausée. Mais à ce moment-là, sa bouche s'est élargie en un grand sourire et il s'est penché pour me rendre mon baiser, très délicatement, ses lèvres chaudes et très douces sur ma joue.

— Bonne nuit, Rowan. Vous êtes sûre que ça va aller ? Vous êtes certaine que vous n'avez pas besoin que je… reste ?

Il y a eu une pause infinitésimale avant le dernier mot.

— Oui, tout à fait.

Il a hoché la tête, puis il s'est détourné et est sorti par la buanderie.

J'ai fermé derrière lui, la clé a tourné avec un déclic rassurant, puis je l'ai remise à sa place et suis restée à regarder sa silhouette se découper dans la lumière qui émanait des fenêtres de l'écurie tandis qu'il regagnait son petit appartement. En montant les marches jusqu'à sa porte, il s'est retourné et a levé une main pour me dire au revoir, et même si je n'étais pas sûre qu'il puisse me voir dans la pénombre, j'ai levé la mienne aussi.

Puis il a disparu, fermé la porte, et la lumière extérieure s'est éteinte, laissant dans son sillage une obscurité saisissante, dense. Et je me suis retrouvée là, frissonnante, luttant contre le désir de toucher du bout des doigts l'emplacement sur ma joue où s'étaient posées ses lèvres.

Je ne savais pas ce qu'il avait voulu dire quand il avait proposé de rester. Ce qu'il avait espéré, attendu.

Mais je savais ce que *moi*, j'avais voulu. Et que j'étais passée très près de dire oui.

Je sais ce que vous pensez, monsieur Wrexham. Rien de tout cela ne plaide en ma faveur. Et c'est ce que M. Gates a pensé aussi.

Parce que nous savons où ça mène, vous et moi, n'est-ce pas ?

À moi, me glissant hors de la maison par une nuit d'été pluvieuse, babyphone à la main, et traversant la cour en vitesse pour monter l'escalier menant à l'appartement au-dessus des écuries.

Et au corps d'une enfant, morte – mais non. Je ne peux pas penser à ça, sans quoi je vais me remettre à pleurer. Et si on perd les pédales quand on est enfermée ici, on ne les retrouve pas, je le sais maintenant. Je n'imaginais pas qu'il existait tant de manières d'affronter une douleur si insupportable qu'on ne peut lui survivre, mais ici, j'ai tout vu. Les femmes qui se tailladent, s'arrachent les cheveux et maculent leur cellule de sang, d'excréments et de pisse. Celles qui sniffent, se piquent et fument pour s'assommer afin d'oublier. Celles qui dorment sans cesse et ne sortent jamais de leur lit, même pas pour les repas, jusqu'à n'être plus qu'un sac d'os, de peau grise et de désespoir.

Mais je *dois* être franche avec vous, c'est ce que M. Gates n'a pas compris ou pas pu comprendre. C'est d'avoir joué un rôle qui m'a conduite là, au départ. Rowan la Nounou

Parfaite, avec ses cardigans boutonnés jusqu'en haut, son sourire sur commande et son CV exemplaire, elle n'a jamais existé, et vous le savez. Derrière cette façade lisse, joyeuse, se cachait une tout autre femme, une femme qui fumait, buvait et jurait, et que ça démangeait bien souvent de coller des baffes. J'ai tenté de la cacher, de plier mes tee-shirts au carré quand mon instinct me dictait de les jeter par terre, en boule, de sourire et d'obéir quand ma seule envie était de dire aux Elincourt d'aller se faire foutre. Et lorsque la police m'a convoquée pour un interrogatoire, M. Gates a voulu que je continue de faire semblant, de dissimuler celle que je suis vraiment. Cependant, ils m'ont menée où, tous ces faux-semblants ? Ici.

Je dois dire la vérité, toute la vérité, et rien que la vérité. Parce que omettre ces épisodes serait la travestir. Ne vous révéler que les faits qui m'innocentent, ce serait retomber dans ce vieux, trop vieux piège. Parce que ce sont les mensonges qui m'ont guidée là au départ. Et je suis obligée de croire que c'est la vérité qui m'en fera sortir.

En ouvrant les yeux, j'avais oublié quel jour on était. Quand mon réveil a sonné, j'ai tendu l'oreille, vaseuse, pour guetter les voix des enfants, mais comme le silence persistait, j'ai appuyé sur « Répéter » et me suis rendormie. La sonnerie a repris dix minutes plus tard, et cette fois j'ai cru entendre un bruit en bas. Après être restée allongée encore dix minutes, m'armant intérieurement pour la journée, je me suis extraite du lit et me suis levée, les jambes flageolantes, étourdie par le manque de sommeil. Puis je suis descendue à la cuisine et, au lieu de Maddie et Ellie, j'y ai trouvé Jean McKenzie, qui faisait la vaisselle d'un air désapprobateur.

— Les drôlesses sont pas encore réveillées ? a-t-elle dit quand je suis entrée, me frottant les yeux et rêvant d'un café.

J'ai secoué la tête.

— Non, on a eu une…

Que devais-je dire ? Je n'ai pu me résoudre à raconter toute l'histoire.

— Une nuit un peu agitée. J'ai préféré les laisser dormir un peu.

— Eh bien, pour un week-end c'est très bien, mais il est 7 h 25 et il faut qu'elles soient lavées, habillées et en voiture à 8 h 15.

8 h 15 ? J'ai marqué un temps d'arrêt et compris tout à coup. *Merde.*

— Oh merde, on est lundi.

— Oui, et vous feriez bien de vous magner si vous voulez qu'elles arrivent à l'heure.

— J'irai pas.

Maddie était couchée à plat ventre dans son lit, les mains sur les oreilles. J'ai commencé à paniquer. Ce n'était pas tellement la question de ce que je dirais à Sandra si je ne parvenais pas à envoyer les filles à l'école, c'était que j'avais *besoin* de ce break. J'avais dormi à peine trois heures. Si je pouvais m'en sortir avec un bébé un peu grognon, je ne pouvais pas assumer deux filles en âge d'aller à l'école primaire par-dessus le marché, surtout pas un caractère difficile et récalcitrant comme Maddie.

— Tu y vas, et c'est tout.

— J'irai pas, et tu peux pas me forcer.

Que pouvais-je répliquer ? C'était vrai, après tout.

— Si tu t'habilles maintenant, tu auras quand même le temps de manger des Coco Pops.

On en était donc là. À la moindre difficulté, j'essayais de l'appâter avec la liste des aliments interdits par Sandra. Mais ça avait marché avec Ellie qui était, je le supposais, en bas, plus ou moins habillée (mais pas lavée, et les dents pas brossées), et mangeait des céréales avec Jean.

— Je veux pas de Coco Pops. J'*aime pas* les Coco Pops. C'est pour les bébés.

— Eh bien, je ne vois pas le problème, vu que tu te comportes comme un bébé ! ai-je répliqué sèchement.

Je l'ai regretté en l'entendant rire.

Ne réagis pas, me suis-je dit. *Ne lui laisse pas l'ascendant sur toi. Tu dois rester calme, sans quoi elle saura qu'elle a le pouvoir de te faire sortir de tes gonds.*

J'ai envisagé de compter jusqu'à dix, puis j'ai repensé au pathétique « un et demi » deux soirs plus tôt et me suis ravisée.

— Maddie, tu commences à m'ennuyer, là. Si tu ne veux pas que je t'emmène à l'école en chemise de nuit, je te suggère d'enfiler ton uniforme immédiatement.

Elle n'a rien dit, et j'ai poussé un soupir.

— OK, bon, si tu veux te comporter comme un bébé, je vais devoir te traiter comme tel, et je vais t'habiller comme j'habille Petra.

J'ai ramassé les vêtements et me suis approchée lentement du lit, espérant qu'un avertissement pourrait suffire à la secouer assez pour qu'elle obtempère, mais elle est restée immobile, le corps aussi lourd et inerte que possible, si bien que mon dos a protesté violemment lorsque j'ai commencé à l'habiller de force. Elle était aussi molle qu'une poupée de chiffon, mais cent fois plus lourde, et j'étais hors d'haleine quand je me suis enfin écartée. Sa jupe était de travers, ses cheveux emmêlés par le tee-shirt que je lui avais passé, mais elle était plus ou moins habillée, *stricto sensu*.

Finalement, décidant de profiter de sa passivité, je lui ai enfilé une chaussette à chaque pied et mis ses chaussures d'école.

— Voilà, ai-je dit, tentant d'éviter de laisser transparaître mon triomphe. Tu es habillée. Bien joué, Maddie. Maintenant, je vais descendre manger des Coco Pops avec Ellie, si tu veux nous rejoindre. Sinon, on se retrouve à la voiture dans quinze minutes.

— Je me suis pas brossé les dents, a-t-elle dit avec raideur, ne remuant que les lèvres.

J'ai poussé un petit rire.

— Je m'en f…

Je me suis arrêtée juste à temps et j'ai repris :

— Je m'en fais pas pour ça. Mais si ça te gêne…

Je suis allée à la salle de bains, dans le couloir, et j'ai mis un peu de dentifrice sur sa brosse, comptant la laisser décider. Mais quand je suis revenue, brosse en main, elle était assise sur le lit.

— Tu me le fais ? a-t-elle demandé d'une voix presque normale après la malveillance boudeuse de tout à l'heure.

J'ai froncé les sourcils. Ce n'était pas un peu vieux pour se faire brosser les dents, huit ans ? Que disait le classeur ? Je ne m'en souvenais pas.

— Heu… d'accord, j'ai dit enfin.

Elle a ouvert la bouche comme un petit oiseau docile et j'y ai introduit la brosse à dents, mais je ne la remuais que depuis quelques secondes qu'elle a détourné la tête et m'a craché en pleine figure, un mollard de glaire blanche parfumé à la menthe qui a glissé sur ma joue et mes lèvres et dégouliné sur mon haut.

Pendant une seconde, j'ai été incapable de parler, de dire quoi que ce soit, puis, avant que j'aie le temps de réfléchir à ce que j'étais en train de faire, ma main s'est dressée pour lui donner une gifle.

Elle a tressailli, et, avec ce qui m'a paru un effort surhumain, je me suis arrêtée à quelques centimètres de son visage. Je respirais vite et mal.

Ses yeux ont croisé les miens, et elle a éclaté d'un rire dépourvu de la moindre gaieté, une espèce de jubilation sans joie, grinçante, qui m'a donné envie de la prendre par les épaules et de la secouer.

Mon corps entier frémissait sous l'effet de l'adrénaline, et je savais que j'étais passée très, très près de me lâcher et de chasser ce rictus méprisant de ce petit visage satisfait de lui. Si ç'avait été ma fille, je l'aurais fait, aucun doute là-dessus. Ma rage était à son comble, absolue.

Mais je m'étais retenue. Je *m'étais* retenue.

De quoi ça aurait l'air sur les images de la caméra de surveillance, cependant, si Sandra observait ?

Je risquais de dire n'importe quoi, donc je me suis tue et me suis levée, laissant Maddie à son rire lugubre. Dans la salle de bains, toujours armée de la brosse à dents, les mains tremblantes, j'ai essuyé le dentifrice de mon visage et ma poitrine, et rincé les mouchetures de salive sur ma bouche.

Puis je me suis penchée sur le lavabo, laissant l'eau couler, une main de chaque côté du bac de porcelaine, sentant mon corps entier grelotter de sanglots refoulés.

— Rowan ?

La voix venait d'en bas, étouffée par le son de l'eau et mes propres convulsions de chagrin. C'était Jean McKenzie.

— Jack Grant attend dans la voiture.

— Je… J'arrive, ai-je réussi à lancer, espérant que mes larmes ne transparaissaient pas dans ma voix.

Je suis retournée dans la chambre où attendait Maddie.

— OK, Maddie, ai-je dit d'une voix aussi égale que je l'ai pu. C'est l'heure de l'école. Jack est dehors dans la voiture, ne le faisons pas attendre.

À ma stupéfaction la plus totale, elle s'est levée calmement, a saisi son cartable, et s'est dirigée vers l'escalier.

— Je peux prendre une banane pour la manger dans la voiture ? a-t-elle demandé par-dessus son épaule.

Je me suis surprise à approuver d'un hochement de tête, comme si rien ne s'était passé.

— Oui.

J'ai entendu ma propre voix, blanche et sans émotion, à mon oreille. Puis j'ai pensé : *je dois dire quelque chose. Je ne peux pas laisser passer ça.*

— Maddie, à propos de ce qui vient de se passer : tu *ne peux pas* cracher sur les gens comme ça, c'est dégoûtant.

— Quoi ?

Elle s'est tournée vers moi, l'image même de l'innocence bafouée.

— J'ai éternué. Je l'ai pas fait exprès.

Puis elle a fini de descendre l'escalier et s'est dirigée vers la voiture, comme si la lutte amère des vingt dernières minutes n'était qu'un pur produit de mon imagination.

En vérifiant que le siège bébé de Petra était bien fixé et en m'attachant à l'avant à côté de Jack, je me suis surprise à me demander qui avait remporté cette bataille. Puis j'ai été frappée par la perversité fondamentale de cette dynamique : ma relation avec cette fillette perturbée ne reposait pas sur le soin et l'affection, mais sur la compétition, la domination et le conflit.

Non. Quel que soit le résultat, je n'avais pas gagné. J'avais perdu à l'instant où j'avais laissé Maddie transformer la scène en affrontement.

Cependant, je ne l'avais pas frappée. Ce qui signifiait que, à tout le moins, j'avais triomphé de mon pire instinct.

Je n'avais pas laissé les démons l'emporter. Pas cette fois.

Lorsque le portail de l'école s'est refermé avec un bruit métallique, j'ai éprouvé une sorte de lâche soulagement et j'ai failli me laisser glisser sur le trottoir, le dos aux barres d'acier et le visage entre les mains.

J'avais réussi. J'avais *réussi.* Et à présent, ma récompense, c'était cinq heures de détente relative. J'avais toujours Petra, bien sûr, mais cinq heures avec elle, ce n'était rien comparé à la tristesse dérangeante d'Ellie et à la vendetta cruelle de Maddie.

Je suis tout de même parvenue à rester debout, et j'ai rejoint la petite rue où Jack attendait dans la voiture avec Petra.

— Mission accomplie ? a-t-il demandé lorsque je me suis coulée sur le siège avant.

Un grand sourire s'est formé sur mon visage. J'étais incapable de dissimuler mon soulagement.

— Oui. Elles sont derrière les barreaux pour quelques heures, en tout cas.

— Vous voyez ? Vous vous en sortez très bien, a-t-il commenté gentiment en démarrant.

Nous nous sommes écartés du trottoir avec le bourdonnement trop silencieux de la voiture, auquel je commençais à peine à m'habituer.

— Ça, je ne sais pas, ai-je dit avec un peu d'amertume.

Ça a été vraiment chaud de faire descendre Maddie, pour être honnête. Mais j'ai survécu à un autre matin, c'est le principal, j'imagine.

— Qu'est-ce que vous avez envie de faire maintenant ? a demandé Jack d'un ton pratique.

Nous roulions vers le centre de la petite ville où se trouvait l'école primaire.

— On peut rentrer direct à la maison, si vous avez des trucs à faire, ou on peut s'arrêter prendre un café, si ça vous dit ; je pourrais vous faire visiter un petit peu Carn Bridge.

— Une petite balade, ça serait super. Je n'ai pas vraiment eu l'occasion de voir grand-chose, à part Heatherbrae, et j'ai trouvé que Carn Bridge avait l'air très joli quand on a traversé le village.

— Oui, c'est très mignon. Et il y a un café sympa, le *Parritch Pot*. C'est à l'autre bout du village, mais il n'y a pas tellement de place pour se garer dans la rue, alors je vais laisser la voiture à côté de l'église et on n'aura qu'à y aller à pied par la grand-rue, je vous montrerai ce qu'il y a à voir.

Dix minutes plus tard, j'avais calé Petra tant bien que mal dans son cosy, nous marchions dans la rue principale de Carn Bridge, et Jack m'indiquait les boutiques et les pubs, saluant d'un signe de tête les quelques passants. C'était un petit bourg pittoresque, bâti à plus petite échelle, d'une certaine manière, que ce qu'on aurait cru de loin. Il y avait aussi des magasins désaffectés – une boucherie, et un autre qui ressemblait à une ancienne librairie ou papeterie. Jack a confirmé d'un hochement de tête quand je les ai désignés.

— Il y a beaucoup de grandes maisons dans les parages, mais les commerçants ont quand même du mal à s'en sortir. Les trucs pour touristes, ça va, mais les petites boutiques ne peuvent pas rivaliser avec les supermarchés pour les prix.

Le *Parritch Pot* était un joli petit salon de thé victorien juste au bout de la grand-rue, avec une clochette en cuivre qui a tinté lorsque Jack a ouvert la porte et me l'a tenue le temps que je manœuvre la poussette de Petra et entre.

À l'intérieur, une femme d'allure maternelle a fait le tour du comptoir pour venir nous accueillir.

— Jackie Grant ! Dis donc, ça fait un sacré bout de temps que t'es pas venu manger une part de gâteau. Comment ça va, mon ami ?

— Très bien, madame Andrews, merci. Et vous ?

— Bah, j'ai pas à me plaindre. Et qui est votre jeune amie ?

Elle m'a lancé un regard que je n'ai pas su déchiffrer exactement. Il y avait quelque chose de… *d'espiègle*, c'est le mot le plus exact qui m'est venu, comme si elle aurait pu ajouter quelque chose mais se retenait. Peut-être que c'était tout simplement de la bonne vieille curiosité. J'ai eu envie de lever les yeux au ciel. On n'était plus dans les années 1950. Un homme et une femme devaient bien avoir le droit de partager une tasse de thé sans déclencher les racontars, même dans un petit village comme Carn Bridge.

— Oh, c'est Rowan, a répondu Jack avec naturel. Rowan, je vous présente Mme Andrews, qui tient le salon de thé. Rowan est la nouvelle nurse de Heatherbrae, madame Andrews.

— Ah, c'est vous, ma chère, a dit Mme Andrews en souriant, l'air soulagée. Jean McKenzie m'a parlé de vous et ça m'est sorti de la tête. Espérons que vous êtes plus endurante que les autres filles.

— J'ai entendu dire qu'elles n'étaient pas restées longtemps, ai-je hasardé.

Mme Andrews a secoué la tête en riant.

— Non, effectivement. Mais vous n'avez pas l'air du genre à avoir peur de grand-chose.

J'ai réfléchi à ses mots en détachant Petra de son cosy et l'installant sur la chaise haute que Jack était allé chercher dans l'arrière-salle. Était-ce vrai ? Quelques jours plus tôt, j'aurais dit que oui. Mais à présent, en me revoyant tremblante, tétanisée dans mon lit, à écouter le *crac... crac...* des pas au-dessus de moi, je n'en étais plus si sûre.

Une fois que nous avons passé notre commande et nous sommes installés pour attendre nos boissons, j'ai demandé :

— Jack, vous savez ce qu'il y a au-dessus de ma chambre ?

— Au-dessus de votre chambre ? (Il a eu l'air étonné.) Non, je ne savais pas qu'il y avait un étage de plus. C'est quoi, un genre de grenier ?

— Je ne sais pas, je n'y suis jamais montée. Mais il y a une porte fermée à clé dans ma chambre, je suppose qu'elle donne dedans, et... eh bien...

J'ai dégluti, ne sachant trop comment formuler ma phrase.

— J'ai cru... enfin, j'ai entendu des bruits bizarres, il y a deux nuits.

— Des rats ? a-t-il demandé, un sourcil dressé.

J'ai haussé les épaules, trop gênée pour avouer la vérité.

— Je ne sais pas. Peut-être. Mais peut-être pas. Ça semblait...

J'ai dégluti de nouveau, tentant de retenir le mot qui me brûlait la langue – *humain*.

— Plus gros.

— Ils font un sacré boucan, la nuit, ou en tout cas ils en sont capables. J'ai un tas de vieilles clés, quelque part ; vous voulez que j'essaie d'aller voir cet après-midi ?

— Merci.

Il y avait quelque chose de rassurant à confier ma peur, fût-ce avec la plus grande prudence, et même si je me sentais un peu idiote maintenant que les mots avaient quitté mes lèvres. Après tout, qu'allais-je trouver là-haut si ce n'était de la poussière et de vieux meubles ? Mais ça ne pouvait pas faire de mal, et peut-être y avait-il une explication simple – une fenêtre restée ouverte, un vieux rocking-chair qui se balançait dans un courant d'air, une lampe agitée par le vent.

— C'est vraiment gentil.

— Et voilà.

La voix venait de derrière et je me suis tournée pour voir Mme Andrews apporter nos deux cafés, de vrais cappuccinos, préparés par un être humain, pas une foutue appli. J'ai porté ma tasse à mes lèvres et bu une longue gorgée qui m'a brûlé un peu la gorge, me réchauffant de l'intérieur. Pour la première fois depuis plusieurs jours, j'ai senti mon assurance revenir.

— Il est super bon, merci, ai-je dit à Mme Andrews.

Elle a eu un grand sourire indulgent.

— Oh, avec plaisir. Je suppose que ça ne vaut pas la machine sophistiquée de M. et Mme Elincourt à Heatherbrae, mais on fait de notre mieux.

— Au contraire, ai-je répliqué.

J'ai ri en pensant à quel point j'étais soulagée d'avoir affaire à une personne en chair et en os, pour une fois.

— En fait, leur cafetière est un peu trop sophistiquée pour moi. Je n'y pige que dalle.

— D'après ce que raconte Jean McKenzie, toute la maison est un peu comme ça, non ? Elle dit que rien que pour allumer la lumière, c'est toute une histoire.

J'ai souri, échangeant un bref regard avec Jack, mais je n'ai rien dit.

— Bon, ce n'est pas le genre d'aménagements que j'aurais fait, mais au moins, c'est bien qu'ils aient repris la maison, a conclu Mme Andrews.

Elle s'est essuyé les mains sur son tablier.

— Il n'y a pas grand monde dans la région qui s'y serait collé, avec toute cette histoire.

— Quelle histoire ?

J'ai levé les yeux, surprise, mais elle a repoussé ma question d'un geste.

— Bah, m'écoutez pas. Je suis juste une vieille bavarde.

Mais il y a quelque chose avec cette maison, vous comprenez. Elle a pris la vie de plus d'un enfant. La petite fille du médecin n'était pas la première, aux dires de tous.

— Qu'entendez-vous par là ?

J'ai bu une nouvelle gorgée de café, tentant d'apaiser le malaise qui montait en moi.

— À l'époque où c'était Struan House, a continué Mme Andrews, baissant la voix, les Struan étaient une très vieille famille, et ils n'étaient pas tout à fait… (Elle a plissé délicatement les lèvres.) Enfin, pas tout à fait sains d'esprit. L'un d'entre eux a tué sa femme et son enfant. Il les a noyés tous les deux dans la baignoire, et il y en a un autre qui s'est supprimé avec son propre fusil en revenant de la guerre.

Mon Dieu ! J'ai eu une brève vision de la salle de bains familiale luxueusement aménagée de Heatherbrae, avec la baignoire surdimensionnée et le carrelage marocain. Ça ne pouvait pas être la même baignoire, mais il n'était pas impossible que ce soit la même pièce.

— J'ai entendu dire qu'il y avait eu… un empoisonnement, ai-je émis, mal à l'aise, et elle a opiné.

— Oui, ça, c'était le médecin, le docteur Grant. Il a repris la maison dans les années 1950, quand le dernier des Struan l'a vendue pour aller s'installer à l'étranger. Il a empoisonné sa petite fille, ou c'est ce qu'on raconte. Certains disent que c'était un accident, d'autres…

Mais elle a laissé sa phrase en suspens. Une autre personne était entrée, faisant tinter la clochette au-dessus de la porte, et Mme Andrews a lissé son tablier et s'est détournée avec un sourire.

— Mais écoutez-moi radoter. C'est juste des racontars et des superstitions idiotes. Vous devriez pas y prêter attention. Oh, bonjour, Caroline. Qu'est-ce que je vous sers ce matin ?

Je l'ai regardée s'éloigner pour aller servir sa cliente, me demandant ce qu'elle avait voulu dire. Mais je me suis reprise. Elle avait raison. Ce n'était *rien d'autre* que de la superstition. Toutes les maisons ayant un passé avaient connu leur lot de décès et de tragédies, et le fait qu'un enfant soit mort à Heatherbrae ne signifiait rien.

Cependant, les mots d'Ellie ont retenti dans ma tête quand j'ai rattaché le bavoir sous le menton de Petra et sorti le bocal de gâteaux de riz.

Il y avait une autre petite fille.

Nous avons pris le plus long chemin pour rentrer à Heatherbrae, longeant des ruisseaux couleur tourbe et traversant des forêts de pin mouchetées par le soleil. Petra somnolait derrière et Jack me montrait les curiosités locales : un château en ruine, un fort abandonné, une gare victorienne désaffectée. Au loin, on apercevait les montagnes, et j'ai tenté de retenir les noms des sommets que m'indiquait Jack.

— Vous aimez la randonnée en montagne ? a-t-il demandé.

Nous attendions le passage d'un camion à l'intersection avec la route principale, et je me suis rendu compte que je ne connaissais pas la réponse à sa question.

— Je… eh bien, je ne sais pas trop, à vrai dire. Je n'en ai jamais fait. J'aime bien marcher, cependant. Pourquoi ?

— Oh… Eh bien…

Il a hésité, tout à coup, et quand je me suis tournée vers lui, j'ai remarqué que ses pommettes avaient rougi légèrement.

— Je me disais juste… vous savez… quand Sandra et Bill seront revenus et que vous aurez vos week-ends pour vous, on pourrait… je pourrais vous emmener au sommet d'un des Munros. Si ça vous dit.

— Je… oui. (C'était mon tour de rougir.) Oui, ça me plairait. Enfin, si ma lenteur ne vous dérange pas… Faudrait que je me trouve des bottes et tout ça.

— Oui, il vous faudra de bonnes chaussures. Et des habits imperméables. Le temps peut changer très vite dans la montagne. Mais…

Son portable a émis un petit gazouillis. Il y a jeté un coup d'œil, a fait la grimace et me l'a passé.

— Désolé, Rowan. C'est Bill. Vous voulez bien me lire son message ? Je ne veux pas le faire en conduisant, mais normalement il n'envoie de texto qu'en cas d'urgence.

J'ai appuyé sur le message sur l'écran d'accueil, et un aperçu est apparu. C'était tout ce que je pouvais voir sans déverrouiller le téléphone, mais ça suffisait.

Jack, besoin urgent du dossier Pemberton d'ici ce soir. Merci de l'apporter séance tenante…

— Merde, a lâché Jack.

Il a jeté un regard coupable, dans le rétroviseur, vers Petra qui dormait.

— Désolé, je ne voulais pas être grossier, mais ça fiche mon après-midi et ma soirée en l'air, plus une grande partie de la journée de demain. J'avais des projets.

Je ne lui ai pas demandé lesquels. J'ai ressenti seulement un pincement de… pas vraiment de chagrin… ni de peur… mais une sorte de malaise à l'idée qu'il allait être absent et que je me retrouverais seule avec les enfants pendant près de vingt-quatre heures, le temps que Jack fasse la route, se repose et revienne.

Cela signifiait autre chose, de plus, je m'en suis rendu compte tandis que nous émergions du tunnel sombre des pins dans le soleil de juin : pas possible d'essayer la porte du grenier avant son retour.

Jack a pris la route presque aussitôt que nous sommes rentrés, et même si j'avais accepté avec gratitude sa proposition d'emmener les chiens, ce qui me soulageait de la responsabilité de les nourrir et de les promener en plus de tout le reste, il régnait après leur départ un silence étrange, angoissant. J'ai fait manger Petra et l'ai couchée pour sa sieste, puis je me suis installée un moment dans la cuisine immense, tapotant nerveusement sur la table en regardant le ciel changer par les hautes fenêtres. La vue était vraiment incroyable et, en plein jour, comme ça, je pouvais comprendre pourquoi Sandra et Bill avaient scindé la maison en deux et sacrifié l'architecture victorienne au profit de cette vaste étendue de collines et de lande.

Cependant, cela laissait une curieuse sensation de vulnérabilité, car la façade solide donnait une impression de netteté intacte, mais derrière, on aurait cru qu'elle avait été arrachée, exposant les entrailles de la maison. Comme un patient qui, tout habillé, semble guéri, mais dont on s'aperçoit quand il lève sa chemise que ses plaies n'ont pas été recousues, et qu'elles saignent. Il y avait une impression étrange de dédoublement de personnalité, aussi, comme si la maison faisait tout pour être une chose tandis que Sandra et Bill la tiraient sans relâche dans la direction opposée, amputant des membres, pratiquant des opérations à cœur ouvert sur sa vénérable carcasse, et tentant de la transformer en autre chose contre sa propre volonté : une bâtisse moderne, stylée et sophistiquée, qui ne correspondait pas du tout à sa vocation, quand ce qu'elle voulait, c'était être une demeure solide et modeste.

Les fantômes n'aimeraient pas ça… J'ai entendu une nouvelle fois la petite voix grêle de Maddie prononcer ces mots, et j'ai secoué la tête. Des fantômes ! Quelle absurdité ! Des légendes folkloriques et des rumeurs, et un vieil homme triste qui avait vécu là après la mort de son enfant.

C'est surtout par désœuvrement que j'ai pris mon portable et tapé « Heatherbrae, enfant mort, jardin vénéneux ».

Les premiers résultats étaient hors sujet, mais en faisant

défiler les liens, je suis tombée sur un blog consacré à la région, rédigé par une espèce d'historien amateur.

STRUAN – Struan House (désormais rebaptisée Heatherbrae), près de Carn Bridge, en Écosse, constitue également une curiosité pour les passionnés d'histoire. Il s'agit en effet d'un des derniers exemples de jardins vénéneux du Royaume-Uni (à l'instar de celui d'Alnwick Castle, dans le Northumberland). Planté initialement par le chimiste analytique Kenwick Grant dans les années 1950, on estime qu'il présente certains des spécimens les plus rares et les plus toxiques de plantes domestiques, avec un accent mis sur les variétés originaires d'Écosse. Malheureusement, le jardin est tombé en décrépitude après la mort de la fille de Grant, Elspeth, qui est décédée en 1973 à l'âge de onze ans après avoir, selon la rumeur locale, ingéré l'une des plantes du jardin. Bien qu'en son temps, le docteur Grant l'ait occasionnellement ouvert aux chercheurs et curieux, il a condamné l'entrée du jardin après la disparition de sa fille et, à sa propre mort, en 2009, la maison a été revendue à un particulier. Depuis lors, Struan a été rebaptisée Heatherbrae, et il semblerait que la propriété ait fait l'objet de rénovations considérables. On ne sait pas ce qu'il est advenu du jardin vénéneux, mais on peut espérer que les propriétaires actuels apprécient l'importance botanique et historique de cet élément du patrimoine écossais, et préservent l'héritage du docteur Grant avec le respect qu'il mérite.

Il n'y avait pas de photo, mais je suis retournée sur Google et j'ai entré « docteur Kenwick Grant ». C'était un nom rare, il y avait peu de résultats, et la plupart des images semblaient représenter la même personne. La première était un portrait en noir et blanc d'un homme d'une quarantaine d'années, avec un bouc bien taillé et des petites lunettes rondes, debout devant ce qui ressemblait au portail en fer forgé du jardin clos dans lequel Maddie, Ellie, Petra et moi étions entrées la veille. Il avait le visage d'un homme qui ne devait pas sourire facilement, et dont les traits dégageaient une gravité naturelle ainsi qu'une espèce de fierté.

La photo suivante offrait un triste contraste. C'était encore un portrait en noir et blanc, du même homme, mais cette fois le docteur Grant avait passé la cinquantaine et son expression était complètement différente : un masque de chagrin, ou de peur, ou de colère, ou un mélange des trois. Il semblait se ruer vers un photographe invisible, la main tendue, soit pour repousser l'appareil, soit pour se protéger, c'était difficile à dire. Derrière le bouc, sa bouche apparaissait figée en une grimace mauvaise qui m'a fait sursauter, en dépit de l'écran minuscule et des décennies écoulées.

La dernière photo était en couleur, un cliché qui semblait avoir été pris entre les barreaux d'un portail. On voyait un vieillard courbé par l'âge, vêtu d'une salopette beige et d'un chapeau à large bord qui abritait son visage. Extrêmement maigre, pour ainsi dire émacié, il s'appuyait sur une canne, et ses lunettes étaient épaisses et embuées, mais il fixait farouchement la personne qui prenait la photo, sa main libre dressée en un poing osseux comme une menace. J'ai cliqué sur la photo pour tenter de la resituer dans son contexte, mais il n'y en avait pas. C'était juste une page Pinterest, sans précision sur la provenance de l'image. *Dr Kenwick Grant, 2002*, indiquait simplement la légende.

En refermant Google, l'émotion qui l'emportait en moi sur toutes les autres était une sorte de tristesse inconsolable, pour le docteur Grant, pour sa fille, et pour cette maison, où tout cela s'était produit.

Incapable de rester plus longtemps dans ce tête-à-tête silencieux avec mes pensées, je me suis levée, j'ai empoché le babyphone, et j'ai pris une pelote de ficelle de cuisine dans le tiroir à côté de la cuisinière. Je suis sortie par la buanderie et j'ai repris le chemin que les filles m'avaient montré la veille.

Le soleil du matin s'était caché et j'avais froid quand je suis parvenue au sentier pavé qui menait au jardin vénéneux. C'était étrange de penser qu'on était en juin : à Londres, j'aurais été en sueur, en jupe courte et haut sans manches, en train de maudire la clim pourrie de Little Nippers. Ici, à mi-chemin du cercle polaire, je commençais à regretter de n'avoir pas apporté mon manteau. Le babyphone était silencieux dans ma poche lorsque j'ai atteint la grille et glissé la main entre les barreaux pour tenter de faire sauter le loquet comme l'avait fait Ellie.

C'était plus difficile que je ne l'aurais cru à la voir. Pas seulement parce que l'espace entre les tiges de fer forgé était trop étroit pour que ma main y passe facilement, mais aussi à cause de l'angle. Même une fois que j'ai pu entrer mes doigts, poussant un juron lorsque la rouille a arraché la peau de mes jointures, je n'ai pas réussi à atteindre le loquet.

J'ai changé de position et me suis mise à genoux sur les pavés humides, sentant le froid traverser mes collants extrafins. J'ai appuyé encore plus fort… et la porte s'est enfin ouverte avec un grand bruit métallique, sur quoi je suis presque tombée en avant sur les briques usées.

Il était difficile de croire que j'aie pu le prendre pour un jardin ordinaire. Maintenant que j'en connaissais l'histoire, je voyais les signaux d'alarme partout. Les grosses baies noires des lauriers, les fines aiguilles des ifs, les parcelles disséminées de digitales à la pousse spontanée, les buissons d'orties que j'avais pris pour des mauvaises herbes la première fois mais qui, je le constatais à présent, portaient une petite plaque métallique bien enfoncée dans la terre, avec l'appellation *Urtica dioica*. Et d'autres, aussi, que je n'ai pas identifiées, une plante aux fleurs mauves flamboyantes, une autre qui m'a piquée comme de petites aiguilles lorsque ma jambe l'a effleurée. Un carré d'herbes qui ressemblaient à de la sauge mais devaient être tout autre chose. Et derrière la porte d'une cabane délabrée, j'ai découvert une profusion de champignons vénéneux, de différentes couleurs, qui poussaient d'une manière anarchique.

Je n'ai pu réprimer un mouvement de recul en sentant une odeur de bois pourri. Face à toutes ces plantes si menaçantes et inconnues pour la plupart, je me devais de me protéger en évitant de les toucher ou d'entrer en contact avec elles.

Ce n'est qu'en m'apprêtant à repartir que j'ai remarqué autre chose : un sécateur, posé sur le petit muret de brique qui retenait l'un des parterres. Il était neuf et chromé, pas du tout rouillé, et en levant les yeux, j'ai constaté que le buisson au-dessus de ma tête avait été taillé suffisamment pour dégager le chemin. Et plus loin, j'ai vu qu'on avait attaché une branche de plante grimpante à l'aide d'un bout de ficelle.

En fait, plus j'ouvrais l'œil, plus j'en étais certaine : le jardin n'était pas aussi négligé qu'il en avait l'air. Quelqu'un s'en occupait, et pas un enfant. Maddie et Ellie n'auraient jamais pensé à trancher net cette branche pendante ; elles l'auraient arrachée, ou seraient passées dessous en baissant la tête, si même elles étaient assez grandes pour la remarquer.

Alors qui ? Pas Sandra. J'en étais certaine. Jean McKenzie ? Jack Grant ?

Son nom m'a soudain frappée curieusement. Jack… Grant.

Ce n'était pas un nom rare, en particulier dans la région, mais quand même. Docteur Kenwick Grant. Se pouvait-il vraiment qu'il s'agisse d'une coïncidence ?

Tandis que je me posais cette question, perplexe, le babyphone a émis un petit grognement dans ma poche, me rappelant à la réalité.

J'ai ramassé le sécateur, j'ai regagné le portail à la hâte

et le *clang* qui a retenti lorsque je l'ai refermé a effarouché une volée d'oiseaux qui ont quitté les pins sur la pente, un peu plus haut, pour s'élancer vers le ciel, et le bruit s'est répercuté sur les collines d'en face, mais j'étais trop pressée à présent pour m'en soucier.

Sortant la ficelle de ma poche, j'en ai coupé une longueur généreuse et je me suis mise sur la pointe des pieds. J'ai commencé à l'enrouler, en faisant de nombreux tours, au sommet du portail, au-dessus de ma tête, trop haut pour un enfant, la passant plusieurs fois de chaque côté des barreaux de fer forgé avant de la fixer au linteau en brique du dessus, jusqu'à ce que j'aie utilisé toute la longueur et que le portail soit complètement protégé. Puis j'ai fait un nœud de vache, enroulant les bouts autour de mes doigts et tirant si fort qu'ils sont devenus tout blancs.

Le babyphone a gémi une nouvelle fois dans ma poche, avec plus de détermination cette fois, mais j'étais sûre à présent que le portail était sécurisé et qu'à moins d'avoir une échelle, Maddie et Ellie ne pourraient jamais entrer dans le jardin. J'ai rangé le sécateur dans ma poche, sorti mon téléphone et appuyé sur le haut-parleur de l'appli Happy.

— J'arrive, Petra. Là, là, ne pleure pas, ma chérie, tout doux. J'arrive.

Et j'ai couru jusqu'à la maison sur le chemin pavé.

Les quelques heures suivantes ont été occupées par Petra, puis à chercher à comprendre comment conduire la Tesla pour aller chercher les filles à l'école. Jack avait pris la voiture secondaire des Elincourt, un Land Rover, et m'avait donné un cours accéléré avant de partir, mais indéniablement, ce n'était pas le genre de voiture auquel j'étais habituée, et il m'a fallu quelques kilomètres pour m'y faire : pas d'embrayage, pas de vitesses, et une décélération bizarre chaque fois qu'on retirait le pied de l'accélérateur.

Les filles étaient toutes deux fatiguées après leur journée d'école. Elles n'ont rien dit sur la route de la maison, et l'après-midi et la soirée se sont déroulés sans incident. Elles ont dîné, joué sur la tablette à tour de rôle, puis se sont mises en pyjama et se sont couchées quasi sans piper mot. Quand je me suis approchée de leur chambre à 20 heures pour éteindre leurs lumières et les border, j'ai entendu une voix adulte dans la sono.

J'ai d'abord cru qu'elles écoutaient un livre audio, mais j'ai entendu Maddie dire quelque chose, sa petite voix inaudible à travers la porte, et la voix amplifiée a répliqué :

— Oh, ma chérie, bravo ! Dix sur dix ! Je suis très fière de toi. Et toi, Ellie ? Tu as travaillé ton orthographe aussi ?

C'était Sandra. Elle s'était branchée sur la chambre des filles et leur parlait avant qu'elles s'endorment.

Pendant un instant, je suis restée devant la porte, la main sur la poignée, écoutant leur conversation, espérant à moitié – et redoutant de même – d'entendre quelque chose me concernant.

Mais Sandra a juste dit aux filles de se laisser aller, lumières baissées, et de chanter une berceuse.

Il y avait quelque chose de si intime, si personnel dans cet acte simple, la voix de Sandra qui hésitait un peu dans les notes aiguës ou trébuchait sur un mot, que j'ai eu l'impression d'être indiscrète. J'avais envie, par-dessus tout, d'ouvrir la porte, d'entrer à pas de loup et de faire un câlin à Maddie et Ellie, d'embrasser leurs petits fronts chauds et de leur dire la chance qu'elles avaient d'avoir une mère qui au moins *voulait* être là, même si elle ne le pouvait pas.

Mais je savais que ça briserait l'illusion de sa présence, donc je me suis retirée. Si Sandra voulait me parler, elle composerait le numéro de la cuisine quand elle aurait terminé.

J'ai mangé et débarrassé la table en attendant, un peu nerveusement, que le son de sa voix retentisse, crépitante, dans la sono, mais en vain. À 21 heures, la maison était silencieuse, j'ai tout fermé et je suis montée avec la sensation de marcher sur des œufs.

Après m'être brossé les dents et avoir éteint les lumières, je me suis allongée, courbatue d'épuisement. J'avais mon portable à la main, mais au lieu de le brancher et de m'endormir tout de suite, j'ai de nouveau entré le nom du docteur Grant sur Google.

J'ai fixé sa photo pendant un long moment, pensant aux paroles de Mme Andrews au salon de thé. Le contraste entre la première et la dernière image avait quelque chose de prenant, qui évoquait de longues nuits de chagrin et de souffrance, peut-être dans cette chambre même. À quoi avait pu ressembler sa vie, pendant toutes ces années, avec tous les racontars qui circulaient sur son compte et les souvenirs de sa fille, si pénibles et douloureux ?

Je suis retournée sur la page d'accueil et j'ai entré « Elspeth Grant mort Carn Bridge ».

Dans les liens qui sont apparus, pas de photo, du moins à première vue. Et elle n'avait pas eu droit à une nécrologie très fournie, juste un entrefilet dans le *Carn Bridge Observer* (désormais disparu) qui annonçait qu'Elspeth Grant, la fille adorée du docteur Kenwick Grant et de feu Alisa Grant, était décédée à l'hôpital St. Vincent's Cottage le 21 octobre 1973, à l'âge de onze ans.

Un autre article, datant de quelques semaines plus tard, cette fois dans l'*Inverness Gazette*, signalait les résultats d'une autopsie et d'une enquête sur la mort d'Elspeth. Il semblait qu'elle soit morte d'avoir consommé du *Prunus laurocerasus*, autrement dit des baies de laurier-cerise, dont on avait accidentellement fait de la confiture. Apparemment, un glaneur inexpérimenté pouvait facilement confondre ces fruits avec des cerises ou des baies de sureau, et on pensait que l'enfant les avait ramassées elle-même et apportées à la gouvernante, qui les avait placées dans la casserole sans vérifier. Le docteur Grant ne mangeait jamais de confiture lui-même, préférant le porridge et le salé, et la gouvernante n'habitait pas à la maison et prenait ses repas chez elle, au village. Quant à la nurse d'Elspeth, elle avait donné sa démission près de deux mois avant l'incident, donc la fillette avait été la seule à ingérer le poison. Elle s'était sentie mal presque immédiatement et était morte d'un syndrome de défaillance multiviscérale, malgré les efforts déployés pour la sauver.

Un verdict de décès accidentel avait été rendu, et personne n'avait été poursuivi.

Donc, Elspeth était forcément la seule personne qui risquait de manger la confiture. Je voyais comment les ragots étaient apparus, mais je ne comprenais pas trop pourquoi les accusations s'étaient portées contre le docteur Grant et pas la gouvernante. Peut-être parce qu'elle était du coin. Et la nurse ? Elle avait démissionné « juste deux mois auparavant », selon l'auteur de l'article, qui parvenait à formuler ça de façon à la fois innocente et suspecte. Mais sans doute n'avait-elle rien à voir avec l'histoire, sans quoi son nom aurait été évoqué dans l'enquête. Son absence était simplement mentionnée pour expliquer qu'Elspeth ait été seule quand elle avait cueilli les baies, avec ainsi plus de risques de commettre une erreur dans l'identification des fruits.

Plus je réfléchissais, cependant, plus il me semblait curieux qu'Elspeth ait récolté ces baies par accident. J'avais grandi en banlieue dans les années 1990, et le ramassage des fruits n'avait certes pas été une de mes activités principales, mais même moi, j'avais une vague idée de la différence entre les baies de laurier-cerise et les baies de sureau. La fille d'un expert en poisons, possédant un jardin explicitement consacré aux plantes toxiques, aurait-elle vraiment commis une erreur pareille ?

En relisant l'article, j'ai éprouvé un élan de sympathie pour la nurse, le chaînon manquant dans l'affaire. Elle n'était pas interviewée, et on ne disait pas ce qu'elle était devenue. Mais elle avait échappé, à quelques semaines près, à la possibilité d'être embringuée dans un scandale. Quel avenir pour une nurse si un enfant était mort sous sa responsabilité ? Très sombre, assurément.

Je ne sais pas quand je me suis finalement assoupie, portable à la main, mais je sais qu'il était très tard quand un bruit soudain m'a tirée du sommeil. C'était un *ding-dong*, comme un coup de sonnette, pas l'une de mes alertes habituelles. Je me suis redressée, frotté les yeux, et me suis aperçue que le bruit venait de mon téléphone. J'ai consulté l'écran. L'appli Happy clignotait. *Sonnette entrée*, disait l'écran. Ça a recommencé, un *ding-dong* grave qui semblait en mesure de passer outre tous mes réglages mis sur « Ne pas déranger ». Quand j'ai cliqué sur l'icône, un autre message est apparu : *Ouvrir porte ? Confirmer/Annuler*.

J'ai aussitôt cliqué sur « Annuler » et lancé l'icône caméra. L'écran m'a montré la porte d'entrée, mais la lumière extérieure n'était pas allumée, et sous l'abri du porche, je ne voyais qu'une obscurité diffuse. Jack était-il rentré ? Avait-il oublié ses clés ? Dans tous les cas, lorsque la sonnette a retenti une troisième fois, j'ai entendu le tintement dans l'escalier, et pas seulement sur mon portable, et j'ai su qu'il me fallait répondre avant que les filles se réveillent.

Il régnait un froid anormal et j'ai enfilé ma robe de chambre avant de descendre au rez-de-chaussée à pas feutrés sur l'épais tapis de l'escalier, à tâtons dans la pénombre, ne voulant pas allumer de peur de réveiller les filles. Dans le couloir, j'ai bataillé une seconde avec le panneau de reconnaissance digitale, et la porte s'est ouverte silencieusement pour révéler… rien.

Il faisait très noir. La place de parking du Land Rover était toujours vide, et aucune des lumières à capteur de mouvement du jardin n'était allumée, même si celle du porche s'est déclenchée dès que j'ai franchi le seuil. J'ai mis une main sur mes yeux pour les protéger de son éclat aveuglant, et j'ai regardé le jardin et l'allée, frissonnant légèrement dans l'air frais nocturne. Rien. Il n'y avait pas d'éclairage dans l'appartement de Jack non plus. Est-ce que la sonnette s'était déclenchée par erreur ?

J'ai refermé la porte et commencé à revenir vers ma chambre, mais je n'étais pas à la moitié du deuxième escalier que la sonnette a de nouveau retenti.

Zut.

Avec un soupir, j'ai resserré la ceinture de ma robe de chambre et suis redescendue, en hâte cette fois.

Mais quand je suis de nouveau parvenue à ouvrir, il n'y avait encore personne.

J'ai claqué la porte plus fort que je n'en avais l'intention, ma fatigue exacerbant mon agacement, et je me suis immobilisée dans le vestibule sombre, retenant ma respiration et tendant l'oreille, à l'affût d'un bruit venant de là-haut, les cris de Petra, peut-être. Mais rien ne s'est produit.

Néanmoins, au lieu de remonter directement dans mon lit, je me suis arrêtée pour jeter un coup d'œil dans sa chambre. Petra dormait paisiblement. Je suis ensuite passée vérifier celle de Maddie et Ellie. À la lueur douce de leur veilleuse, je les ai vues toutes deux profondément endormies, leurs cheveux en sueur éparpillés sur l'oreiller, leurs petites bouches angéliques entrouvertes, leurs légers ronflements dérangeant à peine le silence. Elles semblaient si petites et vulnérables dans leur sommeil, toutes les deux, que je m'en suis voulu de m'être mise en colère contre Maddie dans la matinée. Je me suis promis de faire mieux le lendemain, de me rappeler à quel point elle était jeune, et combien ça devait être déroutant d'être laissée sous la garde d'une femme qu'elle connaissait à peine. Quoi qu'il en soit, ce n'était pas elles qui jouaient avec la sonnette ; j'ai tiré la porte et je suis retournée me coucher.

Il faisait encore très froid, et quand j'ai refermé derrière moi, les rideaux se sont gonflés et j'ai compris pourquoi. La fenêtre était ouverte.

Je m'en suis approchée, perplexe.

Elle était béante, comme si quelqu'un avait voulu aérer la pièce, la guillotine remontée aussi haut que possible. Presque comme si quelqu'un s'était penché là pour fumer une cigarette – l'idée était absurde, mais elle m'est venue spontanément.

Rien d'étonnant à ce qu'il gèle. Bon, c'était facile à résoudre, au moins, en tout cas plus facile que de batailler avec le tableau de bord. Les rideaux, portes, lampes, portails, et même la cafetière de cette maison étaient peut-être automatisés, mais les fenêtres étaient encore d'origine, de style victorien, et se manœuvraient à la main, Dieu merci.

J'ai baissé la guillotine d'un coup, mis le loquet de cuivre, puis je suis allée me réfugier dans le sanctuaire encore chaud de ma couette de plumes, frissonnant agréablement en me glissant dans ses plis.

Je commençais à m'assoupir lorsque j'ai entendu… pas la sonnette, cette fois, mais un *craaac* isolé, un seul.

Je me suis redressée, téléphone serré contre la poitrine. Merde. Merde merde *merde*.

Mais le son ne s'est pas reproduit. Avais-je rêvé ? Étaient-ce les pas qui m'avaient réveillée la nuit précédente, ou autre chose ? Juste une branche dans le vent, peut-être, ou un craquement du plancher ?

Subisssant l'afflux de sang dans mes oreilles, je me suis rallongée, toujours agrippée à mon téléphone, et j'ai fermé les yeux.

Mais tous mes sens étaient en alerte rouge, et dormir

semblait exclu. Pendant plus de quarante minutes, je suis restée allongée là, sentant mon pouls cogner et mes pensées s'emballer dans un mélange de paranoïa et de superstitions folles.

Et, comme je le craignais et l'attendais, ça a recommencé.

Craaaaac…

Puis, après une pause imperceptible, *crac… crac… crac…*

Cette fois, il n'y avait pas de doute : c'étaient des pas.

J'ai eu une telle montée d'adrénaline que j'ai d'abord cru m'évanouir, mais la colère l'a emporté. J'ai bondi du lit, me suis précipitée vers la porte verrouillée dans le coin de la pièce, et me suis mise à genoux pour regarder par le trou de serrure.

Je me sentais affreusement vulnérable, accroupie en pyjama, un œil pressé sur un trou noir, et pendant un instant, j'ai eu la vision dérangée et dérangeante de quelqu'un qui enfoncerait quelque chose dans le trou, un cure-dent par exemple, ou un crayon bien taillé, crevant ma cornée, et je me suis reculée, battant des paupières, les yeux larmoyants à cause de la poussière et de l'air sec.

Mais il n'y avait rien. Pas de cure-dent pour m'aveugler diaboliquement. Rien à voir non plus. Juste une obscurité totale, et un courant d'air plein de poussière et rance venu du grenier. Même en supposant un virage dans l'escalier, ou une porte fermée avec une lumière allumée dans le grenier proprement dit, une certaine clarté serait venue polluer les ténèbres de l'escalier. Mais on ne décelait pas la moindre lueur. S'il y avait quelqu'un là-haut, je ne sais pas ce qu'il fabriquait, mais il le faisait dans le noir.

Crac… crac… crac… ça a recommencé, un son intolérable par sa régularité. Puis une pause, et de nouveau *crac… crac… crac…*

— Je vous entends ! ai-je crié enfin.

J'étais incapable de rester à écouter dans le silence et la

peur une minute de plus. J'ai plaqué ma bouche contre le trou de serrure, la voix tremblant d'un mélange de terreur et de colère.

— Je vous entends ! Qu'est-ce que vous foutez là-haut, pauvre cinglé ? Comment osez-vous ? J'appelle la police, alors vous feriez bien de dégager de là !

Mais les pas n'ont pas cessé. Ma voix s'est éteinte comme si j'avais crié dans le vide. *Crac… crac… crac…* et, comme auparavant, une brève pause, puis ça reprenait, sans perdre le rythme le moins du monde. *Crac… crac… crac…* Et je savais bien, au fond, que je n'allais pas appeler la police. Qu'est-ce que j'irais raconter ? « Au secours, monsieur l'agent, j'entends un craquement dans mon grenier » ? Le poste de police le plus proche se trouvait à Inverness, et ils n'allaient sûrement pas prendre des appels non urgents au milieu de la nuit. Ma seule option, c'était le numéro de Police secours et même dans mon état de panique, je me doutais de ce que dirait le standardiste si une femme hystérique téléphonait à cette heure-là en affirmant entendre des bruits inquiétants dans son grenier.

Si seulement Jack était là, si seulement *quelqu'un* était là, à part trois petites filles que j'étais payée pour protéger, pas pour effrayer encore davantage.

Bordel. D'un coup, je n'ai plus supporté ça, et j'ai compris les terreurs glaçantes qui avaient poussé les quatre nurses précédentes à la démission. Être couchée là, nuit après nuit, en fixant cette porte fermée dans la pénombre, ce trou de serrure donnant sur les ténèbres…

Je pouvais aller dormir dans le salon, mais si les bruits se produisaient là-bas aussi, j'avais peur de perdre complètement la tête. En outre, l'idée que ces pas se poursuivaient dans le grenier pendant que je dormais en dessous, sans le savoir était presque pire. Au moins, si j'étais là à surveiller, ce qui se trouvait là-haut ne pouvait pas…

J'ai dégluti, la gorge sèche.

J'avais les mains moites, et je n'ai pu aller jusqu'au bout de ma pensée.

Je n'allais pas pouvoir me rendormir cette nuit-là, je le savais à présent.

Je me suis enveloppée dans la couette, grelottante, j'ai allumé la lumière, et je me suis installée, téléphone en main, pour écouter le son régulier, rythmique, des bruits au-dessus de ma tête. Et j'ai pensé au docteur Grant, le vieil homme qui avait vécu ici avant et dont Sandra et Bill avaient fait du mieux qu'ils pouvaient pour effacer la présence, à part cet affreux jardin vénéneux, derrière son portail verrouillé.

Sauf, peut-être, également, ces pas dans le grenier la nuit, quelle que soit leur origine.

J'ai de nouveau entendu les mots, la petite voix froide, détachée, de Maddie, comme si elle me chuchotait à l'oreille. *Au bout d'un moment, il a arrêté de dormir. Il faisait les cent pas toute la nuit. Puis il est devenu fou. Les gens deviennent fous, tu sais, si on les empêche de dormir pendant suffisamment longtemps.*

Étais-je en train de devenir folle ? Était-ce ce qui se passait ?

C'était ridicule. On ne devient pas fou au bout de deux nuits de privation de sommeil. J'en rajoutais, là.

Et pourtant, lorsque les pas ont retenti de nouveau, lents et obstinés, j'ai senti une sorte de panique me gagner et je n'ai pu me retenir de porter le regard sur la porte verrouillée, de l'imaginer en train de s'ouvrir et de voir apparaître un vieillard dans l'escalier, au visage creusé, cadavérique, se diriger vers moi dans le noir, les bras tendus.

Elspeth…

Ce son-là ne venait pas d'en haut mais de mon esprit, le râle d'un père accablé par le deuil de son enfant. *Elspeth…*

Mais la porte ne s'est pas ouverte. Personne n'est venu. Et pourtant, heure après heure, ces pas se sont poursuivis.

Crac… crac… crac… le manège incessant de quelqu'un qui ne peut trouver le repos.

Je n'ai pas pu me résoudre à éteindre la lumière. Pas cette fois. Pas avec ce bruit permanent.

Alors je suis restée allongée sur le côté, face à la porte fermée, portable à la main, à surveiller, inlassablement, jusqu'à l'arrivée de l'aube. Là, je me suis levée, les jambes raides, nauséeuse à cause de la fatigue, et je suis descendue à la cuisine pour me faire la tasse de café la plus forte que j'arriverais à boire, et affronter la journée.

Le rez-de-chaussée était vide et plein d'échos, d'un silence étrange sans les reniflements et le souffle bruyants des chiens. J'ai été surprise de m'apercevoir que, d'une certaine façon, leur agitation et leurs perpétuelles demandes de gâteaux me manquaient.

Entre le couloir et la cuisine, je me suis rendu compte que les filles avaient laissé un assortiment de trésors par terre, quelques crayons sur la moquette du vestibule, un My Little Pony abandonné sous l'îlot central, et, bizarrement, une fleur mauve, une seule, en train de faner, au milieu de la cuisine. Je me suis penchée, perplexe, me demandant d'où elle sortait. On aurait dit qu'elle était tombée d'un bouquet ou d'une plante en pot, or, il n'en existait pas dans cette pièce. Une des filles l'avait-elle cueillie ? Mais si oui, quand ?

Cela me semblait dommage de la laisser flétrir, alors j'ai rempli un mug d'eau pour y plonger la tige, puis j'ai posé le tout sur la table de la cuisine. Peut-être reprendrait-elle vie.

Je sirotais doucement mon second café en regardant le soleil se lever par-dessus les collines, à l'est de la maison, quand une voix a retenti, sortie de nulle part.

— Rowan…

C'était un chevrotement grêle, à peine audible et pourtant assez fort pour résonner dans la cuisine silencieuse, et j'ai sursauté si fort que le café brûlant a dégouliné sur mon poignet et la manche de ma robe de chambre.

— Merde.

J'ai commencé à m'essuyer, me retournant en même temps pour chercher la source de la voix. Il n'y avait personne, à première vue du moins.

— Qui est là ? ai-je lancé.

Cette fois, j'ai entendu un grincement venant des escaliers, si affreusement semblable à ceux de la nuit que j'ai cru me trouver mal.

— Qui est-ce ? ai-je répété, plus agressivement que je n'en avais l'intention.

Furieuse, je me suis rendue dans le couloir.

Au-dessus de moi, une petite silhouette hésitait en haut de l'escalier. Ellie. Elle avait l'air inquiète, la lèvre tremblante.

— Oh, ma chérie…

Je m'en suis voulu immédiatement.

— Je suis désolée, tu m'as fait peur. Je ne voulais pas te gronder. Descends.

— J'ai pas le droit.

Elle avait une couverture à la main et en tortillait l'ourlet de soie entre ses doigts ; avec son air près de fondre en larmes, elle paraissait soudain beaucoup plus jeune que ses cinq ans.

— Mais si. Qui dit que tu n'as pas le droit ?

— Maman. On n'a pas le droit de sortir de notre chambre avant que les oreilles du lapin soient en l'air.

Ah ! Tout à coup, je me suis rappelé le paragraphe dans le classeur sur les réveils précoces d'Ellie et la règle sur la pendule du lapin Happy, qui se déclenchait à 6 heures tapantes. J'ai regardé la pendule de la cuisine derrière moi. 5 h 47.

Je ne pouvais pas trop contredire le règlement de Sandra… mais on était là, maintenant, et j'étais vraiment soulagée de voir un autre être humain. D'une certaine manière, avec la présence d'Ellie, les fantômes de la nuit semblaient se retirer dans leur absurdité.

— Bon…, j'ai dit doucement, tentant de trouver une voie médiane entre le soutien à mon employeuse et la compassion envers une petite fille au bord des larmes. Bon, tu es debout, maintenant, alors exceptionnellement, on peut faire comme si le lapin s'était levé en avance.

— Mais que va dire maman ?

— Je ne le dirai à personne si toi tu ne le répètes pas.

Je me suis mordu les lèvres immédiatement. L'une des règles cardinales de la puériculture est de ne jamais demander à un enfant de cacher quelque chose à un parent. Ça peut mener à toutes sortes de comportements délicats et de malentendus. Mais je l'avais dit, à présent, et avec un peu de chance, Ellie y verrait une remarque sans importance plutôt qu'une invitation à conspirer contre sa mère. Je n'ai pas pu m'empêcher de jeter un œil à la caméra dans le coin, mais Sandra n'était certainement pas réveillée à 6 heures, sauf si elle y était obligée.

— Descends, on va boire un chocolat chaud toutes les deux, et quand le lapin se réveillera, tu pourras monter t'habiller.

Dans la cuisine, Ellie s'est assise sur un tabouret, donnant des coups de talon contre les barreaux pendant que je faisais chauffer du lait et mélangeais le chocolat en poudre. Pendant qu'elle buvait, j'ai siroté mon café refroidi et nous avons parlé, de l'école, de sa meilleure amie Carrie, des chiens absents. À la fin, j'ai osé lui demander si ses parents lui manquaient. Son visage s'est un peu chiffonné.

— On peut rappeler maman ce soir ?

— Oui, bien sûr. On pourra essayer, en tout cas. Elle est très occupée, tu sais.

Ellie a approuvé d'un hochement de tête. Puis, regardant par la fenêtre, elle a dit :

— Il est parti, n'est-ce pas ?

— Qui ?

J'étais perplexe. Parlait-elle de son père ou de Jack ? Ou peut-être… de quelqu'un d'autre.

— Qui est parti ?

Elle n'a pas répondu, juste continué à cogner ses jambes contre le tabouret.

— Je préfère quand il est parti. Il leur fait faire des choses qu'elles veulent pas faire.

Je ne sais pas pourquoi, mais ça m'a remis en mémoire une chose à laquelle j'avais à peine repensé depuis ma toute première nuit ici : le message inachevé, froissé de Katya. Les mots ont résonné dans ma tête comme si quelqu'un me les chuchotait, pressants, à l'oreille : *Je voulais vous demander, s'il vous plaît, d'être…*

Tout à coup, ça m'a plus que jamais fait l'effet d'un avertissement.

— Qui ? ai-je insisté, plus sérieusement cette fois. De qui tu parles, Ellie ?

Mais elle a mal compris ma question, ou peut-être choisi délibérément de le faire.

— Les filles.

Sa voix était désinvolte. Puis elle a reposé son chocolat chaud et s'est laissée glisser du tabouret.

— Je peux regarder un peu la télé ?

— Ellie, attends, ai-je lancé, me levant aussi, soudain effrayée. De qui tu parles ? Qui est parti ? Qui fait faire des choses aux filles ?

Mais j'étais trop pressante, et quand ma main s'est refermée sur son poignet, elle l'a écartée, soudain apeurée par mon insistance.

— Rien. Je ne me rappelle pas. J'ai inventé. Maddie m'a dit de le dire. Je l'ai pas dit, de toute façon.

Les excuses se sont bousculées, toutes plus absurdes les

unes que les autres, tandis qu'elle dégageait sa petite main de la mienne. Je n'ai su qu'ajouter. J'ai envisagé de la suivre lorsqu'elle a quitté la pièce et que la musique de *Peppa Pig* a retenti dans la salle télé, mais je savais que ça ne servirait à rien. Je lui avais fait peur, et j'avais loupé ma chance. J'aurais dû poser la question plus légèrement. À présent, elle s'était refermée, comme tous les petits enfants quand ils se rendent compte qu'ils ont dit quelque chose de plus grave qu'ils ne le souhaitaient. C'était la même panique que j'avais vue chez des petits qui répétaient un gros mot sans comprendre ce qu'ils allaient provoquer : ils tentaient de revenir en arrière pour se dégager d'une réaction qu'ils n'avaient pas anticipée, puis se verrouillaient complètement et niaient avoir dit quoi que ce soit. Si je harcelais Ellie avec ça, je ne ferais que me tirer une balle dans le pied en m'assurant de ne plus jamais recevoir de confidences.

Les filles… Il leur fait faire des choses qu'elles ne veulent pas faire…

Mon estomac s'est contracté. C'était le genre de chose contre quoi n'importe quel manuel de sécurité vous met en garde. Mais… était-ce bien ça ? De quelles filles parlait Ellie ? Elle et Maddie ? Ou d'autres ? Et qui était ce « il » ? Bill ? Jack ? Quelqu'un d'autre, un prof ou… ?

Mais non. J'ai repoussé l'image du visage fou de chagrin qui me rendait mon regard sur l'écran de mon téléphone. C'était de l'imagination pure. Si j'allais trouver Sandra avec ce genre de théories, elle aurait le droit de me rire au nez.

Mais *pouvais-je* en parler à Sandra ? Alors qu'Ellie allait nier ce qu'elle avait dit, et que ça pouvait n'être rien du tout ? Il n'y avait rien que je puisse isoler, après tout, pour en conclure : « Ça, c'est clairement inquiétant. »

J'avais toujours la tête tournée vers le couloir où avait disparu Ellie et je me rongeais un ongle quand un bruit dans le vestibule m'a fait sursauter. La porte s'est ouverte et Jean McKenzie est apparue, retirant son manteau sur le seuil.

— Madame McKenzie.

Elle était vêtue d'une jupe en laine et d'un chemisier blanc en coton bien strict, et je me suis sentie soudain très consciente de ma propre tenue négligée, avec ma robe de chambre pour seul habit ou presque.

— Vous vous êtes levée tôt, a-t-elle seulement observé, et j'ai senti sa désapprobation.

C'était peut-être le manque de sommeil, ou l'angoisse laissée par les paroles d'Ellie, mais j'ai vu rouge.

— Pourquoi vous ne m'aimez pas ?

Elle s'est tournée vers moi après avoir rangé son manteau dans le placard du vestibule.

— Je vous demande pardon ?

— Vous m'avez entendue. Vous êtes hostile avec moi depuis mon arrivée, pourquoi ?

— Je crois que vous imaginez des choses, miss.

— Vous savez très bien que non. Si c'est à cause de cet imbroglio le premier jour, je n'avais pas verrouillé cette fichue porte et je n'avais pas laissé les filles dehors. Pourquoi j'aurais fait une chose pareille ?

— La gentillesse, ça se juge sur pièces, a dit Jean McKenzie, cryptique.

Puis elle s'est dirigée vers la buanderie, mais je lui ai couru après et l'ai prise par le bras.

— Qu'est-ce que ça veut dire, ça, bordel ?

Elle s'est dégagée, et soudain ses yeux m'ont foudroyée avec ce que je pourrais appeler de la haine.

— Je vous saurais gré de ne pas m'attraper comme ça, miss, et aussi d'éviter de jurer devant les drôlesses.

— Je vous posais une question parfaitement raisonnable, j'ai rétorqué.

Mais elle m'a ignorée et s'est rendue dans la buanderie

en se frottant le bras d'un geste théâtral, comme si je lui avais fait très mal.

— Et arrêtez de m'appeler *miss*. On n'est pas dans *Downton Abbey*, putain !

— Et comment préférez-vous que je vous appelle ? a-t-elle demandé d'un ton cassant.

J'avais tourné les talons, me préparant à réveiller Maddie, mais ses mots m'ont arrêtée net. J'ai fait volte-face pour fixer son dos inexpressif, courbé sur l'évier de la buanderie.

— Qu... qu'est-ce que vous avez dit ?

Mais au lieu de répondre, elle a ouvert le robinet, noyant ma voix.

— Au revoir, les filles ! ai-je lancé.

Je les ai regardées passer le portail de l'école et disparaître vers leurs classes d'un pas traînant. Maddie n'a rien répondu, elle a juste avancé tête baissée en ignorant le bavardage des autres fillettes. Mais Ellie a levé la tête, se détournant de sa conversation avec une petite rousse, et m'a adressé un salut de la main. Son sourire était gentil et joyeux, et le sourire m'est monté aux lèvres également et y est resté quand j'ai baissé les yeux sur Petra, qui gigotait en gazouillant sur ma hanche. Le soleil brillait, les oiseaux chantaient, et la chaleur d'une belle journée de juin filtrait entre les feuilles des arbres. Les peurs et les visions affreuses de la nuit précédente, le souvenir de ce visage tordu, déformé par le chagrin, qui me fixait depuis l'écran de mon téléphone, tout cela semblait soudain absurde à la lumière du jour.

J'étais en train de rattacher Petra dans son siège lorsque mon téléphone a émis un signal, et j'ai regardé si c'était quelque chose d'important.

Un mail. De Sandra !

Oh merde.

Des idées paranoïaques m'ont traversé l'esprit : m'avait-elle vue à deux doigts de frapper Maddie par la caméra de surveillance, ou avait-elle remarqué le flux constant de douceurs dont je me servais pour soudoyer les filles ? Ou était-ce autre chose ? Un propos rapporté par Jean McKenzie ?

Mon estomac gargouillait d'angoisse lorsque j'ai cliqué pour lire, mais le sujet était assez banal : « Nouvelles. » En quel sens, qui sait ?

Bonjour, Rowan,

Désolée de vous écrire un mail, mais je suis en réunion et je ne peux pas parler, et je voulais vous tenir au courant. La foire s'est super bien passée, mais Bill a été appelé à Dubaï pour résoudre des difficultés sur un chantier, et ça signifie que je vais être obligée de reprendre le projet de Kensington - pas idéal, car ça veut dire que je vais être absente un peu plus longtemps que je ne l'espérais, et donc je suis coincée. Je devrais rentrer mardi prochain (dans une semaine). Vous vous en sortez bien ? Ça vous semble faisable ?

Pour ce qui est des enfants, Rhiannon termine le lycée aujourd'hui. La mère d'Elise a gentiment proposé d'aller chercher les deux filles (elles habitent à côté de Pitlochry, donc c'est leur route, de toute façon) et Rhi peut arriver à Heatherbrae à partir de midi. Je lui ai envoyé un SMS donc elle est au courant, et elle a hâte de vous rencontrer.

Jack a vu Bill hier et il a dit que vous vous entendiez très bien avec les filles, je suis très heureuse d'apprendre que tout se passe bien. Appelez s'il y a le moindre souci - j'essaierai de passer un coup de fil ce soir avant le coucher des filles.

Amitiés,
Sandra

J'ai refermé le mail sans savoir si mon émotion principale était le soulagement ou l'impatience. C'est certain, *j'étais* soulagée, notamment parce que Jack avait visiblement dit du bien de moi. Mais encore une semaine… Je ne m'étais pas rendu compte avant de lire son message à quel point je comptais sur le retour de Sandra ce vendredi, rayant intérieurement les jours comme si je purgeais une peine de prison.

Et à présent… quatre jours de plus avant la libération. Et pas seulement avec les petites, mais avec Rhiannon pardessus le marché. Ça me faisait quoi, ça ?

La perspective d'avoir quelqu'un d'autre à la maison était indéniablement rassurante. Il *y avait* quelque chose d'absurde dans le souvenir de ces pas lents, mesurés, mais même en plein jour, je sentais les poils se hérisser sur mes bras quand je repensais à cette nuit passée à les écouter. Une *présence* dans la chambre à côté, même celle d'une ado de quatorze ans boudeuse, atténuerait forcément l'angoisse.

Mais quand j'ai démarré, c'est une tout autre image qui s'est imposée dans ma tête : ces mots écrits en rouge sur la porte de sa chambre. *BARREZ-VOUS, N'ENTREZ PAS OU VOUS ÊTES MORT*. Il y avait quelque chose, là. Quelque chose de très proche de la colère violente, muette, de Maddie.

Peut-être que, quoi qu'il s'agisse, je parviendrais à élucider ça avec Rhiannon.

La route pour rentrer à Heatherbrae depuis l'école nous a pris plus longtemps que la veille, car il y avait une camionnette devant moi sur la route. Je l'ai suivie lentement en partant de Carn Bridge, appuyant prudemment sur l'accélérateur, sûre que le véhicule allait tourner à chaque croisement que nous rencontrions, mais inexplicablement, il semblait emprunter le même itinéraire que moi, y compris lorsque la route est devenue plus étroite et rurale. C'est avec un certain soulagement que je me suis aperçue que nous arrivions à la petite route menant à Heatherbrae, et j'étais sur le point de mettre mon clignotant à gauche lorsque la camionnette a fait de même et s'est arrêtée devant l'allée, me forçant à piler.

Tandis que j'attendais dans la Tesla silencieuse, la portière s'est ouverte et une fille est descendue, un sac en toile sur l'épaule. Elle a dit quelque chose au conducteur et la portière arrière s'est ouverte. Elle en a tiré une énorme valise qu'elle a fait tomber sans précaution sur les graviers, puis elle a claqué la portière et s'est reculée tandis que la camionnette s'éloignait du trottoir. Je m'apprêtais à pencher la tête dehors pour lui demander qui elle était et ce qu'elle faisait au milieu de nulle part, lorsqu'elle a sorti son téléphone de sa poche et l'a brandi en direction du capteur de proximité du portail, qui s'est ouvert.

Ça ne pouvait pas être Rhiannon. Elle ne devait pas rentrer avant midi, et je voyais mal une mère de famille conduire cette camionnette déglinguée. Était-ce une employée ? Mais dans ce cas, pourquoi la valise ?

J'ai attendu quelques minutes qu'elle libère le portail, puis j'ai appuyé sur l'accélérateur. La Tesla s'est engagée en douceur dans l'allée derrière la fille qui s'est retournée, l'air surpris. Cependant, au lieu de s'écarter, elle est restée au milieu du passage, mains sur les hanches, son énorme valise à ses pieds. J'ai freiné de nouveau, sentant le gravier crisser sous les pneus, et j'ai ouvert ma fenêtre.

— Je peux vous aider ?

— C'est moi qui devrais vous poser la question, a-t-elle répliqué.

Elle avait de longs cheveux blonds et un phrasé guindé, sans une trace d'accent écossais.

— Qui êtes-vous, et qu'est-ce que vous fabriquez dans la voiture de mes parents ?

Donc *c'était* Rhiannon.

— Oh, bonjour, tu dois être Rhiannon. Désolée, je ne pensais pas que tu arriverais avant plusieurs heures. Je suis Rowan.

La fille continuait à me regarder d'un air interdit, et j'ai ajouté, commençant à éprouver une certaine impatience :

— La nouvelle nurse ! Je pensais que ta mère t'avait prévenue ?

Ça paraissait idiot de continuer cette conversation à travers une vitre de voiture, donc je me suis garée et suis descendue, la main tendue.

— Ravie de faire ta connaissance. Et désolée de ne pas t'avoir attendue, ta mère avait dit que tu ne serais pas là avant midi.

— Rowan ? Mais vous êtes…, a commencé la fille, un pli entre ses sourcils étroits.

Puis son visage s'est éclairé et elle a secoué la tête. Il y avait un sourire sur ses lèvres, mais qui n'avait rien de très gentil.

— Laissez tomber.

— Je suis quoi ?

J'ai retiré ma main.

— J'ai dit laissez tomber. Et faites pas attention à ce que vous a dit ma mère, elle est complètement à l'ouest. Comme vous l'avez peut-être déjà remarqué.

Elle m'a regardée de la tête aux pieds et a ajouté :

— Bon, qu'est-ce que vous attendez ?

— Pardon ?

— Aidez-moi avec ma valise.

J'étais de plus en plus agacée, mais je ne voulais pas partir du mauvais pied, alors j'ai refoulé mon irritation et ai fait rouler sa valise jusqu'au coffre de la Tesla. Elle était encore plus lourde qu'elle en avait l'air. Sans attendre que je l'aie chargée, Rhiannon est montée à l'arrière, à côté de Petra.

— Salut, gamine, a-t-elle dit.

Il y avait dans sa voix une affection qui en était notablement absente quand elle s'adressait à moi. Puis, quand je suis remontée, elle a lancé :

— Bon, on va pas passer la journée à admirer la vue.

J'ai serré les dents, ravalé ma fierté, et appuyé si fort sur la pédale d'accélérateur que les graviers ont volé quand nous sommes reparties vers la maison.

Une fois arrivées, Rhiannon s'est précipitée dans la cuisine en me laissant décharger Petra et sa valise lourde et encombrante. Lorsque je suis enfin entrée, elle s'était déjà installée devant l'îlot central et dévorait un sandwich géant qu'elle venait visiblement de se préparer.

— Dooonnnc…

On aurait dit qu'elle parlait volontairement d'une voix traînante.

— Alors comme ça, c'est vous, Rowan. Je dois dire que vous ne ressemblez vraiment pas à ce à quoi je m'attendais.

J'ai fait la grimace. Il y avait quelque chose d'un peu malveillant dans sa voix et je me suis demandé ce qu'elle entendait par là exactement.

— Tu t'attendais à quoi ?

— Oh… je ne sais pas. Juste quelqu'un… de différent. Vous n'avez pas une tête à vous appeler Rowan, c'est tout.

Elle a fait un grand sourire, et avant que j'aie le temps de réagir, elle a mordu de nouveau dans son sandwich et ajouté, la bouche pleine :

— Il faut que vous rajoutiez de la mayonnaise dans la liste de courses. Oh, et où sont passés les chiens ?

J'avais le sentiment que c'était moi qui aurais dû être en train de poser des questions. Pourquoi me retrouvais-je toujours du mauvais côté en cas de lutte de pouvoir ? Comme c'était une question parfaitement raisonnable, j'ai tenté de garder une voix égale en répondant.

— Jack a dû apporter des documents juridiques à ton père. Il a pris les chiens, il pensait que l'excursion leur plairait.

Ce n'était pas du tout ce qu'il avait dit, mais quelque part, je n'avais pas envie d'avouer à cette ado arrogante que je ne m'étais pas sentie à la hauteur de chapeauter trois petites filles et deux labradors.

— Il rentre quand ?

— Jack ? Je ne sais pas. Aujourd'hui, j'imagine.

Rhiannon a hoché la tête en mastiquant d'un air pensif puis elle a ajouté, toujours la bouche pleine :

— Au fait, c'est l'anniversaire d'Elise aujourd'hui, et sa mère m'a invitée à passer la nuit chez elle. C'est bon ?

Quelque chose dans son ton m'indiquait clairement qu'elle ne posait la question que par pure formalité, mais j'ai acquiescé.

— Je ferais bien d'envoyer un message à ta mère pour vérifier, mais bien sûr, pas de problème pour moi. Elle habite où ?

— Pitlochry. C'est à une heure de route environ, mais le frère d'Elise passera me prendre.

J'ai hoché la tête, sorti mon portable, et envoyé un bref message à Sandra : Rhiannon bien rentrée - veut aller dormir chez Elise ce soir. Je suppose que c'est OK, mais merci de confirmer.

Elle a répondu presque immédiatement : Pas de problème. J'appellerai à 18 heures. Embrassez Rhiannon pour moi.

— Ta mère t'embrasse et dit que tu peux y aller, ai-je rapporté à Rhiannon, qui a levé les yeux au ciel comme pour dire : *Ben oui, idiote.*

— À quelle heure il vient te chercher ?

— Après le déjeuner.

Rhiannon s'est laissée tomber du tabouret et a poussé son assiette sale vers moi sur le plan de travail.

— À plus.

Je l'ai regardée monter l'escalier, ses jambes longues dans son uniforme suivant la courbe gracieuse de l'escalier avant de disparaître dans le virage.

Elle n'est pas descendue pour déjeuner. Ça ne m'a pas vraiment étonnée, étant donné le sandwich qu'elle s'était enfilé deux heures avant, mais puisque je préparais à manger pour Petra et moi, j'ai eu le sentiment que je devais au moins lui proposer. J'ai essayé de lui parler par l'interphone, mais il a refusé de se connecter. Un message est apparu *via* l'appli : *PAS FAIM*. Tiens. Je ne connaissais même pas cette fonction.

OK, j'ai répondu. Tandis que je rangeais mon téléphone, une autre idée m'est venue ; je l'ai ressorti de ma poche et j'ai rouvert l'appli Happy. Avec une légère nausée, j'ai cliqué sur la liste des caméras auxquelles j'avais accès. En faisant dérouler le menu jusqu'à *R*, je me suis promis que je n'allais pas regarder, mais au moins, comme ça, je saurais… Toutefois, quand j'y suis arrivée, « Rhiannon chambre » était en gris, pas disponible, ce qui finalement était un soulagement. Il y aurait eu quelque chose d'affreusement inconvenant à la présence d'une caméra dans la pièce d'une adolescente de quatorze ans.

C'est en introduisant une cuillerée de yaourt dans la bouche avide de Petra, évitant ses doigts qui cherchaient à m'aider en empoignant l'ustensile, que j'ai entendu des pas dans l'escalier. Rhiannon tenait un petit sac dans une main et son portable dans l'autre.

— Le frère d'Elise est là, a-t-elle dit sèchement.

— À la porte ? (J'ai automatiquement jeté un coup d'œil, perplexe.) Je n'ai pas entendu la sonnette.

— Mais non. Au portail.

— OK. (Je me suis retenue de lui faire une repartie cinglante.) Je vais lui ouvrir.

Mon téléphone était sur le plan de travail, mais j'avais à peine ouvert l'appli, sans parler de naviguer dans les menus des différents portails, portes et garages auxquels j'avais accès, que Rhiannon était déjà en train de sortir.

— Pas besoin.

Elle a placé son pouce contre le panneau et ouvert la porte.

— Il m'attend sur la route.

— Minute.

J'ai mis le yaourt hors de portée de Petra et couru après Rhiannon.

— Attends une seconde, j'ai besoin du numéro de la mère d'Elise.

— Euh… Pourquoi ? a-t-elle rétorqué d'une voix lourde de sarcasmes.

J'ai secoué la tête, refusant de me laisser impressionner par ses provocations.

— Parce que tu as quatorze ans et que je n'ai jamais rencontré cette dame, donc j'en ai besoin. Tu l'as ? Sinon, je demanderai à ta mère.

— Ouais, je l'ai.

Elle a levé les yeux au ciel mais a sorti son portable et s'est mise à chercher un bout de papier. Un des dessins de Maddie traînait sur l'escalier. Elle l'a ramassé et a griffonné un numéro au dos.

— Voilà. Satisfaite ?

— Oui, ai-je dit, même si ce n'était pas entièrement vrai.

Elle a claqué la porte derrière elle et je l'ai vue disparaître dans le virage par la fenêtre, puis j'ai baissé les yeux sur le papier. Le numéro était noté dans un coin, avec le prénom « Cass ». Je l'ai entré sur la messagerie de mon téléphone.

Bonjour, Cass, ici Rowan. Je suis la nouvelle nurse des Elincourt. Je voulais juste vous remercier de recevoir Rhiannon ce soir, et s'il y a le moindre problème, merci de m'appeler ou de m'envoyer un message à ce numéro. Si vous pouviez me dire à quelle heure vous la déposerez demain, ce serait super. Merci, Rowan.

La réponse est arrivée avec une rapidité rassurante, avant que j'aie fini de faire manger son yaourt à Petra.

Bonjour ! Ravie de vous « rencontrer. » C'est toujours un plaisir d'accueillir Rhiannon. Je pense qu'on la déposera vers l'heure du déjeuner demain, mais on se tient au courant. Cass.

Ce n'est qu'en reposant le dessin de Maddie sur l'escalier que je l'ai enfin regardé. Il m'a rappelé celui que j'avais trouvé la première nuit, la maison avec le petit visage pâle qui observait par une fenêtre. Mais il y avait quelque chose de nettement plus sinistre et perturbant dans celui-ci.

Au centre de la page, une silhouette grossièrement

dessinée, une petite fille avec des cheveux bouclés et une jupe qui dépassait de chaque côté, semblait enfermée dans une espèce de cellule de prison. Mais en la fixant de plus près, j'ai compris qu'il s'agissait sans doute du jardin aux poisons. Les épais barreaux noirs du portail coupaient le corps de la fillette, elle s'y agrippait d'une main et tenait quelque chose dans l'autre, une branche, sans doute, couverte de feuilles vertes et de baies rouges. Des larmes dégoulinaient sur ses joues, sa bouche était ouverte en un gémissement déchirant, et il y avait des gouttelettes de sang rouge sur son visage et sa robe. Toute l'image était encerclée d'épaisses lignes noires en spirale, comme si je regardais par le mauvais bout d'un télescope, dans une espèce de tunnel de cauchemar donnant sur le passé.

D'un côté, c'était simplement un dessin de petite fille, pas différent des gribouillis parfois violents que j'avais vus à la crèche : des superhéros qui abattent des méchants, des policiers qui attrapent des voleurs. Mais de l'autre... je ne sais pas. C'était difficile de mettre le doigt sur ce qui me révulsait, mais il y avait quelque chose de si indescriptiblement malsain là-dedans, si glaçant, et si plein de satisfaction et de joie dans le sujet macabre, que j'ai laissé échapper le papier sur le sol comme s'il m'avait brûlé les doigts.

Je suis restée figée, ignorant les cris de plus en plus exaspérés de Petra qui réclamait « Paterre ! Paterre ! Petra paterre TOUSSUITE ! » derrière moi, à contempler l'image. J'avais envie de la froisser et de la mettre à la poubelle, mais je savais ce qu'aurait été la consigne de la Protection de l'enfance à Little Nippers. Placer le dessin dans un dossier. Évoquer vos inquiétudes auprès du responsable de la sécurité de la crèche. Discuter des questions soulevées par le dessin avec les parents/responsables légaux si vous le jugez nécessaire.

Certes, il n'y avait pas de responsable de la sécurité à part moi. Mais j'étais assez certaine qu'à la place de Sandra, j'aurais voulu être mise au courant. D'où Maddie sortait ces trucs, je n'en savais trop rien, mais il fallait que ça cesse.

Plus perturbée que je ne voulais l'avouer, j'ai ramassé le dessin et l'ai soigneusement glissé dans un des tiroirs du bureau. Puis je suis retournée à la cuisine et j'ai entrepris de nettoyer Petra avant d'aller la coucher pour sa sieste.

Je n'avais pas eu l'intention de m'assoupir dans la chambre de Petra, mais je me suis réveillée en sursaut, la couverture vichy du fauteuil mouillée de bave sous ma joue, le cœur battant à tout rompre sans savoir vraiment pourquoi. Petra dormait encore dans son petit lit quand je me suis redressée péniblement, tentant de comprendre ce qui s'était passé et ce qui m'avait arrachée si brusquement au sommeil.

J'avais dû sombrer en attendant qu'elle ferme les yeux. Est-ce que j'avais… L'idée m'est venue comme un coup de poing dans le ventre. Est-ce que j'avais raté l'heure de la sortie de l'école ? Mais non. Il n'était que 13 h 30 à mon portable.

Puis le bruit qui m'avait tirée de ma sieste a recommencé. La sonnette. *Sonnette entrée*, disait mon téléphone. Puis *Ouvrir porte ? Confirmer/Annuler*.

Une secousse pavlovienne d'effroi m'a inondée, et pendant un instant je suis restée assise là, paralysée, m'attendant à moitié à entendre recommencer le *crac… crac…* de la nuit précédente, mais ça ne s'est pas produit et je me suis forcée à agir. Je me suis levée et, une fois debout, j'ai attendu que mon pouls se calme malgré la panique qui sifflait dans mes oreilles.

J'en ai profité pour m'essuyer le coin de la bouche et je me suis regardée. Je n'étais arrivée que depuis quelques jours, parfaitement au point dans mon incarnation de Rowan la Nounou Parfaite, avec sa jupe en tweed et son cardigan sagement boutonné. À présent, j'étais loin d'avoir l'air parfaite. Je portais un jean froissé et mon sweat-shirt était taché du petit déjeuner de Petra. J'ai regardé de plus près la personne que j'étais vraiment, comme si le vrai moi suintait par les fissures de la façade et reprenait le dessus.

Bon, c'était trop tard pour me changer. J'ai laissé Petra dormir paisiblement et suis descendue dans le vestibule. J'ai posé mon pouce sur le panneau et regardé la porte s'ouvrir sans bruit.

Pendant une seconde, j'ai eu l'impression de vivre la continuation de la nuit précédente : il n'y avait personne. Mais bien vite, j'ai repéré le Land Rover garé de l'autre côté de l'allée et entendu des pas qui s'éloignaient sur les graviers. En regardant sur le côté de la maison, j'ai vu une grande silhouette carrée qui se dirigeait vers les écuries, deux chiens bondissants sur ses talons.

— Jack ? j'ai appelé, la voix rauque.

Je me suis raclé la gorge et j'ai réessayé.

— Hé, Jack, c'était vous ?

— Rowan !

Il a tourné la tête en entendant ma voix puis a fait volte-face, tout sourires.

— Oui, j'ai sonné. Je voulais vous demander si ça vous disait, un thé. Mais j'ai cru que vous étiez sortie.

— Non… non, j'étais…

Je me suis interrompue, ne sachant trop que dire, puis, pensant à mon visage chiffonné de sommeil et à mes vêtements défraîchis, j'ai décidé que la vérité était peut-être la meilleure option.

— Je m'étais endormie, en fait. Petra fait sa sieste et je me suis assoupie. Je… eh bien, je n'ai pas très bien dormi, cette nuit.

— Oh… les filles vous ont fait des misères ?

— Non, non, ce n'est pas ça. C'est…

Je me suis tue de nouveau, puis j'ai rassemblé tout mon courage.

— C'est ces bruits dont je vous ai parlé. Qui viennent du grenier. Ça m'a encore réveillée. Jack, vous disiez que vous aviez des clés…

Il a hoché la tête.

— Oui, bien sûr, pas de problème. Vous voulez essayer maintenant ?

Pourquoi pas ? Les filles étaient à l'école, Petra allait sans doute dormir encore une heure. On ne pouvait guère trouver meilleur moment.

— Oui, merci.

— Faut que je les retrouve, laissez-moi dix minutes et j'arrive.

— OK.

Je me sentais déjà mieux. Selon toute probabilité, il y avait une explication simple à ces bruits et nous allions la découvrir.

— Je vais faire chauffer de l'eau. À tout de suite.

En fait, il est revenu en moins de dix minutes, un jeu de clés rouillées dans une main et une caisse à outils dans l'autre, avec un gros bidon de WD-40 qui dépassait sur le dessus. Les chiens sont rentrés sur ses talons, haletants d'excitation, et je me suis surprise à sourire en les regardant renifler la cuisine avec application, s'attardant sur les miettes laissées par les enfants. Puis ils se sont laissés tomber dans leurs paniers de la buanderie comme si le voyage les avait épuisés.

La bouilloire venait de siffler, j'ai préparé deux thés et tendu une tasse à Jack. Il a fourré les clés dans sa poche arrière et l'a saisie en souriant.

— Juste ce qu'il me fallait. Vous voulez qu'on le boive en bas ou qu'on monte ?

— Eh bien, Petra dort encore, donc ça serait peut-être pas plus mal de sévir avant son réveil.

— Ça me va. Je suis resté assis dans la voiture toute la matinée, j'aime autant boire debout.

Nous avons tout transporté avec précaution, dépassant la chambre de Petra à pas de loup, même si, quand j'ai jeté un œil, elle avait l'air profondément endormie, étalée comme quelqu'un qu'on aurait déposé sur un matelas moelleux.

Dans ma chambre, les rideaux étaient encore tirés, le lit froissé, et mes habits éparpillés sur l'épaisse moquette couleur blé. Je me suis sentie rougir et, posant ma tasse, je me suis dépêchée de récupérer mon soutien-gorge et ma culotte de la veille, ainsi qu'un chemisier, pour aller les planquer dans le panier à linge sale de la salle de bains, avant d'ouvrir les rideaux.

— Désolée, je ne suis pas aussi bordélique, d'habitude.

C'était totalement faux. Dans mon appartement londonien, la majorité de mes dessous vivaient en tas dans le coin de la pièce pour être lavés seulement quand j'avais épuisé tout le tiroir des propres. Mais ici, je faisais beaucoup d'efforts pour maintenir mon image de propreté méticuleuse. Visiblement sans grand succès.

Jack, cependant, n'a pas eu l'air choqué. Il était déjà en train de tenter d'ouvrir la porte dans le coin de la chambre.

— C'est celle-là, n'est-ce pas ?

— Oui, c'est ça.

— Et vous avez essayé toutes les autres clés du placard ?

— Oui, toutes celles que j'ai trouvées.

— Bon, on va voir si une de celles-ci correspond.

L'anneau portait vingt ou trente clés de toutes les tailles, d'une énorme clé noire en acier, sans doute l'ancienne du portail, avant l'installation de la serrure électronique, à de petites clés en cuivre qui semblaient plutôt destinées à des bureaux ou des coffres-forts.

Jack en a essayé une de taille moyenne qui entrait dans la serrure mais tournait dans le vide une fois dedans, manifestement trop petite, puis une autre, un peu plus grosse, qui s'adaptait mais ne tournait pas jusqu'au bout.

Il a pulvérisé un peu de lubrifiant dans la serrure et réessayé, mais elle ne faisait toujours qu'un quart de tour avant de se bloquer.

— Hmm… c'est possible que ce soit coincé, mais si c'est la mauvaise clé, je ne veux pas risquer de forcer et de casser la tige dans la serrure. Je vais en essayer quelques autres.

Je l'ai regardé en tester quatre ou cinq de la même taille, mais c'était pire : soit elles n'entraient pas du tout, soit elles cessaient de tourner avant même d'avoir effectué un quart de tour. En fin de compte, il est revenu à la deuxième clé qu'il avait sélectionnée.

— C'est la seule qui tourne vaguement, alors je vais tenter d'insister un peu plus, et si elle se casse, eh bien, on n'aura qu'à appeler le serrurier. Souhaitez-moi bonne chance.

— Bonne chance, j'ai dit, et il s'est mis à forcer.

Je me suis aperçue que je grimaçais d'avance en le regardant s'obstiner, d'abord doucement puis un peu plus vigoureusement, et à la fin, si fermement que j'ai vu la tige de la clé se déformer légèrement, l'arc rond au sommet se tordre, se tordre…

— Arrêtez ! me suis-je exclamée.

Juste à ce moment, Jack a poussé un petit cri de satisfaction : il y a eu un déclic sonore et la clé a fait le tour complet.

— J'ai réussi !

Il s'est levé, essuyant la graisse de ses doigts, puis s'est tourné vers moi avec une petite révérence.

— À vous l'honneur, milady ?

— Non !

Le mot est sorti avant que j'aie eu le temps d'y réfléchir, puis je me suis forcée à rire.

— Je veux dire… je n'y tiens pas. Comme vous voulez. Mais je vous préviens, s'il y a des rats, je vais hurler.

C'était un mensonge. Je n'ai pas peur des rats. Je n'ai pas peur de grand-chose, en principe. Et je me faisais l'impression d'être le pire cliché de la faible femme qui s'abrite derrière un homme fort. Mais Jack n'était pas resté allongé là, nuit après nuit, à écouter ce lent, ce furtif *crac… crac…* au-dessus de sa tête.

— Je me sacrifie alors, a-t-il dit avec un clin d'œil presque imperceptible.

Puis il a actionné la poignée et la porte s'est ouverte.

Je ne sais pas à quoi je m'attendais. Un escalier disparaissant dans les ténèbres. Un couloir tapissé de toiles d'araignées. Je me suis surprise à retenir mon souffle en regardant par-dessus son épaule lorsqu'il a poussé la porte.

Mais en tout cas, ce que j'escomptais n'était pas ce qu'il y avait là. À savoir un autre placard. Très poussiéreux et mal fini, on voyait des fissures dans le Placo, et plus petit, moins profond que celui où je rangeais mes habits, mais un placard quand même. Une barre vide était accrochée, un peu de travers, à environ vingt centimètres du haut, comme si elle attendait cintres et vêtements.

— Ça alors, a fait Jack.

Il a jeté les clés sur le lit, pensif.

— C'est bizarre.

— Bizarre ? Vous voulez dire de condamner un placard tout à fait utilisable ?

— Oui, si on veut, mais en fait je parlais du courant d'air.

— Le courant d'air ? ai-je répété bêtement.

Il a confirmé d'un hochement de tête.

— Regardez par terre.

J'ai suivi son doigt des yeux. Sur le plancher, il y avait des rayures là où un coup de vent avait manifestement projeté de la poussière dans les fentes étroites, et en regardant de plus près le Placo taché et poussiéreux, j'ai constaté le même phénomène. Lorsque j'ai placé ma main dans l'interstice, j'ai perçu une légère brise fraîche, et il y avait la même odeur d'humidité que j'avais sentie par le trou de la serrure la nuit où j'y avais collé l'œil pour observer les ténèbres.

— Vous voulez dire…

— Il *y a* quelque chose derrière. Mais quelqu'un a condamné l'entrée.

Il m'a précédée et s'est mis à fouiller dans sa caisse à outils. Tout à coup, je n'étais plus aussi sûre de vouloir aller jusqu'au bout.

— Jack, je ne crois pas… Je veux dire, et si Sandra…

— Bah, elle ne dira rien. Je reclouerai des planches plus proprement si nécessaire, et elle aura un placard fonctionnel à la place d'une porte verrouillée.

Il a sorti un petit pied-de-biche. J'ai ouvert la bouche pour dire quelque chose, je voulais lui rappeler que c'était ma chambre, que ça allait tout dégueulasser, mais…

C'était trop tard. Il y a eu un craquement, et une plaque de plâtre est tombée dans la chambre, forçant Jack à esquiver promptement. Il l'a ramassée sans toucher les clous rouillés qui en dépassaient et l'a calée contre la paroi du placard. J'ai entendu sa voix, qui résonnait désormais, lâcher un long « Ah… » de satisfaction.

— Ah, quoi ? ai-je fait avec angoisse.

J'ai tenté de regarder au-delà de lui, sauf que ses larges épaules bouchaient complètement le seuil et que je ne voyais que l'obscurité.

— Regardez, a-t-il dit en se reculant. Voyez vous-même. Vous aviez raison.

Et c'était là. Exactement comme je l'avais imaginé.

Les marches en bois. Les guirlandes de toiles d'araignées. L'escalier qui montait en spirale dans le noir.

Ma bouche s'est asséchée et ma gorge a fait un gargouillis lorsque j'ai dégluti.

— Vous avez une lampe de poche ? a demandé Jack.

J'ai secoué la tête, soudain incapable d'ajouter un mot. Il a haussé les épaules.

— Moi non plus, on va devoir se débrouiller avec les téléphones. Attention à ne pas marcher sur un clou.

Et il s'est avancé dans l'obscurité.

Pendant une seconde, je suis restée complètement paralysée à le regarder disparaître dans l'escalier étroit, le faisceau de la lampe de son portable projetant une mince lueur dans le noir, ses pas retentissants… *crac… crac…*

Le son était très proche du bruit de la nuit, et pourtant, il avait aussi une qualité différente. Il était plus… marquant. Plus réel, plus rapide, et mêlé au craquement du plâtre.

— Oh putain ! ai-je entendu d'en haut. Rowan, montez. Il faut que vous voyiez ça.

J'avais une boule dans la gorge comme si j'étais sur le point de pleurer, même si je savais qu'en fait, c'était de la terreur pure qui venait de se loger là, me réduisant au silence, me rendant incapable de demander à Jack ce qu'il y avait en haut, ce qu'il avait trouvé, ce qu'il voulait que je voie de façon si pressante.

J'ai allumé la torche de mon portable, les doigts tremblants, et je l'ai suivi dans le noir.

Au milieu du grenier, Jack regardait autour de lui, bouche bée. Il avait éteint son portable ; une lueur pâle et grise régnait, dont je n'ai pu d'abord distinguer la provenance. Il devait y avoir une fenêtre quelque part, mais ce n'était pas ce que je regardais. Ce que je regardais, c'étaient les murs, les meubles, les *plumes*.

Il y en avait partout.

Éparpillées sur le rocking-chair cassé dans le coin, sur le lit d'enfant poussiéreux couvert de toiles d'araignées, sur la maison de poupées branlante et le tableau noir crasseux, sur le tas de poupées de porcelaine brisées contre le mur. Des plumes, des plumes, qui ne provenaient pas d'un oreiller crevé. Elles étaient épaisses et noires, c'étaient des pennes de corneille ou de corbeau, *a priori*. Et de plus, ça puait la mort.

Mais ce n'était pas tout. Ce n'était même pas le pire.

Le plus étrange, c'étaient les murs. Ou plutôt ce qu'il y avait écrit dessus.

Gribouillés partout, en lettres enfantines, au crayon, en petit, en très gros ou en pattes de mouche, des mots. Il m'a fallu une minute ou deux pour les distinguer, car les lettres étaient mal formées et l'orthographe hasardeuse. Mais juste en face de moi, sur la petite cheminée au centre de la pièce, le message était impossible à manquer : *ON TE HAIT*.

C'était exactement la phrase que Maddie avait formée avec ses pâtes alphabet, et la voir ici, dans une pièce murée où il était impossible qu'elle soit entrée, m'a secouée tel un coup en plein ventre. Avec une espèce d'effroi nauséeux, j'ai éclairé d'autres phrases avec la lampe de mon portable.

Les phantaumes ne t'aiment pas.

Ils te ahisse.

On veux que tue t'en aïe.

Les phantaumes sont encolaire.

Ils te détestet.

Va temps.

Ils sontcolaire.

On te est.

On te haie.

VATEN.

On te hait.

Encore et encore, en petit et en très gros, des lettres minuscules gravées avec une haine particulièrement concentrée dans un coin près de la porte, un griffonnage gigantesque, sur la cheminée, que j'avais repéré d'abord.

On te hait. Les mots étaient déjà assez terribles glissant sur une assiette avec une coulée de jus d'orange gluant. Mais ici, griffonnés d'une main démente sur chaque centimètre de plâtre, ils n'étaient rien moins que maléfiques. Et dans ma tête a de nouveau résonné la petite voix chevrotante de Maddie lorsqu'elle m'avait hoqueté ces mots à l'oreille. *Les fantômes n'aimeraient pas ça.*

Il ne pouvait s'agir d'une simple coïncidence. Mais en même temps, c'était totalement impossible. Cette pièce n'était pas seulement fermée à clé, elle était murée, et la seule entrée se trouvait dans ma chambre. De toute évidence, *quelqu'un d'autre* était monté, et pas Maddie. J'avais entendu ces pas implacables, sans fin, quelques minutes après avoir vu la fillette endormie.

Maddie n'avait pas écrit ces mots. Cependant, elle me les avait répétés. Ce qui signifiait… me répétait-elle quelque chose que quelqu'un *lui* avait chuchoté à *elle*… ?

— Rowan.

La voix m'a paru provenir de très loin, difficile à entendre sous le vacarme strident qui résonnait à l'intérieur de mon crâne. À travers ce sifflement, j'ai senti une main sur mon bras.

— Rowan. *Rowan*, ça va ? Vous faites une drôle de tête.

— Je… ça va, suis-je parvenue à articuler, reconnaissant à peine ma propre voix. Ça va. C'est juste… Mon *Dieu*, qui a écrit *ça* ?

— Des gamins, sans doute, vous croyez pas ? Ah, et voilà l'explication pour le bruit.

Il a donné un petit coup du bout du pied dans un tas, et j'ai vu un amas de plumes et d'os en décomposition, retenus par guère plus que de la poussière.

— Le pauvre petit salaud a dû entrer par la fenêtre et se tuer à moitié à essayer de s'échapper quand il s'est retrouvé coincé.

Il a montré le mur opposé où donnait une fenêtre minuscule, à peine plus grande qu'une feuille de papier. Elle était grise de poussière, et entrouverte. Lâchant mon bras, Jack est allé la fermer.

— Oh… oh mon Dieu !

Je ne parvenais pas à reprendre mon souffle. Le sifflement dans mes oreilles s'était intensifié. Étais-je en train de faire une crise de panique ? J'ai cherché quelque chose à quoi me raccrocher et mes doigts ont écrasé des cadavres d'insectes. J'ai laissé échapper un sanglot étranglé.

— Écoutez, a repris Jack sur un ton pragmatique, semblant se décider. Sortons d'ici, vous avez besoin d'un verre. Je reviendrai virer l'oiseau ensuite.

Il m'a entraînée fermement jusqu'à l'escalier. La sensation

de sa grande main chaude dans la mienne était ineffablement rassurante, et pendant une seconde, je l'ai laissé me guider vers la porte. Mais quelque chose en moi s'est rebellé. Quelle que soit la vérité de ce grenier, Jack n'était pas mon chevalier blanc. Et je n'étais pas une enfant terrifiée qui avait besoin d'être protégée de la réalité cachée par cette porte fermée.

Lorsque Jack s'est mis de côté pour passer entre un empilement de chaises branlantes et une boîte de couleurs séchées, j'en ai profité pour me dégager.

Quelque part, je me sentais ingrate. Il essayait seulement de me rassurer, après tout. Mais au fond, je savais que si je m'autorisais à endosser ce rôle, je risquais de ne jamais pouvoir m'en échapper, et je ne pouvais *pas* permettre que Jack me voie comme une femme hystérique, superstitieuse, qui tombait dans les pommes à la vue d'un tas de plumes et de gribouillis d'enfants.

Alors tandis que Jack disparaissait dans l'escalier vers l'étage au-dessous, j'ai fait volte-face pour jeter un dernier, un long regard, sur cette pièce enveloppée de poussière, pleine de poupées et de jouets cassés, de meubles brisés et des ruines d'une enfance perdue.

— Rowan ?

Sa voix s'est élevée dans l'escalier, creuse et pleine d'échos dans le couloir étroit.

— Vous venez ?

— Oui !

Ma voix était rauque et j'ai toussé, sentant ma poitrine se serrer.

— J'arrive !

Je me suis dépêchée de le suivre, prise d'une peur soudaine d'entendre la porte se fermer et de me retrouver piégée ici avec la poussière, les poupées et l'odeur de la mort. Mais mes pieds ont dû se prendre dans quelque chose, car tandis que j'arrivais en haut des marches, il y a eu un fracas brusque et le tas de poupées s'est effondré sur lui-même, leurs bras et jambes de porcelaine s'écrasant les uns sur les autres avec un craquement sinistre tandis qu'un nuage de poussière s'élevait de leurs robes mangées par les mites.

— Merde !

J'ai regardé, horrifiée, la petite avalanche s'apaiser.

Enfin le silence s'est fait, à l'exception d'une tête de poupée qui roulait lentement vers le centre de la pièce. C'était le sens de la pente du plancher, je le savais, mais pendant une folle seconde j'ai eu l'illusion qu'elle me poursuivait et qu'elle allait me traquer jusqu'au bas de l'escalier, son sourire angélique et ses yeux vides résolus à ne pas me lâcher.

Ce n'était que ça, cependant : une illusion. Un instant après, elle s'est arrêtée face à la porte, continuant de se balancer doucement sur elle-même.

Un des yeux était arraché, et sur l'une de ses joues roses une fissure donnait à son sourire un air étrangement moqueur.

On te hait, j'ai entendu dans le coin de mon esprit, comme si quelqu'un venait de me le chuchoter à l'oreille.

Puis la voix de Jack qui m'appelait s'est élevée de nouveau, et j'en ai suivi le son dans l'escalier en bois.

En ressortant dans la chaleur et la lumière du reste de la maison, j'ai eu le sentiment de revenir d'un autre monde, d'une expédition dans un *Narnia* particulièrement sombre et cauchemardesque, peut-être. Jack s'est écarté pour me laisser sortir, a repoussé la porte derrière nous deux et l'a refermée. La clé a crissé de protestation, puis nous sommes redescendus vers le confort rassurant de la cuisine lumineuse.

En tentant de rincer les tasses et de relancer la bouilloire, je me suis aperçue que mes mains tremblaient ; après m'avoir regardée batailler pendant plusieurs minutes, Jack s'est approché.

— Asseyez-vous, laissez-moi m'en occuper, pour une fois.

À moins que vous préfériez un truc un peu plus fort ? Un petit verre ?

— Un whisky, vous voulez dire ?

J'étais un peu surprise, et il a hoché la tête en souriant. J'ai poussé un rire hésitant.

— Voyons, Jack, il est à peine 14 heures.

— Bon, OK, va pour le thé, alors. Mais restez assise, je vais le préparer. Vous passez votre temps à courir partout avec les filles. Laissez-vous servir, pour une fois.

Mais j'ai secoué la tête, obstinée. Je n'allais pas être ce genre de femme et surtout pas comme ces quatre autres nurses…

— Non, je vais faire le thé. Mais ce serait super si vous pouviez… (Je me suis interrompue, tentant de lui trouver une tâche pour adoucir mon refus.) Si vous pouviez trouver des biscuits.

Je me suis rappelé que j'avais donné des biscuits à la confiture à Maddie et Ellie après la frayeur causée par le déclenchement des haut-parleurs en pleine nuit. *Le sucre, c'est bon pour amortir les chocs*, ai-je entendu de ma propre voix, comme si j'étais une enfant terrifiée qu'on pouvait ramener à la gaieté par la grâce d'une douceur interdite.

Je ne suis pas comme ça, normalement, avais-je envie de dire, et c'était vrai. Je n'étais pas superstitieuse, j'avais les nerfs solides, je n'étais pas de ces personnes qui voient des signes et des présages à tous les coins de rue et se signent chaque fois qu'elles croisent un chat noir un vendredi 13. Ce *n'était pas* moi.

Mais cela faisait maintenant trois nuits que je n'avais presque pas dormi, et j'aurais beau essayer de me raconter n'importe quoi, *j'avais* entendu ces bruits, forts, nets, et ce n'étaient pas ceux d'oiseau, quoi qu'en pense Jack. L'agitation folle, paniquée, d'un corbeau pris au piège aurait été assez effrayante en soi, mais ça n'avait rien à voir avec le *crac*…

crac… lent, mesuré, qui m'avait tenue éveillée nuit après nuit. Et d'ailleurs, cet oiseau était mort depuis longtemps. Il ne risquait pas d'avoir fait du boucan la nuit d'avant, ou n'importe laquelle depuis mon arrivée. À en juger par l'odeur et le stade de décomposition, il était sans doute dans cet état depuis plusieurs semaines.

L'odeur…

Elle n'avait pas quitté mes narines, une odeur de moisi, prenante, et en portant le thé jusqu'au canapé, je me suis aperçue que je la sentais encore alors que je m'étais lavé les mains. Elle imprégnait mes vêtements et mes cheveux, et en baissant les yeux, j'ai vu une longue traînée grise sur la manche de mon sweat.

Le soleil s'était caché et, malgré le chauffage par le sol, il ne faisait pas spécialement chaud, mais j'ai retiré le sweat sur-le-champ et l'ai jeté dans un coin. Je préférais geler sur pied que le remettre.

— Et voilà.

Jack s'est assis à côté de moi en faisant grincer les ressorts du canapé, et m'a tendu un biscuit bien beurré. Je l'ai trempé machinalement dans mon thé et j'ai mordu dedans, en frissonnant malgré moi.

— Vous avez froid ?

— Un peu. Pas vraiment. Je veux dire, j'ai mon pull, c'est juste que je ne voulais pas… je ne pouvais pas…

J'ai avalé, me sentant stupide, et j'ai indiqué la trace de poussière du grenier sur la manche d'un signe de tête.

— Je n'arrive pas à me sortir l'odeur de cette pièce du nez. Je me suis dit que ça venait peut-être de mon sweat.

— Je comprends, a-t-il dit doucement.

Puis, comme s'il lisait dans mes pensées, il a retiré sa propre veste, couverte de toiles d'araignées, et l'a écartée. Dessous, il ne portait qu'un tee-shirt, mais en comparaison avec moi, il avait les bras chauds, si chauds que j'ai senti la chaleur de sa peau lorsque nous nous sommes renfoncés dans le canapé à deux places, sans vraiment nous toucher mais dans une proximité presque gênante.

— Vous avez la chair de poule, a-t-il observé.

Puis, lentement, comme pour me laisser le temps de m'écarter, il a tendu une main et a frotté délicatement la peau de mon avant-bras. J'ai frissonné de nouveau, mais pas de froid cette fois, et pendant un long moment, j'ai éprouvé le désir presque écrasant de fermer les yeux et de me laisser aller contre lui.

— Jack, j'ai dit tandis qu'il s'éclaircissait la gorge.

Le babyphone sur le plan de travail a émis une petite plainte. Petra.

— Je ferais bien d'aller la voir.

Je me suis levée pour poser ma tasse sur le plan de travail, mais j'ai chancelé, étourdie, car je m'étais levée trop vite.

— Hé.

Jack m'a rejointe et a posé une main sur mon bras pour m'aider à retrouver mon équilibre.

— Ça va ?

— Oui, oui.

C'était vrai : mon accès de faiblesse était passé.

— C'est rien. Je fais de l'hypotension, de temps en temps. Je suis juste… Je n'ai pas bien dormi hier soir.

Zut ! Je lui avais déjà dit ça. Il allait se mettre à penser que je perdais les pédales, ajoutant l'amnésie à la liste de mes fragilités. Je valais mieux que ça. J'étais plus forte. Il le fallait.

J'avais salement envie d'une clope, mais le CV que j'avais remis à Sandra disait « non-fumeuse » et je ne voulais pas tirer sur ce fil-là. C'était toute la tapisserie qui aurait pu se défaire.

J'ai regardé malgré moi vers l'œil en forme d'œuf qui scrutait tout depuis le coin de la pièce.

— Jack, qu'est-ce qu'on va dire à Sandra ? ai-je demandé.

Puis le babyphone a retenti de nouveau, un cri plus déterminé que j'ai entendu à la fois par le haut-parleur et par l'escalier.

— On en reparle tout de suite, j'ai dit avant de me précipiter dans l'escalier.

Dix minutes plus tard, j'étais redescendue avec Petra changée de frais, grognon, clignant des yeux, l'air aussi ébouriffée et perdue que j'avais l'impression de l'être moi-même. Elle a fusillé Jack du regard quand je suis revenue dans la cuisine, s'agrippant à mon chemisier comme un petit marsupial, mais quand il lui a gratté le menton, elle a eu un petit rictus contrit, puis un franc sourire lorsqu'il lui a fait une grimace : elle a ri et s'est détournée comiquement, comme le font les petits quand ils savent qu'on est en train de les avoir au charme.

Elle s'est laissé installer sur sa chaise haute avec quelques quartiers de mandarine, et je me suis retournée vers Jack.

— Je disais juste… Sandra et Bill. Il faut qu'on leur parle du grenier, pas vrai ? Ou vous pensez qu'ils sont au courant ?

— Je sais pas trop, a-t-il répondu, pensif.

Il s'est frotté le menton, ses doigts grattant sa repousse de barbe auburn.

— En principe, ils sont assez perfectionnistes, et la façon dont ce placard est barricadé… ça ne ressemble pas à leur travail. Et je ne les vois pas laisser ce merdier là-haut. Pardonne ma grossièreté, Petra, a-t-il ajouté cérémonieusement en inclinant la tête. Toutes ces saletés, je veux dire. Ils ont tout vidé quand ils se sont installés, à ce que je sais. Je n'ai commencé à travailler ici que deux ans après, alors je n'ai pas vu les rénovations, mais Bill est prêt à assommer n'importe qui en parlant de son boulot à la première occasion. Je ne les imagine pas ignorer un truc pareil. Non, à mon avis, ils n'ont jamais ouvert le placard et ils ignoraient l'existence de ce grenier. La clé était assez rétive, ça peut se comprendre qu'ils aient pensé qu'ils n'avaient pas la bonne. Je l'ai forcée parce que j'ai la tête fichtrement dure.

— Mais… le jardin vénéneux, j'ai dit lentement. Ça, ils l'ont bien ignoré, pas vrai ?

— Le jardin vénéneux ? (Il m'a regardée, surpris.) Comment vous êtes au courant de ça ?

— Les filles m'y ont emmenée, ai-je émis laconiquement. Je ne savais pas de quoi il s'agissait, sur le moment. Mais ce que je crois, c'est qu'il s'est passé la même chose, là, non ? Ils ont fermé la porte et oublié ?

— Eh bien… Je… enfin, je crois que c'est différent. Ils ne sont jamais intervenus autant sur le terrain. Il n'y a rien de dangereux, là-haut, en principe.

— Et les graffitis ?

— Oui, c'est un peu bizarre, je vous l'accorde.

Il a bu une longue gorgée de thé et fait la grimace.

— On aurait dit une écriture d'enfant, vous ne trouvez pas ? Mais d'après Jean, il n'y en a pas eu dans la maison depuis quarante ans avant l'installation des Elincourt.

— Oui, on aurait dit un enfant.

Mes pensées se sont de nouveau reportées sur Maddie, puis Elspeth, puis sur les pas que j'avais entendus nuit après nuit.

— Ou… quelqu'un qui imite une écriture d'enfant, j'ai ajouté doucement, et il a hoché la tête.

— Ça pourrait être des vandales, j'imagine, pour tenter d'effrayer les gens. C'est vrai que la maison est restée vide pendant longtemps. Mais… non, ça n'a pas de sens. Des vandales n'auraient pas refermé derrière eux avec des planches. Ça doit être les précédents propriétaires.

— Le docteur Grant…

Je me suis arrêtée, tentant de formuler la question qui me trottait dans la tête depuis que j'avais lu l'article de journal.

— Vous avez… enfin je veux dire, vous êtes… ?

— De la famille ? (Jack a ri et secoué la tête.) Mon Dieu, non. Les Grant, par ici, ça court les rues. Enfin, j'imagine qu'on faisait tous partie du même clan dans le temps, mais nos familles ne sont pas apparentées, à l'heure actuelle. Je n'avais même jamais entendu parler de lui avant de commencer à bosser ici. Il aurait tué sa fille, le salaud, c'est ça l'histoire ?

J'ai baissé les yeux sur Petra, sur la courbe tendre, vulnérable, de son crâne sous son duvet de bébé.

— Je ne sais pas ce qui lui est arrivé. Apparemment, elle a mangé des baies vénéneuses, d'après l'enquête.

— J'ai entendu dire qu'il avait expérimenté le fruit de ses recherches sur elle. C'est ce que vous diront les gens de Carn Bridge, si vous leur posez la question.

— Mon Dieu !

J'ai secoué la tête, sans trop savoir si c'était de déni ou de dégoût. Il y avait quelque chose d'indiciblement perturbant à entendre cette suggestion formulée par la voix joyeuse et désinvolte de Jack, et je ne savais pas ce qui me faisait le plus flipper : l'idée que le docteur Grant ait pu tuer sa propre fille sans en être inquiété, ou le fait que les ragots locaux l'aient visiblement jugé et condamné en l'absence de toute preuve tangible.

Il semblait impossible, cependant, que quelqu'un empoisonne son propre enfant, et cela n'allait pas franchement avec le visage défait, fou de chagrin, que j'avais vu sur Internet. Il avait l'air d'un homme détruit par sa propre douleur et son désespoir, et soudain, j'ai éprouvé le besoin de le défendre.

— L'article que j'ai lu disait qu'Elspeth avait cueilli par erreur des baies de laurier-cerise en les prenant pour des baies de sureau, ou un truc comme ça, et que la cuisinière en avait fait de la confiture sans s'en rendre compte. Je ne vois pas comment ça pourrait être autre chose qu'un accident.

— Eh bien, à en croire les gens d'ici, il était…

Il s'est arrêté, regardant Petra, et a semblé se raviser, même si elle était trop petite pour comprendre ce que nous racontions. Il y avait quelque chose d'obscène à discuter de telles horreurs en sa présence.

— Bah, laissez tomber. Ce n'est pas une belle histoire, dans les deux cas.

Il a vidé sa tasse et l'a rangée soigneusement dans le lave-vaisselle, puis il a eu un petit rictus ironique, bien différent de son grand sourire expansif habituel.

— Ce n'est pas pour rien que la maison est restée vide pendant dix ans avant que Sandra et Bill l'achètent. Il n'y a pas grand monde dans la région qui se serait installé à Struan, même avec les moyens de la rénover.

Struan. Le titre de l'article m'a fait frissonner légèrement, venant me rappeler que, même si Sandra et Bill s'étaient employés à l'effacer, cette maison avait un passé, et les habitants de Carn Bridge s'en souvenaient. Mais Jack a poursuivi sans se démonter :

— Vous voulez que je fasse quoi, alors ?

— Moi ? j'ai demandé, surprise. Pourquoi ce serait moi qui déciderais ?

— Eh bien, le grenier donne dans votre chambre. Je ne suis pas superstitieux mais je n'aimerais pas trop dormir à côté de ce bazar, pour ma part.

J'ai tressailli malgré moi.

— Ouaip. Moi non plus. Alors… quelles sont mes options ?

— Eh bien, je suppose que je peux reclouer des planches et laisser Sandra et Bill décider à leur retour. Ou je peux essayer de… nettoyer un peu ce grenier.

— Le nettoyer ?

— Repeindre par-dessus ces inscriptions. Mais il faudrait le laisser ouvert. Enfin, je veux dire, je pourrais fermer la porte à clé, mais ça ne vaut pas le coup de reclouer des planches si on a l'intention d'y retourner. Je ne sais pas ce que vous en pensez.

J'ai hoché la tête en me mordant la lèvre. Pour être honnête, je ne voulais plus dormir dans cette chambre, et je n'étais d'ailleurs pas certaine de le pouvoir. L'idée de me retrouver allongée dans ce lit à écouter le *crac... crac...* des planches, ces inscriptions délirantes à quelques mètres de moi, avec pour toute protection une porte de placard fermée à clé... eh bien, ça me paniquait. Mais l'idée de reclouer des planches ne semblait pas tellement plus alléchante.

— Je pense qu'on devrait repeindre, ai-je dit enfin. Si Sandra et Bill sont d'accord, bien sûr. On ne peut pas... on ne peut pas laisser ça *comme ça*. C'est trop affreux.

Jack a approuvé d'un hochement de tête. Puis il a sorti le jeu de clés de sa poche arrière, où il l'avait rangé, et a retiré tant bien que mal de l'anneau la clé noire du grenier.

— Qu'est-ce que vous faites ? ai-je demandé lorsqu'elle s'est détachée avec un petit cliquetis.

Il me l'a tendue.

— Prenez-la.

— Moi ? Mais je ne veux pas...

J'ai tenté de dissimuler l'ampleur de la révulsion que je ressentais.

— Je ne veux pas remonter là-dedans.

— Je sais bien. Mais à votre place, ça me rassurerait de savoir que c'est moi qui ai la clé.

J'ai serré les lèvres et pris la clé. Elle était lourde et très froide, mais il avait raison. J'éprouvais... pas vraiment une impression de puissance, mais au moins une illusion de maîtriser la situation. Cette porte était fermée. Et j'étais la seule à pouvoir la déverrouiller.

Je l'ai enfoncée dans la poche de mon jean. J'étais en train de chercher mes mots lorsque Jack a hoché de nouveau la tête, mais cette fois en regardant sa montre.

— Vous avez vu l'heure ?

J'ai consulté mon portable.

— Ouille !

J'étais en retard pour aller chercher les filles.

— Il faut que j'y aille, mais… mais merci, Jack.

— Pourquoi ? (Il avait l'air sincèrement surpris.) La clé ?

— Non. Juste… je ne sais pas. Pour m'avoir prise au sérieux. Pour ne pas vous être moqué de moi parce que je flippais.

— Écoutez. (Son visage s'est adouci.) Ces inscriptions, elles m'ont fait flipper aussi, et je dors de l'autre côté de la cour. Mais c'est fini, OK ? Fini les bruits mystérieux, les inscriptions, inutile maintenant de se demander ce qu'il y a derrière cette porte. On le sait, c'est glauque, un peu triste, mais c'est fait, d'accord ?

— D'accord.

J'ai hoché la tête. J'aurais dû me douter que c'était trop beau pour être vrai.

J'ai souvent eu peur, en prison, monsieur Wrexham. La première nuit, couchée là à écouter les rires, les cris et les hurlements des autres femmes en essayant de m'habituer à la sensation que ces murs de béton étroits se refermaient sur moi, et beaucoup, beaucoup d'autres nuits par la suite. Et plus tard, après qu'une des détenues m'a cassé la figure au réfectoire, quand on m'a transférée dans une autre aile pour ma propre sécurité, tandis que j'étais là, tremblante dans une cellule inconnue, me remémorant la haine sur le visage de cette fille qui m'a agressée et le fait que les gardiennes avaient attendu un poil trop longtemps avant d'intervenir, quand je comptais les heures jusqu'au lendemain, où je devrais de nouveau affronter tout ce beau monde. Et les nuits où viennent les rêves, et où je revois son visage, et me réveille avec l'odeur du sang dans les narines, grelottante.

Ah, ça, j'ai eu peur.

Mais je n'ai jamais eu tout à fait aussi peur que cette nuit-là à Heatherbrae.

Par chance, les filles se sont écroulées tôt ; elles étaient toutes trois K.-O. à 20 h 30.

À 20 h 45, je suis donc montée à la chambre du dernier étage, que je n'arrivais plus à considérer comme *la mienne*.

En touchant la poignée de la porte, je me suis aperçue que je tremblais. Je ne pouvais m'empêcher d'imaginer une créature horrible prête à en jaillir pour m'attaquer et me réduire à néant. À moins que les inscriptions ne se soient répandues comme un cancer de la pièce fermée pour envahir la chambre. Mais lorsque j'ai réussi à pousser la porte, avec une violence qui lui a fait heurter bruyamment le mur, il n'y avait rien. Le placard était fermé et la chambre avait exactement la même apparence que la première fois que je l'avais vue, si ce n'était quelques traces de poussière que Jack et moi avions laissées sur la moquette dans notre hâte à quitter le grenier.

Cependant, je savais que je ne pouvais en aucun cas dormir là, donc j'ai glissé ma main sous mon oreiller pour en sortir mon pyjama, le plus vite possible, comme si je m'attendais à trouver une chose affreuse tapie là. Je me suis changée et brossé les dents dans la salle de bains, puis j'ai roulé mon édredon et je l'ai apporté en bas, dans la salle télé.

Si je ne faisais que m'allonger et attendre le sommeil, je risquais d'attendre longtemps, peut-être toute la nuit, pendant que les images du grenier s'immisceraient dans ma tête ainsi que les mots sur les murs. M'abrutir avec un film familier me semblait plus indiqué. Au moins, si j'avais une bande-son pleine de gros rires pour me distraire, je n'allais pas sursauter à chaque craquement du plancher ou chaque soupir des chiens. Je ne savais pas si je pourrais supporter de rester couchée en silence, à l'affût du moindre bruit.

Friends, c'était le choix idéal. J'ai lancé la série sur l'énorme écran, j'ai remonté la couette sous mon menton… et j'ai dormi.

Quand je me suis réveillée, c'était avec un sentiment de désorientation totale. La télé s'était mise en stand-by dans la nuit, et le jour ruisselait sous les stores occultants de la pièce.

Il y avait un poids lourd et chaud sur mes jambes… non… *deux* poids, et j'avais la poitrine serrée, la respiration sifflante.

Quand je me suis redressée en écartant mes cheveux de ma figure, j'ai regardé, m'attendant à voir les deux chiens, mais il n'y avait qu'un monstre poilu et noir étalé au pied du canapé. L'autre petit corps chaud, c'était Ellie.

— Ellie ? j'ai fait d'une voix rauque.

J'ai tâté la poche de ma robe de chambre. Ma Ventoline s'y trouvait, comme d'habitude, mais elle a heurté un objet étranger quand je l'en ai sortie, et avec une étrange montée d'adrénaline, je me suis souvenue de la clé et des événements fous de la veille. Puis j'ai essuyé l'embout de la Ventoline sur ma manche, je l'ai porté à mes lèvres et j'ai inspiré un grand coup. Le soulagement a été immédiat ; j'ai respiré plus profondément, sentant ma poitrine se détendre, puis j'ai répété :

— Ellie. Chérie, qu'est-ce que tu fais là ?

Elle s'est réveillée en clignant des yeux, un peu perdue, puis a compris où elle se trouvait et m'a souri.

— Bonjour, Rowan.

— Bonjour à toi, mais qu'est-ce que tu fais là ?

— Je ne pouvais pas dormir. J'ai fait un mauvais rêve.

— Eh bien, d'accord, mais...

Mais... quoi ? Je ne savais trop que dire. Sa présence m'avait secouée. Combien de temps avait-elle arpenté la maison toute seule la nuit dernière sans que je l'entende ? Manifestement, elle avait réussi à sortir de son lit et à se glisser à côté de moi à mon insu.

Cela dit, je ne pouvais plus y faire grand-chose. J'ai dégagé mes jambes de sous le chien et je me suis levée.

À ce moment-là, quelque chose est tombé des plis de l'édredon et a heurté le sol avec un choc sourd.

Le bruit m'a fait sursauter. Avais-je renversé une tasse à café oubliée ? J'avais bu un lait chaud la veille au soir, mais j'aurais juré que je l'avais laissée sur la table basse. D'ailleurs, oui, elle était toujours posée sur son sous-verre. Alors d'où venait ce bruit ?

Ce n'est que lorsque j'ai tiré les rideaux et plié la couette que je l'ai vue. Elle avait roulé à demi sous le canapé avant de stopper sa course face à moi, si bien que son regard mauvais et son sourire fêlé semblaient se moquer de moi.

C'était la tête de poupée du grenier.

Un sentiment d'effroi m'a envahie… C'était comme si quelqu'un avait renversé un seau d'eau glacée sur ma tête, un déluge paralysant de terreur pure, qui m'a laissée incapable de faire quoi que ce soit d'autre que rester plantée là, tremblante, souffle coupé.

J'ai entendu, comme venue de loin, la petite voix grêle d'Ellie qui demandait :

— Rowan, est-ce que ça va ? Ça va, Rowan ? Tu as l'air bizarre.

Il m'a fallu un effort phénoménal pour m'arracher à la panique et m'apercevoir qu'elle me parlait, et que je devais répondre.

— Rowan !

Sa voix avait un accent à la fois plaintif et craintif, et elle a tiré sur mon haut de pyjama, ses petits doigts froids contre la peau de ma taille.

— *Rowan !*

— Je… Ça va, mon chou, ai-je réussi à articuler.

Ma voix me paraissait bizarre et rauque, et j'avais envie de m'écrouler sur le canapé, mais je ne pouvais me résoudre à m'approcher de cette… de cette *chose* avec son petit sourire sardonique.

Je n'avais pourtant pas le choix. Je ne pouvais pas la laisser là-dessous, petite grenade obscène prête à exploser.

Comment était-elle arrivée là ? Jack avait fermé la porte à clé, je l'avais *vu* faire. Et il m'avait précédée dans l'escalier quand nous étions descendus. Et j'avais la clé dans ma poche. Je la sentais contre ma cuisse, réchauffée par la chaleur de mon corps. Avais-*je*… Se pouvait-il que ce soit moi qui… ?

Mais non. C'était absurde. Impossible.

Et pourtant, elle se trouvait là.

Pendant que j'essayais de me reprendre, Ellie s'est penchée pour voir ce que je fixais et a poussé un petit glapissement.

Elle s'est accroupie, les fesses en l'air comme le bébé qu'elle était encore à moitié, et j'ai entendu tel un rugissement, ma propre voix qui criait :

— Ellie, pour l'amour du ciel, ne touche pas à ça !

Je me suis sentie la soulever dans mes bras sans me rendre compte de ce que je faisais.

Il y eut un long silence. Ellie reposait, molle et lourde dans mes bras. Je percevais ma respiration haletante. Puis tout son corps s'est raidi, elle a laissé échapper un long gémissement indigné et s'est mise à pleurer, comme un enfant qui se fait gronder pour une chose qu'il ne savait pas interdite.

— Ellie, j'ai commencé.

Mais elle se débattait dans mes bras, le visage transformé par la peine et la colère.

— Ellie, attends, je ne voulais pas…

— Lâche-moi ! a-t-elle hurlé.

Mon instinct m'a dicté de la serrer plus fort, mais elle s'agitait, enfonçant ses ongles dans mes bras.

— Ellie… Ellie, calme-toi, tu me fais mal.

— Je m'en fiche ! Lâche-moi !

Je me suis agenouillée péniblement, en tentant d'éviter de prendre un coup dans la figure, et l'ai laissée glisser sur le tapis, où elle s'est effondrée en gémissant.

— T'es méchante ! T'as crié !

— Ellie, je ne voulais pas te faire peur, mais cette poupée…

— Va-t'en ! Je te déteste !

Puis elle s'est levée et a quitté la pièce en courant, me laissant avec des écorchures sur les bras, penaude. Je l'ai entendue grimper l'escalier quatre à quatre et claquer la porte de sa chambre.

J'ai poussé un soupir et je me suis rendue dans la cuisine, où j'ai lancé la tablette. Quand j'ai cliqué sur la caméra, j'ai vu Ellie à plat ventre sur son lit, en train de pleurer toutes les larmes de son corps, pendant que Maddie se frottait les yeux, ensommeillée, visiblement perplexe d'être réveillée ainsi.

Merde. Elle était venue me trouver dans la nuit pour se rassurer, et pendant un instant, j'avais cru qu'on avait franchi un cap. Puis j'avais tout bousillé. Une fois de plus.

Tout ça à cause de cette saleté de tête de poupée.

Je devais m'en débarrasser, mais je ne pouvais me résoudre à la toucher. J'ai fini par trouver un sac-poubelle dans la buanderie. Je l'ai glissé sur ma main, à l'envers, comme un gant de fortune, me suis mise à genoux et j'ai passé le bras sous le canapé.

Je me suis aperçue que je retenais ma respiration, comme une idiote, en tâtonnant dans l'espace sombre et poussiéreux, cherchant la petite tête dure du bout des doigts. Je suis d'abord tombée sur des cheveux, juste quelques mèches en bataille, car le petit crâne de porcelaine était presque chauve, après quoi j'ai refermé la main dessus en un seul geste ferme et vif, comme si je ramassais un cadavre de rat ou un insecte dont on craint encore qu'il ne pique, même mort.

Je la tenais fermement, comme pour l'empêcher d'exploser ou de m'échapper. Elle n'a fait ni l'un ni l'autre. Mais quand je me suis levée avec précaution, j'ai senti une douleur dans mon index : un éclat de verre, si pointu que je l'avais à peine senti entrer. Il avait percé le sac et s'était enfoncé dans mon doigt qui saignait, de grosses gouttes tombant régulièrement sur le plancher. La tête n'était pas en porcelaine, en fait, mais en verre peint.

Devant l'évier, j'ai retiré le morceau de verre et enveloppé mon doigt dans une feuille d'essuie-tout avant de rouler la tête dans un torchon et dans un autre sac-poubelle. J'ai noué celui-ci et je l'ai fourré tout au fond du vide-ordures, comme si j'enterrais un cadavre. Mon doigt m'a fait mal quand j'ai forcé, et j'ai tressailli.

— Qu'est-ce qui est arrivé à Ellie ?

La voix m'a fait sursauter, comme si j'avais été surprise en train de cacher la preuve d'un méfait pendable. En me retournant, j'ai vu Maddie debout sur le seuil. Son expression était un peu moins agressive que d'habitude et, avec ses cheveux dressés sur sa tête, elle ressemblait à ce qu'elle était : une petite fille hirsute tombée du lit trop tôt.

— Oh, c'est ma faute, ai-je dit d'un ton chagrin. Je crains de lui avoir crié dessus. Elle allait toucher du verre brisé et je lui ai fait peur en tentant de l'en empêcher. Je pense qu'elle a cru que j'étais en colère… Je ne voulais juste pas qu'elle se blesse.

— Elle dit que tu as trouvé une poupée et que tu ne voulais pas la laisser jouer avec ?

— Il n'y a que la tête. (Je n'avais pas envie d'entrer dans les détails avec Maddie.) Mais elle était en verre, et tranchante à l'endroit de la cassure. Je me suis coupée en la ramassant.

J'ai montré ma main en guise de preuve et elle a hoché la tête d'un air sombre, visiblement satisfaite de mon explication.

— OK. Je peux avoir des Coco Pops pour le petit déjeuner ?

— Peut-être. Mais, Maddie…

Je me suis interrompue, ne sachant trop comment formuler la question que je voulais poser. Notre rapprochement semblait si fragile que je craignais de le mettre en péril, mais il y avait trop d'interrogations brûlantes dans ma tête pour que j'abandonne complètement le sujet.

— Maddie, est-ce que tu as déjà… tu sais d'où elle venait, cette poupée ?

— Comment ça ? (Elle avait l'air perplexe, innocente.) On en a plein, des poupées.

— Je sais, mais c'était une poupée spéciale, ancienne.

Je n'ai pas pu me résoudre à ressortir la tête cauchemardesque de la poubelle, alors j'ai pris mon téléphone, entré « poupée victorienne » dans Google Images, et fait défiler les résultats jusqu'à ce que j'en trouve une qui ressemble à celle du grenier, dans une version légèrement moins malveillante. Maddie l'a regardée en plissant le front.

— Il y en avait une comme ça à la télé, une fois. C'était une émission sur les ventes d'enquites.

— Enquites ?

— Oui, les vieilles choses qui coûtent beaucoup d'argent. Une dame voulait vendre une vieille poupée, mais le présentateur lui a dit qu'elle ne valait rien.

— Oh… les antiquités. Je vois l'émission dont tu parles. Mais tu n'en as jamais vu en vrai ?

— Je ne crois pas.

Elle s'est détournée, et j'ai tenté de déchiffrer son expression. Était-elle *trop* détachée ? Une enfant normale ne s'intéresserait-elle pas plus que ça ? Mais je me suis secouée. À remettre tout en question comme ça, je virais à la paranoïa. Les enfants sont égocentriques. Je le savais très bien, par la crèche. Zut, plein d'*adultes* n'auraient pas eu la curiosité d'en savoir plus sur un sujet pareil.

J'essayais de trouver le moyen de ramener la conversation sur les inscriptions du mur et les pâtes alphabet de Maddie quand elle a changé brusquement de sujet, ramenant sa question d'origine avec l'entêtement caractéristique des enfants de son âge.

— Alors, je *peux* avoir des Coco Pops ?

— Eh bien…

Je me suis mordu la lèvre. Les filles consommaient de plus en plus souvent des aliments de la liste « Occasionnels ». Mais bon, Sandra n'en aurait pas eu à la maison si elle ne voulait pas qu'elles en mangent, non ?

— Oui, si tu veux, juste pour aujourd'hui. Mais c'est la dernière fois cette semaine, OK ? Demain, on repasse aux céréales complètes. Monte mettre ton uniforme pour l'école, je te prépare ça pour quand tu redescends. Et tu veux bien dire à Ellie qu'il y aura aussi un bol pour elle, si ça lui dit ?

Elle a fait oui de la tête et, tandis qu'elle disparaissait dans l'escalier, j'ai mis la bouilloire à chauffer.

Je donnais une cuillerée de porridge à Petra de ma main blessée lorsqu'un petit visage est apparu à la porte de la cuisine et a disparu aussitôt, laissant un morceau de papier glisser sur le sol.

— Ellie ? j'ai lancé.

Mais il n'y a pas eu de réponse, juste des bruits de pas qui s'éloignaient. Avec un soupir, je me suis assurée que les sangles de Petra étaient bien fixées et suis allée ramasser le papier.

À ma grande surprise, c'était une lettre tapée à la machine, format e-mail, mais sans sujet ni destinataire. Sous l'en-tête Gmail, il y avait une unique phrase, sans ponctuation.

Cher Owen, je suis désolée de t'avoir griffée et échappé et d'avoir dit que je te déteste s'il te plaît ne sois pas fâchée et ne t'en va pas comme les autres je suis vraiment désolée bisous Ellie p. S. je me suis habillée toute seule

Cher Owen ? Les mots m'ont fait froncer les sourcils, mais l'intention du reste du message ne laissait pas de place au doute. J'ai détaché Petra, je l'ai installée dans son parc, et j'ai repris la lettre.

— Ellie ?

Silence.

— Ellie, j'ai eu ta lettre, je suis vraiment désolée d'avoir crié. Je peux te demander pardon aussi ?

Après une longue pause, une petite voix a répondu :

— Je suis là.

J'ai traversé la salle télé jusqu'au salon. À première vue, il paraissait vide, mais un mouvement a capté mon regard et j'ai avancé lentement jusqu'à l'autre bout de la pièce, plongée dans la pénombre car le soleil du matin n'y pénétrait pas encore. Elle était coincée entre le bout du canapé et le mur, presque invisible à part ses cheveux blonds et le bout de ses chaussures qui dépassaient.

— Ellie.

Je me suis accroupie, montrant la lettre.

— C'est toi qui as écrit ça ?

Elle a acquiescé.

— C'est très bien. Comment tu as su l'orthographe ? Maddie t'a aidée ?

— Je l'ai fait moi-même. Juste… le gland m'a aidée.

— Le gland ?

J'étais interdite, mais elle a hoché la tête.

— Tu cliques sur le gland et tu lui dis ce que tu veux écrire et il l'écrit pour toi.

— Quel gland ? (J'étais perplexe.) Tu peux me montrer ?

Ellie a rougi de plaisir timide à l'idée de démontrer sa propre habileté, et elle est sortie de son petit coin. Il y avait de la poussière sur sa jupe d'école et elle avait interverti ses chaussures, mais j'ai ignoré ces détails et je l'ai suivie jusqu'à la cuisine, où elle a pris la tablette, ouvert Gmail et appuyé sur l'icône du micro, au-dessus du clavier. Une lumière s'est allumée. C'est vrai que ça ressemblait un peu à un gland stylisé, en particulier si on n'avait pas idée de l'apparence d'un micro à l'ancienne.

Puis elle a parlé dans la tablette.

— Chère Rowan, c'est une lettre pour dire que je suis vraiment désolée, bisous, Ellie, a-t-elle dit lentement, prononçant les mots aussi distinctement que le lui autorisait son palais enfantin.

Cher Owen (les lettres se sont matérialisées sur l'écran

comme par magie) *c'est une lettre pour dire que je suivrais* – (il y a eu une pause infinitésimale et l'application s'est autocorrigée) *suis vraiment désolée bisous Ellie.*

— Et ensuite tu appuies sur les points, là, et ça s'imprime dans le bureau de papa, a-t-elle dit fièrement.

— Je vois.

Je ne savais pas si j'avais envie de rire ou de pleurer. En guise de conciliation, je me suis accroupie et je l'ai prise dans mes bras.

— Eh bien, tu es très intelligente, et c'est une lettre adorable. Et je suis vraiment désolée aussi. Je n'aurais pas dû crier, et je te promets que je ne vais pas partir.

Elle s'est serrée contre moi, respirant lourdement dans mon cou, sa petite joue potelée et chaude contre la mienne.

— Ellie, j'ai dit doucement.

J'ignorais si je m'apprêtais à détruire notre confiance gagnée de haute lutte, mais j'étais incapable de m'empêcher de poser la question.

— Ellie, je peux te demander un truc ?

Elle n'a rien dit, mais je l'ai vue hocher la tête.

— Est-ce que… est-ce que c'est toi qui as mis cette tête de poupée sur mes genoux ?

— Non !

Elle s'est reculée et m'a regardée, un peu indignée, mais moins que je ne l'avais craint. Elle a secoué la tête avec véhémence, ses cheveux volant autour d'elle. Elle avait les yeux écarquillés, et j'y ai lu son entêtement désespéré à être crue. Mais pourquoi ? Parce qu'elle disait la vérité ? Ou parce qu'elle mentait ?

— Tu es sûre ? Je te promets que je ne me fâcherai pas. C'est juste que… je me demandais comment elle était arrivée là, c'est tout.

— C'est *pas moi*, a-t-elle répété, tapant du pied.

— OK, OK.

J'ai reculé un peu, ne voulant pas perdre le terrain gagné, aussi minime soit-il.

— Je te crois.

Il y a eu un silence, et elle a glissé sa main dans la mienne.

— Alors...

J'avançais prudemment, mais c'était trop important pour ne pas insister un peu.

— Tu... tu sais qui c'est ?

Elle a détourné les yeux, évitant mon regard.

— Ellie ?

— C'était une autre petite fille, a-t-elle dit.

Et cette fois, j'ai su que je n'en obtiendrais pas davantage d'elle.

— Maddie, Ellie, venez !

J'étais dans le couloir, clés en main, quand Maddie a dévalé l'escalier, déjà en manteau et chaussures.

— Ah, c'est bien, ma chérie. Tu as attaché tes lacets toi-même !

Elle s'est glissée derrière moi, esquivant mes bras tendus, mais Ellie, en sortant des toilettes du rez-de-chaussée, a été moins rapide et je l'ai interceptée en rugissant comme un ours. J'ai fait un bisou sur son petit bidon tout mignon et je l'ai reposée par terre. Elle a ri et poussé de petits glapissements. Ensuite, je l'ai regardée filer à la voiture sur les pas de sa sœur.

Je me suis retournée pour porter leurs cartables et, ce faisant, j'ai failli rentrer dans Mme McKenzie qui se tenait sous l'arc voûté menant à la cuisine, les bras croisés.

— Merde !

Le mot m'a échappé et j'ai rougi, exaspérée de donner un argument à son inimitié.

— Je veux dire zut ; je ne vous avais pas entendue arriver, madame McKenzie. Désolée, vous m'avez fait sursauter.

— Je suis passée par-derrière, j'avais de la boue sur mes chaussures.

C'est tout ce qu'elle a dit, mais il y avait quelque chose d'un peu plus doux que de coutume sur son visage, tandis qu'elle suivait des yeux les filles qui couraient vers la voiture.

— Vous êtes… (Elle s'est interrompue en secouant la tête.) Non, rien.

Elle a plissé les lèvres et j'ai croisé les bras, me préparant à la suite. Et là, de façon tout à fait inattendue, elle a souri, un sourire qui a métamorphosé son visage un peu sinistre et l'a rajeunie de plusieurs années.

— Je m'apprêtais juste à dire que vous vous en sortez très bien avec les petites. Mais vous feriez mieux de vous dépêcher, ou vous allez être en retard.

Tandis que je rentrais de l'école primaire de Carn Bridge, Petra sanglée sur le siège bébé derrière moi, montrant la vitre en babillant, je me suis remémoré la première fois que j'avais fait cette route avec Jack. Le soleil du soir dorait les collines et la Tesla bourdonnait discrètement tandis que nous sillonnions les champs d'herbe rase, où paissaient les moutons et les vaches des Highlands, et franchissions des petits ponts de pierre. Aujourd'hui, il faisait gris, il bruinait et le paysage était tout différent, morose, austère, et vraiment pas estival. Même les vaches avaient l'air déprimées, la tête basse, la pluie dégoulinant du bout de leurs cornes.

Lorsque le portail s'est ouvert et que nous nous sommes engagées dans l'allée, une impression fulgurante de déjà-vu m'a saisie : je revivais la scène de mon arrivée, le souffle coupé face à l'idée de l'aventure qui se profilait. Nous avons abordé le dernier virage, et la façade victorienne de la maison est apparue, recréant l'émotion éprouvée en la découvrant la première fois, ouverte à l'inconnu.

Je mesurais les changements opérés par Bill et Sandra qui avaient revisité le reste de sa structure, à présent toute de verre et d'acier.

En dernier lieu, mon regard s'est égaré sur le toit, les briques d'ardoise mouillées et glissantes de pluie. La fenêtre qu'avait fermée Jack n'était pas visible d'ici, car elle donnait de l'autre côté, mais je savais qu'elle était là, et cette simple idée me faisait frissonner.

La voiture de Jean McKenzie n'était plus dans l'allée, elle avait déjà dû repartir, et je n'ai vu nulle trace de Jack et des chiens. Avec tout ce qui s'était passé, j'hésitais à entrer dans la maison toute seule. Au point où j'en étais, me suis-je dit en garant la voiture et en défaisant les sangles du siège de Petra, même repousser les chiens pour essayer de les empêcher de coller leur museau sous ma jupe aurait été une distraction bienvenue par rapport à la surveillance silencieuse de la maison, avec ses yeux de verre en forme d'œuf qui m'observaient depuis tous les coins.

Au moins, dehors, je pouvais penser, ressentir et parler sans faire attention à chacun de mes mots, à chacune de mes expressions, de mes humeurs.

Je pouvais être *moi*, sans crainte de faire une gaffe.

— Viens, j'ai dit à Petra.

J'ai défait les sangles du siège de Petra, sorti sa poussette du coffre et je l'ai installée dedans, remontant la housse de pluie.

— On va aller se promener.

— Moi marcher ! a crié Petra, poussant les mains contre le plastique, mais j'ai secoué la tête.

— Non, ma chérie, c'est trop mouillé, et tu n'as pas ton imper. Reste bien au chaud là-dedans.

— Flagues ! a fait Petra, désignant quelque chose à travers le plastique. Sauter flagues de goue !

Il m'a fallu une seconde pour comprendre ce qu'elle disait ; j'ai suivi son regard jusqu'à l'énorme flaque qui s'était formée au milieu de la cour de l'ancienne écurie, et j'ai saisi.

Les flaques de boue. Elle voulait sauter dans des flaques de boue.

— Oh ! Comme Peppa Pig, tu veux dire ? (Elle a hoché vigoureusement la tête.) Tu n'as pas tes bottes en caoutchouc, mais regarde…

Je me suis mise à marcher plus vite, puis j'ai couru avec la poussette dans la flaque, sentant l'eau nous éclabousser et asperger mon anorak et la housse en plastique.

Petra a hurlé de rire.

— Encore ! Plus goue !

Il y avait une autre flaque plus loin, au coin de la maison, et pour lui faire plaisir, j'ai foncé dedans aussi, puis dans une autre sur le sentier de gravier qui menait vers les massifs.

Lorsque nous sommes arrivées au potager, j'étais trempée et hilare ; je commençais à avoir étonnamment froid, et la maison me parut soudain un peu plus accueillante. Elle était peut-être truffée de caméras et de gadgets technologiques aux réglages capricieux, mais au moins il y faisait chaud et sec et, tout d'un coup, mes peurs de la nuit ne me semblaient pas seulement exagérées, mais risibles.

— Goue ! a crié Petra, se tortillant sous ses sangles. Encore goue !

Mais j'ai secoué la tête en riant aussi.

— Non, ça suffit, ma chérie ! Regarde !

J'ai fait le tour de la poussette pour me planter devant elle, et à la vue de mon jean trempé, elle a ri de nouveau, son petit visage tout plissé et déformé à travers le plastique froissé.

— Woan mouillée !

Woan. C'était la première fois qu'elle tentait de prononcer mon nom, et j'ai senti mon cœur se gonfler d'amour mais aussi d'une sorte de tristesse, à cause de tout ce que je ne pouvais pas lui dire.

— Oui ! j'ai approuvé, une boule dans la gorge mais le sourire sincère. Oui, Rowan est mouillée !

C'est en faisant demi-tour que je me suis aperçue de la distance que nous avions parcourue : nous étions presque au bout du sentier qui menait au jardin vénéneux. J'ai jeté un coup d'œil à l'enclos par-dessus mon épaule en remontant

Petra dans la pente raide de la piste de brique, et je me suis arrêtée net.

Il y avait eu un changement depuis ma dernière visite.

Quelque chose faisait défaut.

Il m'a fallu une minute pour comprendre. La cordelette qui bloquait le portail n'était plus là.

— Juste une seconde, Petra, j'ai dit.

Ignorant ses réclamations de « encore goue ! », j'ai mis le frein de sa poussette et couru jusqu'au portail d'acier, où le docteur Grant avait été photographié tant d'années plus tôt, posant fièrement devant cette grille que j'avais solidement fixée avec un nœud haut pour ne pas être atteint par une main d'enfant.

La ficelle de cuisine blanche avait complètement disparu. Elle n'était pas seulement détachée, ou coupée et écartée, elle s'était évaporée.

Quelqu'un avait réduit à néant toutes mes précautions.

Mais qui ? Et pourquoi ?

J'ai lentement redescendu la pente pour retrouver Petra, qui s'agitait de plus en plus. Cette question n'a cessé de me perturber, tandis que je la poussais péniblement vers l'autre versant de la colline, où la maison nous attendait.

Lorsque je suis arrivée à la porte, Petra était de mauvaise humeur et ronchonnait, et en consultant ma montre, je me suis aperçue que l'heure de son en-cas était largement dépassée ; c'était même bientôt le moment de déjeuner. Les roues de la poussette étaient croûtées de boue mais, puisque j'avais laissé les clés de la buanderie à l'intérieur, je ne pouvais rentrer que par-devant. Je l'ai prise dans mes bras, j'ai plié la poussette comme je l'ai pu, et j'ai laissé l'engin sous le porche. Puis j'ai pressé mon pouce contre le panneau blanc phosphorescent, tandis que la porte s'ouvrait sans bruit.

L'odeur du bacon m'a frappée immédiatement.

— Il y a quelqu'un ?

J'ai posé Petra délicatement sur la dernière marche, puis j'ai fermé la porte et retiré mes bottes fangeuses.

— Bonjour ? Qui est là ?

— Ah, c'est toi.

C'était la voix de Rhiannon. Tandis que je reprenais Petra dans mes bras pour me diriger vers la cuisine, elle est apparue sur le seuil, un sandwich au bacon dégoulinant à la main. Elle avait une mine affreuse, le teint verdâtre et des cernes noirs sous les yeux, comme si elle avait encore moins dormi que moi.

— Ah, tu es rentrée, ai-je observé inutilement.

Elle a levé les yeux au ciel et m'a dépassée à grands pas pour se rendre vers l'escalier en mordant dans son sandwich.

— Hé ! je lui ai lancé tandis qu'une grosse tache de sauce brune s'écrasait sur le carrelage. Hé ! Tu pourrais pas prendre une assiette ?

Mais elle était déjà partie vers sa chambre.

Quand elle m'a frôlée, cependant, j'ai senti une odeur indistincte et masquée par la senteur prononcée du bacon, mais si bizarre et pourtant si familière, qu'elle m'a coupée dans ma lancée.

C'était une sorte d'effluve sucré, un peu pourri, qui m'a ramenée vivement à ma propre adolescence, même s'il m'a quand même fallu un instant pour la resituer. Lorsque l'association s'est enfin précisée, j'en ai eu la certitude : il s'agissait de la puanteur de cerise trop mûre de l'alcool bon marché qui se dégage de la peau de quelqu'un un lendemain de cuite.

Merde.

Merde.

Une partie de moi avait envie de me convaincre que ce n'était pas mes affaires : j'étais nurse et j'avais été engagée pour mon savoir-faire avec des jeunes enfants, je n'avais aucune expérience des adolescents et aucune idée de ce que

Sandra et Bill estimaient acceptable. Est-ce que les jeunes de quatorze ans étaient autorisés à boire de nos jours, et était-ce normal ?

Mais quelque part, je savais aussi que j'étais *in loco parentis*. Que Sandra s'en inquiète ou non, j'avais, *moi*, assez de raisons de me tracasser. Et l'attitude de Rhiannon était autant de signaux d'alarme. Restait toutefois à savoir comment y répondre. Ce que je *pouvais* y faire.

Ces questions m'ont tourmentée tandis que je préparais des sandwichs pour Petra et moi, puis la couchais pour sa sieste. Je pouvais aller interroger Rhiannon, mais j'étais assez certaine qu'elle aurait une excuse toute prête, en admettant qu'elle daigne m'adresser la parole.

Puis je me suis rappelé Cass. Faute de mieux, elle pourrait m'expliquer le déroulement exact de la soirée, et peut-être me faire comprendre si j'exagérais. Une bande de filles de quatorze ans à un anniversaire… Il n'était pas impossible que Cass ait fourni elle-même un peu de punch tout prêt, et que Rhiannon en ait juste bu un de trop.

Le message qu'elle m'avait envoyé était toujours dans ma boîte de réception, je l'ai retrouvé et j'ai composé le numéro.

— Ouaip ?

La voix était rude, écossaise, et tout à fait masculine.

J'ai cligné des yeux, regardé l'écran pour voir si j'avais fait le bon numéro, puis je l'ai rapproché de mon oreille.

— Allô ? ai-je dit prudemment. Qui est-ce ?

— Ici Craig.

On n'aurait pas dit un enfant. La voix devait appartenir à un garçon d'au moins vingt ans, peut-être plus. Et certes pas celle d'une mère de famille, ni même d'un père.

— Mais putain, c'est plutôt moi qui devrais vous demander ça, vous êtes qui, vous ?

J'étais trop choquée pour répondre. Pendant une seconde, je suis restée bouche bée, cherchant mes mots.

— Allô ? a fait Craig, agacé. Allôôô ? (Puis, dans sa barbe :) Pauv' connasses avec leurs foutus faux numéros.

Et il a raccroché.

Sidérée, je me suis rendue lentement à la cuisine, cherchant toujours à comprendre ce qui venait de se produire.

De toute évidence, j'ignorais à qui appartenait ce numéro, mais ce n'était pas celui de la mère d'Elise. Eh bien, ça aurait pu vouloir dire que Rhiannon l'avait mal noté, sauf qu'à mon premier message, j'avais reçu une réponse signée « Cass ».

Ce qui signifiait que Rhiannon m'avait menti.

Et aussi que, très probablement, elle n'était pas du tout sortie avec Elise. Mais plutôt avec Craig.

Aïe !

La tablette était posée sur l'îlot de la cuisine. Je l'ai prise pour tenter de composer un mail à Sandra et Bill.

Le problème était que je ne savais pas par où débuter. Il y avait trop à dire. Devais-je commencer par Rhiannon ? Ou le comportement de Maddie ? Ou devais-je attaquer par mes inquiétudes concernant le grenier ? Les bruits, la manière dont Jack et moi nous y étions introduits, et les inscriptions délirantes ?

Je voulais tout leur raconter : l'odeur de mort, de charogne qui imprégnait encore mes narines, les éclats brisés de la tête de poupée dans la poubelle au bout de l'allée, le dessin de prison de Maddie, ma conversation avec Craig.

Quelque chose ne va pas, avais-je envie d'écrire. *Non, corrigez ça :* rien *ne va*. Seulement… Comment leur parler de Rhiannon et de Maddie sans avoir l'air de critiquer leur éducation ? Comment leur expliquer ce que j'avais vu et entendu dans cette maison sans passer pour une nounou superstitieuse comme les autres ? Comment espérer persuader quelqu'un qui n'avait même pas vu l'intérieur de cette pièce effrayante et mystérieuse ?

Le sujet, d'abord. Tout ce qui me venait semblait soit

désespérément à côté de la plaque, soit affreusement théâtral, et finalement, je me suis rabattue sur *Nouvelles de Heatherbrae.*

OK. OK. Calme et factuel. C'était bien. Maintenant, le corps du message.

`Chers Sandra et Bill`, ai-je tapé, puis je me suis reculée et j'ai mordillé le bord effiloché de mon pansement, cherchant comment continuer.

`D'abord, je dois vous dire que Rhiannon est bien rentrée ce matin, mais j'ai quelques inquiétudes concernant son récit de sa soirée chez Elise.`

OK, c'était bien. C'était clair, c'était factuel et sans accusations. Mais comment enchaîner sur

Ces pauv' connasses avec leurs foutus faux numéros.

Sans parler de

On te hait
Ils sontcolaire
VATEN
On te haie/On te est.

Surtout, comment expliquer que je ne comptais pas, que je ne *voulais* pas dormir de nouveau dans cette chambre, à écouter ces pas inlassables au-dessus, à respirer le même air que ces plumes pourries et poussiéreuses ?

En fin de compte, je suis restée à fixer l'écran en me remémorant le craquement du plancher au-dessus de moi, et ce n'est qu'en entendant les gémissements plaintifs de Petra que j'ai jeté un coup d'œil à la pendule : c'était l'heure d'aller chercher Maddie et Ellie à l'école.

Partie chercher les filles, j'ai tapé dans la fenêtre de messagerie pour Rhiannon, *quand je rentre, il faut qu'on parle*. Puis, laissant le mail non envoyé sur la tablette, je suis montée changer Petra et je l'ai calée dans la voiture.

Je n'ai pas repensé à ce mail avant à peu près 21 heures. L'après-midi s'était bien passé. Maddie et Ellie étaient toutes deux ravies de voir Rhiannon, et elle s'était montrée d'une gentillesse touchante avec elles, loin de l'image de sale gosse d'école privée, à qui tout est dû, qu'elle se donnait avec moi. Elle avait la gueule de bois, ça se voyait, mais elle a joué aux Barbie avec elles dans la salle de jeux pendant deux heures, a mangé de la pizza, et ensuite elle a disparu dans sa chambre pendant que je bataillais avec le bain et les lits, puis bordais les filles avec un bisou avant d'éteindre la lumière.

Lorsque je suis redescendue, je me préparais à la discussion promise, tentant d'imaginer ce qu'aurait fait Rowan la Nounou Parfaite. Ferme, mais diplomate. Ne pas attaquer avec des sanctions et des accusations, plutôt la faire parler.

Rhiannon attendait dans la cuisine, tapotant l'îlot central du bout des ongles. En voyant son accoutrement, j'ai eu du mal à en croire mes yeux. Maquillage appuyé, talons hauts, minijupe, crop top qui laissait voir son nombril percé.

Incroyable !

— Heu, j'ai commencé, mais Rhiannon m'a devancée.

— Je sors.

Pendant une seconde, je n'ai su que répondre. Puis je me suis reprise.

— Je ne crois pas, non.

— Pourtant, si.

J'ai souri. Je pouvais me le permettre. Il commençait à faire nuit. J'avais les clés de la Tesla dans ma poche et la gare la plus proche était à près de quinze kilomètres.

— Tu comptes aller loin, avec ces talons ? j'ai demandé.

Mais Rhiannon m'a rendu mon sourire.

— Non, on vient me chercher.

Merde, merde, merde.

— OK, écoute, Rhiannon, c'est très drôle, d'accord, mais

tu sais très bien que je ne peux absolument pas te laisser faire ça. Je dois appeler tes parents. Je dois leur dire…

Oh, et puis zut, tant pis pour les accusations, je devais lui faire savoir qu'elle s'était fait griller.

— Je dois leur dire que tu puais l'alcool quand tu es rentrée.

Je m'attendais à ce que ces mots lui fassent l'effet d'un coup de poing, mais elle a à peine réagi.

— Je ne crois pas que tu devrais faire ça, a-t-elle simplement dit.

Mais j'avais déjà sorti mon portable.

Je ne l'avais pas consulté depuis un moment et, à mon étonnement, il y avait un mail de Sandra.

J'ai cliqué sur le message, au cas où il s'agirait de quelque chose que je devrais savoir avant de lui parler, et l'en-tête m'a estomaquée.

Re : Nouvelles de Heatherbrae

Quoi ? Avais-je envoyé mon mail sans le vouloir ? Je m'étais connectée à ma boîte Gmail sur la tablette des enfants, celle qu'elles utilisaient pour jouer, et j'ai eu le sentiment affreux de ne pas m'être déconnectée. Petra ou une des filles avaient-elles pu appuyer sur « Envoyer » par accident ?

Prise de panique, j'ai ouvert la réponse de Sandra, m'attendant à quelque chose comme « ??? Qu'est-ce qui se passe ? », mais pas du tout.

Merci pour les bonnes nouvelles, Rowan. Contente que Rhiannon se soit amusée chez Elise. Bill part à Dubaï ce soir et je suis à un dîner chez un client, mais envoyez-moi un texto en cas d'urgence, et j'essaierai de faire un FaceTime avec les filles demain. Amitiés.

Ça n'avait pas de sens. Du moins, ça n'en avait pas jusqu'à ce que je fasse défiler l'écran pour lire le mail que j'étais censée avoir envoyé à 14 h 48, soit vingt bonnes minutes après être partie chercher Maddie et Ellie.

Chers Bill et Sandra,

Juste quelques nouvelles de la maison. Tout va bien, Rhiannon est bien rentrée de chez Elise, et apparemment elle a passé une super-soirée. On a passé un excellent après-midi et elle vous fait honneur à tous les deux. Maddie et Ellie vous embrassent.

Rowan

Il y a eu un silence total, puis je me suis tournée vers Rhiannon.

— Petite merdeuse !

— Charmant, a-t-elle répliqué d'une voix traînante. C'est comme ça qu'on vous fait parler, à Little Nippers ?

— Little... quoi ?

Comment savait-elle où j'avais travaillé ? Mais je me suis reprise, refusant de me laisser démonter.

— Écoute, ne cherche pas à changer de sujet. C'est tout à fait inacceptable, et stupide, par-dessus le marché. D'abord, je suis au courant pour Craig.

À ces mots, une expression de choc est brièvement passée sur le visage de Rhiannon. Elle a bien vite récupéré, reprenant presque aussitôt son masque d'indifférence et d'ennui. Cependant, je l'avais remarquée et je n'ai pu empêcher un sourire triomphal de gagner mon propre visage.

— Eh oui, il ne t'a pas dit ? J'ai appelé « Cass ». Et évidemment, la première chose que je vais faire, c'est joindre ta mère pour lui expliquer que c'est toi qui as envoyé ce mail. Ensuite, je vais lui parler de ce Craig, et raconter que tu te proposes de fiche le camp avec ce mec que je n'ai jamais rencontré, dans un haut qui ne t'arrive même pas au nombril. On verra ce qu'elle aura à dire de ça.

Je ne sais pas ce que j'attendais, peut-être un coup de colère, ou même que Rhiannon se mette à pleurer et à supplier.

Mais elle n'a pas du tout réagi comme ça. Elle a juste souri, d'un sourire plutôt charmant, qui m'a complètement déstabilisée, et elle a dit :

— Oh, je ne crois pas que vous allez faire ça.

— Donne-moi une bonne raison de ne pas le faire !

— Je vais faire mieux que ça. Je vais vous en donner deux. Rachel. Gerhardt.

Oh merde.

Le silence dans la cuisine était absolu.

Pendant une seconde, j'ai cru que mes genoux allaient flancher. J'ai cherché des mains un tabouret et me suis laissée tomber dessus, sentant ma respiration se bloquer dans ma gorge.

J'étais coincée. Je m'en rendais compte, à présent. Mais je ne savais pas encore tout à fait à quel point.

Parce que c'est là que ça se met à sentir très, très mauvais pour moi, n'est-ce pas, monsieur Wrexham ?

C'est là que le dossier de l'accusation fait de moi non plus une personne qui se trouve au mauvais endroit au mauvais moment, mais une personne qui a un mobile.

Parce qu'elle avait raison. Je ne pouvais pas appeler Sandra et Bill.

Je ne le pouvais pas, parce que Rhiannon connaissait la vérité.

Cela ne vous surprendra pas, monsieur Wrexham, pas si vous avez lu les journaux.

Parce que vous aurez su depuis le début que la nurse arrêtée dans l'affaire Elincourt ne s'appelait pas Rowan Caine, mais Rachel Gerhardt.

Mais aux yeux de la police, ça a fait l'effet d'une bombe. Ou non, pas d'une bombe. Plutôt d'une de ces piñatas qui libèrent une pluie de cadeaux quand elles explosent.

Parce que je leur apportais leur solution sur un plateau.

À partir de là, ils se sont donné beaucoup de mal pour chercher comment j'y étais arrivée, comme si j'étais une espèce de génie du crime qui avait tout prémédité en détail. Mais ce qu'ils n'ont pas eu l'air de comprendre, c'est que le tout avait été d'une simplicité extrême, ridicule, tentante. Il n'y avait pas eu de faux en écriture, ni d'utilisation d'identité complexe ou de fabrication de faux papiers. *Comment avez-vous obtenu les faux papiers, Rachel ?* La vérité, c'était qu'il n'y en avait pas. Tout ce que j'avais fait, c'était prendre le dossier de nurse de mon amie Rowan dans l'appart que nous partagions, et montrer ses papiers à Sandra. Extrait de casier judiciaire, inscription à l'Ofsted[1], brevet de secourisme, CV : sur aucun de

1. Organisme national de supervision des personnes au contact de la petite enfance. *(N.d.T.)*

ces documents ne figurait de photo. Je n'avais eu nul besoin de fabriquer le moindre faux, et Sandra n'avait aucun moyen de savoir que la personne qui se présentait à elle n'était pas la détentrice des pièces d'identité qu'elle lui tendait.

J'essayais de me rassurer en me disant que ce n'était pas une énorme supercherie. Après tout, ces qualifications, je les avais vraiment – pour la plupart, en tout cas. J'avais un casier judiciaire vierge et un brevet de secourisme. Comme Rowan, j'avais travaillé avec des tout-petits à Little Nippers, certes pas aussi longtemps qu'elle, et pas au poste de responsable. Et j'avais déjà été nurse, bon, pas autant qu'elle, et je n'étais pas certaine que mes références les auraient autant emballés que les siennes. Mais les fondamentaux y étaient. Cette histoire de nom, c'était juste… un détail. J'avais même un permis doté de tous ses points, comme je l'avais dit à Sandra. Le problème étant que je ne pouvais pas le lui montrer à cause de la photo. Mais tout ce que je lui avais dit, tous les diplômes que j'affirmais avoir, c'était vrai.

Tout, sauf mon nom.

La chance a aussi joué un rôle. J'ai eu du bol que Sandra accède à ma demande et s'abstienne de contacter Little Nippers pour les questionner. Dans le cas contraire, ils lui auraient répondu que Rowan Caine était partie depuis deux mois. Et j'ai eu de la veine qu'elle n'insiste pas pour le permis de conduire.

Et plus encore qu'elle emploie un comptable externe pour verser ses salaires, de sorte que je n'ai jamais été forcée de présenter le passeport de Rowan en personne : je n'ai eu qu'à transférer le scan qu'elle avait laissé sur le bureau de son ordinateur avec les factures que nous partagions.

Et mon plus gros coup de chance, ça a été que les banques, aussi incroyable que ça puisse paraître, ont l'air de se moquer du nom qui se trouve sur un virement du moment que le numéro de compte et le code BIC correspondent. Je ne m'y attendais pas du tout. J'avais passé des nuits sans sommeil à me demander comment débrouiller ça. Prétendre que mon compte était à un autre nom ? Préférer du liquide, ou des chèques adressés à R. Gerhardt, et croiser les doigts en espérant que Sandra ne poserait pas de questions ? J'avais pratiquement éclaté de rire en découvrant que rien de tout cela n'avait d'importance : à partir du moment où vous étiez payé par virement, vous pouviez mettre Donald Duck dans la case destinataire, ça passait quand même. Une négligence inconcevable.

Mais la vérité, c'était qu'au départ, je n'avais même pas réfléchi au-delà de la première étape. Je m'étais concentrée uniquement sur le fait d'obtenir l'entretien, de me rendre à Heatherbrae, de regarder Sandra et Bill dans les yeux. C'était tout ce que je voulais. C'était la seule raison pour laquelle j'avais répondu à cette annonce. Et pourtant, les opportunités n'avaient cessé de se présenter à moi, comme des cadeaux à l'emballage alléchant, sur un plateau, me suppliant de les prendre et de me les approprier.

Je n'aurais pas dû faire ça, je le sais à présent, monsieur Wrexham. Mais ne voyez-vous pas… ne voyez-vous pas comment tout s'est enchaîné ?

À présent, dans la cuisine avec Rhiannon qui me riait au nez, j'ai senti une immense vague de panique déferler sur moi, suivie d'une sensation étrange, presque une délivrance, comme si j'avais su que ce moment arriverait, et que j'étais soulagée qu'il soit maintenant passé.

Pendant un instant, j'ai envisagé de bluffer, de lui demander ce qu'elle voulait dire, de prétendre que je n'avais jamais entendu le nom de Rachel Gerhardt. Mais seulement pendant un instant. Si elle était allée assez loin pour découvrir mon vrai nom, elle n'allait pas se laisser détourner par une dénégation indignée. À la place, j'ai marmotté :

— Comment tu as découvert ça ?

— Contrairement à mes parents, j'aime bien faire quelques recherches quand une nouvelle fille débarque de nulle part. Vous seriez étonnée de tout ce qu'on peut trouver en ligne. On apprend ça à l'école, maintenant, à gérer son empreinte numérique. J'imagine que ce n'était pas le cas de votre temps ?

La pique était grossière mais je n'ai pas relevé. Ça ne semblait pas essentiel. Ce qui comptait, c'est jusqu'où elle avait creusé, et ce qu'elle avait découvert exactement.

— Il ne m'a pas fallu longtemps pour retrouver Rowan Caine, a dit Rhiannon. Elle est assez plan-plan, hein. Pas tellement de munitions.

Munitions. Donc, c'était pour ça. Rhiannon avait fouillé Internet en quête d'une petite indiscrétion quelconque afin de pouvoir me manipuler. Sauf qu'elle était tombée sur beaucoup plus que ça.

— Je ne comprenais pas, a-t-elle expliqué, un petit sourire aux lèvres. Tout collait, le nom, la date de naissance, le job à la crèche au nom ridicule, Little Nippers. Beurk ! Mais tout d'un coup, il y a eu toutes ces photos de Thaïlande et du Viêtnam. Et quand je vous ai vue dans l'allée, j'ai commencé à penser que je m'étais plantée, que peut-être ce n'était *pas* la même fille. Il m'a fallu quelques heures pour trouver qui vous êtes vraiment. Je perds la main, faut croire. Dommage pour vous, sa liste d'amis n'est pas en mode privé. Et vous n'avez pas pris la peine de supprimer votre page Facebook.

Merde. Ça avait donc été aussi simple que ça. Il avait suffi de faire défiler la liste des amis Facebook de Rowan et de reconnaître la photo que j'avais si obligeamment fournie au monde entier. Comment avais-je pu être aussi stupide ? En réalité, il ne m'était jamais venu à l'idée que quelqu'un puisse se donner tant de mal à faire le lien. Et je n'étais pas partie pour tromper mon monde, à la base. C'est ce que j'ai essayé de faire comprendre à la police. Si j'avais vraiment prémédité de me créer une seconde vie frauduleuse, n'aurais-je pas pris la peine de recouvrir mes traces ?

Parce que ce *n'était pas* une fraude, pas vraiment. Pas au sens où la police l'entendait. C'était... c'était juste un emprunt, en fait. L'équivalent d'utiliser la voiture d'une amie en son absence. Je n'aurais jamais imaginé qu'il allait se passer tout ça.

Le problème, c'était qu'il y avait une chose que je ne pouvais pas dire aux policiers : *pourquoi* j'étais venue à Heatherbrae sous un nom factice. Ils n'arrêtaient pas de me poser et de me reposer la question, et je n'arrêtais pas de me défiler, tentant d'inventer des raisons, des trucs du genre : Rowan avait de meilleures références que moi (c'était vrai) et elle avait plus d'expérience (vrai aussi). Je crois qu'au début, ils se sont dit que je devais avoir un secret professionnel grave, une inscription périmée au registre professionnel, une condamnation pour crime sexuel, un truc comme ça. Et bien sûr, rien de tout ça n'était vrai, et ils avaient beau s'escrimer à chercher, il n'y avait aucun problème avec mes propres papiers.

J'étais en très, très mauvaise posture. Je le savais, même à l'époque. Mais je continuais de me répéter que si Rhiannon n'avait pas découvert la raison de ma venue, la police ne la trouverait peut-être pas non plus.

Mais c'était idiot, bien sûr. C'est la police. C'est leur boulot, d'enquêter.

Il leur a fallu un certain temps. Des jours, peut-être même des semaines, je ne me rappelle pas exactement. Les interrogatoires commencent à se confondre dans ma mémoire, au bout d'un moment, tous les jours se ressemblent. Ils fouinaient, sondaient, décortiquaient. Mais en définitive, ils sont entrés dans la partie avec un morceau de papier en souriant comme des chats de Cheshire, tout en tentant de garder l'air grave et professionnel.

Et j'ai su. J'ai su qu'ils savaient.

Et j'ai su que j'étais coulée.

Mais c'était plus tard. Et je vais trop vite.

Il faut que je vous raconte l'autre partie. La partie la plus dure. Celle que j'ai du mal à croire, aujourd'hui encore.

Et du mal à m'expliquer pleinement, même à moi.

Je dois vous raconter cette nuit-là.

Une fois Rhiannon sortie, je suis restée un long moment dans le vestibule. J'ai regardé les lumières de la camionnette disparaître au bout de l'allée tout en tentant de réfléchir à ce que je devais faire. Fallait-il que j'appelle Sandra ? Pour dire quoi ? Avouer ? La jouer au culot ?

J'ai consulté ma montre. Il était neuf heures et demie passées. Une phrase du mail de Sandra m'est revenue : `Bill part à Dubaï ce soir et je suis à un dîner chez un client, mais envoyez-moi un texto en cas d'urgence.`

Je ne pouvais en aucun cas lui tomber dessus avec une révélation pareille en plein milieu d'un rendez-vous professionnel, surtout pas par texto.

Oh, salut Sandra, j'espère que tout va bien. Au fait, Rhiannon est sortie avec un mec pas net, et j'ai posé ma candidature pour ce job sous un faux nom. À plus !

L'idée aurait été comique si toute la situation n'avait pas été si grave. *Merde. Merde.* Pouvais-je rédiger un mail lui expliquant tout correctement ? Peut-être. Sauf que si je comptais faire ça, j'aurais vraiment dû y penser plus tôt, avant que Rhiannon n'envoie ces nouvelles tronquées. Ce serait encore plus difficile de m'expliquer désormais.

Mais en tirant la tablette vers moi, j'ai pris conscience que je ne pouvais pas vraiment lui envoyer de mail. Ce serait de la lâcheté. Je lui devais un coup de téléphone afin de m'expliquer, si ce n'est face à face, du moins de vive voix. Cependant, que pouvais-je bien dire ?

Merde.

La bouteille de vin était sur le plan de travail, comme une invitation. Je me suis servi un verre, tentant de me calmer les nerfs, puis un autre, cette fois avec un coup d'œil à la caméra dans le coin. Je m'en fichais, désormais. Tout allait voler en éclats, et les images que Sandra et Bill pourraient voir de moi étaient le cadet de mes soucis.

C'était de l'autosabordage, je le savais, au fond, lorsque j'ai rempli mon verre pour la troisième fois. Au moment où il n'est plus resté qu'un fond dans la bouteille, je me suis rendu compte que j'étais trop bourrée pour appeler Sandra, et pour entreprendre quoi que ce soit de raisonnable, à part filer me coucher.

Sur le palier du deuxième, je suis restée un long moment la main sur la poignée ronde de la porte de ma chambre, rassemblant le courage d'entrer. Mais je n'ai pas réussi. Il y avait un interstice sombre sous le panneau, et j'ai eu une image soudaine, déstabilisante, de quelque chose d'atroce et de ténébreux qui glissait par-dessous, pour me suivre dans l'escalier et m'envelopper dans sa noirceur…

J'ai laissé retomber ma main, comme malgré moi, et j'ai reculé, comme si cette chose sombre risquait vraiment de m'attaquer si je lui tournais le dos. Puis, une fois en haut de l'escalier, j'ai fait demi-tour résolument et dévalé l'escalier pour retrouver la chaleur de la cuisine. J'avais honte de moi, de ma propre couardise, de tout.

La cuisine était accueillante et lumineuse, mais lorsque je fermais les yeux, je sentais encore l'atmosphère glacée du grenier s'échappant de sous la porte de ma chambre. Et tandis que j'hésitais entre me coucher sur le canapé et tenter de rester éveillée jusqu'au retour de Rhiannon, j'ai senti mon doigt m'élancer à l'endroit où je m'étais coupée avec cette hideuse tête de poupée. J'avais mis un pansement, mais la peau en dessous me semblait gonflée, comme en train de s'infecter.

Je suis allée à l'évier, j'ai retiré le pansement et j'ai sursauté convulsivement en entendant un grand coup sourd à la porte de derrière.

— Qu… qui est là ? me suis-je écriée en tentant d'empêcher ma voix de trembler.

— C'est moi, Jack.

La voix me parvenait comme étouffée par le vent.

— J'ai les chiens.

— Entrez, je suis jus…

La porte s'est ouverte, laissant pénétrer une bouffée d'air froid, et j'ai entendu ses pas dans la buanderie, le son mat de ses bottes lorsqu'il les a retirées et laissées tomber sur le paillasson, puis l'aboiement des chiens qui sautillaient autour de lui, et qu'il a tenté de faire taire. Enfin, ils se sont couchés dans leurs paniers, et il est entré dans la cuisine.

— Je ne les promène pas si tard, en principe, mais j'ai été très pris avant. Je suis étonné de vous trouver encore debout. Bonne journée ?

— Pas terrible.

Ma tête flottait, et j'ai de nouveau pris conscience de l'étendue de mon ivresse. Jack allait-il le remarquer ?

— Non ? (Il a dressé un sourcil.) Que s'est-il passé ?

— J'ai eu…

Mon Dieu, par où commencer ?

— J'ai eu une petite prise de bec avec Rhiannon.

— Quel genre de prise de bec ?

— Elle est revenue, et nous…

Je me suis interrompue, ne sachant comment formuler ça.

Exposer toute la situation à Jack avant d'avoir fait mes aveux à Sandra me semblait complètement déplacé, et j'étais à peu près certaine de violer toutes sortes de règles de confidentialité si je discutais des problèmes de Rhiannon avec quelqu'un d'autre que ses parents, mais d'un autre côté, j'avais l'impression que j'allais devenir folle si je ne confiais pas au moins une partie de mon marasme à un autre adulte. Et peut-être y avait-il des précédents, car il devenait de plus en plus clair que ce gros classeur rouge ne mentionnait pas tout.

— On s'est engueulées, ai-je enfin dit. Et je l'ai menacée d'appeler Sandra, et elle… elle a juste…

Je n'ai pas pu terminer.

— Qu'est-ce qui s'est passé ?

Jack a tiré une chaise et je me suis laissée tomber dessus, sentant le désespoir m'inonder à nouveau.

— Elle est partie. Elle est partie toute seule, avec un type affreux, totalement infréquentable. Je lui ai interdit d'y aller, mais elle est sortie quand même, et je ne sais pas quoi faire, quoi dire à Sandra.

— Bah, ne vous inquiétez pas pour Rhiannon. C'est une petite maligne. Elle est très indépendante, et ça m'étonnerait beaucoup qu'elle ait des ennuis, même si Sandra et Bill ne seraient peut-être pas d'accord.

— Mais dans le cas contraire ? S'il lui arrive quelque chose alors qu'elle est sous ma garde ?

— Vous êtes nounou, pas gardienne de prison. Qu'est-ce que vous étiez censée faire, l'enchaîner à son lit ?

— Vous avez raison. Je sais que vous avez raison, c'est juste… oh, mon Dieu !

Les mots sont sortis tout seuls.

— Je suis tellement fatiguée, Jack. Je n'arrive pas à réfléchir, et ma main me fait horriblement mal chaque fois que je touche un truc, ça ne m'aide pas.

— Qu'est-ce que vous vous êtes fait ?

J'ai baissé les yeux sur ma main, posée sur mes genoux, qui m'élançait à chaque battement de cœur.

— Je me suis coupée.

Je ne voulais pas entrer dans les détails pour l'instant, mais la pensée du petit visage maléfique, grimaçant, m'a fait tressaillir malgré moi.

Jack a plissé le front.

— Je peux regarder ?

Sans rien dire, j'ai hoché la tête et tendu la main, et il l'a prise très délicatement pour la diriger vers la lumière. Il a pressé la peau boursouflée de chaque côté de la coupure avec une grande douceur, puis il a fait la grimace.

— Ce n'est pas très joli, si vous permettez. Vous avez mis quelque chose dessus ?

— Juste un pansement.

— Non, je voulais dire du désinfectant.

— Vous croyez que c'est nécessaire ?

Il a acquiescé d'un hochement de tête.

— C'est profond, et je n'aime pas comme c'est gonflé, on dirait que c'est en train de s'infecter. Bougez pas, je vais voir ce qu'a Sandra.

Il s'est levé en repoussant sa chaise, qui a crissé par terre, et s'est dirigé vers la buanderie, où une petite armoire à pharmacie était accrochée au mur. C'était là que j'avais trouvé les pansements plus tôt, et je n'avais pas vu de Bétadine ou d'alcool à 90°, juste un tas de pansements Peppa Pig et des flacons de paracétamol liquide pour enfants.

— Rien, a dit Jack en revenant dans la cuisine. Sauf six parfums de paracétamol aromatisé. Venez chez moi, j'ai une trousse de secours bien garnie.

— Je… je ne peux pas.

Je me suis redressée, ai écarté ma main et plié mon doigt blessé contre ma paume, le sentant palpiter de douleur.

— Je ne peux pas abandonner les enfants.

— Vous n'abandonnez personne, a répondu Jack patiemment. Vous êtes juste de l'autre côté de la cour, vous pouvez prendre le babyphone. Sandra et Bill passent très souvent les soirées dans le jardin, l'été. Ça revient au même. Si vous les entendez babiller, vous serez rentrée avant même qu'elles ne se réveillent vraiment.

— Eh bien…

Les idées s'entrechoquaient dans ma tête, leurs contours rendus flous par la quantité de vin que j'avais bue. Je pouvais lui demander d'apporter sa trousse de secours ici, non ? Mais une petite partie de moi, non, une grosse partie de moi, était curieuse. Je voulais aller avec Jack. Je voulais voir l'intérieur de son appartement.

Et, pour être complètement honnête, monsieur Wrexham, je voulais sortir de cette maison.

Si vous pensiez vraiment qu'il y avait une menace, comment avez-vous pu laisser les enfants seules ? C'est la femme policière qui m'a posé cette question, essayant à peine de masquer son dégoût.

Et j'ai tenté d'expliquer. J'ai essayé de lui dire que les enfants n'avaient rien vu, rien entendu. Que la moindre bribe de malveillance avait semblé dirigée exclusivement contre *moi*. C'était *moi* qui avais entendu les pas. C'était *moi* qui avais lu les inscriptions. C'était *moi* qui avais été tenue éveillée, nuit après nuit, par les bruits, les coups de sonnette et le froid.

Aucun des autres, même pas Jack, n'avait vu ou entendu la même chose que moi.

S'il y avait quelque chose dans cette maison et, même à ce moment-là, je ne le croyais encore qu'à moitié malgré tout ce qu'il s'était passé, *si* cependant c'était le cas, cette chose était résolue à me détruire, moi. Moi, et les quatre autres nurses qui avaient pris leurs cliques et leurs claques et s'étaient enfuies en vitesse.

Et je voulais juste passer cinq minutes en dehors de son influence. Juste cinq minutes, avec le babyphone dans ma poche et la tablette, avec sa caméra de surveillance, sous le bras. Était-ce trop demander ?

La policière n'a pas eu l'air de me croire. Elle est restée plantée là, secouant la tête d'incrédulité, un rictus de mépris aux lèvres, devant cette garce stupide, égoïste et négligente assise en face d'elle.

Mais *vous*, monsieur Wrexham, vous me croyez ? Vous comprenez à quel point c'était dur d'être enfermée là, nuit après nuit, avec pour seule compagnie le son de quelqu'un qui faisait les cent pas ? Vous comprenez pourquoi ces quelques mètres qui m'en séparaient, de l'autre côté de la cour, me paraissaient à la fois rien et tout ?

Je ne sais pas. Je ne suis pas certaine d'avoir réussi à vous convaincre, à vous expliquer comment c'était, comment c'était *vraiment*.

Tout ce que je peux vous dire, c'est que j'ai pris le babyphone et la tablette et que j'ai suivi Jack qui traversait la cuisine et me tenait la porte de derrière. J'ai senti la chaleur de sa peau en passant devant lui et il m'a escortée dans la cour de graviers, sombre, irrégulière, jusqu'à l'escalier menant à son appartement. Et je suis montée derrière lui, regardant ses muscles se tendre et se détendre sous son tee-shirt tandis qu'il gravissait les marches.

En haut, il a sorti une clé de sa poche, l'a tournée dans la serrure et s'est effacé pour me laisser entrer.

Une fois à l'intérieur, je m'attendais à voir Jack chercher un panneau lumineux ou sortir son téléphone, mais il a juste donné une chiquenaude sur le mur, et quand les lumières se sont allumées, j'ai vu un interrupteur tout ce qu'il y a de plus ordinaire, en plastique blanc. Mon soulagement a été tellement absurde et tellement immense que j'en ai presque ri.

— Vous n'avez pas de tableau électronique ?

— Non, Dieu merci ! Ici, c'était les locaux du personnel, pas de raison de gaspiller de la technologie pour le bas peuple.

— Ah, bien.

Il a allumé une autre lampe et j'ai vu un petit salon coloré, meublé de bons basiques et d'un canapé en coton délavé. Les restes d'un feu de bois se consumaient dans le petit poêle dans le coin, et j'ai aperçu une kitchenette à l'autre bout de la pièce. Derrière, une autre porte qui donnait sur sa chambre, ai-je supposé, mais il m'a semblé impoli de poser la question.

— Là, installez-vous, a-t-il dit en indiquant le canapé, je reviens avec un pansement digne de ce nom.

J'ai hoché la tête, reconnaissante de sentir qu'on s'occupait de moi mais surtout contente de m'asseoir tout simplement là, de la chaleur du feu et des coussins Ikea rassurants, car aux antipodes du luxe, tandis que Jack fouillait dans les placards de la cuisine derrière moi. C'était exactement le même canapé que Rowan et moi avions dans notre appartement à Londres. Ektorp, qu'il s'appelait, ou quelque chose comme ça. Il appartenait à la mère de Rowan, qui nous l'avait refilé. Garanti pour durer au moins dix ans, avec une housse en coton lavable qui avait été rouge pour celui de Jack mais, maintenant défraîchie, affichait un rose sombre légèrement strié par le soleil et les passages répétés en machine.

S'asseoir dessus, c'était comme rentrer à la maison.

Comparé à la structure imposante et somptueuse de Heatherbrae, il y avait quelque chose non seulement de rafraîchissant, mais aussi d'attachant dans ce logement. Il était bien construit, tout d'une pièce, sans transition brusque entre opulence victorienne et technologie futuriste raffinée. Le salon respirait la simplicité accueillante, des auréoles laissées par des tasses sur la table basse au mélange de photos sur le manteau de la cheminée : des amis et leurs enfants, ou peut-être des nièces et neveux. Un petit garçon apparaissait plusieurs fois, visiblement un parent, vu l'air de famille.

J'ai senti mes yeux se fermer : mes deux nuits sans sommeil me rattrapaient… puis j'ai entendu une toux et Jack se tenait face à moi, un pansement et du désinfectant dans une main, deux verres dans l'autre.

— Vous voulez boire un coup ? a-t-il demandé.

J'ai levé les yeux, perplexe.

— Un verre ? Non, ça va, merci.

— Vous êtes sûre ? Vous pourriez avoir besoin d'être un peu anesthésiée quand je vais mettre le produit. Ça risque de piquer. Et je crois qu'il reste un petit éclat de verre dans la plaie.

J'ai secoué la tête, mais il avait raison. Ça m'a piquée affreusement, d'abord quand il a appliqué la Bétadine, puis quand il a enfoncé une pince à épiler profondément dans la coupure, que j'ai senti le choc écœurant du métal contre le verre, puis la brûlure d'une écharde oubliée s'enfoncer davantage dans mon doigt.

— Aïe !

Le gémissement m'a échappé malgré moi, mais Jack affichait un grand sourire, brandissant l'éclat sanguinolent au bout de sa pince.

— Je l'ai eu. Bravo ! Ça a dû vous faire un mal de chien.

Ma main tremblait quand il s'est assis à côté de moi.

— Vous savez, vous avez tenu plus longtemps que les dernières.

— Qu'est-ce que vous voulez dire ?

— Les dernières nurses. En fait, non, je dis n'importe quoi, Katya a tenu trois semaines, il me semble. Mais depuis Holly, elles vont et viennent comme des papillons.

— C'était qui, Holly ?

— C'était la première, celle qui a resisté le plus longtemps. Elle s'occupait de Maddie et Ellie quand elles étaient toutes petites, et elle a duré presque trois ans, jusqu'à…

Il s'est arrêté, semblant se raviser sur l'opportunité de ce qu'il s'apprêtait à dire.

— Enfin, peu importe. Et la numéro 2, Lauren, elle est restée près de huit mois. Mais la suivante n'a pas tenu une semaine. Et celle d'avant Katya, Maja, qu'elle s'appelait, elle est partie dès le premier soir.

— Le premier *soir* ? Qu'est-ce qui s'est passé ?

— Elle a appelé un taxi et elle s'est tirée en pleine nuit. Elle a même laissé la moitié de ses affaires, Sandra a dû les lui expédier.

— Oui, mais qu'est-ce qui l'a fait partir comme ça ?

— Oh, eh bien… Ça, je ne sais pas vraiment. J'ai toujours pensé…

Sa nuque s'est empourprée tandis qu'il regardait son verre vide.

— Continuez, ai-je encouragé.

Il a secoué la tête, comme en colère contre lui-même.

— Eh mince, j'avais dit que je ne ferais pas ça.

— Quoi ?

— Je ne dis jamais de mal de mes employeurs, Rowan, je vous ai prévenue le premier jour.

Ce prénom m'a donné un frisson coupable, me rappelant tout ce que je lui cachais, mais j'ai écarté l'idée, trop résolue à apprendre ce qu'il avait failli dire pour m'inquiéter de mes propres cachotteries. Tout à coup, j'avais besoin de savoir ce qui les avait chassées, ces filles, mes prédécesseuses. Qu'est-ce qui les avait poussées à fuir ?

— Jack, écoutez.

J'ai hésité, posé une main sur son bras.

— Ce n'est pas de la déloyauté. Je suis leur employée aussi, vous vous rappelez ? Nous sommes collègues. Ce n'est pas comme si vous racontiez des secrets à quelqu'un d'extérieur. Vous avez le droit de discuter travail avec une collègue. C'est ce qui permet de sauvegarder sa santé mentale.

— Ah oui ?

Il s'est arraché à la contemplation de son verre de whisky et m'a adressé un sourire ironique, un peu amer.

— Vous croyez ? Eh bien… j'en ai déjà dit la moitié, alors autant tout vous raconter. Vous avez peut-être le droit de savoir, de toute façon. J'ai toujours pensé que ce qui les avait fait flipper…

Il a respiré un grand coup, comme pour se résoudre à faire un aveu désagréable.

— Je pensais que c'était peut-être… Bill.

— *Bill ?*

Ce n'était pas la réponse à laquelle je m'attendais.

— Comment… comment ça ?

Mais les mots n'étaient pas encore sortis de ma bouche que j'ai deviné la réponse. Je me suis souvenue de son comportement lors de ma première soirée, les cuisses écartées, le vin qu'il ne cessait de me verser, son genou s'insinuant entre mes jambes…

— Non, vous n'avez pas besoin de développer. J'imagine bien.

— Maja… Elle était très jeune, a poursuivi Jack à contrecœur. Et très jolie. Et je me suis demandé si… eh bien… s'il ne lui avait pas fait des avances, et qu'elle n'avait pas su comment réagir. Je m'étais déjà posé cette question. Bill a eu un œil au beurre noir, une fois, du temps de Lauren, et j'avais bien pensé qu'elle… enfin, vous comprenez.

— Qu'elle lui en avait collé une ?

— Oui. Et si c'était le cas, il devait l'avoir mérité, sans quoi elle se serait fait virer, vous voyez ?

— Oui. Zut alors ! Pourquoi vous ne m'avez rien dit ?

— C'est pas si facile. *Ah, au fait, le patron est un pervers.* Vous imaginez le tableau ? Difficile à mettre sur le tapis le premier jour.

— Je vois bien.

Mes joues se sont mises à rougir autant que celles de Jack, même si dans mon cas, le vin était en grande partie responsable.

— Bordel ! Beurk ! Mais *beurk* !

Le sentiment de trahison était disproportionné, je le savais. Ce n'était pas comme si je n'avais pas été au courant. Il avait essayé avec moi, après tout. Mais quelque part, l'idée qu'il avait systématiquement harcelé toutes les jeunes femmes qui prenaient soin de ses filles, sans se soucier du fait qu'il contribuait à les chasser… J'ai soudain éprouvé le violent désir de me laver, d'effacer toute trace de lui sur ma peau, même si je ne l'avais pas vu depuis des jours et qu'il m'avait à peine touchée.

La voix d'Ellie m'a traversé l'esprit, son petit trémolo grêle. *Je préfère quand il est parti. Il leur fait faire des choses qu'elles veulent pas faire.*

Se pouvait-il qu'elle ait fait allusion à son propre père, qui prenait pour proies les jeunes femmes et adolescentes que sa femme avait sélectionnées pour s'occuper de leurs enfants ?

— Doux Jésus. (J'ai enfoui mon visage dans mes mains.) Quel gros porc !

— Écoutez... (Jack semblait mal à l'aise.) Je peux me tromper, je n'ai pas de preuve, c'est juste...

— Vous n'avez pas besoin de preuve, ai-je dit d'un ton misérable. Il a essayé avec moi le premier soir.

— *Quoi ?*

— Ouaip. (J'ai dégluti, serré les dents.) Rien qui m'emmènerait très loin aux prud'hommes. Il m'a juste fait des remarques vagues et m'a bloqué le passage « accidentellement ». Mais je m'en rends compte, quand je suis harcelée.

— Mon Dieu, Rowan, je suis vraiment... je suis navré... vraiment...

— Ce n'est pas votre faute, ne vous excusez pas.

— J'aurais dû dire quelque chose, putain ! Rien d'étonnant à ce que vous soyez sur les nerfs comme ça, à entendre des mecs qui s'insinuent...

— Non, j'ai répliqué fermement. Ça n'a rien à voir avec ça, Jack, je suis une femme adulte, on m'a déjà draguée lourdement, ce n'est rien que je ne sache gérer. Le truc avec le grenier, ça n'a rien à voir. Ça, c'est... c'est autre chose.

— C'est dégueulasse, voilà ce que c'est.

Rouge comme une tomate, il s'est levé, comme incapable de contenir sa colère en restant immobile. Il s'est rendu à la fenêtre, puis est revenu, poings serrés.

— J'ai envie de le...

— Jack, laissez tomber, ai-je dit d'un ton pressant.

J'ai posé ma main sur son bras, l'ai retourné face à moi, et là... Mon Dieu, je ne sais même pas comment ça s'est passé.

Je n'ai pas les mots pour l'écrire sans que ça ressemble à un roman à l'eau de rose. Nous avons fondu dans les bras l'un de l'autre. Nos lèvres se sont unies comme des vagues qui s'écrasent. Tous ces clichés idiots.

Sauf que ce n'était pas de la tendresse. Pas de la douceur. C'était dur, et rapide, et urgent, et même douloureux par l'intensité de l'instant. J'embrassais et j'étais embrassée, puis je mordais, ma propre peau entre ses dents elle aussi, et mes doigts se sont emmêlés dans ses cheveux, et ses mains se sont mises à détacher mes habits, et nous nous sommes retrouvés peau contre peau, lèvres contre lèvres et… je ne peux pas vous écrire ça. Je ne peux pas l'écrire, mais je ne peux cesser de me le remémorer. Je ne sais pas comment m'en empêcher.

Après, nous sommes restés couchés dans les bras l'un de l'autre face au feu de bois, la peau collante de sueur, et il s'est endormi, la tête sur mon sein, se soulevant doucement à chaque inspiration. Pendant un moment, je me suis attardée à le regarder, sa peau qui devenait pâle comme du lait sous ses hanches, le faisceau de taches de rousseur sur l'arête de son nez, l'épais rideau de ses cils bruns sur ses joues, sa main recourbée sur mon épaule. Puis j'ai levé les yeux vers le manteau de la cheminée où était posé le babyphone, qui attendait en silence.

Je ne pouvais pas y retourner. Mais je le devais.

En fin de compte, quand j'ai senti que je commençais à m'assoupir moi aussi, j'ai su que je devais m'en aller, sans quoi je risquais de passer la nuit là et de trouver les filles en train de préparer leur propre petit déjeuner tandis que je retournerais vers la maison principale tête basse, dans le froid.

Et par-dessus le marché, il y avait Rhiannon. Je ne pouvais pas courir le risque qu'elle me trouve ici quand elle reviendrait. J'avais assez de choses à expliquer à Sandra comme ça, sans y ajouter des balades nocturnes.

Parce que je devais lui faire mes aveux. C'était la seule possibilité, j'en avais pris conscience dans les bras de Jack… peut-être même que je le savais déjà avant. Je devais tout sortir, au risque de perdre mon poste. Si elle me virait, eh bien, je ne pourrais pas lui en vouloir. Et malgré tout, malgré le gouffre financier qui serait le mien dans ce cas, sans emploi, sans argent et sans références, malgré tout ça, je devrais accepter mon sort, car je le méritais.

Mais si je m'expliquais, si j'expliquais vraiment *pourquoi* j'avais fait ce que j'avais fait, alors peut-être, *peut-être*…

J'avais presque enfilé mon jean lorsque j'ai entendu le bruit. Non par le babyphone, mais quelque part à l'extérieur de la maison, un bruit entre un craquement et un coup sourd, comme si une branche était tombée d'un arbre. Je me suis arrêtée, retenant mon souffle, et j'ai écouté, mais le son s'est éteint et le babyphone restait silencieux également, rien ne semblant indiquer que Petra et les autres aient été réveillées.

J'ai tout de même sorti mon portable pour consulter l'appli. L'icône caméra indiquant « chambre de Petra » la montrait étalée sur le dos dans son habituel abandon. L'image était pixélisée et mal définie à la faible lueur de la veilleuse, mais la forme était bien visible. Sous mes yeux, elle a poussé un soupir et collé son pouce dans sa bouche.

La caméra de la chambre des filles n'indiquait rien du tout : j'avais oublié d'allumer la veilleuse en les bordant, et la résolution était trop mauvaise pour diffuser autre chose que du noir granuleux ponctué par endroits d'une tache grise d'interférence. Mais si elles s'étaient réveillées, elles auraient allumé leur lampe de chevet, donc c'était bon signe.

J'ai boutonné mon jean, enfilé mon tee-shirt et me suis penchée pour embrasser Jack très doucement sur la joue. Il n'a pas répondu mais s'est retourné dans son sommeil et a marmonné quelques mots indistincts, qui ressemblaient à « Bonne nuit, Lynn ».

Pendant une seconde, j'ai été déstabilisée, mais je me suis reprise. Ça aurait pu être n'importe quoi. « Bonne nuit, chérie », « Bonne nuit, alors ». Et même si c'était « Bonne nuit, Lynn », ou Liz, ou un autre prénom, qu'est-ce que ça pouvait faire ? J'avais un passé. Peut-être que Jack aussi. Et Dieu sait que j'avais trop de secrets pour tenir rigueur des siens à quiconque.

J'aurais dû m'en aller directement.

J'aurais dû prendre le babyphone, me rendre à la porte, et sortir.

Mais avant de retourner à la maison, je n'ai pas pu résister à l'impulsion de jeter un dernier regard à Jack allongé, avec sa peau dorée par la lumière du feu, ses yeux fermés, ses lèvres entrouvertes qui me donnaient envie de l'embrasser une dernière fois.

Sauf que, ce faisant, j'ai remarqué autre chose.

C'était une fleur mauve posée sur le plan de travail. Tout d'abord, je n'ai pu déterminer pourquoi elle me semblait si familière. Puis ça m'est revenu : elle était identique à celle que j'avais trouvée l'autre matin dans la cuisine, et mise dans une tasse pour la raviver. Était-ce Jack qui avait laissé cette fleur sur le sol de la cuisine ? Mais non, il n'était pas là ce soir-là, il était parti apporter un dossier à Bill… non ? À moins que ce soit un autre soir ? Le manque de sommeil me faisait confondre les jours, et il devenait difficile de me rappeler quelle longue et cauchemardesque plage de ténèbres correspondait à quel matin.

Tandis que je tentais de remettre mes souvenirs en ordre, j'ai repéré un objet encore plus banal, mais qui m'a coupée dans mon élan et retourné l'estomac. Un bout de ficelle, complètement innocent, alors pourquoi me dérangeait-il de la sorte ?

J'ai retraversé la pièce pour m'en emparer.

C'était une pelote de ficelle de cuisine, doublée et triplée, et attachée avec un nœud de vache qui m'est soudain devenu atrocement familier. Et elle avait été sectionnée proprement, coupée en deux avec un couteau très bien aiguisé, ou peut-être même le sécateur que j'avais récupéré dans le jardin vénéneux.

L'un ou l'autre, ça n'avait plus tellement d'importance, à présent.

Ce qui comptait, c'était qu'il s'agissait du morceau de ficelle que j'avais enroulé autour du portail du jardin vénéneux, trop haut pour que de petites mains puissent l'atteindre, la ficelle que j'avais mise pour protéger les filles. Que faisait-elle dans la cuisine de Jack ? Et pourquoi était-elle posée à côté de cette fleur, si innocente en apparence ?

En sortant mon téléphone pour lancer Google, j'ai senti ma poitrine palpiter désagréablement comme si je savais déjà ce que j'allais trouver. J'ai entré « fleur mauve vénéneuse » dans la barre de recherche, j'ai cliqué sur Google Images, et elle est apparue sur la deuxième photo : son étrange forme de grappe tombante et sa couleur mauve vif, totalement impossible à confondre. *Aconitum napellus (capuche de moine)*, ai-je lu, la nausée enflant en moi à chaque ligne. *L'une des fleurs les plus toxiques poussant au Royaume-Uni. L'aconitine est un poison puissant pour le cœur et les nerfs, et n'importe quelle partie de la plante, tige, feuilles, pétales ou racines, peut être mortelle. La plupart des décès résultent d'une ingestion d'*Aconitum napellus, *mais on conseille aux jardiniers de faire extrêmement attention lors de la taille, car même le contact avec la peau peut provoquer des symptômes.*

En dessous, une liste de décès et de meurtres associés à cette plante.

J'ai éteint mon téléphone et me suis tournée vers Jack, incapable d'y croire. Était-ce vraiment lui, depuis le début ?

Lui dans le jardin clos, qui taillait les plantes toxiques et faisait vivre cet endroit affreux ? Lui qui déjouait les mesures de sécurité que j'avais mises en place pour protéger les enfants ?

Lui qui sélectionnait soigneusement la fleur la plus toxique qu'on puisse trouver et la laissait traîner par terre en plein milieu de la cuisine ? Je n'avais fait que la toucher, mais elle aurait très facilement pu être trouvée par les filles, ou même l'un des chiens.

Et je venais de baiser avec lui.

Mais pourquoi ? Pourquoi aurait-il fait une chose pareille ? Et de quoi d'autre était-il responsable ?

Était-ce lui qui avait piraté le système pour nous tirer du lit en pleine nuit avec une musique assourdissante et des cris de terreur ?

Était-ce lui qui avait déclenché la sonnette, qui m'avait arrachée à mon sommeil, et m'avait tenue éveillée avec le *crac… crac…* effrayant de pas furtifs ?

Et pire que tout, était-ce lui qui avait écrit ces mots affreux dans le grenier, avant de condamner la porte dans le but de les « redécouvrir » le moment venu ?

J'ai pris conscience que mon souffle se faisait court et rapide et que mes mains tremblaient lorsque j'ai rangé le portable dans ma poche. Soudain, il fallait que je sorte, que je m'éloigne de lui à tout prix.

Sans plus me soucier du bruit, j'ai ouvert brusquement la porte de l'appartement et suis partie dans la nuit en la laissant claquer derrière moi. Il avait recommencé à pleuvoir et j'ai couru, sentant les gouttes sur mes joues, ma poitrine oppressée et mes yeux qui se brouillaient.

La porte de la buanderie était toujours ouverte. Je suis entrée, me suis appuyée contre elle et me suis essuyé les yeux avec mon tee-shirt, tentant de me reprendre.

Merde ! Merde ! Qu'est-ce que j'avais, moi, avec les hommes dans ma vie ? Pourquoi étaient-ils de tels salopards, tous ?

Tandis que j'essayais d'apaiser ma respiration haletante, je me suis rappelé le bruit sourd entendu plus tôt en m'habillant. La maison était exactement telle que je l'avais laissée, pas de trace des talons hauts de Rhiannon retirés à la hâte dans le vestibule ou de sac à main abandonné au pied de l'escalier. Mais je n'y comptais pas vraiment. J'aurais entendu la voiture. C'était sans doute l'un des chiens.

J'ai ôté mes chaussures, et j'ai pénétré lentement dans la cuisine, sentant le chauffage au sol s'élever à travers le béton. Hero et Claude étaient roulés en boule dans leurs paniers et ronflaient doucement. Ils ont levé les yeux quand je suis entrée puis ont reposé la tête, ensommeillés, quand je me suis assise à l'îlot central. J'ai pris mon visage entre mes mains et je me suis demandé ce que je devais faire.

Il était impossible d'aller me coucher. Quoi qu'en dise Jack, Rhiannon manquait toujours à l'appel, et je ne pouvais oublier cela. Ce que je devais faire, c'était *impératif*, même, c'était envoyer un mail à Sandra. Une explication digne de ce nom, relatant tout ce qui s'était passé.

Cependant, j'avais autre chose à accomplir avant.

Car plus j'y pensais, moins le comportement de Jack tenait debout. Et pas seulement le jardin aux poisons, mais tout. Le fait qu'il se trouvait toujours dans le coin quand les choses dérapaient. Le fait qu'il semblait avoir des clés de toutes les pièces de la maison, et la connaissance des fonctions du système de gestion informatique auxquelles il n'aurait pas dû accéder. Comment se faisait-il qu'il ait su court-circuiter l'appli cette nuit-là lorsque la musique s'était mise à hurler dans les haut-parleurs ? Et que penser du fait qu'il disposait d'une clé du grenier, comme par hasard ?

Et puis, quoi qu'il en dise, il s'appelait bien Grant. Et s'il y avait un lien qui m'échappait ? Se pouvait-il qu'il soit un parent lointain du docteur Kenwick Grant, revenu pour chasser les Elincourt de son domaine familial ?

Mais non, cette dernière hypothèse allait trop loin. On n'était pas dans un conte paysan du XIXe siècle, avec une histoire de vengeance romantique. Que gagnerait Jack à faire partir les Elincourt de chez eux ? Rien. Tout ce qu'il obtiendrait, ce serait un autre couple d'Anglais qui viendrait prendre leur place. De plus, ce n'étaient pas les Elincourt qui semblaient visés. C'était moi.

Car la réalité était que quatre nurses, cinq en comptant Holly, avaient quitté les Elincourt. Non, elles ne les avaient pas quittés, elles avaient été systématiquement poussées à prendre la fuite, l'une après l'autre. Et sans ma propre expérience à Heatherbrae, j'aurais pu croire que les mains baladeuses de Bill en étaient la cause. Quelqu'un, dans cette maison, quelqu'un ou *quelque chose*, chassait les nurses, par le biais d'une campagne de persécution délibérée et soutenue.

Mais je ne savais pas qui.

Quelque part à l'arrière de mes yeux, une douleur sourde, palpitante, avait commencé, faisant écho à celle de ma main. L'ivresse du vin que j'avais bu plus tôt se muait déjà en une monumentale gueule de bois. Mais hors de question de m'y abandonner pour l'instant. Lentement, les jambes mal assurées, je me suis laissée glisser de mon tabouret et suis allée m'asperger le visage d'eau pour tenter de me réveiller et de m'éclaircir les idées en vue de ce que je m'apprêtais à faire.

Cependant, les mains appuyées de chaque côté de l'évier, de l'eau dégoulinant de mes cheveux lâchés, j'ai remarqué une chose qui n'était pas là à mon départ. J'en étais certaine, du moins aussi certaine que je pouvais l'être tout en n'étant plus sûre de rien.

Ma bouteille de vin presque vide était posée à droite de l'évier. Sauf qu'à présent, elle l'était complètement. J'avais laissé l'équivalent d'un verre, mais le liquide avait disparu.

Et dans la rainure autour du broyeur à ordures, une unique baie écrasée s'attardait.

Il aurait pu s'agir d'une myrtille ou d'une framboise, trop aplatie pour qu'on la reconnaisse, mais d'instinct, j'ai su que ce n'était pas le cas.

Prise d'un soupçon terrible, j'ai plongé mon bras, très lentement, dans le broyeur.

J'ai enfoncé la main tout au fond de la bouche de métal jusqu'à ce que mes doigts rencontrent une substance visqueuse. Une substance molle, avec des morceaux, dans laquelle j'ai plongé les doigts pour repêcher la masse.

C'était une bouillie de baies. If. Houx. Laurier-cerise.

Et malgré toute l'eau que j'avais fait couler dans l'évier, on sentait encore, très nettement, la lie de vin qui y restait accrochée.

Cela n'avait pas de sens. *Rien* de tout cela n'avait de sens. Ces baies ne se trouvaient pas dans le vin quand j'étais partie – comment l'auraient-elles pu ? J'avais ouvert la bouteille moi-même.

Donc quelqu'un les y avait mises quand j'avais le dos tourné. Quelqu'un qui était entré dans cette cuisine ce soir, une fois les enfants couchées.

Et ensuite… ensuite quelqu'un d'autre les avait vidées dans l'évier.

C'était comme si deux forces s'affrontaient dans cette maison, l'une faisant tout pour me chasser, l'autre tout pour me protéger.

Qui, *qui* faisait cela ?

Je l'ignorais. Toutefois, s'il y avait des réponses quelque part, je savais où les chercher.

La poitrine oppressée, j'ai pris une bouffée de Ventoline, mais la tension ne s'est pas dissipée, et c'est le souffle court que je me suis rendue à l'escalier et que j'ai commencé à monter dans le noir.

À l'approche du dernier étage, je n'ai pas pu m'empêcher de repenser à la fois que j'y étais venue, main sur la poignée ronde, tout bonnement incapable d'aller plus loin, incapable de faire face aux ténèbres inquisitrices tapies derrière la porte.

Mais je commençais à me douter que la chose qui hantait Heatherbrae était on ne peut plus humaine. Et désormais, j'étais déterminée à ouvrir la porte et à découvrir une preuve, *la* preuve que je pourrais montrer à Sandra en lui racontant les événements de la nuit.

Pourtant, arrivée sur le palier, j'ai su que je n'aurais pas à me donner cette peine. Car ma porte… la porte de ma chambre était béante. Or je l'avais laissée fermée.

Je me souvenais parfaitement du moment que j'avais passé devant, à fixer l'espace entre le bois et la moquette, totalement incapable de tourner la poignée.

Et voilà qu'elle était ouverte.

Il faisait de nouveau très froid, encore plus froid que la fois où je m'étais réveillée en pleine nuit, frissonnante, pour trouver le thermostat au minimum et la clim au maximum. Là, j'ai senti que la pièce n'était pas seulement froide. Il y avait un courant d'air.

Un bref instant, j'ai senti ma détermination fondre et se transformer en une boule au creux de mon ventre.

D'où venait-il, ce courant d'air ? De la porte du grenier de nouveau ouverte ? Malgré la clé dans ma poche, et bien que Jack soit endormi dans son appartement de l'autre côté de la cour ? Je me suis dit que j'allais hurler.

Mais je me suis reprise.

C'était insensé. Les fantômes, ça n'existait pas. Les maisons hantées, ça n'existait pas. Il n'y avait rien dans ce grenier. Que de la poussière et des reliques de jeux d'enfants qui s'ennuyaient, et qui étaient morts depuis cinquante ans.

Je suis entrée dans la pièce et j'ai cliqué sur le panneau.

Il ne s'est rien passé. J'ai essayé un autre bouton, dont j'étais sûre qu'il avait allumé les lampes la nuit précédente. Toujours rien, sauf un ventilateur qui s'est mis à chuinter quelque part. Pendant un long moment, je suis restée plantée dans l'obscurité, indécise. Je sentais l'air froid et poussiéreux qui s'échappait par la serrure de la porte du grenier, et il y avait aussi ce bruit qui m'intriguait, pas le *crac*, *crac* d'avant, mais un bourdonnement bas, mécanique.

Et là, à mon propre étonnement, une vague de colère m'a submergée.

Quelle que soit l'origine de ce bruit, quoi qui puisse se trouver en haut, je refusais de me laisser terrifier comme ça. Quelqu'un, *quelque chose*, tentait de me chasser de Heatherbrae, et il était hors de question que je cède.

Je ne sais si c'est le vin restant dans mes veines qui m'a donné du courage, ou le fait de savoir que, quand j'appellerais Sandra le lendemain, j'aurais de fortes chances de devoir ensuite faire mes valises dans tous les cas. Toujours est-il que j'ai sorti mon portable, allumé la torche et traversé la chambre.

Le bourdonnement s'est de nouveau fait entendre au-dessus de ma tête. C'était un son familier, mais je n'arrivais pas à le situer. On aurait dit une guêpe folle de colère, mais en même temps, il y avait quelque chose… quelque chose de robotique qui me faisait penser que ce n'était pas un être vivant.

J'ai cherché la clé dans ma poche de jean. Doucement, très doucement, je l'ai introduite dans la porte du placard et j'ai tourné. La serrure était rebelle, mais pas autant que la dernière fois. Le produit avait fait effet, et même si j'ai senti une résistance, elle a tourné sans le crissement du métal qui s'était fait entendre lorsque Jack l'avait forcée.

Enfin, j'ai posé ma main sur la porte, et j'ai ouvert.

L'odeur était exactement comme dans mon souvenir, froide et humide, moisie, l'odeur de la mort et de l'abandon.

Mais il y avait bien quelque chose en haut, je le percevais à présent, quelque chose qui émettait une pâle lueur blanche éclairant les toiles que les araignées avaient tissées sur les marches du grenier. Pourtant, personne n'était monté depuis Jack et moi, c'était visible. Ce n'était pas seulement la clé dans ma poche qui me disait ça, mais ces toiles épaisses, intactes en travers de mon chemin, qui avaient été retissées avec grand soin depuis mon dernier passage. Personne n'aurait pu emprunter l'escalier sans les déranger. Même là, j'étais obligée d'avancer prudemment, en me protégeant le visage pour tenter d'éviter d'en prendre plein les yeux et la bouche.

C'était *quoi*, cette lueur ? La lune, brillant par cette petite fenêtre ? Était-ce possible malgré la vitre crasseuse qui était tellement opaque ?

En haut de l'escalier, j'ai pris une inspiration silencieuse, me suis préparée intérieurement, et je suis entrée dans le grenier.

J'ai tout de suite remarqué deux choses.

La première : le grenier était exactement tel que je l'avais vu quand j'avais jeté un dernier regard avant de rejoindre Jack en bas, la veille. La seule chose qui manquait, c'était la tête de poupée qui avait roulé de la pile pour s'arrêter au centre de la pièce. Elle, elle avait disparu.

La seconde : la lune brillait effectivement dans le grenier, et avec une clarté surprenante, car la fenêtre, celle que Jack avait fermée, ne l'était plus de nouveau. À ce qu'il semblait, il ne l'avait pas bloquée correctement, et le vent l'avait rouverte dans la nuit. Irritée, je me suis avancée, faisant grincer le plancher ; je l'ai fermée violemment, plus fort que lui, et j'ai cherché l'espagnolette à tâtons dans l'obscurité. J'ai fini par la trouver, une longue langue percée. Elle était couverte de toiles d'araignées compactes et j'ai été forcée de les écarter, sentant les cadavres desséchés de leurs proies mortes s'effriter sous mes doigts, pour la remettre en place en m'assurant que la fenêtre ne pourrait absolument plus se rouvrir toute seule.

Enfin, j'avais réussi et je suis retournée vers le milieu de la pièce en m'essuyant les mains. La clarté avait baissé, car la vitre couverte de moisissures ne laissait filtrer qu'une vague lueur. Mais quand je me suis retournée vers l'escalier, éclairant mon chemin avec le mince faisceau de ma torche, j'ai fait une nouvelle découverte. Il y avait une autre lumière. Plus faible, plus bleue, qui venait de l'autre bout du grenier, d'un coin plongé dans l'ombre où elle paraissait totalement incongrue.

Je me suis approchée, saisie par l'angoisse. Était-ce une ouverture donnant sur une pièce à l'étage en dessous ? Ou sinon, quoi ? La source de cette lumière, en tout cas, provenait de derrière une malle que j'ai poussée sans ménagement. Je ne cherchais plus la discrétion, car je me fichais désormais de qui pourrait me trouver là. Un seul instinct me guidait à présent : découvrir ce qui se passait vraiment.

Ce que j'ai vu m'a fait reculer, stupéfaite, puis m'agenouiller dans la poussière pour y regarder de plus près.

Derrière la malle était caché un petit tas d'affaires. Un livre. Quelques emballages de barres chocolatées. Un bracelet. Un collier. Une poignée de brindilles et de baies, un peu fanées, oui, mais certainement pas desséchées.

Et un téléphone portable.

C'était sa lueur que j'avais vue depuis l'autre bout du grenier. Quand je l'ai ramassé, il a vibré de nouveau, et j'ai compris que c'était de là que venait le bruit bizarre que j'avais entendu plus tôt. Apparemment, il était coincé dans une boucle où il tentait de se rallumer, échouait, et redémarrait, avec une vibration à chaque coup.

Il s'agissait d'un vieux modèle, semblable à celui que j'avais possédé moi-même quelques années plus tôt, et j'ai essayé un truc qui marchait parfois avec le mien quand il avait des ratés : maintenir le bouton du volume et le bouton marche/arrêt enfoncés simultanément pendant un long moment. Il est resté en stand-by un certain temps, avec la roue de recherche qui moulinait, après quoi l'écran est devenu tout noir. J'ai appuyé sur « Redémarrer ».

Pendant que j'attendais qu'il se relance, un autre objet a attiré mon regard. Un éclair d'argent dans le petit tas de saletés que j'avais écartées pour prendre le téléphone.

Il était là, jeté innocemment sur le plancher, dans ce petit monticule pathétique de détritus, reflétant la lueur de mon portable.

Mon collier.

Je l'ai ramassé, sidérée. Je n'arrivais pas à le croire. Mon collier. *Mon* collier. Que faisait-il là, dans le noir ?

Je ne sais combien de temps je suis restée assise dans la cuisine, une tasse de thé entre les mains, à laisser les maillons délicats de la chaîne de mon collier glisser entre mes doigts, tentant de trouver un sens à tout ça.

J'avais aussi descendu le portable, mais sans code PIN, je ne pouvais pas voir à qui il appartenait. Tout ce que je savais, c'était qu'il était ancien et semblait pouvoir se connecter au Wi-Fi, mais qu'il n'avait manifestement pas de carte SIM.

Ce n'était pas le téléphone qui me tracassait, cependant. Bizarre, oui, mais il y avait quelque chose de mystérieux à trouver mon propre collier caché là-haut, dans l'obscurité, parmi les plumes en putréfaction. J'aurais dû penser à Rhiannon, m'inquiéter de son absence et de l'engueulade que nous aurions forcément quand elle passerait la porte. J'aurais dû penser à Sandra, envisager les choix qui me restaient et chercher quoi lui dire, comment lui avouer la vérité.

J'y pensais, mais ces réflexions étaient prises dans les maillons de mon collier. Je tentais de reconstituer la chronologie des événements afin de comprendre comment il avait pu se trouver dans une pièce fermée, derrière une porte dont la seule clé était dans ma poche, en haut d'un escalier scellé par une centaine de toiles d'araignées intactes. Se trouvait-il déjà là-haut lorsque Jack et moi étions entrés pour la première fois ? Même dans ce cas, ça n'expliquait rien. Ce placard était condamné par des planches depuis des mois, des *années*. Les traces de poussière, les guirlandes de toiles d'araignées : personne n'avait emprunté cet escalier depuis très, très longtemps. Quant à la fenêtre, elle était à peine assez grande pour laisser passer ma tête et mes épaules, et donnait sur l'ardoise du toit.

Après avoir découvert le collier, j'avais ratissé chaque centimètre de la pièce en quête d'une trappe, d'un sas, d'une porte cachée : il n'y avait rien. Le plancher victorien courait d'un mur à l'autre sans interruption, les murs s'élevaient directement jusqu'au toit, et j'avais déplacé tous les meubles, examiné chaque portion du plafond. Si je n'étais sûre de rien, j'avais la certitude absolue qu'il n'y avait pas d'accès au grenier en dehors de l'escalier qui partait de ma chambre.

La lune était encore haute, mais la pendule au-dessus de la cuisinière avait marqué 3, puis 4 heures, lorsque j'ai enfin entendu des pneus sur le gravier de l'allée, des rires étouffés sous le porche, et le bruit de la porte qui s'ouvrait, activée par la serrure digitale. Elle s'est refermée furtivement, la camionnette est repartie, et j'ai perçu une démarche prudente, puis quelqu'un qui trébuchait.

J'ai eu un petit haut-le-cœur, mais je me suis forcée à rester calme.

— Bonsoir, Rhiannon.

J'ai parlé d'une voix égale et j'ai entendu les pas sur les dalles du vestibule stopper net, puis une exclamation de dégoût lorsque Rhiannon a compris qu'elle s'était fait griller.

Elle est venue à la cuisine d'un pas chancelant. Son maquillage avait dégouliné, ses bas étaient filés, et il émanait d'elle une forte odeur de mélange d'alcool sucré, du Drambuie et du Malibu, me suis-je dit, et peut-être aussi du Red Bull ?

— Tu es soûle, j'ai observé.

Elle est partie d'un rire mauvais.

— C'est l'hôpital qui se fout de la charité. Je les vois d'ici, les bouteilles de vin dans le bac à recycler.

J'ai haussé les épaules.

— C'est de bonne guerre, mais tu sais que je ne peux pas fermer les yeux, Rhiannon. Je dois le dire à tes parents. Tu ne peux pas sortir sans rien demander comme ça. Tu as quatorze ans. Et s'il arrivait quelque chose sans que je sache où tu es ni avec qui ?

— OK, a-t-elle dit, s'affalant sur l'îlot central et tirant vers elle la boîte de biscuits. Vas-y, *Rachel*. Et bonne chance avec les retombées.

— Ça n'entre pas en ligne de compte.

Lorsqu'elle a pris un biscuit et repoussé la boîte, je l'ai imitée et j'ai trempé calmement mon gâteau dans mon thé, mais en dépit de mon sang-froid affiché, mes mains tremblaient un peu.

— J'ai pris ma décision, je vais prévenir ta mère. Si je perds mon travail, tant pis.

— *Si* tu perds ton travail ? (Elle a ricané.) *Si ?* Tu délires, là. Tu es ici sous un faux nom, sans doute avec de faux diplômes, pour ce que j'en sais. Tu auras de la chance si tu t'en tires sans poursuites judiciaires.

— Possible, mais je prends le risque. Maintenant, monte te nettoyer la figure.

— Je t'emmerde, a-t-elle dit, la bouche pleine.

Ses mots se sont accompagnés d'une explosion de miettes de biscuit qui m'ont éclaboussé la figure. J'ai reculé en battant des paupières et dû chasser des fragments de mes yeux.

— Espèce de petite garce !

Ma colère, si maîtrisée, était en train de m'échapper à toute vitesse.

— T'es malade ou quoi ?

— *Moi*, je suis malade ?

— Oui, toi. Vous toutes, en fait. Pourquoi vous me

détestez tant ? Qu'est-ce que je vous ai fait ? Vous voulez rester ici toutes seules, c'est ça ? Parce que c'est ce qui va se passer, si tu continues à être aussi immonde avec les employées.

— Mais qu'est-ce que t'en sais, putain ? a-t-elle craché, subitement aussi en colère que moi.

Elle a repoussé son tabouret de métal si violemment qu'il est tombé à grand fracas sur le sol de béton.

— Tu peux aller te faire foutre, je m'en balance. On veut pas de toi, et on n'a pas *besoin* de toi.

J'avais une repartie cinglante sur le bout de la langue, mais sous les spots de la cuisine qui faisaient briller ses cheveux blonds emmêlés comme du feu, avec la grimace de colère et de douleur qui lui tordait le visage, elle ressemblait tellement à Maddie, elle *me* ressemblait tellement que ça m'a donné un coup au cœur.

Je me suis revue à quinze ans, mains sur les hanches dans la cuisine, quand je rentrais après l'heure autorisée, en train de crier à ma mère : « Je m'en fous que tu te sois inquiétée, je t'ai jamais demandé de m'attendre, j'ai pas besoin que tu me protèges ! »

C'était un mensonge, bien sûr. Un mensonge pur et simple.

Parce que tout ce que je faisais, tous les contrôles que je réussissais, tous les soirs où je rentrais trop tard, toutes les fois où je rangeais ma chambre et celles où je ne la rangeais pas, tout cela n'avait qu'une visée. Faire que ma mère me remarque. Faire qu'elle *m'aime*.

Pendant quatorze ans, j'avais fait de mon mieux pour être la fille parfaite. Ce n'était jamais suffisant. Mon écriture avait beau être impeccable, mes notes en orthographe brillantes, mon devoir d'arts plastiques excellent, ce n'était jamais suffisant. Je pouvais passer un après-midi entier à colorier un dessin pour elle, elle ne remarquerait que la zone où j'avais débordé sur la ligne par maladresse.

Je pouvais sacrifier mon samedi à ranger ma chambre à la perfection, elle grognerait parce que j'avais laissé mes chaussures dans le couloir.

Tout ce que je faisais était mal. Je grandissais trop vite, mes vêtements étaient trop chers, mes amis trop bruyants. J'étais trop grosse, ou à l'inverse, je picorais. Mes cheveux étaient trop indociles, trop épais, trop difficiles à dompter pour faire les tresses ou les queues-de-cheval bien nettes qu'elle aimait.

Alors, à l'entrée dans l'adolescence, je me suis mise à faire le contraire. La perfection, j'avais donné. J'ai tenté l'imperfection. Je rentrais tard. Je buvais. Je laissais baisser mes notes. Je suis passée de l'obéissance totale à la rébellion en série.

Cela n'a rien changé. Quoi que je tente, je n'étais pas la fille que j'aurais dû être. Mon inconduite ne faisait que nous le confirmer, à toutes les deux.

J'avais gâché sa vie. Ç'avait toujours été le message tacite, ce lien entre nous, qui me poussait à me cramponner d'autant plus fort à elle qu'elle s'écartait de moi. Et, en fin de compte, je n'ai plus supporté de lire cette vérité sur son visage.

J'ai quitté la maison à dix-huit ans, avec en poche un bac sans mention et un boulot de nurse dans une famille de Clapham. À ce moment-là, j'étais assez vieille pour sortir aussi tard que je le voulais et ne plus avoir personne qui veille pour attendre mon retour, les yeux pleins de reproche.

Mais j'étais très, très loin de ne plus avoir besoin qu'on me protège.

Peut-être que c'était aussi le cas de Rhiannon.

— Rhiannon…

Je me suis avancée, tâchant de chasser de ma voix tout accent de pitié.

— Rhiannon, je sais que depuis que Holly...

— T'as pas intérêt à prononcer son nom, a-t-elle grondé. Elle a reculé d'un pas, trébuchant sur ses talons hauts, et tout à coup, elle a eu l'air de ce qu'elle était : une petite fille qui chancelait dans des vêtements qui n'étaient pas de son âge, et qu'elle n'avait pas encore tout à fait appris à porter. Ses lèvres étaient retroussées par ce qui aurait pu être de la colère, mais j'ai surtout eu l'impression qu'elle se donnait du mal pour ne pas pleurer.

— Ne prononce *jamais* le nom de cette sorcière de l'enfer avec sa face de pute ici !

— Qui... Holly ?

J'étais déconcertée. Il y avait quelque chose, là, qui tranchait avec l'hostilité généralisée et sans partage que j'avais ressentie chez Rhiannon jusque-là. C'était sans équivoque, féroce, *personnel*, et la voix de Rhiannon tremblait.

— Qu'est-ce... qu'est-ce qui s'est passé ? C'est parce qu'elle vous a abandonnées ?

— Abandonnées ?

Rhiannon a poussé une espèce de rire sardonique, strident.

— Putain, non ! Elle ne nous a pas abandonnées.

— Alors quoi ?

— *Alors quoi ?* a-t-elle imité, raillant cruellement mon accent du sud de Londres en avalant ses mots pour ridiculiser mon débit traînant. Elle a volé mon père, si vous voulez savoir.

— Quoi ?

— Oui, mon très cher papa. Elle l'a niqué pendant près de deux ans, et elle a mis Maddie et Ellie dans sa poche pour qu'elles les couvrent en racontant des salades à ma mère. Et vous savez le pire ? Je m'étais rendu compte de rien, jusqu'au jour où une copine est venue passer quelques jours à la maison et a tout découvert. Je ne l'ai pas crue, d'abord, alors je leur ai tendu un piège pour en avoir le cœur net. Mon père n'a pas de caméras dans son bureau, vous avez remarqué ? (Elle a lâché un petit rire amer, en staccato.) Bizarre, hein ? Il peut toutes nous espionner, mais *son* intimité, c'est sacré. Alors j'ai pris le babyphone de Petra, je l'ai branché sous son bureau et je les ai *entendus*. Je l'ai entendu dire à Holly qu'il l'aimait, qu'il allait quitter ma mère, qu'elle devait être patiente, qu'ils iraient s'installer ensemble à Londres, comme il l'avait promis.

J'ai eu soudain envie de la prendre dans mes bras, de lui faire un câlin, de lui dire que ce n'était pas grave, que ce n'était pas sa faute, mais j'étais incapable de bouger.

— Et je l'ai entendue, elle aussi : elle le suppliait, elle le flattait, elle lui disait qu'elle n'en pouvait plus d'attendre, qu'elle voulait être avec lui… J'ai *entendu* tous les trucs qu'elle avait envie de lui faire… c'était…

Elle s'est interrompue, étranglée de dégoût, puis a semblé se reprendre et a croisé les bras, le visage figé dans un masque de chagrin qui la vieillissait.

— Alors je l'ai coincée, cette salope.

— Que…

Mais je n'ai pu poursuivre. J'arrivais à peine à articuler les mots.

Rhiannon a souri, mais son visage était torturé comme si elle retenait des larmes.

— Je me suis débrouillée pour la faire venir devant une caméra, et je l'ai provoquée jusqu'à ce qu'elle me frappe.

C'était donc là que Maddie avait appris à faire ça.

— Ensuite, je lui ai dit de se casser, sans quoi je mettrais les images sur YouTube et ferais en sorte qu'elle ne puisse plus jamais travailler dans ce pays, et depuis…

Elle s'est arrêtée, la voix étranglée, puis a repris.

— Et depuis…

Mais elle n'a pas pu terminer. Ce n'était pas nécessaire. J'avais compris la vérité, ce qu'elle essayait de dire.

— Rhiannon…

Je me suis avancée vers elle, la main tendue comme pour apprivoiser un animal sauvage. Ma voix tremblait aussi.

— Rhiannon, je te jure… jamais de la vie je ne coucherais avec ton père.

— Tu peux pas promettre ça.

Elle avait le visage bouffi, et des larmes dégoulinaient à présent sur ses joues.

— C'est ce qu'elles croient toutes, quand elles arrivent ici. Mais il insiste, et il insiste encore, elles peuvent pas se permettre de perdre leur poste, et il a de l'argent. Il peut même se montrer assez charmant, quand il veut, tu vois.

— Non. (Je secouais la tête.) Non, non, non. Rhiannon, écoute, je… je ne peux pas t'expliquer, mais… non. N'aie aucune crainte. Je ne ferai jamais ça.

— Je ne te crois pas.

Les mots sont sortis comme des sanglots.

— Il l'a déjà fait avant, tu sais. Avant Holly. Il y a même une fois où il est parti. Il a eu une autre famille. Un autre enfant, un *bébé*. J'ai entendu ma m-mère en p-parler, un jour. Et il les a ab-bandonnés… Il est comme ça. Il est comme ça, et si je ne l'en avais pas empêché, il serait j-juste…

Sa voix s'est dissoute en sanglots. Une prise de conscience abominable m'a traversée, et j'ai posé les mains sur ses bras, tentant de nous épauler toutes les deux, de nous relier, afin de lui communiquer tout ce que je ne pouvais pas dire avec l'assurance de ma voix.

— Rhiannon, je peux te le promettre… Je te le garantis à cent pour cent. Je le jure… sur ma *tombe* : je ne coucherai jamais, jamais avec ton père.

Parce que…

C'était sur le bout de ma langue.

Je ne coucherai jamais, jamais avec ton père parce que…

Je regrette de n'être pas allée au bout de ma phrase,

monsieur Wrexham. Je regrette de ne pas lui avoir tout dit, tout expliqué. Mais je m'accrochais encore à l'idée d'exposer la raison de ma supercherie à Sandra le lendemain, et je ne pouvais dire la vérité à Rhiannon avant de faire mes aveux à sa mère. Je devais lui avouer que je n'étais pas Rowan, et s'il me restait un espoir de me sortir de cette situation sans être, au mieux, congédiée, au pire, poursuivie en justice, il reposait entièrement sur la pitié et la compréhension de Sandra quand elle apprendrait pourquoi j'étais arrivée dans sa maison sous un faux nom.

Mais vous n'avez pas besoin que je termine ma phrase, vous, monsieur Wrexham, si ? Vous le savez, pourquoi. Du moins, j'imagine que vous le savez, si vous avez lu les journaux. Vous le savez, puisque la police le sait. Parce que les enquêteurs l'ont découvert. Parce qu'ils ont tiré les conclusions qui s'imposaient, comme vous êtes peut-être en train de le faire, sans doute maintenant.

Vous savez que la raison pour laquelle je ne coucherais jamais avec Bill Elincourt, c'était qu'il était mon père aussi.

Je vous ai expliqué, monsieur Wrexham, n'est-ce pas, que je ne cherchais même pas un emploi quand j'étais tombée sur l'annonce. De fait, j'étais plongée dans une tout autre activité, une activité que j'avais déjà pratiquée bien souvent.

Je cherchais le nom de mon père sur Google.

J'avais toujours connu son identité, et pendant un certain temps, je savais même *où* il habitait : dans une maison mitoyenne chic de Crouch End, avec un portail électrique qui s'ouvrait automatiquement sur l'allée, avec une BMW rutilante dans la cour. Je m'y étais rendue une fois au milieu de mon adolescence, sous couvert d'une prétendue virée shopping à Oxford avec une amie. Je me rappelle le goût dans ma bouche, le tremblement de mes mains lorsque j'ai montré ma carte de transports au chauffeur de bus, et chaque pas du trajet de Crouch End Broadway à chez lui.

Je suis restée plantée devant la grille un long moment, consumée par un étrange mélange de peur et de colère, trop effrayée pour sonner à la porte et affronter l'homme que je n'avais jamais rencontré et qui avait plaqué ma mère quand elle était enceinte de neuf mois.

Pendant un certain temps, il avait envoyé des chèques, mais il ne figurait pas sur mon certificat de naissance, et j'imagine que ma mère était trop fière pour le relancer jusqu'à obtenir gain de cause.

Au lieu de ça, elle s'était prise en main, avait trouvé un job dans une compagnie d'assurances, et rencontré l'homme qu'elle avait fini par épouser. L'homme, le message était très clair, avec qui elle aurait *dû* être depuis toujours.

Et donc, quand j'avais six ans, nous avons emménagé dans la petite maison carrée de ce monsieur.

C'était chez eux. Elle et lui. Ça n'a jamais été chez moi. Pas le jour où je me suis installée dans la petite chambre en haut de l'escalier, et où l'on m'a signifié sèchement de ne pas racler ma valise contre les plinthes du couloir. Et pas jusqu'au jour où j'ai fait mon bagage, un autre, plus important, et suis partie pour de bon, douze ans après.

C'était chez eux, mais moi, j'étais toujours là pour gâcher leur joie. Un rappel en chair et en os du passé de ma mère. De l'homme qui l'avait quittée. Et chaque jour, elle devait me voir la regarder par-dessus mon bol de céréales avec *ses* yeux à *lui*. Lorsqu'elle brossait mes cheveux épais, raides, pour me faire une queue-de-cheval, c'était *ses* cheveux qu'elle brossait, pas les siens, à elle, qui étaient fins et frisottés.

Car c'était tout ce que je tenais de lui. Ça, et le collier qu'il m'avait envoyé pour mon premier anniversaire, mon dernier contact avec lui. Un collier avec mon initiale, R pour Rachel.

De la camelote, *moche et bas de gamme*, disait ma mère, mais ça ne m'empêchait pas de le porter toutes les fois où j'en avais le droit. Le week-end, au départ, puis tous les jours pendant les vacances. Quand j'ai commencé à travailler comme nounou, je me suis mise à le cacher sous mes tee-shirts et mes tabliers en plastique de façon qu'il soit toujours là, le métal usé chaud entre mes seins.

J'occupais un poste de nounou à Highgate quand elle m'a téléphoné pour m'apprendre la nouvelle. Elle et mon beau-père vendaient la maison et allaient prendre leur retraite en Espagne. Rien que ça. Je n'avais certes pas une grande affection pour cette maison, je n'y avais jamais été heureuse.

Mais c'était… eh bien, si ce n'était pas mon chez-moi, c'était tout de même le seul endroit que j'aie jamais pu appeler ainsi. « Bien sûr, si tu veux nous rendre visite, tu es la bienvenue », a-t-elle ajouté d'une voix aiguë, légèrement sur la défensive, comme si elle savait ce qu'elle faisait, et je crois que c'est ça, plus que toute autre chose, qui m'a fait péter les plombs. *Si tu veux nous rendre visite, tu es la bienvenue.* Le genre de phrase que l'on réserve à un parent éloigné ou à un copain qu'on n'aime pas trop, en espérant qu'il ne va pas prendre l'invitation au mot.

Je lui ai dit d'aller se faire foutre. Je n'en suis pas fière. Je lui ai balancé que je la détestais, que j'avais fait quatre ans de thérapie pour essayer de me remettre de mon enfance, et que je ne voulais plus jamais entendre parler d'elle.

Ce n'était pas vrai. Bien sûr que ce n'était pas vrai. Même maintenant, même ici, à Charnworth, c'est la première personne que j'ai mise sur ma liste d'appels. Cependant, elle n'a jamais donné signe de vie.

Deux jours après son annonce, je suis retournée à Crouch End.

J'avais vingt-deux ans. Et je n'étais pas en colère, cette fois. J'étais juste… j'étais affreusement, affreusement triste. Je venais de perdre le seul parent que j'avais, et soudain, le besoin de la remplacer me consumait.

« Bonjour… Bill. » J'avais répété ces mots devant mon miroir la veille au soir. Mon visage était net, totalement démaquillé, ce qui me donnait l'air plus jeune et encore plus vulnérable, même si ce n'était pas mon intention. Je me suis aperçue que ma voix était plus aiguë que nature, comme si je voulais lui inspirer de la pitié. Je ne savais pas quel genre de fille il espérait, mais j'étais prête à tenter de la devenir. « Bonjour, Bill. Vous ne me connaissez pas, mais je suis Rachel. Je suis la fille de Catherine. »

Le cœur battant, je suis allée sonner. Je m'attendais à voir le portail s'ouvrir tout seul, ou peut-être à entendre des voix grésiller dans l'interphone. Mais rien ne s'est produit.

J'ai réessayé, en appuyant longuement sur la sonnette ; finalement, la porte s'est ouverte et une petite femme en salopette, un chiffon à la main, est sortie dans l'allée de gravier.

— Bonjour.

Elle avait dans les quarante ou cinquante ans, et un accent très marqué, polonais, j'ai pensé, ou peut-être russe. Europe de l'Est.

— Je peux vous aider ?

— Oh… bonjour.

Mon pouls avait encore accéléré, si bien que j'ai cru que j'allais tomber dans les pommes.

— Bonjour, je cherche monsieur… (J'ai dégluti.) M. Elincourt. Bill Elincourt. Il est là ?

— Il n'est pas là.

— Ah bon, et il rentre bientôt ?

— Il est parti. Nouvelle famille maintenant.

— Qu… que voulez-vous dire ?

— Lui et sa femme déménagé l'an dernier. Autre pays. Écosse. Nouvelle famille ici maintenant. M. et Mme Cartwright.

Oh. Merde.

C'était comme un coup de poing dans le ventre.

— Vous… vous avez leur adresse ? j'ai murmuré, la voix chevrotante, et elle a secoué la tête.

Il y avait de la pitié dans ses yeux.

— Désolée, pas avoir. Je fais juste le ménage.

— Vous… (J'ai dégluti violemment.) Vous avez parlé de sa femme. Mme Elincourt. Je peux vous demander… Comment s'appelle-t-elle ?

Je ne sais pas pourquoi c'était soudain si important pour moi. Seulement, je voyais bien que la piste s'était refroidie, et n'importe quelle bribe d'information semblait préférable à rien. La femme de ménage m'a regardée tristement. Pour qui me prenait-elle ? Une maîtresse éconduite ? Une ancienne employée ? Ou peut-être avait-elle deviné la vérité ?

— Elle s'appelle Sandra, a-t-elle dit enfin, très doucement. Je dois rentrer, maintenant.

Et elle a fait demi-tour pour retourner dans la maison.

J'ai rebroussé chemin aussi et entamé une longue marche pour regagner Highgate, afin d'économiser le prix du bus. Il y avait un trou dans ma chaussure, et quand j'ai commencé à gravir la colline, il s'est mis à pleuvoir. J'ai su que j'avais laissé passer l'occasion.

Pendant plusieurs années, je n'ai plus vraiment cherché sérieusement. Mais un jour, alors que je tapais sans espoir « Bill Elincourt » dans Google, un résultat est apparu. L'annonce. Avec une maison en Écosse. Et une femme du nom de Sandra.

Et une famille.

Et tout d'un coup, je ne pouvais pas *ne pas*.

C'était comme si l'univers avait manigancé ça pour moi, pour me redonner une chance.

Je ne voulais pas qu'il devienne vraiment mon père, pas maintenant, pas après toutes ces années. Je voulais juste… eh bien, juste *voir*, je suppose. Mais de toute évidence, je ne pouvais pas faire le voyage en Écosse sous mon propre nom sans lui révéler qui j'étais, et créer toute une montagne d'attentes et un potentiel de rejet. Même si, en près de trente ans, de l'eau avait coulé sous les ponts, il était peu probable que Bill ait oublié le nom de sa première fille, et Gerhardt était un nom de famille assez rare pour qu'il se rappelle que c'était celui de la mère de son enfant.

Toutefois, je n'avais pas besoin d'y aller sous mon propre nom. En vérité, j'avais un meilleur nom, une meilleure identité toute prête. Un patronyme qui me permettrait de passer leurs portes sans engagement, après quoi je pourrais faire ce que je voudrais. Alors j'ai pris les papiers que Rowan avait laissés traîner dans sa chambre, comme offerts ; c'était du gâchis, en un sens, qu'ils ne servent à personne. Ces papiers tellement, tellement semblables aux miens que cela ne représentait même pas vraiment une supercherie, en fin de compte.

Et j'ai posé ma candidature.

Je ne m'attendais pas à décrocher le poste. Je n'en voulais même pas. Je désirais seulement rencontrer l'homme qui m'avait abandonnée toutes ces années auparavant. Cependant, quand j'ai vu Heatherbrae, monsieur Wrexham, j'ai su. J'ai su qu'une seule visite n'allait jamais me suffire. Je voulais faire partie de ce tableau, dormir dans ces lits garnis de moelleux surmatelas de plumes, plonger dans ces canapés en velours, me prélasser sous ces douches d'eau de pluie – en bref, faire partie de cette famille.

Et je voulais vraiment, *vraiment* rencontrer Bill.

Aussi, quand il ne s'est pas présenté lors de mon entretien d'embauche, je n'ai vu qu'un seul moyen de faire advenir cette rencontre.

Je devais décrocher le poste.

Mais quand je l'ai eu… et quand j'ai rencontré Bill ce premier soir, que j'ai compris le genre d'homme qu'il était, mon Dieu… c'est comme une métaphore de toute cette affaire, monsieur Wrexham. Tout est lié. La beauté et le luxe de la maison, et le poison insidieux qui gangrenait la façade high-tech. Le bois victorien solide de la porte du placard, avec son écusson en cuivre poli, et l'odeur froide, putride de la mort qui s'échappe par le trou de la serrure.

Il y avait quelque chose de malsain dans cette maison, monsieur Wrexham. Est-ce que Bill l'était déjà quand il est arrivé là-bas, est-ce qu'il y a apporté ses travers ? Ou est-ce qu'il les a attrapés dans cette maison, et qu'il est devenu l'homme que j'ai rencontré le premier soir, ce prédateur odieux ? Je n'en sais rien.

Tout ce que je sais, c'est que les deux vont de pair, et que si vous grattiez les murs de Heatherbrae, lacérant avec vos ongles les précieuses tapisseries artisanales à motifs de paons, ou si vous arrachiez les dalles de granit vernies, cette même obscurité s'en échapperait, cette noirceur même qui se cache à peine sous la peau de Bill Elincourt.

« Ne le cherche pas. » C'était l'une des rares choses que ma mère m'avait dites à son sujet, avant de clore le chapitre définitivement. « Ne le cherche pas, Rachel. Il n'en sortira rien de bon. »

Elle avait raison. Oh, comme elle avait raison. Et comme je regrette de ne pas l'avoir écoutée.

— Allez, viens, j'ai dit enfin. Au lit, Rhiannon. Tu es crevée, je suis crevée, on a toutes les deux trop bu… On reparlera de tout ça demain matin.

J'appellerais Sandra pour lui expliquer. D'une manière ou d'une autre. Avec le mal de crâne d'un début de gueule de bois et la fatigue qui me brûlait les orbites, je n'arrivais pas franchement à imaginer les mots, mais ils viendraient. Il le faudrait. Je ne pouvais pas continuer comme ça, et me soumettre au chantage de Rhiannon.

Pendant un court instant, tandis que je suivais l'adolescente dans l'escalier, j'ai absurdement imaginé Sandra m'accueillant à bras ouverts et me disant que je complétais leur famille, me disant… mais non. C'était ridicule, et je le savais. Même la plus généreuse des femmes mettrait un peu de temps à s'adapter à l'apparition soudaine d'une belle-fille surgie du passé, et découvrir son identité de cette manière, dans ces circonstances… Je ne me faisais pas d'illusions sur le tour que la conversation prendrait très probablement. Difficile, dans le meilleur des cas.

Mais j'avais fait mon choix, et je devais l'assumer. J'allais presque certainement me faire virer, je ne voyais pas comment l'éviter. Toutefois, j'étais à peu près sûre que Bill n'intenterait pas de procès à une fille à la mère de laquelle il n'avait versé qu'une aumône en pension alimentaire avant de se volatiliser. L'image de leur cabinet d'architectes en prendrait un coup. Non, toute l'affaire serait glissée sous le tapis et je serais libre de poursuivre ma route. Seule.

Et loin de Heatherbrae.

Je ne m'étais pas vraiment demandé où j'allais dormir avant d'arriver sur le palier du deuxième. Rhiannon a poussé sa porte taguée et jeté ses chaussures à l'intérieur avec une insouciance totale.

— Bonne nuit, a-t-elle lancé comme s'il ne s'était rien passé, comme si les événements de la soirée n'étaient qu'une dispute familiale de plus.

— Bonne nuit, j'ai répondu.

Puis j'ai respiré un grand coup avant d'entrer dans ma chambre. Le téléphone inconnu faisait une bosse dure dans ma poche, et mon collier, le collier que je craignais que Bill Elincourt ne reconnaisse, palpitait autour de mon cou.

La porte du grenier était bien verrouillée, telle que je l'avais laissée. Je m'apprêtais à prendre mes affaires pour la nuit et à descendre tenter de grappiller quelques heures de sommeil sur le canapé avant l'aube, lorsqu'une soudaine rafale de vent a fait gémir les arbres. Les rideaux ont claqué violemment dans le courant d'air et une fraîche odeur de pins, l'odeur de la nuit écossaise, a empli la pièce.

Il y régnait encore un froid mordant comme plus tôt dans la soirée, et tout à coup, j'ai compris. Le froid n'était jamais venu du grenier : il venait de la fenêtre, qui devait être ouverte depuis le début. Sauf qu'avant, j'étais tellement déterminée à découvrir ce qui se cachait derrière cette porte fermée que je n'avais même pas jeté un coup d'œil vers les rideaux.

Au moins, la température s'expliquait. Rien de surnaturel, juste l'air nocturne.

Mais le problème, c'était que je n'avais pas ouvert la fenêtre. Je ne l'avais même pas touchée depuis que je l'avais fermée violemment quelques nuits auparavant. Mon sang s'est glacé dans mes veines.

Je suis sortie de la pièce en courant et j'ai dévalé l'escalier, ignorant le « C'est quoi, ce bordel ? » ensommeillé de Rhiannon lorsque j'ai claqué la porte derrière moi. Au premier, dans ma panique, j'ai inspecté la chambre de Petra, faisant chuinter le bois sur la moquette épaisse, et j'ai attendu que mes yeux s'adaptent à la pénombre.

Elle était là, tout à fait endormie, les bras et les jambes écartés. Mon pouls s'est calmé, un peu. Mais je devais m'assurer que les deux autres allaient bien avant de pouvoir me détendre.

Au bout du couloir, je me suis dirigée vers la porte marquée *Princesse Ellie* et *Reine Maddie*.

Les rideaux bloquaient la lueur de la lune et, sans la veilleuse, il régnait un noir d'encre dans la pièce. Je me suis maudite de l'avoir oubliée, mais quand j'ai entendu leurs légers ronflements, ma respiration s'est faite un peu plus fluide. Dieu merci. Dieu merci, elles allaient bien.

Je me suis avancée sur la pointe des pieds, j'ai cherché à tâtons le fil de la veilleuse, je l'ai remonté jusqu'à l'interrupteur et l'ai allumée. Elles étaient là : Ellie, roulée en boule comme si elle essayait de se cacher, et Maddie, sa couette si remontée que je ne voyais que sa forme en dessous.

Ma panique s'est calmée et j'ai pu me résoudre à regagner la sortie, riant de ma propre paranoïa.

Mais là… je me suis arrêtée.

C'était ridicule, je le savais, mais je devais absolument vérifier, je devais *voir*…

J'ai retraversé la pièce et tiré la couverture. Et j'ai découvert… un oreiller, écrasé de façon à imiter une forme d'enfant endormi.

Là, j'ai cru que j'allais m'évanouir.

J'ai commencé par regarder sous le lit. Puis dans tous les placards de la pièce.

— Maddie ?

J'ai chuchoté aussi fort que possible, ne voulant pas réveiller Ellie, mais sentant la panique monter dans ma voix.

— Maddie ?

Aucun son ne m'a répondu, pas même un petit rire étouffé. Juste rien. Le néant.

Je suis sortie de la chambre en courant.

— Maddie ? j'ai appelé, plus fort cette fois.

J'ai secoué la poignée de la porte de la salle de bains mais elle n'était pas verrouillée, et quand elle s'est ouverte, j'ai constaté que la pièce était vide.

— Maddie ?

Rien dans la chambre de Sandra et Bill non plus, juste le lit moelleux, nullement froissé, la moquette éclairée par la lune, les colonnes blanches des rideaux telles des sentinelles de chaque côté des hautes fenêtres. J'ai ouvert les placards, mais le faible éclairage automatique ne m'a rien montré, que des rangées bien propres de costumes et des casiers de talons hauts.

— Qu'est-ce qu'il y a ?

La voix ensommeillée de Rhiannon a retenti en haut.

— Qu'est-ce qui se passe, bordel ?

— C'est Maddie, j'ai lancé, tentant d'éviter de laisser transparaître mon affolement. Elle n'est pas dans son lit. Tu peux regarder là-haut ? Maddie !

Petra s'agitait, à présent, réveillée par mes appels de plus en plus sonores, et j'ai entendu son petit grognement annonciateur d'une vraie crise de larmes, mais je ne me suis pas arrêtée pour la consoler. Je *devais* trouver Maddie. Était-elle descendue me chercher quand j'étais avec Jack ? Cette pensée m'a donné un léger haut-le-cœur, suivi d'un autre, encore plus désagréable.

Avait-elle… Oh, mon Dieu ! Se pouvait-il qu'elle m'ait *suivie* et qu'elle soit partie à ma recherche dehors ?

Des visions atroces m'ont traversé l'esprit. L'étang. Le ruisseau. La route, même.

Ignorant Petra, j'ai dévalé l'escalier, enfilé les premières bottes en caoutchouc que j'ai trouvées dans la buanderie, et je suis sortie dans le clair de lune.

La cour pavée était déserte.

— Maddie !

J'ai crié à pleins poumons, désespérée à présent, et j'ai entendu ma voix se répercuter des murs de pierre de l'écurie jusqu'à la maison.

— Maaaaddie ? Où es-tu ?

Il n'y a pas eu de réponse, et j'ai eu une pensée subite encore plus atroce, pire que la clairière avec son étang boueux traître.

Le jardin vénéneux.

Le jardin vénéneux, laissé ouvert et sans surveillance par Jack Grant.

Il avait déjà tué une petite fille, ce jardin.

Mon Dieu, pitié, j'ai prié, en piquant un sprint vers l'arrière de la maison, vers le sentier qui passait à travers les fourrés, les pieds dérapant dans mes bottes trop grandes. De grâce, faites qu'une autre n'y laisse pas la vie.

Mais en contournant la maison, je l'ai trouvée.

Elle gisait recroquevillée, face contre terre sous la fenêtre de ma chambre, étalée sur les graviers dans sa chemise de nuit imbibée de sang, tellement de sang que je n'aurais jamais imaginé que son petit corps puisse en contenir autant.

Il coulait sur les cailloux comme de la mélasse, épais et collant, il s'est répandu sur ma peau quand je me suis mise à genoux dedans, incrusté sur mes doigts lorsque je l'ai prise dans mes bras et l'ai bercée. Ses petits os fragiles d'oiseau contre moi, je la suppliais, l'implorais d'aller bien.

Mais bien sûr, c'était impossible.

Elle n'irait plus jamais bien. Rien n'irait plus jamais bien.

Elle était vraiment, vraiment morte.

Les quelques heures suivantes sont celles que la police m'a fait ressasser encore et encore, tels des ongles qui grattent une plaie et la font se rouvrir chaque fois. Et pourtant, même après toutes leurs questions, les souvenirs ne me revenaient que par bribes, comme un ciel nocturne illuminé par de brefs éclairs entrecoupés de ténèbres.

Je me souviens d'avoir hurlé, tenant le corps de Maddie pendant ce qui m'a paru une éternité, jusqu'à ce qu'arrivent d'abord Jack, puis Rhiannon, Petra en larmes dans ses bras. Elle a failli laisser échapper la petite en voyant l'horreur de ce qui s'était passé.

Je me souviens de son gémissement, ce son atroce, lorsqu'elle a vu le corps de sa sœur. Je ne crois pas que je l'oublierai un jour.

Je me rappelle que Jack a emmené Rhiannon à l'intérieur puis a tenté de m'arracher à la scène, disant : « Elle est morte, elle est morte, on ne peut pas toucher le corps, Rowan, il faut la laisser comme ça pour la police », et je ne pouvais pas la lâcher, je ne pouvais que sangloter et pleurer.

Je me rappelle les gyrophares bleus des voitures de police au portail, et le visage de Rhiannon, blême et dévastée, qui tentait de comprendre.

Et je me revois assise là, couverte de sang sur le canapé en velours, tandis qu'ils me demandaient : « Qu'est-ce qui s'est passé, qu'est-ce qui s'est passé, qu'est-ce qui s'est passé ? »

Et je ne le sais toujours pas.

Je ne le sais toujours pas, monsieur Wrexham, et c'est la vérité.

Je sais ce que croient les enquêteurs, d'après les questions qu'ils m'ont posées, les scénarios qu'ils m'ont exposés.

Ils pensent que Maddie est montée à ma chambre, que je ne m'y trouvais pas, et qu'elle a vu là quelque chose d'incriminant, que, peut-être, elle est allée à la fenêtre, m'a vue sortir en douce de l'appartement de Jack. Ou peut-être croient-ils qu'elle a trouvé quelque chose dans mes affaires en rapport avec mon vrai nom, ma véritable identité.

Je ne sais pas. J'avais tant à cacher, après tout.

Et ils croient qu'en rentrant, je l'ai trouvée là, que j'ai réalisé ce qu'elle avait vu, et qu'alors j'ai ouvert la fenêtre et…

Je ne peux pas le dire. C'est dur même de l'écrire. Mais je le dois.

Ils pensent que je l'ai poussée par la fenêtre. Ils pensent que je suis restée là, dans les rideaux agités par le vent, et que je l'ai regardée se vider de son sang sur les pavés, après quoi, je suis descendue boire un thé pour attendre calmement le retour de Rhiannon.

Ils pensent que j'ai laissé la fenêtre ouverte délibérément, pour tenter de faire passer sa chute pour un accident, mais ils sont certains que ce n'en était pas un. Je ne sais pas trop pourquoi. Je pense que c'est à cause de la position du corps, trop loin du mur pour qu'il s'agisse d'une simple chute, avec un arc qui ne peut avoir été causé que par une poussée, ou un saut.

Maddie aurait-elle sauté ? C'est une question que je me suis posée un millier, peut-être un million de fois.

Et la vérité, c'est que je n'en sais rien.

On ne le saura peut-être jamais. Parce que l'ironie, monsieur Wrexham, c'est que dans cette maison truffée de caméras, il n'y en a pas une qui montre ce qui est arrivé à Maddie ce soir-là. La caméra dans sa chambre ne révèle que l'obscurité. Elle est dirigée vers les lits, à l'opposé de la porte, donc il n'y a même pas une silhouette sur le seuil pour déterminer à quelle heure elle est sortie.

Et quant à ma chambre… oh mon Dieu… quant à ma chambre, c'est l'une des briques de l'édifice de preuves que la police a monté contre moi.

— Pourquoi avez-vous couvert la caméra de sécurité de votre chambre si vous n'aviez rien à cacher ? ne cessaient-ils de me demander.

Et j'ai essayé de leur dire, de leur expliquer ce que c'est d'être une jeune femme, seule, dans une maison inconnue, avec des étrangers qui vous observent. J'ai essayé de leur dire que ça ne me dérangeait pas qu'il y ait des caméras dans la cuisine, la salle télé, le salon, les couloirs, même dans la chambre des filles. Mais j'avais besoin d'un lieu, juste un lieu, où je pouvais être moi-même, sans regards, sans surveillance. Où je pouvais ne pas être Rowan, mais Rachel, ne serait-ce que quelques heures.

— Vous aimeriez ça, vous, avoir une caméra dans votre chambre ? ai-je demandé de but en blanc à l'inspecteur.

Il s'est contenté de hausser les épaules comme pour dire, ce n'est pas moi qui suis sur le gril, ma belle.

Mais la vérité, c'est que j'ai bien recouvert cette caméra. Et si je ne l'avais pas fait, on saurait peut-être ce qui est arrivé à Maddie.

Parce que je ne l'ai *pas* tuée, monsieur Wrexham. Je sais que je l'ai déjà dit. Je l'ai dit dans la toute première lettre que je vous ai envoyée. Je ne l'ai pas tuée, et vous devez me croire, car c'est la vérité. Mais je ne sais pas, à écrire ces mots dans ma petite cellule, avec le crachin écossais qui tombe dehors… vous ai-je convaincu ? Comme j'aimerais pouvoir vous persuader de venir ici. Je vous ai inscrit sur ma liste de visiteurs. Vous pourriez venir dès demain. Et je pourrais vous le dire en vous regardant dans les yeux : je ne l'ai pas tuée.

Mais je n'ai pas convaincu les policiers. Je n'ai pas non plus convaincu M. Gates.

En définitive, je ne sais même pas si je me convaincs moi-même.

Car si je n'étais pas sortie cette nuit-là, si je n'avais pas passé ces quelques heures avec Jack, dans son appartement, dans ses bras, rien de tout cela ne se serait produit.

Je ne l'ai pas tuée, mais je porte la responsabilité de sa mort. Ma petite sœur.

Si vous ne l'avez pas tuée, c'est qui ? Aidez-nous, là, Rachel. Dites-nous ce qui s'est passé à votre avis, m'ont demandé les enquêteurs à maintes et maintes reprises, et je n'ai pu que secouer la tête. Car la vérité, monsieur Wrexham, c'est que je n'en sais rien. J'ai échafaudé un millier de théories, toutes plus folles les unes que les autres. Maddie sautant comme un oiseau dans la nuit, Rhiannon rentrée plus tôt, secrètement, de sa sortie, Jean McKenzie cachée dans le grenier, Jack Grant se faufilant sous mon nez pendant que j'attendais Rhiannon en bas.

Parce qu'il se trouve que Jack aussi avait des secrets, vous saviez ça ? Rien d'aussi spectaculaire ou mélodramatique que ce que j'avais imaginé : il n'était pas de la famille du docteur Kenwick Grant, ou du moins s'il l'était, ni lui ni la police n'en ont trouvé trace. Et lorsque j'ai parlé aux enquêteurs de la ficelle et de la fleur d'*Aconitum napellus* dans sa cuisine, lui, contrairement à moi, avait une explication immédiate et raisonnable. Jack, semblait-il, avait reconnu la fleur mauve dans la tasse à café sur la table, ou en avait eu l'impression. Alors il l'avait emportée pour la comparer aux plantes du jardin vénéneux. Lorsqu'il avait pu vérifier que ses suppositions étaient correctes, que la fleur dans la cuisine n'était pas seulement toxique, mais mortelle, il avait retiré la barrière de fortune que j'avais bricolée avec une ficelle pour la remplacer par un cadenas et une chaîne.

Non, le grand secret honteux de Jack était bien plus banal que ça. Et au lieu de me disculper, il ne faisait qu'ajouter aux preuves contre moi en créant une raison de plus pour laquelle j'aurais pu tenir à dissimuler ma liaison avec lui.

Jack était marié.

Lorsqu'ils se sont aperçus que je n'étais pas au courant, les enquêteurs ont pris un grand plaisir à enfoncer le clou, me le rappelant à la moindre opportunité, comme si ça les amusait de me voir tressaillir de douleur chaque fois. Mais en vérité, je n'étais vraiment plus à ça près. Qu'est-ce que ça pouvait faire, que Jack ait déjà une femme et un enfant de deux ans à Édimbourg ? Il ne m'avait rien promis. Et au regard de la mort de Maddie, rien de tout cela ne pouvait compter.

Je mentirais, cependant, si je disais qu'au cours des jours, des semaines et des mois qui se sont écoulés depuis mon incarcération, je n'avais pas pensé à lui en me demandant pourquoi il ne m'avait pas parlé d'elle. De son petit garçon. Pourquoi ne vivaient-ils pas ensemble ? Était-ce pour des raisons financières, leur envoyait-il de l'argent ? Si les Elincourt le payaient moitié autant que ce qu'ils m'avaient proposé, il était plus que plausible qu'il ait accepté ce poste pour des questions d'argent.

Mais peut-être pas. Peut-être qu'ils étaient séparés, brouillés. Peut-être qu'elle l'avait jeté dehors et que cette offre d'emploi, avec appartement à la clé, avait représenté une échappatoire idéale.

Je ne sais pas, car je n'ai jamais eu l'occasion de le lui demander. Une fois que j'ai été emmenée au poste, qu'on m'a lu mes droits et que j'ai été placée en détention provisoire, je ne l'ai jamais revu. Il n'a jamais écrit. Il n'a jamais téléphoné. Il n'est jamais venu me rendre visite.

La dernière image que j'ai de lui, c'est quand je suis montée en titubant à l'arrière d'une voiture de police, encore couverte du sang de Maddie. Ses mains fortes et fermes ont serré les miennes. « Ça va aller, Rowan. » C'est la dernière chose qu'il m'a dite, les derniers mots que j'ai entendus quand la portière s'est refermée derrière moi et que le moteur a démarré.

C'était un mensonge. Un mensonge, de bout en bout. Je n'étais pas Rowan. Et rien n'irait jamais plus.

Mais ce à quoi je ne cesse de revenir, c'est aux mots que m'a dits Maddie la toute première fois que je l'ai rencontrée, me serrant étroitement dans ses bras, le visage enfoui dans mon chemisier.

Ne viens pas ici, c'est dangereux.

Et ensuite ces derniers mots, sanglotés tandis que nous nous disions au revoir puis reniés par la suite, des mots que je suis toujours certaine d'avoir entendus, des mois après.

Les fantômes n'aimeraient pas ça.

Je ne crois pas aux fantômes, monsieur Wrexham. Je n'y ai jamais cru. Je ne suis pas superstitieuse.

Mais ce n'est pas la superstition que j'ai entendue faire les cent pas dans le grenier au-dessus de moi, nuit après nuit. Ce n'est pas la superstition qui m'a réveillée en plein sommeil, frissonnante, mon haleine faisant des nuages blancs dans le clair de lune, la chambre froide comme une glacière. Cette tête de poupée roulant sur le tapis persan, elle était réelle, monsieur Wrexham. Aussi réelle que vous et moi. Aussi réelle que les inscriptions sur les murs du grenier, aussi réelle que ce que je vous écris en ce moment.

Parce que je sais, je sais que c'est là que j'ai vraiment scellé mon destin auprès des enquêteurs. Ce n'était pas seulement le faux nom et les papiers volés. Ce n'était pas seulement le fait que j'étais la fille cachée de Bill, revenue pour se livrer à une espèce de vengeance tordue contre sa nouvelle famille. Ce n'était pas tout ça.

C'est ce que je leur ai raconté, cette première nuit atroce, dans mes vêtements tachés de sang, tremblante de choc, de chagrin et de terreur. Parce que cette première nuit, j'ai craqué et je leur ai raconté tout ce qui s'était passé. Les pas dans la nuit, et le sentiment profond, poisseux, d'être en présence du mal que j'avais éprouvé en ouvrant la porte du grenier et en y entrant.

Ça, plus que tout, c'est le moment où la clé a tourné dans la serrure.

C'est là qu'ils ont *su*.

J'ai eu beaucoup de temps pour réfléchir, monsieur Wrexham. Beaucoup de temps pour réfléchir, et méditer, et débrouiller les choses depuis que j'ai commencé cette lettre. J'ai dit la vérité aux enquêteurs, et la vérité m'a coulée. Je sais ce qu'ils ont vu : une folle, avec un passé plus lacunaire qu'un panneau criblé de balles. Ils ont vu une femme qui avait un mobile. Une femme tellement perturbée par l'abandon de son père qu'elle était venue dans la maison de celui-ci par supercherie, afin de déchaîner une vengeance terrible.

Je sais ce que je crois s'être passé. J'ai eu tout le temps d'assembler les pièces du puzzle – la fenêtre ouverte, les pas dans le grenier, le père qui aimait tant sa fille que ça l'avait tué, et le père qui abandonnait ses enfants à répétition.

Et surtout, deux pièces que je n'avais pas reliées jusqu'à la toute fin : le téléphone, et le petit visage blême, suppliant, de Maddie, le premier jour, quand je suis partie vers la gare, et sa phrase chuchotée, pleine d'angoisse : *Les fantômes n'aimeraient pas ça.* Et ces deux pièces du puzzle ont fini de m'enfoncer auprès de la police. Mes empreintes sur le téléphone, et ce que j'ai raconté des propos de Maddie ce jour-là, et de l'effet domino que ses mots avaient enclenché.

Mais en définitive, ça n'a pas d'importance, ce que je pense ou ce que sont mes théories. Ce qui compte, c'est l'opinion du jury. Écoutez, monsieur Wrexham, je n'ai pas besoin que vous croyiez tout ce que je vous ai raconté. Et je sais que présenter ne serait-ce que la moitié de mon récit au tribunal déclencherait l'hilarité générale et risquerait de m'aliéner définitivement le jury. Telle n'est pas mon intention.

Mais j'ai déjà essayé de ne donner qu'une version fragmentaire de cette histoire, et c'est ça qui me vaut d'être enfermée ici.

Je suis convaincue que la vérité me sauvera, monsieur Wrexham, et la vérité, c'est que je n'ai pas tué, je *n'aurais jamais pu* tuer ma sœur.

Je vous ai choisi, monsieur Wrexham, parce que quand j'ai demandé aux autres femmes ici qui je devrais prendre pour me représenter, votre nom est revenu plus souvent qu'aucun autre. Apparemment, vous avez la réputation de tirer d'affaire même les cas désespérés.

Et je sais que c'est ce que je suis, monsieur Wrexham. De l'espoir, je n'en ai plus.

Une enfant est morte, et la police, l'opinion publique et la presse, tout le monde veut que quelqu'un paie. Et ce quelqu'un, il faut que ce soit moi.

Mais je n'ai pas tué cette petite fille, monsieur Wrexham. Je n'ai pas tué Maddie.

Je l'aimais. Et je ne veux pas pourrir en prison pour un crime que je n'ai pas commis.

Je vous en prie, *je vous en prie*, croyez-moi.

Bien à vous,
Rachel Gerhardt

8 juillet 2019
Richard McAdams

Services de construction de Ashdown, note interne

Rich, j'en ai une bien bonne, un des gars qui bossent sur le chantier de rénovation à Charnworth a trouvé une liasse de vieux papiers en cassant un mur. Ça doit être une des détenues qui les a cachés là. Il ne savait pas quoi en faire alors il me les a passés et j'ai promis de me renseigner. J'ai seulement jeté un coup d'œil sur le haut de la pile, mais on dirait que c'est un ensemble de lettres d'une détenue à son avocat avant son procès. Je sais pas pourquoi elles n'ont jamais été postées. Le gars qui les a trouvées les a feuilletées et d'après lui c'est une affaire bien connue, il est du coin et il se rappelle les gros titres.

Mais bref, il ne se sentait pas trop de les jeter à la benne au cas où elles représenteraient des preuves, des informations confidentielles, ou quelque chose comme ça, ce qui aurait rendu leur destruction illégale. Franchement, ça m'étonnerait que ça ait encore beaucoup de valeur, mais pour sa tranquillité d'esprit, je lui ai promis de m'assurer qu'on suivrait le protocole. Y a-t-il quelqu'un à la direction que tu pourrais sonder sur le sujet ? Ou tu crois qu'on jette tout et tant pis ? Pas envie de me farcir une montagne de paperasse.

Sur le dessus, ce sont ses lettres à l'avocat, mais elle a aussi caché quelques lettres qu'elle a reçues dans le même coin. A priori, *c'est juste des trucs de famille, mais je les ai mises dans le paquet quand même, au cas où.*

Quoi qu'il en soit, je te serais très reconnaissant de décider quoi en faire, si nécessaire.

Merci
Phil

1er novembre 2017

Chère Rachel,

Eh bien. Ça me fait très bizarre de vous appeler par ce prénom, mais c'est comme ça.

Pour commencer, je dois vous dire à quel point je suis désolée de ce qui s'est passé. J'imagine que ce n'est pas ce que vous attendiez de moi, mais c'est vrai, je suis désolée, et je n'ai pas honte de le dire.

Ce que vous devez comprendre, c'est que je veille sur ces enfants depuis près de cinq ans maintenant, et des nounous, j'en ai vu défiler un paquet. C'est moi qui ai veillé sur les petites pendant la liaison que Holly entretenait avec M. Elincourt sous le nez de sa femme, et c'est moi qui les ai réconfortées quand elle est partie, laissant les filles dévastées. Et depuis, impuissante, je vois les nounous décamper les unes après les autres et briser le cœur des pauvrettes à chaque départ.

Et chaque fois qu'il en est arrivé une nouvelle, toujours un beau brin de fille, j'ai senti une main glacée se refermer sur mon cœur et j'ai passé des nuits sans sommeil à me demander : est-ce que je dois dire à Mme Elincourt quel genre d'homme est son mari, quel genre de femme était cette Holly, et la vraie raison de son départ ? Et chaque fois, j'ai découvert que je ne pouvais m'y résoudre, j'ai ravalé ma colère et je me suis promis que ce serait différent la fois suivante. Alors je vous l'avoue, quand je vous ai rencontrée et que j'ai constaté que Mme Elincourt avait encore engagé une jolie fille, ça m'a fait un coup au cœur. Parce que je savais ce qu'il allait faire, et vous pouviez être du genre à profiter au maximum de vos opportunités, comme Holly, ou du genre à le repousser, mais dans les deux cas, je savais que c'étaient ces pauvres mioches qui allaient souffrir quand vous alliez partir, peut-être en l'emmenant, cette fois. Et ça m'a mise très en colère. Oui, c'est vrai. Je n'ai pas honte de le dire. Mais j'ai honte de la manière dont je vous ai traitée : je n'aurais pas dû passer ma colère sur vous comme je l'ai fait, et je suis mortifiée par certaines réflexions que je vous ai adressées. Parce que quoi que dise la police, je sais que vous auriez marché sur du verre brisé pendant un kilomètre plutôt que de faire du mal à une de ces petites, et c'est ce que j'ai dit à l'enquêteur qui m'a interrogée, je veux que vous le sachiez. J'ai dit : je n'aimais pas trop cette fille, et je ne le cachais pas, mais elle n'aurait jamais fait de mal à la petite Maddie, vous vous trompez, jeune homme.

Donc, c'est en partie pour cette raison que je vous écris. Pour vous dire tout ça, et me libérer.

Mais l'autre raison, c'est qu'Ellie vous a écrit une lettre. Elle l'a mise dans une enveloppe qu'elle a cachetée avant de me la confier, elle m'a fait promettre de ne pas la lire, et je lui ai assuré que je n'en ferais rien. J'ai tenu ma promesse, parce que je pense qu'il faut tenir parole, même avec les enfants, mais je dois vous demander : s'il y a dans cette lettre des choses que vous estimez que je devrais savoir, ou que sa mère devrait savoir, vous devez nous le dire.

Il est inutile d'écrire à la maison, car elle est fermée, et Dieu sait que Mme Elincourt a assez de soucis comme ça, la pauvre. Elle a quitté son mari – les policiers vous l'ont dit ? Elle a pris les enfants et elle est retournée s'installer dans sa famille, dans le Sud. Et M. Elincourt a déménagé aussi. Il y a une espèce de procès contre lui en rapport avec une stagiaire de son entreprise, du moins c'est ce qu'on raconte au village, et selon la rumeur, la maison va devoir être vendue pour payer les frais de justice.

Mais je mets mon adresse au bas de cette lettre, et je vous demande, si vous avez la moindre inquiétude, de m'écrire ici, et je ferai le nécessaire. Je suis persuadée que vous n'y manquerez pas, car je sais que vous aimiez ces enfants, comme je les aimais et les aime. Vous ne laisseriez pas quelque chose arriver à Ellie, n'est-ce pas ? J'ai prié Dieu, et tenté d'écouter Sa réponse, et je vous fais confiance là-dessus, Rachel. Je prie pour que vous ne me déceviez pas.

Bien cordialement,
Jean McKenzie
15a High Street
Carn Bridge

De :
Pour :
Sujet :

Cher Owen sauf qu'ils disent que tu t'appelles Rachel c'est vrai

Tu me manques beaucoup et je suis trait très désolée de ce qui s'est passé surtout parce que c'est tout ma faute, mais je ne peux le dire à personne surtout pas maman ou papa parce qu'ils seront trop en colère et papa s'en ira comme il a essayé avant comme Maddie disait toujours qu'il allait faire

c'est moi Rowan j'ai poussé Ma dit parce qu'elle allait te chasser comme les autres elle a chassé toutes les autres en jouant des tours avec l'ancien téléphone de Maman, elle a pris leurs affaires et elle est mon thé par la fenêtre du grenier dans le toit en passant par ta chambre le Grenier c'était sa cachette où elle allait tout le temps, mais elle disait que j'étais trop petite pour monter et elle les faisait réveiller par happy en pleine nuit et elle a pris une vidéo You Tube et elle la passer sur les haut-parleurs de happy pour faire croire qu'il y avait des gens au grenier qui marchaient, mais c'était juste la vidéo et elle a pris la tête de poupée dans le grenier et elle m'a forcée à la mettre sur tes genoux et je suis désolée parce que j'ai dit que c'été pas vrai, mais c'était vrai c'est moi qui l'ai fait

elle s'est réveillée et tétais pas là et Ma dit allait t'empoisonner avec des baies, mais j'ai couru après elle et j'ai vidé le vin dans l'évier et Maddie était trait fâchée et elle a dit elle a dit qu'elle allait encore monter par la fenêtre du grenier et te faire des problèmes avec Maman en déclenchant toutes les alarmes parce que tu étais partie et j'ai couru après elle et jeu lui ai demandé de ne pas le faire, mais elle a dit si je vais le faire ou elle va partir avec papa et j'ai dit non fais pas ça Rowan est gentille et je veux pas qu'elle s'en aille elle ferait pas ça et Ma dit a dit je vais le faire et tu peux pas m'en empêcher et elle est grain paix et je l'ai poussée je voulais pas je suis tellement désolée

je t'en prie je t'en prie je t'en prie ne le dis pas à la police je veux pas aller en prison et je suis trop désolée, mais sais pas juste que tu te fasses gronder pour quelque chose que j'ai fait tu peux pas juste leur dire que sais pas toi et que tu sais qui c'est, mais tu peux pâleur dire parce que c'est un secret

nous partons demain dans une nouvelle maison papa peut pas venir tout de suite, mais j'espère que tu pourras je t'aime s'il te plaît reviens bientôt bisous Ellie elancourt 5 ans au revoir

REMERCIEMENTS

Un grand merci à l'équipe infatigable d'éditeurs et éditrices, de publicistes, d'attaché·e·s de presse, de graphistes, de directeurs et directrices des ventes, de correcteurs et correctrices, et à toutes celles et ceux qui travaillent en coulisses. Si l'ouvrage que vous tenez entre les mains est beau, lisible, s'il existe même, c'est en grande partie grâce à leurs efforts.

À Alison, Liz, Jade, Sara, Jen, Brita, Noor, Meagan, Bethan, Catherine, Nita, Kevin, Richard, Faye, Rachel, Sophie, Mackenzie, Christian, Chloe, Anabel, Abby, Mikaela, Tom, Sarah, Monique, Jane, Jennifer, Chelsea, Kathy, Carolyn, et tout le monde chez Simon & Schuster et PRH, mes plus sincères remerciements.

Merci également à Mason, Susi et Stephanie, les meilleurs des lecteurs.

À Eve et Ludo, ninjas gardiens, merci de veiller toujours sur moi.

À mes formidables amis auteurs et autrices, en ligne et dans la vie, merci de m'aider à garder ma santé mentale et de me faire rire.

Et bien sûr, à ma famille : merci d'être là et de ne pas me forcer à habiter dans une maison intelligente.

Composition et mise en pages
Nord Compo à Villeneuve-d'Ascq

Imprimé en France
par Normandie Roto Impression s.a.s.
61250 Lonrai
N° d'impression : 2201577